독

독

이승우 장편소설

위즈덤하우스

...

공기 속에는 확실히 독이 숨어 있다.
너는 그것을 투명한 공기와 함께 들이마신다.
그것은 너의 몸속에 스며들어가 침전되고 굳어져서
기관과 기관 사이에 날카로운 기하학적 도형을 만들어낸다.
- 릴케, 『말테의 수기』에서

...

나는 왜 저 하늘의 천사처럼 순결한 기쁨을 갖지 못했나.
내 안에 또 누가 있길래 이토록 나를 불태우려 하는가.
내 안에, 내 몸 안에 또 누가 있나.
내 안에, 내 몸 안에 또 누가 있나.
- 김도향 작사·작곡, 〈불새〉에서

· · ·

 이 기록은 임순관의 일기들이다. 그가 이 일기들을 쓰고 있을 때 우리는 그에 대해 알지 못했다. 그는 이미 이 세상 사람이 아니다. 그가 죽은 후 우리는 그의 소지품 가운데서 몇 권의 책과 작고 날카로운 두 개의 대나무 화살과 함께 이 일기장을 발견했다.
 두 개의 대나무 화살은 여론의 집중적인 관심의 대상이 되었고, 다양한 추측들을 양산해냈다. 또한 일기장에 적힌 내용 가운데 어떤 부분은 언론 매체를 통해 세상에 알려진 바 있다.
 그는 무엇 때문에 일기를 썼고, 왜 세상에 남겼을까. 그에게 어떤 의도나 목적이 있었을까? 우리는 이 질문들에 대해 명쾌하게 대답하지 못한다. 왜냐하면 우리는 그가 아니기 때문이다. 누구도 그가 아니다. 그를 제외한 이 세상의 누구도 그가 아니고, 그가 될 수 없다.
 하지만 그의 일기장에 적힌 내용들은 이해하기 힘든 이단자적 삶을 살다 간 그를 이해하는 데 도움을 줄 뿐 아니라, 그와 마찬가지로 우리 역시 몸을 부대끼며 살아내야 하는 이 세계와 삶에 대해 귀 기울여 들어볼 만한 색다른 관점을 제공해준다. 그의 글은 냉소적이고 악마적이며 우울과 어둠에 휩싸여 있고, 그러면서도 무엇보다 치열하다. 이 세상과 인간의 삶이 늘 화창하고 천사들에게 둘러싸인 것이 아닐진대 임순관의 이런 생각과 글도 놓일 자리가 있어야 하는 게 아닐까. 임순관이 진술하고 있는 대로, 그가 품고 있었던 생각들은 우리들의 내면에서도 발견되는 것들이다. 우리는 누구나 남다른 채로 남과 같지 않은가? 말하자면 그는 우리들 가운데 한 사람이었다. 어쩌면 그는 우리들 가운데서 가장 불행하고, 가장 치열한 사람이었는지 모른다.

그가 다른 사람에게 읽히기 위해 일기를 쓴 것이 아니라고 하더라도, 마지막 순간에 일기장을 파기하지 않은 데에는 어떤 뜻이 있었을지 모른다고 추측하는 것은 이상하지 않다. 그는 이 일기장을 통해 자신을 변명하려고 한 것이 아닐까. 혹은 조금이라도 이해받을 수 있기를 원한 것일까.

살아 있는 동안 그는 남의 삶을 기록하는 직업을 가지고 있었지만, 정작 그가 기록하고자 했던 것은 자신의 삶이었다. 물어야 하는 질문은, '그가 무엇을 했는가'가 아니라 '그는 왜 그럴 수밖에 없었을까'이다.

4월 7일 목요일

쓰는 자는 기록할 가치가 있는 무언가가 있어서 쓰는 것이 아니다. 그런 사람도 있지만, 모두 그렇지는 않다. 어떤 사람은 그것 말고는 달리 할 일이 없기 때문에 쓴다. 예컨대 내가 그렇다. 진정으로 삶을 사는 자는 쓰지 않고, 쓰려고 하지 않는다. 쓰지 않고도 그는 살아 있기 때문이다. 삶이 결여된 사람만이 쓰고, 쓰려고 한다. 왜냐하면 그는 쓰는 행위를 통해서라도 삶의 비어 있는 부분을 메꿔야 한다고, 보충해야 한다고 여기기 때문이다. 예컨대 내가 그러하다.

4월 9일 토요일

쥐들은 크고 통통하다. 그들은 빠른 발과 화급히 반짝거리는 작은 눈과 송곳처럼 날카로운 이빨을 가졌다. 그들의 검회색 털은 기름기로 번지르르하다. 저 많은 쥐들이 다 어디서 왔을까. 그들은 도무지 가만히 있을 줄 모른다. 그들은 요란하다. 그들은 질서를 모른다. 그들은 바닥과 벽과 천장을 제멋대로 뛰어다니며 소리 지른다. 끽끽, 끼익 끽……. 참으로 고약한 소리. 머리카락이 솟구치고, 내장이 뒤집히는 것 같다. 역겨운 것은 소리 때문만이 아니다. 조금만 자세히 보면 그들이 춤을 추고 있다는 것을 알 수 있다. 춤이라니, 세상에! 이리저리 뛰어다니며, 끼익 끽, 왁자지껄 소리 지르며, 요란하게 춤을 추는 쥐들은 끔찍하다.

그들의 광란의 한복판에 침대가 놓여 있고, 그 위에 내가 누워 있다. 쥐들은 벽을 타고 기어오르고, 천장을 횡단하고, 그리고 내가 누워 있는 침대 주위를 빙글빙글 돈다. 소리 지르며 춤추며 어지럽게 돈다. 그들의 어지러운 춤에 의해 어지러워지는 것은 춤추지 않는, 침대에 누워 있는 나이다. 마침내 쥐들은 내 몸을 기어오르고, 횡단하고, 덮친다. 내 얼굴에 기름진 털을 비빈다. 어떤 놈은 날카로운 이빨을 내 목에 박기도 한다. 그런데도 나는 꼼짝할 수가 없다. 나는 묶여 있는 걸까. 나는 묶여 있는 것 같다. 그러면 나는 제물이고, 쥐들은 축제를 벌이는 중일까. 나는 제물이고, 쥐들은 축제를 벌이는 중인 것 같다. 그런데 무슨 축제?

무슨 소리인가가 들린다. 사각사각사각……. 나는 귀를 기울인다. 처음에는 약하게 들리던 소리가 조금씩 커진다. 쥐들은 무언가를 갉아대고 있다. 그런데 쥐들은 도대체 무얼 갉아 먹고 있는 걸까? 나는 귀를 더 기울인다. 사각사각사각……. 처음에는 귀를 기울여야 겨우 들을 수 있던 그 소리가 점점 커져서 나중에는 천둥소리만 해진다. 귀를 기울이지 않아도 잘 들린다. 귀를 기울이지 않아도 그들이 무얼 하는지 알게 된다. 내가 누워 있는 침대가 갑자기 삐거덕 소리를 내며 한쪽으로 기울어진다. 쥐들이 내 침대의 다리를 갉아 먹고 있다. 네 개의 다리 가운데 한 개를 부러뜨리고 이제 다른 쪽으로 우루루 몰려가는 쥐들의 움직임이 느껴진다. 왜, 쥐들이? 나는 황급히 고개를 돌려 주변을 쳐다본다. 하늘은 검다. 검은 장막이 덮인 것처럼 캄캄하고 어둡다. 밑에는 검은 물이 출렁거리고 있다. 침대는 검은 물속에 다리를 박고 서 있다. 침대의 네 개의 다리는 뜻밖으로 길다. 나는 이런 걸 어떻게 볼 수 있는 걸까? 거의 10미터쯤? 아니 20미터? 어쩌면 1킬로미터가 넘을지도 모른다. 나는 분별력을 잃었다. 나는 나를 믿을 수가 없다. 내가 본 것, 내가 인지한 것, 내가 느끼는 것을 믿을 수가 없다. 그렇지만 그것 말고는 내가 의지할 것이 없는 것도 사실이다. 어쨌거나 나는 한없이 높은 곳에 누워 있다. 검은 하늘과 검은 강물이 나의 배경이다. 내 침대는 강물 위에 다리(橋)처럼 누워 있고, 나는 그 위에 제물처럼 누워 있다. 그리고 나의 그 불안한 침대에 쥐들이 달라붙어 있다. 그들은 필사적으로 내 침대 다리를 갉아대고 있다. 그 가운데 하나를 벌써 해치웠다. 내 침대는 세 개의 다리에 의지해서 위태롭게 서 있다. 그들의 사각거리는 이빨 소리가 내 귀에는 천둥 치는 소리로 들린다. 몸을 일으키려 해보지만 내 몸은 침대 바닥에 달라붙어 움직여지지 않는다. 제물이기 때문이다.

 마침내 쥐들의 이빨에 갉힌 또 한 개의 다리가 부러진다. 침대가 우지끈 소리를 내며 와락 한쪽으로 무너지고, 나는 질끈 눈을 감는다. 물이, 검은 물이 내 눈 속으로 쏟아져 들어온다…….

 나는 식은땀을 닦으며 일어나 시계를 본다. 정오. 나는 한숨을 내쉬고 다시 혹시 물 밑으로 가라앉지 않을까 조심하며 가만히 몸을 눕힌다. 사타구니와 겨드랑이에 땀이 배어 끈적거리는 게 여간 불쾌하지 않다. 나는 누운 채로 위를 보고 아래를 본다. 검은 하늘도 없고, 검은 물도 없다. 천장 한 귀퉁이에 거미줄이 쳐져 있고, 그 거미줄에는 먼지가 내려앉아 있다. 그곳에 날파리 한 마리가 걸려서 푸드덕거리고 있는 게 보인다. 거미는 보이지 않는다. 지난해 장마 때 생긴 얼룩 자국이 한쪽 구석에서부터 벽을 따라 길게 이어져 있다. 익숙한 풍경이다. 나는 내 방바닥에 누워 있다. 그런데…… 어쩌자는 쥐 떼들이었을까.

 나는 바닥을 더듬어 담배를 찾는다. 빈 갑이 잡힌다. 빈 담뱃갑을 구겨서 윗목으로 던지고 벌떡 일어나 앉는다. 꿈속에서 보았던 쥐 떼들이 선명하게 떠오른다. 크고 통통하게 살찐 쥐들이 당장이라도 내 목에 이빨을 들이댈 것만 같다. 내 옷을 찢고 기어 들어온 쥐 떼들이 발광하듯 요란하게 춤추는 모습이 눈앞에 그려진다. 놈들은 내 옷 속에서 소리 지르고 뛰어다니고 춤춘다. 꿈에서 깨어났음에도 불구하고 쥐들은 여전히, 생생하다. 쥐들은 내 의식을 꽉 쥐고 있다. 내 의식은 쥐 떼들에게 사로잡혔다. 쥐들에게 사로잡힌 내 의식은 잠으로부터 빠져나오는 동안 별수 없이 쥐들을 달고 나왔다. 저 쥐들은 무엇인가. 저 쥐 떼들은 어디서 왔는가. 나는 짧은 신음 끝에 달려 나온 얼굴을 본다. 손철희.

"그곳은 쥐새끼들의 천국이지. 아무도 걔네들을 간섭하지 않거든. 말하자면 걔네들한텐 거기가 비무장지대나 마찬가지야. 알고 있는지 모르겠지만, 이 건물은 ㄷ 자형으로 지어져 있는데, 각방에는 쓰레기통이란 것이 따로 없어. 이곳이라고 쓰레기가 안 나올 수야 없지. 그런데 쓰레기통을 놓아주지 않는단 말이야. 그러다 보니 별수 없이 여기 수용되어 있는 모든 죄수들은 창밖으로 쓰레기들을 던질 수밖에. 코를 푼 종이, 오래 입었던 속옷, 바랜 신문지, 찢어진 편지, 과자 봉지나 음료수 병, 깡통 같은 것들…… 그러다 보니 그 ㄷ 자의 안쪽, 즉 세 영역에서 동일하게 바라보이는 네모 반듯한 공간이 이 건물의 거대한 쓰레기통인 셈이지. 한데 그곳은 하루 온종일 비어 있거든. 어쩌다 한 번, 한꺼번에 청소를 시킬 때 말고는 아무도 들어갈 수가 없거든. 그러니 쥐들의 천국일밖에."

손철희는 그와 나를 가로막고 있는 두꺼운 유리벽에 바짝 입을 대고 빠르게 말을 이어갔다. 또렷하게 기억이 난다. 그의 목소리는 말을 계속하는 동안 제 풀에 고조되어갔고, 그러면서도 어딘지 은밀스러워졌다. 무언가를 폭로하는 자신을 몹시 자랑스러워하면서 동시에 자신이 무언가를 폭로하고 있다는 사실이 알려지는 걸 몹시 신경 쓰는 것처럼 보였다. 그렇게 보이게 함으로써 자기가 폭로하는 사실의 값을 부풀리고 있는 것처럼 보이기도 했다.

"……생각해보라고. 4층이나 되는 건물이야. 층마다 방이 얼마나 많아? 방만 해도 몇 개겠어? 그 방에 들어 있는 사람이 얼마나 많겠어? 지금 우리 방만 해도 열 명이 끼어 지내고 있는 형편인걸. 그 사람들이 예외 없이 거기다가 온갖 쓰레기들을 던진단 말이야. 아니, 쥐들에게 먹이를 준다고 하는 편이 차라리 합당할지 몰라. 쥐들은 실제로 우리가 먹이를 던져주면 날쌔게 달려와 받아먹기도 하거든. 밥풀때기를 창틈으로 내밀고 있으면 벽을 타고 올라와 그걸 채어 가기도 하고. 그러니 그 새끼들의 몸이 피둥피둥 살찔 수밖에. 정말 먹음직스럽게 살이 올랐다니까. 놈들을 보면 군침이 저절로 돌아. 그것들을 어떻게 해야 해? 어떻게 할까? 언젠가는 반드시 그놈들을 잡아다가 불에 구워 먹을 거야. 정말이야……."

그는 정말로 입맛을 다셨고, 그러느라고 잠깐 하던 말을 중단했다. 나는 그가 무엇 때문에 그런 이야기를 나에게 해주는지 짐작할 수 없었다. 하기야 그는 무슨 이야기든 다 할 수 있는 입장이긴 했다. 그는 나의 고객이었고, 나는 그에게 고용된 자였다. 그렇긴 해도 하필 쥐새끼들이라니. 나는 좀 어리둥절해졌고, 온전한 정신을 가진 위인이 아닐지도 모른다는 애초의 의구심만

키우고 앉아 있었다.

"해거름 녘에 창문으로 내려다보고 있으면, 이건 아주 가관이야. 끽, 끽, 끼익 끽 소리를 목청껏 지르고, 폴짝폴짝 뛰어다니면서 별 지랄을 다 한다니까. 쥐새끼들이 한바탕 무슨 잔치를 벌이는지 몰라. 녀석들 노는 꼴이 꼭 춤을 추는 것 같거든. 근데 그 장면을 잘 그려보라고. 왜, 사람들이 동물원에 가서 우리에 갇혀 있는 원숭이며 사자, 코끼리, 호랑이들을 보면서 깔깔거리고 즐기잖아. 그 새끼들이 그렇다니까. 그 새끼들은 우리에 갇힌 채 내다보고 있는 우리들을 희롱하는 거야. 꼭 그 모양이라니까. 아니면, 그놈들 딴에는 무료하기 짝이 없어 보이는 이 불쌍한 인간들을 위로한답시고 위문 공연이라도 벌이고 있다고 해야 할까? 끼니때마다 과분하게 먹을 것을 제공해주겠다, 그놈들로서는 뭐 그럴 만한 이유가 있긴 하지만, 쥐새끼들이 그 정도 의리가 있는 놈들일까? 그건 잘 모르겠어. 나는 그 새끼들한테 별로 믿음이 안 가거든. 아무래도 '쥐만도 못한 인간들'이라고 조롱하고 있는 것 같다는 인상이 강해. 쌍놈의 새끼들. 쥐만 한 인간이 있단 말이야? 사람이 쥐만 해야 하느냐고? ······내 저 새끼들의 신나는 잔치판에다 대고 화염 방사기나 냅다 내뿜었으면 신나겠는데. 그게 아니면 휘발유라도 괜찮지. 휘발유를 뿌리고 성냥을 그으면 불이 확 붙겠지? 놈들의 기름진 몸뚱이에 말이야. 상상만으로도 흥분된다니까. 희희덕거리며 신나게 춤을 추다가 그만 찍소리 한 번 못 하고 입을 헤벌린 채 발랑 뒤집어져 있는, 셀 수 없이 많은 살찐 쥐고기들을 상상해보라고. 끔찍하게 황홀하잖아?……"

첫날, 그가 내게 들려준 이야기의 거의 대부분이 쥐 떼들에 대한 것이었다. 그의 말씨가 상당히 빠른 편이긴 했지만, 우리에게 허용된 삼 분은 더 빨랐다. 그가 그 짧은 시간에, 더구나 처음 만난 자리에서 무엇 때문에 쥐 떼들을 대화의 서두에 끌어들였을까. 그에게 어떤 의도가 있었을까? 그랬을 수도 있고, 그렇지 않았을 수도 있다. 그는 어쨌거나 미친놈이고, 미친놈은 무슨 짓이든 할 수 있다. 지금 나에게는 그가 내쏘던 수상쩍은 눈빛이 가장 강렬한 인상으로 남아 있다. 나는 그 눈빛이 그가 여러 번 묘사한 쥐의 그것을 닮았다고 느꼈었다. 특히 포동포동 살찐 쥐고기에 대해 이야기하며 입맛을 다실 때의 그의 표정이 그랬다. 그 인상은 시간이 가면서 희미해지거나 사라지는 대신 더 선명해지고 구체화되어갔다. 나는 그가 미친놈이라고 이미 말해버렸다. 나는 그 말에 책임을 져야 하는데, 미친놈의 의중을 헤아린다는 것은 썩 용이한 일이 아닐 뿐 아니라 그다지 필요한 일도 아닐 것이다.

정작 문제는 그의 쥐 떼들이, 포동포동 살찐 그 광란의 쥐 떼들이 내 꿈속을 방문하기 시작했다는 것이다. 이것은 좋은 일이 아니다. 나는 나의 이상한 고객인 사형수 손철희에게 끌려들고 싶지 않다. 거리를 유지하는 일이 중요하다. 하지만 현실은 만만하지가 않다. 나는 불길한 기운을 느끼는 내가 불길하다. 그가 전해준 쥐 떼들의 모습은 하나의 강렬한 이미지가 되어 내 의식을 사로잡기 시작했다. 나는 눈을 뜬 채로 눈앞에 있는, 실제로는 없는, 영상을 본다.

검은 물 위에 떠 있는, 다리가 긴 내 침대를 갉아 먹는, 통통하게 살찐 쥐 떼들의 영상. 그들의 끼득거리는 괴성. 노래하고 춤추는 그들의 광란의 축제. 그리고 그 한가운데, 제물처럼 침대에 묶인 내 왜소한 몸.

4월 10일 일요일

나는 손철희를 만나러 간다. 언제 사형이 집행될지 모르는 처지면서 자신의 삶을 기록으로 남기고 싶어 하는 그의 엉뚱한 열망을 어떻게 받아들여야 할지 모르겠다.

내가 판단하기에 그는 감옥이 아니라 정신병원에 있어야 한다. 그는 정상이 아니기 때문이다. 하지만 무엇이 정상이고 어디부터 비정상일까? 누군들 그보다 더 정상일까.

나는 그가 《시민들》 앞으로 보낸 편지의 내용을 기억하고 있다. 그는 자신이 사형수라고 소개했고, 《시민들》의 광고를 감옥에 영치된 지난 호 월간 잡지 속에서 접했노라고 했다……"평범한 당신에게도 역사는 있다. 누구의 삶이나 무게는 같다. 당신도 당신의 역사를 가질 권리가 있다. '도서출판 시민들'과 상의

하라. 《시민들》은 시민들에게 입을 주기 위해 태어났다. 《시민들》은 기꺼이 당신의 손과 발이 될 것이다. 당신의 책을 가져라. 기록된 삶만이 남는다. 기록되지 않은 삶은 존재하지 않는 것과 같다……" 운운. 그는 그 광고 문안에 감동받았노라고 했다. 그의 설명에 따르면 그렇다. 그는 출판사로 보낸 편지에, 그 광고를 보는 순간 자기 이야기를 기록으로 남겨두지 않으면 안 될 것 같은 강한 열망에 사로잡히게 되었노라고 썼다. 그는 자신이 자유로운 몸이 아니기 때문에 출판사로 직접 찾아갈 수 없으며, 대신 보낼 사람도 없으므로 수고스럽겠지만 자기가 수감되어 있는 교도소로 한 번 자기를 찾아와주든지, 그것도 여의치 않으면 자기가 어떻게 해야 할지 자세한 안내문을 보내달라고 썼다.

"별 미친놈이 다 있구먼."

그 편지에 대한 출판사 사장 홍의 첫 번째 반응은 냉소였다. 《시민들》이나 '시민들'의 사장에게 범죄자의 책은 내면 안 된다거나 내지 않는다는 무슨 원칙이나 신념 같은 것이 있었던가? 그런 것은 없었다. 그렇다면, 사형수에게는 자신의 역사를 가질 권리가 없기라도 하단 말인가. 사형수의 삶의 무게는 다른 사람의 그것에 미치지 못하기라도 하단 말인가. 그래서 사장이 코웃음을 쳤던 것일까. 그 역시 아니었다. 사장의 관심은 비용을 부담할 수 있는 능력 여부에 있었다. 그는 사형수가 자기 책을 가지려 한다고 비난한 것이 아니라, 가난뱅이가 자기 책을 욕심낸다고 어이없어 한 것이다.

그로부터 손철희가 다시 편지를 보내오지 않았다면, '시민들'은 그에게 전혀 관심을 기울이지 않았을 것이다. 손철희는 사장의 마음을 꿰뚫어 읽고 있기라도 한 것처럼, 보름쯤 후에 보낸 두 번째 편지에서 자신이 가난뱅이가 아니라는 사실을 강조했다. 자신의 통장에는 지금도 웬만한 월급쟁이 한 사람분의 이자가 매달 꼬박꼬박 원금에 들어붙고 있다고 했다. 그런데 그 돈을 쓸 기회가 없는 처지라는 말과 함께. 홍은 다음 날 당장 교도소로 쫓아갔고, 이튿날 나에게 일을 맡겼다.

홍을 나쁜 놈이라고 말하고 싶지는 않다. 나는 다른 사람을 비난하는 걸 좋아하지 않는다. 더구나 나쁜 놈이라는 말은 논리적이지 않다. 그가 절대적인 악한이 아닌 한(절대적인 악이 어디 있단 말인가. 절대적인 선이 불가능한 것처럼 절대적인 악도 존재하지 않는다. 선과 악은 가장 잘 어울리는 한 쌍이다. 그들은 어떤 경우에도 상대편 없이 홀로 나타나지 않는다. 선이 있는 곳에는 악도 함께 있고, 악이 가는 곳은 선도 따라간다고 나는 생각한다), 그 말은 아무것도 말하지 않는다. 나쁜 구석이 하나도 없는 사람이 어디 있겠는가. 열 개가 나빠도 나쁘고, 하나가 나빠도 나쁘다. 그러나 열 개가 나쁜 것과 하나가 나쁜 것이 같다고 할 수는 없다. 요는 그 나쁨이 얼마나 나쁘냐, 누구에 대해서 나쁘냐일 뿐이다. 이 사람에게 선인 것이 때때로 저 사람에게는 악이다. 이 사람을 이롭게 하기 위해 저 사람을 해롭게 해야 하는 것이 인생사다. 이 사람에게 좋은 사람이기 위해 저 사람에게 나쁜 사람이 되어야 하는 것이 사람이 사는 세상이다.

불변하는 것, 정해진 것, 고정된 것은 없다. 모든 것은 상대적이고 가변적이다.

사정이 그럴진대 좋고 나쁨을 가름하는 기준이 무엇이란 말인가. 무엇이 좋고 무엇이 나쁜가. 얼마나 좋은 것이 선이고, 얼마나 나쁜 것이 악인가. 전쟁이 나서 부모가 죽고, 형제가 다쳤다면, 그 사람에게 전쟁은 나쁘다. 그러나 그 전쟁터에 총과 대포를 팔아서 부모와 형제를 위해 입을 것과 먹을 것을 마련한 사람에게도 그 전쟁이 마찬가지로 나쁠까. 한 사람에게 좋은 것이 어떤 사람에게는 좋지 않을 수 있다. 나에게 나쁜 것이 어떤 사람에게는 나쁘지 않을 수 있다. 홍은 나쁜 놈이지만(솔직히 말해 나는 그를 좋은 놈이라고 생각지는 않는다), 모든 사람에게, 어느 경우에나 나쁜 것은 아니다. 나 역시 그러하다. 그는 내가 나쁜 것처럼 나쁘다. 그렇기 때문에 나는 그를 나쁜 놈이라고 비난하지 않는다, 못한다. 단지 나는 그를 혐오한다. 그러기를 바란다. 이 표현이 적절하다. 나는 그를 혐오한다. 선악은 가치의 문제이지만, 혐오는 감정의 문제이기 때문이다. '그가' 나쁘다고 말하지 말고, '내가' 혐오한다고 말하자. 나쁨은 '그의 나쁨'이다. 그러나 혐오는 '나의 혐오'이다.

손철희와의 면담은 일요일에만 허용되어 있다. 오늘이 세 번째 일요일이다. 허락된 시간은 삼 분. 앉고 일어서기가 바쁜 시간이다. 그러나 아쉬움은 없다. 우리는 별로 대화를 나누지 않는다. 그는 무슨 말인가를 하려고 하지만, 나는 별로 할 말이 없다.

그는 일주일에 한 번씩 자기가 쓴 원고를 내게 넘기기로 했다. 그 원고를 다듬고 재구성하는 일은 나의 몫이다. 물론 그가 건넨 원고들은 교도관의 검열을 받은 것들이다. 그는 얼마 있지 않아 이 세상을 뜰 것이다. 그 때문에 그는 약간의 특별 대우를 받는 눈치다.

지난 일요일에 그의 첫 원고를 받았다. 그는 16절 시험지 세 장을 내게 건넸다. 그의 터무니없는 신념과 주장이 끔찍스럽다. 끔찍스럽게 자랑스러운 범죄자다, 그는. 그의 정신이 온전하지 않다는 나의 판단은 그 원고를 읽은 후 심화되었다고 할 수 있겠다. 나는 오늘 지난번 원고에 대해 의견을 개진해야 하고, 의문스런 점에 대해서도 질문해야 한다. 나는 좀 막막하다. 되도록 그에게 많은 말을 하게 한다는 작정 말고는 준비된 것이 없다.

정오 무렵, 나는 택시에서 내려 언덕을 올라간다. 길은 포장되어 있지만, 경사가 급한 편이다. 교도소가 산 중턱에 세워져 있기 때문이다. 길은 깨끗하고, 길옆에 세워진 나무들도 정연하다. 수천 명의 죄수들을 가두고 있는 건물은 햇살을 받아 하얗게 빛을 내고 있다. 그 하얀빛이 발걸음을 뒤로 밀어내는 듯하다. 나는 끙끙거리며 발바닥에 힘을 준다. 나처럼 올라가는 사람이 있는가 하면, 언덕을 내려오는 사람도 있다. 그들은 면회를 마치고 가는 사람들이다. 나처럼 혼자인 사람도 있고, 둘씩, 셋씩 무리를 이룬 사람들도 있다. 쉴 새 없이 무슨 말인가를 하는 사람도 있고 입을 굳게 다문 사람도 있다. 남자도 있고 여자도 있다. 어른도 있고 아이도 있다. 짧은 치마를 입은 여자도 있고, 깔깔거리며 웃는 남자도 있다.

지난번에도 느꼈지만, 이곳이 특별한 구역이라는 느낌이 들지 않는다. 이를테면 전철을 타고 있는 사람들과, 적어도 표면적으로는, 이들은 조금도 다르지 않다. 그곳처럼 시끄럽고, 그곳처럼 복잡하고, 그곳처럼 여러 종류의 인간들이 뒤섞여 있다. 그들은 자신들이 세상과 격리되어 있는 누군가를 면회하기 위해 이곳에 와 있다는 사실에 크게 마음 쓰지 않는 듯한 자세를 취하고 있다. 어찌 보면 부러 그 사실을 외면하려 하는 것도 같다. 그들은 마치 야외로 소풍이라도 나온 것 같은 기분을 가장한다. 나는 그들이 쓰고 있는 가면 속의 민얼굴이 어떤지 안다. 나는 면회소 옆 화장실에서 쌍욕을 퍼부어대는 중년의 남자를 보았다. 나는 그가 누구에게 욕설을 퍼붓고 있는지 짐작할 수 있었다. 그것은 세상에 대해서였다. 세상은 무원칙하고 무자비하고 난폭하다. 그것은 세상이 눈멀었기 때문이다. 세상은 장님이다. 더구나 이 장님은 지팡이도 가지지 않았다. 장님에게 무언가를 기대해서는 안 된다. 우리가 할 수 있고, 또 해야 하는 유일한 처신은 피하는 것이다. 나는 또 벤치에 앉아 『매디슨 카운티의 다리』를 읽고 있는 젊고 아름다운 여자도 보았다. 그녀는 한 시간 반 동안 그곳에 앉아 독서를 하고 있었지만, 책장을 고작 한 장밖에 넘기지 않았다. 그 시간 동안 그녀는 단지 두 페이지만을 읽은 것이다. 나는 그녀가 어째서 한 시간 반 동안 단지 두 페이지밖에 읽지 못했는지 안다. 책은, 읽기 위해서만 펼치는 것이 아니다. 그녀는 애써 책에 몰두하려고 하지만 읽을 수가 없는 것이다. 두 페이지도 많이 읽은 것이다.

나는 지하에 있는 매점에 가서 만화책을 세 권 산다. 내가 만나려고 하는 손철희는 독서를 좋아하는 사람이 아니다. 그는 만화책도 별로 좋아하지 않는다고 했다. 그러나 그를 가두고 있는 감방의 지독한 무료가 그에게 무슨 일이든 하게 한다고 그는 지난번에 말했었다. 글을 쓰게 된 것도 갇혀 있기 때문이고, 만화책을 읽게 된 것도 감방에 들어온 이후부터라는 것이었다. 나는 만화책 세 권 정도의 친절은 베풀 수 있는 사람이다.

그렇지만 나는 나의 친절을 손철희에게 보여줄 수가 없다. 나는 친절한데 세상은 내 친절을 전해주지 않는다.

"손철희 씨는 오늘 면회할 수 없습니다."

차례가 되어 면회 신청서를 내미는 내게 유리벽 저쪽의 직원이 딱딱하게 말한다. 어찌나 사무적인지 꼭 나무토막 같다는 느낌을 전해준다. 되돌려 나온 면회 신청서와 주민등록증을 받아들며 나는 묻는다.

"왜요?"

"오전에 면회를 한 사람이 있습니다. 하루 한 번 이상의 면회는 허락할 수 없습니다. 그것이 규정입니다."

"나는 일 때문에 왔습니다. 그 사람과 나는 매주 일요일 한 번씩 정기적으로 만나기로 되어 있습니다"

"변호사입니까?"

"그건 아닙니다."

"그렇다면 불가능합니다. 내일 다시 오십시오. 다음 분, 이쪽으로 오세요."

그는 단호하게 내가 내민 주민등록증과 면회 신청서를 밀어내고 내 뒷사람의 면회 신청서를 받는다. 창구에 붙어 있어봐야 아무 소득도 얻을 수 없다는 걸 나는 안다. 방문 사유를 세세하게 늘어놓는다고 해서 직원이 이유 있다고 판단해줄 까닭이 없다. 이곳에 근무하는 사람들은 도무지 여유들이 없고, 관대하지도 않다. 나무토막을 향해 무슨 여유며 어떤 관대함을 기대할 것인가. 낭패스럽지만, 그냥 돌아가는 수밖에 없다.

교도소 담을 끼고 내려오면서 『지옥의 전사』라는 세 권짜리 만화책을 길바닥에 버린다. 실은 나도 만화책을 좋아하지 않는다.

4월 11일 월요일

나는 서른네 해를 살고 있다. 내가 이렇게 나이를 먹었다는 사실이 실감 나지 않는다. 그동안 나는 무엇을 했는가. 무얼 이루고 살았는가. 도무지 내세울 것이 없다. 끔찍하게 무미건조한 세월을 살아왔다. 아무런 감동도 없이 남의 이야기를 듣고, 그것을 글로 옮긴다. 그런 일을 세 해째 해오고 있다. 특별할 것도 없는, 차라리 구질구질하기까지 한 삶의 족적들을 기록으로 남겨 두려는 사람들에 대해 자주 혐오감을 느끼며 나는 그 일을 한다. 그들은 자기 자신이 매우 특별하고 의미 있는 삶을 살아왔다고 여긴다. 자기처럼 산 사람은 자기밖에 없다고 믿는 사람도 있다. 그러므로 자신의 고유한 삶은 기록될 가치가 있다는 그들의 생각처럼 가치 없는 생각도 없다.

내가 보기에 모든 사람의 삶은 똑같다. 이 세상의 모든 것이 기성품이다. 사람들은 기성품인 옷을 걸치고 내 것은 고유한 것이라고 외친다. 다른 사람들이 입은 것과 다를 것 없는 옷을 입고서 내 옷은 다른 옷이라고 우긴다. 이 옷은 나만 입고 있다고 뻐긴다. 뻔뻔스럽거나 어리석다. 뻔뻔스런 부류가 있고, 어리석은 부류가 있다. 뻔뻔스럽기도 하고 어리석기까지 한 부류도 물론 없지 않다. 그들이 주로 '도서출판 시민들'을 찾는 사람들이고, 그들이 나의 고객이다.

우리가 태어나기 전에 이미 세상은 기성 제품을 만들어놓고 있었다. 우리는 그 가운데 어느 하나를 골라 입고 사는 것에 불과하다. 색상이 다르고 무늬가 다르고 크기가 다르다는 것은 고유성의 조건이 되지 않는다. 그 다른 색깔과 다른 무늬와 다른 크기의 옷들은 그러나 같은 기계에서 만들어진 것이다. 다르면 얼마나 다르며, 고유한 것은 또 무엇이란 말인가. 해 아래 새것이 어디 있으며 고유한 것은 또 어디 있단 말인가.

나는 내가 하는 일에 의미를 부여하지 않는다. 부여할 의미가 없기 때문이다. 나의 고객들의 삶이 의미 없는 것처럼(나는 그렇게 생각한다. 그런데도 어째서 그들의 삶을 글자로 옮기는 일을 하는가, 하고 물을 수 있다. 나는 대답한다. 그것은 나의 직업이다. 직업이란 숙제와 같은 것이지 취미와 같은 것이 아니다. 왜 그런 직업, 그런 숙제를 받았느냐고 물을 텐가? 내가 대답할 질문이 아니다. 다만 나는 이렇게 말할 것이다. 이러나저러나 의미 없기는 마찬가지이기 때문이다) 그들의 삶을 활자로 옮겨 적는 나의 삶도 의미가 없다. 그 삶에 대한 단편적인 기록들인 나의 일기들 역시 의미 없기는 마찬가지다. 나는 왜 쓰는가. 그냥 쓴다. 의미가 없기 때문에 쓴다.

내가 타고 있는 것은 세월이다. 세월은 나의 의지를 묻는 일 없이 정해진 길을 간다. 세월은 흐른다. 흐르는 것이 세월의 본질이다. 모든 것이 잠들어도 시간은 잠들지 않는다. 모든 것이 멈춰도 시간은 멈추지 않는다. 흐름이 시간의 본질이라는 말은 그런 뜻이다. 오늘의 시간은 어제로부터 흘러왔고, 내일의 시간은 오늘을 거쳐 흘러간다. 어제는 오늘 속으로 들어와 살고, 오늘은 내일 속으로 들어가 섞인다. 그 세월 안에서 아무리 발악을 해도 나의 의지는 세월 밖으로 전달되지 않는다. 세월에 제동을 거는 일 따위는 아예 불가능하다. 세월의 승객에게 필요하고 가능한 한 가지는 단지 버티는 것이다. 갈 때까지 가는 것이다. 그리고 세월이 멈추면 같이 멈춰 서는 것이다. 그것이 최선이기 때문이 아니라 그렇게밖에 할 수 없기 때문에.

4월 12일 화요일

　수면(睡眠)의 세계는 문을 여러 개 가지고 있다. 적어도 나에게는 그러하다. 나는 어렵게 잠들고 마지못해 깨어난다. 수면의 세계를 빠져나오기 위해서는 의식과 무의식 사이의 여러 개의 층들마다에 세워져 있는 수없이 많은 문들을 지나쳐야 한다. 의식에 가까운 무의식이 있고, 무의식에 가까운 의식이 있다. 또 의식에 가까운 무의식에 가까운 의식이 있고, 무의식에 가까운 의식에 가까운 무의식이 있다. 하나의 선이 셀 수 없이 많은 점들의 집합인 것처럼 나의 내면 또한 그러하다. 그 점들마다에 문이 세워져 있다. 마지막 문을 열고 현실의 세계로 나오기까지 나는 수문장들과 힘든 싸움을 벌여야 하고, 그리하여 잠에서 깨어났을 때 내 육체와 정신은 상처투성이가 되어 있다. 나의 아침은 그래서 언제나 비장하고 늘 피곤하다. 마치 감옥에서 탈출한 탈옥수와 같다. 몸은 곤죽이 되어 있고, 정신은 관(棺)처럼 어둡다. 햇빛은 나의 아침을 기웃거리지 않고, 못하고, 새는 나의 창문에서 노래하지 않는다, 못한다.

　매일 아침, 가수면의 상태에서 내가 듣는 것은 대개의 경우 누군가의 어떤 목소리이다. 그렇다고 그 목소리가 나를 깨운다는 뜻은 아니다. 어느 것도 나를 깨우지 않는다. 나는 곤죽이 되도록 얻어맞으며 잠으로부터의 길고 험한 터널을 지나온다. 물론 문을 지키는 자들과 타협을 하기도 한다. 하지만 타협도 따지고 보면 싸움의 한 양상이다. 싸움이 없으면 타협도 없다. 그러니까 가수면의 터널 속으로 미끄러져 들어오는 그 목소리는 나의 힘든 전투가 막바지에 이르렀음을 암시하는 역할을 할 뿐이다. 나는 아직 터널 안에 있고, 그 목소리는 터널 밖에 있다. 터널 밖의 목소리가 터널 안에 있는 내 귀에 닿았다면, 그것은 내가 터널을 거의 다 빠져나왔음을 가리킨다. 그때부터 마지막 싸움이다. 마지막 싸움은 힘에 부친다. 이미 내 몸과 정신이 충분히 공격을 받고 상처를 입었기 때문이다. 그럴 때 그 목소리는 일종의 응원가처럼 들린다. 이제 다 왔다. 저 문이 마지막이다. 저 문만 열면 된다. 조금만 힘을 내라……

목소리는 둥글고 부드럽다. 약간 매끄럽고 전혀 각이 느껴지지 않는다. 나는 목소리를 통해, 목소리만으로, 말하는 사람의 얼굴을 본다. 그 목소리는 송충이라도 붙어 있는 것처럼 짙은 눈썹과 보통보다 조금 두툼해 보이는 귓불과 면도 자국이 파르스름한 코밑, 그리고 말할 때마다 들여다보이는 뻐드렁니를 내 눈앞에 그려 보인다. 내 경험에 의하면, 사람은 대개의 경우 생긴 대로 말한다. 그렇게 생긴 사람은 그렇게 말한다는 것이 내 생각이다. 나는 음성만 듣고도 그 사람이 어떻게 생겼는지를, 그 사람이 일부러 목소리를 변조하지 않는 한, 어느 정도는 알아맞힐 수 있다고 장담한다. 그것은 내가 특별한 능력이나 기술을 가지고 있어서가 아니다. 특별하다면, 내 몸에 붙은 습관 덕택일 것이다. 나는 웬만해서는 사람들의 얼굴을 보지 않는다. 길을 걸을 때는 물론 대화를 할 때도 상대방에게 시선을 똑바로 주는 법이 거의 없다. 언제부터 왜 생겼는지 모르겠지만, 그것은 매우 오래전부터 익숙해진 내 습관이다. 목소리로부터 사람의 얼굴을 유추해내는 재주도(그것이 재주라면) 그렇게 해서 생겨났을 것이다. 얼굴을 먼저 보아 알고 있다면 목소리에서 생김새를 유추할 필요가 없다. 실체를 알고 있는 사람이 무엇 때문에 그림자에 연연하겠는가.

  나는 반쯤 깨어난 상태로, 그러니까 마지막 문틈에 몸이 끼인 채로 둥글고 부드럽고 약간 매끄러운 그 목소리를 듣고 있다. 그 목소리의 주인이 누구인지를 나는 물론 안다. 최 아무개라는 텔레비전 뉴스 진행자. 그는 토요일과 일요일을 제외하고 매일 아침 한 시간 동안 뉴스를 진행한다. 그의 크고 작은 물방울무늬가 그려진 넓은 넥타이는 이제 나에게 매우 친숙하다. 거의 모든 아침에 그는 내가 대하는 첫 사람이다. 그것은 그가 진행하는 뉴스 프로를 내가 특별히 좋아해서가 아니라(나는 어떤 방송도 특별히 좋아하지 않는다), 대개의 경우 그 사람이 뉴스를 진행하는 그 한 시간 사이에 전투를 끝내고 밖으로 나오기 때문이다. 내 방 안의 텔레비전은 그 시간에 켜지도록 미리 타이머가 조절되어 있다. 일부러 타이머를 조작해둔 기억이 없는데 언제 어떤 경로를 통해 텔레비전이 그렇게 되어 있는지 모르겠다. 아마도 리모컨의 버튼들을 이것저것 누르다가 우연히 타이머를 작동시켰던 모양이다. 나는 텔레비전에 그런 기능이 있다는 사실을 애초에 알지도 못했거니와 새삼스레 타이머 기능을 해제할 필요도 느끼지 않았기 때문에 그대로 두었다.

아나운서는 말한다. 그는 말하고 또 말한다. 텔레비전 화면에는 그가 전하는 말들이 그림으로 나타나고 있을 것이다. 그러나 내가 눈을 감고 있는 한 그림은 보이지 않는다. 상상할 수는 있지만 볼 수는 없다. 사실 나는 그림에도 관심이 없다. 나는 눈을 뜨지 않은 채 아나운서가 하는 말들을 듣는다. 눈을 뜰 때까지 듣는다.

그러니까 나는 아직 눈을 뜨지 않고 있다. 방에 존재하는 것은 뉴스 진행자의 목소리이다. 나는 고개를 숙인 채, 눈을 감은 채, 얼굴을 보지 않은 채 그 남자의 목소리만 듣는다. 그는, "지난밤에 중계동 아파트 단지 상가 건물 다섯 군데에 잇달아 도둑이 들었습니다. 도둑은 70여 개 점포에서 담배, 양주 등 모두 1,300여만 원어치의 금품을 털어 갔습니다"라고 말한다. 잠시 사이를 두었다가(아마 그는 아주 잠깐이지만 다음 원고 내용을 잊어먹은 것 같다. 카메라가 그를 피해 있으므로 그는 마음 놓고 책상 위에 놓인 원고를 들고 읽는다. 도둑에 의해 털려나간 슈퍼마켓의 내부를 화면을 통해 보고 있는 사람은 그 짧은 순간의 그의 실수를 꼬집지 못한다. 하지만 나는 그림을 보지 않고 있다. 그러므로 어렵지 않게 그 실수를 눈치챌 수 있다) 그는 "상인들은 대부분 현금을 가지고 귀가했기 때문에 피해 액수는 그다지 크지 않은 것으로 알려졌으나······" 하고 태연히 읽는다. 그의 둥글고 부드럽고 약간 매끄러운 목소리는 내가 잠의 감옥으로부터 완전한 탈출에 성공했음을 확인시킨다. 텔레비전은 부지런하고 또 친절하다. 나는 그 뉴스

방송이 언제부터 시작되었는지 알지 못한다. 하지만 나는 텔레비전이 나의 완벽한 탈옥을 증명해주기 위해 방송을 내보내고 있다는 사실만은 의심 없이 믿고 있다. 그는 계속 뉴스를 전한다.

……이번 교통 사고로 숨진 장 변호사는 지난해 감사 때 부동산 과다 소유로 여론의 표적이 되자 법복을 벗었습니다. 범행 현장에서는 이번에도 30센티미터 크기의 화살이 발견되었습니다. 화살은 숨진 변호사의 심장에 박혀 있었습니다. 그 점으로 미루어 보아 단순한 교통사고는 아닌 것이 분명해 보입니다. 하지만 범인이 누구인지, 무엇 때문에 범행을 저질렀는지, 그리고 현장에 꽂힌 화살이 시사하는 바가 무엇인지는 아직 확인되지 않고 있습니다. 이번에 다시 현장에서 화살이 발견됨으로써 최근 다섯 달 사이 이와 유사한 사건은 모두 다섯 건으로 늘어났습니다. 모종의 동일한 목적을 이루기 위해 동일범들에 의해 저질러지고 있는 것으로 추측되는 이 사건들은 여태 미궁에 빠져 있고, 범행을 저지른 개인이나 혹은 집단이 화살을 통해 전하려는 메시지가 무엇인지도 아직 오리무중입니다. 경찰은…….

나는 비로소 고개를 들어 텔레비전 화면을 본다. 죽은 사람의 심장에 꽂힌 화살을 본다. 화살은 남자의 가슴에 한 송이 꽃처럼 박혀 있다. 이자는 누구인가? 누구이며 무엇 때문에 화살을 남기는 것일까. 일을 벌이고, 피투성이가 되어 쓰러져 있는 희생자 곁에 무슨 징표처럼, 또는 암호처럼 화살을 남긴다. 벌써 다섯 번째. 두 번은 방화였고, 한 번은 살인, 그리고 이번 걸 포함하여 두 번이 교통사고. 이자가 뛰어난 유머 감각을 소유하고 있다고 말할 수 있을까? 나는 생각한다. 사람을 해치는 데 목적이 있는 것이 아니라, 이자에게 중요한 것이, 범행 자체나 또는 그 범행을 통해 얻게 될 어떤 이득이 아니라, 단지 화살을 남기는 것이라면, 그러기 위해서, 사건을 일으키는 것뿐이라면, 그렇게 말할 수 있지 않을까? 사람들은 너무 심각하거나 진지해서, 혹은 모든 것을 인과적 필연성으로 파악하려고 해서 유머를 보지 못한다. 요컨대 화살을 남기기 위해 사건이 필요할 수 있는 것이다. 그는 놀라운 일을 하고 있다. 순간 나는 그를 향해 형언하기 어려운 친밀감을 느낀다.

나는 방바닥에 무릎을 세우고 앉아 머리맡에 놓여 있는 연필을 들어 충동적으로 무언가를 쓰기 시작한다.

그는 화살로 이 세상을 향해 수수께끼를 던진다. 세상은 선택의 여지가 없어졌다. 이제 세상은 그가 던진 수수께끼를 풀어야 할 숙제를 떠안았다. 달걀을 깨서 세우든, 매듭을 잘라 매듭을 풀든 그것은 그가 아닌 모든 세상 사람의 몫이다. 숙제는 일방적으로 주어지는 것, 세상은 이 수수께끼를 거부할 수 없다. 왜 우리가 수수께끼를 풀어야 하느냐라든가, 이 수수께끼를 푸는 것에 무슨 유익이 있단 말이냐, 하고 반문할 수도 없다. 그것은 옳은 처신이 아니다. 왜냐하면 그가 수수께끼를 냈기 때문이다. 그가 먼저 질문을 던졌기 때문이다…….

이런 일을 벌일 줄 아는 인간이야말로 이 평평하고 밋밋한 세상을 울퉁불퉁하게 만들고, 꿈틀거리게 만드는 장본인이다. 나는 그를 모른다. 그런데, 어쩐 일일까, 나는 그자를 향해 걷잡을 길 없는 친밀감과 질투심을 같이 느낀다. 그는 누구보다 먼저, 누구나 꿈꾸는 일을 하고 있다. 그런데 왜 내가 아니고, 그자일까. 실제로 내가 바로 그 화살의 주인인 것처럼 생각되기도 한다. 어쩐 일인지 그자가 내 속에 들어와 있는 것처럼 여겨지기도 한다.

그런데…… 어째서 화살일까. 나는 묻는다. 내 속의 나에게. 어째서 총이나 칼이 아니라, 그렇게 시대착오적이고 차라리 낭만적이기까지 한 화살이어야 할까. 유머를 위해서라고 말할 수는 없다. 거기 놓인 화살이 유머라도, 유머를 위해 화살을 쏜 것이라고 단정할 수는 없다. 유머를 통해 표현한 것을, 유머를 위해서 표현한 것이라고 해서는 안 된다. 그것들은 같은 말이 아니다. 화살을 통해 이 작자는 무언가를 말하려고 한다. 그것은 의심의 여지가 없어 보인다. 화살은, 이자의, 이 세상에 대한, 부정적인, 그것이 무엇인지는 정확히 알 수 없지만, 극단의, 열정의 표현이다. 그는 무슨 말을 하고 있는 것일까. 나는 묻는다. 내 속의 그에게. 나는 고개를 더 깊이 숙인다. 고개를 한없이 깊이 숙이면 소리마저 들리지 않게 된다. 그러면 소리를 듣는 동안에는 보이지 않던 어떤 형제가 희미하게 나타나곤 한다.

  나는 눈앞에서 활을 본다. 활은 젊은 여자의 육체처럼 날씬하다. 활은 관능미로 충만해 있다. 활이 허공을 향해 기지개를 켜듯 팽팽하게 시위를 당길 때 그것은 흉기의 모습이 아니다. 흉기라니. 저렇게 매력적인 흉기가 있을 수 있단 말인가. 아니, 그 매력이야말로 이 흉기의 남다른 면이라 해야 할지 모른다. 시위를 벗어난 화살은 빠르고 유연하게 비행한다. 화살은 머물 곳을 찾는다. 나는 하늘을 가르며 날아오는 화살에 내 심장을 기꺼이 내준다. 내 심장에서 쏟아져 나온 달콤한 피가 가슴을 타고 흐른다. 나는 통증 없이 운다. 울면서 하늘을 본다. 화살은 어디서 날아오는가. 활을 쏘는 사람은 하늘을 향해 쏘았다. 그렇다고 하늘이 표적이라고 할 수는 없다. 표적은 따로 있다. 그런데도 화살은 하늘을 향해 겨냥되고, 하늘의 벌판을 지나 표적을 향해 날아간다. 하늘의 벌판을 달려가고 있는 날쌘 화살을 보고 있는 사람은, 그 화살이 어디서부터 날아온 것인지 알 수가 없다. 그 출발점이 도무지 보이지 않기 때문이다. 지구 끝에서부터? 아니면 저 시간의 시원에서부터 날아왔을까? 오로지 내 가슴만을 겨냥하고? 그런 상상이 나를 황홀하게 한다. 지구 끝, 혹은 저 시간의 출발점에서부터 오직 나의 심장만을 표적으로 삼고 날아온 단 하나의 화살이 있었다는 상상은 너무 독하게 황홀해서 나를 혼절하게 한다. 나는 내가 조금 전까지 누워 있었던 바로 그 자리로 다시 부드럽게 쓰러진다.

4월 13일 수요일

　사람들은 살기 위해서 이 도시로 몰려오는 모양이다. 그러나 나는 오히려 여기서 죽어가는 것이라고 생각될 뿐이다. 방금 밖에 나갔다 돌아왔다. 내 눈에는 묘하게도 병원만 보였다.
　거리는 온통 냄새를 풍기기 시작했다. 요오드포름과 감자를 튀기는 기름 냄새, 그리고 불안, 이 세 가지 냄새를 나는 구별해 낼 수 있었다……. 그 밖에 나는 유모차 안에 타고 있는 아이를 보았다. 포동포동하며 푸르스름한 빛이 감돌고, 이마에는 부스럼이 두드러지게 나 있는 아이였다. 부스럼은 아물어서 아프진 않은 듯했다. 아이는 자고 있었다. 입을 벌린 채 요오드포름과 감자 튀김과 불안의 냄새를 그대로 들이마시고 있었다. 할 수 없는 일이다. 중요한 문제는 산다고 하는 것이다. 그것이 중요한 일이다.

　(릴케, 『말테의 수기』에서)

　번민이 없는 자들을 질시하지 마라. 그들은 나무로 만든 우상에 지나지 않는다. 그들에게 도무지 결핍이 없다는 것은, 그들의 영혼이 빈곤하기 때문이다. 그들이 비나 일광을 구하지 않는 것은 키워야 할 것을 아무것도 가지고 있지 않기 때문이다.
　그렇다. 깊지 않은 마음과 비좁은 정신을 가지고 행복하고 평화롭게 산다는 건 참으로 쉬운 일이다. 그대가 그것을 기뻐한다면 그것도 나쁘진 않겠지. 화살이 표적에 맞아도 판대기는 비명을 지르지 않으며, 빈 병을 벽에 던져도 둔탁한 소리를 낼 뿐이다. 그런다고 해서 화를 낼 사람이 어디 있겠느냐.

다만 사랑하는 그대여, 그대는 그대만큼 행복하지도, 만족해하지도 못하는 사람들을 만났을 때, 그 사람들이 이해되지 않더라도 그대의 입장을 지킨 채 그저 말없이 놀라고 있기만 하면 된다.

(F. 횔덜린, 『히페리온』에서)

4월 14일 목요일

오후 3시. 사르트르는 이 시각을 무엇을 하려고 해도 언제나 너무 늦거나 너무 이른 시간이라고 했다. "오후의 기묘한 시각. 오늘은 참을 수가 없다."

그 시간에 나는 한 출판사의 사무실에 앉아 있다. 출판사가 들어 있는 건물은 도로변에서 멀찌감치 떨어져 있다. 교도소를 연상시키는 4층짜리 검붉은 벽돌 건물인데, 출판사는 그곳의 4층에 세 들어 있다. 버스에서 내려서 약 십 분 정도 시장 골목을 걸어가야 한다. 나는 그 길을 아주 느릿느릿 걸어서 다닌다. 홍씨 성을 가진 출판사의 사장은 자리에 없다.

"조금만 기다려달라고 그러던데요."

사장의 처제이기도 한 여직원이 사무실 문을 열고 들어서는 내게 고개만 까딱하고 대뜸 그렇게 말한다. 그러고는 다시 책상 위로 고개를 처박는다.

"어디 갔어요?"

나는 소파에 몸을 부리며 그녀에게 묻는다. 대답이 돌아오지 않는다. 언제나 그렇듯 그녀는 벌써 나에게서 관심을 거둬들였다. 나는 탁자 위에서 책을 한 권 집어 든다. 《화제의 인물》이라는, 일주일에 한 번씩 나오는 시사 주간지의 겉표지에는 와이셔츠 단추가 뜯어져 나갈 정도로 맘껏 배를 내밀고 있는 소위 정치 실세들의 기고만장한 표정이 장난스럽게 그려져 있다. '실세들의 오만 백태'라는 고딕 활자가 눈에 들어온다. 건성으로 여기저기 페이지를 넘겨본다. 메이저리그에 진출한 한 젊은 야구 선수의 얼굴이 보인다. 조계종 총무원장의 사진도 보인다. 나는 글씨는 읽지 않고 그림만 본다. 그림 밑에 조그맣게 한두 줄 들어가 있는 그림 설명이라도 읽어보려고 하는데, 글씨들이 잘 들어오지 않는다. 수면 부족 때문일까(나의 경우 잠을 자는 것은 휴식이 아니라 전투이다), 눈은 침침하고, 몸은 나른하다. 문득 뾰족한 바늘이 가슴을 찌르는 것 같은 통증이 느껴진다. 가슴은 불규칙적으로 따끔거린다. 자주는 아니지만, 최근 들어 이런 증세가 찾아오곤 했다. 기분이 좋지 않다. 어떨 때는 그 따끔거림의 정도가 너무 심해서 실제로 바늘에 찔린 것처럼 "아얏!" 하고 소리를 지르기도 한다.

실내 공기가 너무 탁한 게 아닌가 싶어 창문을 본다. 창문은 반쯤 열려 있고, 그 틈으로 유령 같은 바람이 스며 들어오고 있다. 유령 같은 바람은 창문 앞에 서 있는 벤자민의 넓은 이파리들을 쓰다듬는다. 몸을 웅크리며 불쾌한 간지럼을 견디고 있는 벤자민 이파리의 표정을 나는 상상한다. 갑자기 키득거리는 웃음소리가 들린다. 식물의 웃음이라고 할 수 없는 소리다. 순간 유령이 웃는가 싶어 어리둥절해진다. 다시 한 번 키득키득……. 나는 주변을 둘러본다. 웃음소리는 책상 위에 앉은 여자에게서 난다. 그녀는 갑자기 의자를 뒤로 젖히며 읽고 있던 책을 자기 머리 위로 쳐든다. 그런 자세로 연신 키득거리기를 계속한다. 책을 읽고 있었던가. 저 책에 빠져서 내 질문을 듣지 못했던가. 그래서 대답하지 않았던가. 나는 기분이 좀 우울해진다. 표지가 요란한 만화책을 붙들고 있는 그녀의 시뻘건 손톱과 의자 뒤로 늘어뜨려져 하늘거리는 그녀의 긴 머리카락이 문득 도발적으로 보인다. 도발적이라는 느낌이 나를 충동질한다. 여자의 손톱과 머리카락을 밑동이 드러나도록 짧게 잘라버리고 싶다는 충동이 불쑥 치솟는 걸 느낀다. 충동은 언제나 충족을 목표로 하여 발동한다. 그러나 모든 충동이 충족되는 건 아니다. 충족될 수 없는 충동은 상상 속으로 들어간다. 나는 내 속에서 솟구치는 상상을 제지하고 싶지 않은 것이 아니라 제지하지 못한다.

나는 양팔과 양다리가 묶인 채 침대에 누워 있는 그녀를 향해 가위를 치켜들고 천천히 다가가는 나를 상상한다. 여자는 두려움에 사로잡혀 몸을 벌벌 떨며 얼굴을 일그러뜨리고, 나는 그녀의 눈을 똑바로 쳐다본다. 여자는 내 눈을 피하려 하고, 나는 그녀의 머리채를 잡아 올려 시선을 다른 데 두지 못하게 한다. 여자는 눈을 감으려 한다. 나는 그것도 허락하지 않는다. 공포에 사로잡힌 여자의 애원하는 듯한 눈빛과 표정이 나를 흥분하게 한다. 공포가 엄습할 때 짓는 사람들의 표정은 적나라하다. 나는 그 표정에서 모멸감과 수치를 본다. 수치스러움을 느끼는 사람의 적나라한 공포의 표정은 성적인 흥분과 관련되어 있다. 그 때문에 사람들은 수치를 내보이지 않으려 하는 것이라고 나는 생각한다. 여자의 은밀함을 엿보고 있다는 의식이 성감대를 건드린다. 내 신체의 어느 부분인가가 맹렬한 기세로 긴장하며 팽창해오는 걸 느낀다……. 그 순간에 전화가 걸려오지 않았다면, 나는 내 머릿속의 그림을 현실로 옮기려고 시도했을지 모른다. 그러지 않았더라도, 내 상상은 더 끔찍해졌을 것이다. 나는 내 속에 들어 있는 것이 무섭다. 오후 3시. 기묘한 시간, 나는 나의 백일몽을 견딜 수 없다.

"조금만 기다리시라는대요. 요 앞에서 사우나 하고 있는데, 지금 출발하신대요."

여자는 전화기를 내려놓으며 눈을 들어 나를 본다. 나는 그녀에게 반응을 보이지 않은 채 손에 들린 주간지를 정독하고 있었다는 시늉을 한다. 여자는 샐쭉한 표정을 지어 보이며 서랍을 열어 무엇인가를 요란스럽게 찾는다. 나는 그런 그녀를 곁눈질한다. 서랍을 열고 닫는 소리가 세 번 들리고, 그녀는 후라보노 껌을 꺼내어 입에 넣는다. 껌 포장지를 구기는 소리가 들리고, 그것을 휴지통에 던져 넣는 소리가 들리고, 그리고 이내 입을 벌려 짝짝 껌을 씹는 소리가 들린다. 긴 머리, 빨간 매니큐어가 칠해진 열 개의 손톱, 그리고 짝짝 소리 나게 껌을 씹는, 껌을 씹기 위해 분주하게 여닫히는 입. 그것들은 나의 내면에 들어와 어떤 이미지를 형성한다. 나는 펼쳐진 시사 주간지의 사진 밑에 붙은 설명문에 눈을 바짝 댄다. "과거 대통령의 주치의로 이름을 날렸던 서울대 의대 송희석 교수. 그는 이온수를 이용, 장 청소하는 방법을 시도해 성공함으로써 변비로 고생하는 많은 환자들에게 치료의 길을 열어준 '명의'이다." 여자는 여전히 껌을 씹는다. 가끔씩 키득거리는 소리가 들린다. 간지럼이라도 타는 듯 은밀스런 웃음소리가 기왕에 나의 내부에서 만들어지고 있던 야릇한 이미지에 덧붙여진다. 나는 내 정신이 흔들리는 걸 느낀다. 나는 거칠게 머리를 흔든다. 내부의 이미지들은 휘저어지지 않는다. 오후 3시에 조심성 없는 여자와 닫힌 공간에 함께 있는 것은 위험하다.

  사장은 십 분쯤 후에 문을 열고 나타났다. 머리카락이 가지런하고, 얼굴에서 윤기가 번들거린다. 오후 3시까지는 무슨 일이 있더라도 사무실로 나오라고 닦달해놓고서 여태껏 사우나탕에서 땀이나 빼고 있었다는 위인의 처사가 못마땅하지만, 나는 그런 걸 문제 삼고 싶은 마음은 없다. 그는 그런 놈이다.

  그는 아침 일찍 전화를 걸어왔다. 그때 나는 아직 잠자리에서 일어나지 않은 상태였고, 따라서 전화를 받을 수 없었다. 짙은 눈썹과 두툼한 귓불과 면도 자국이 파르스름한 코밑, 그리고 뻐드렁니를 가진 사나이의 둥글고 부드럽고 매끄러운 목소리가 나의 의식과 무의식의 경계 속으로 손을 밀어 넣었다 빼었다를 반복하는 중이었다. 그러나 전화는 거의 일 분 간격으로 계속해서 걸려왔고, 나는 별수 없이 전화기 쪽으로 기어갔다. 수화기를 들자마자 그는 내가 오랫동안 전화를 받지 않았다고 나무랐다. 집에 있을 땐 제발 전화를 잘 좀 받으라고 야단쳤고, 아침엔 좀 일찍 일어나라는 충고도 되풀이했다. 이어서 그는 뭘 좀 먹었느냐고 물어왔다. 나는 아직 잠자리에 누워 있는 데다가 아침엔 언제나 아무것도 먹지 않는다고 대답했다. "참 그렇지, 그래도 아침엔 뭘 좀 먹는 게 좋다는데. 그래야 머리가 팽팽 돌아간다는데……" 어쩌구 주절거리고 나서 오늘 오후 시간이 어떠냐고 물었다. 나는 하루 종일 집에 있을 거라고 대답했다. 사실이 그랬다. 나는 아무 데도 나가고 싶지 않았고, 아무 데도 나갈 곳이 없었다. 그러자 그는 오후 3시까지 사무실로 나오라고 했다. 나는 무슨 일이냐고 물었고, 그는 일이 있다고, 와서 이야기하자고만 말했었다.

"미안해. 오래 기다리진 않았지? 어젯밤에 과음을 했더니 몸이 찌뿌둥해서 견딜 수 있어야지. 몸을 좀 푸느라고……. 그 일은 잘돼가?"

"무슨 일?"

"아, 그 사형수 건 말이야."

"뭐, 그냥. 아직 모르겠어."

"잘하고 있겠지. 그건 그렇고, 바로 본론을 이야기할게. 딴 게 아니고 말이야, 지금 진행하고 있는 일이 있긴 하지만, 그래도 자네가 해줬으면 싶은 일이 하나 생겨서 말이야……."

그는 내 맞은편 소파에 빈자리가 있는데도, 굳이 자기 책상 앞에 놓여 있는 의자를 끌어와 앉으며 목소리를 죽인다. 은밀하게 말함으로써 그는 무엇인가를 과시하려 한다. 말하자면 일종의 친밀감 같은 것, 당신을 신뢰하고 있다는, 그러므로 당신도 나에게 신뢰를 표현하지 않으면 안 된다는 은근한 협박 같은 것. 그의 속삭임은 설탕으로 포장한 독약 같은 느낌을 준다. 독약은 독약이기 때문에 더 많은 설탕을 필요로 한다.

"처제, 어제 그 손님 파일 좀 이리 가져와봐……. 가만있자. 그러고 보니까 여태 차 대접도 안 했나? 여기 커피도 한 잔씩 주고."

그는 여자가 앉아 있는 쪽을 향해 소리 지르고 나서 다시 내 쪽으로 고개를 돌려 은밀스런 표정을 짓는다. 나는 그의 시선을 피한다. 한쪽 벽에 동양화 한 점이 걸려 있고, 그 옆에 '당신도 당신의 역사를 가질 권리가 있다'라는 글씨가 적힌 액자가 하나 걸려 있다. 반대편 벽에도 비슷한 것이 하나 걸려 있는데, 거기에는 '기록되지 않은 삶은 존재하지 않은 것과 같다'라고 적혀 있다. 자비로 자신의 수필집이나 회고록 따위를 출판하고 싶어 하는 사람들이 늘어나면서 '시민들'은 호황을 맞고 있는 낌새였다.

얼마 전부터는 신문 지면에 광고를 실었는데, 그 이후 부적 문의 전화가 많아지고 있다고 했다. 벽에 걸린 두 개의 액자에 적힌 문구는, 바로 그 신문 광고에서 뽑은 것이었다. 그것을 무슨 대단한 작품이나 좌우명이라도 된다는 듯이 표구를 해서 걸어둘 생각을 한 사람은 물론 사장이었다. 그 발상의 치기만만함과 그의 의식의 치졸함이 고스란히 담겨 표구되어 있는 셈이었다.

사장은 손톱에 빨간 매니큐어를 칠한 손으로 여자가 건네는 파일을 받아 든다.

"커피 두 잔. 나는 평소대로 설탕을 많이 넣어서."

그는 한 번 더 여자에게 커피를 부탁하고, 이번에는 내 옆자리로 옮겨 앉는다. 사장의 처제는 가스레인지와 주전자와 컵과 커피통 따위들이 가지런히 진열되어 있는 칸막이 안쪽으로 들어간다. 허벅지가 드러나 보이는 짧은 스커트가 그녀의 몸을 육감적으로 보이게 한다. 나는 몸에 찰싹 달라붙는 그녀의 짧은 스커트의 울퉁불퉁한 움직임을 멍하니 바라보고 있다. 저 여자는 나를 우습게 보고 있다. 갑자기 그런 생각이 든다. 문득 침대에 묶인 채 누워 있는 여자의 그림이 눈앞에 다시 펼쳐진다. 그림은 너무 선명해서 환상이라는 생각이 들지 않을 정도이다. 내 손에는 어김없이 가위가 들려 있다. 왜 내 손에는 가위가 들려 있을까. 이 가위는 무얼 하자는 가위일까. 이 가위는 나의 어떤 욕망의 암호일까. 여자의 얼굴은 공포 때문에 하얗게 탈색되고, 나는 여자의 머리카락과 손톱을 자르고, 그러나 거기서 멈추지 않고, 이어서 치마를 자르러 한다. 두려움과 불안으로 헝클어진 여자의 표정이 나의 욕망을 거세게 흔든다. 나는 욕망한다. 지금 나의 무의식을 형성하고 있는 것은 욕망의 미세한 세포들이다……. 저 여자는 나를 무시하고 있다. 저 여자는, 우스꽝스럽고 유치하기 그지없는 한낱 만화책보다 나를 낫게 여기지 않는다. 어처구니없지만 아마도 그것이 사실일 것이다. 나는 가위질을 한다. 그녀의 짧은 치마가 넝마가 되어 바닥에 떨어진다. 쾌감이 내 몸속으로 빠르게, 이를테면 물처럼 스며 들어오는 걸 느낀다. 지금 나의 모세혈관을 타고 흐르는 것은 피가 아니다. 피보다 붉고 뜨거운 기운이 주입되고 있다. 그것은 나의 내면 가장 깊은 곳까지 침투해 들어온다. 걷잡을 길 없는 쾌감의 독. 독의 쾌감. '나는 그것을 투명한 공기와 함께 들이마신다.' '그것은 나의 체내로 스며 들어와 침전되고 굳어져서 기관과 기관 사이에 날카롭게 기하학적인 도형을 만들어낸다.'

"이 친구, 이거 어딜 신경 쓰고 있어? 여길 보라고."

사장은 내 시선을 따라 여자 쪽을 힐끗거리며 내 무릎을 자기 무릎으로 툭 건드린다. 그가 주목한 것은 내 시선의 방향이다. 내 손에 들린 가위를 그는 보지 못한다. 당연히 내 속에 침투해 있는 독에 대해서도 그는 알지 못한다. 그의 입가에 야릇한 웃음이 물리는 걸 나는 모른 체한다. 그는 다시 한 번, 칸막이 너머로 완전히 사라져 이제 그 육감적인 하체는 보이지 않고 뒷머리만 어른거리는 여자 쪽에 시선을 주었다가 내 편으로 고개를 돌린다. 은밀한 눈빛과 야릇한 웃음은 여전하다. 그는 한층 잦아드는 목소리로 속삭인다.

"생각 있어? 머리는 비었지만, 몸은 쓸 만해 보이지? 어때?"

"무슨."

나는 황급히 고개를 저으며 짐짓 그가 펼쳐놓은 파일에 고개를 처박는다. 나의 백일몽을 누군가 눈치채는 게 싫다. 나는 그런 굴욕을 견뎌내지 못할 것이다. 그가 지껄인 말의 내용보다 그가 내 귀에 바짝 대고 무엇인가를 속삭였다는 사실 자체가 나를 역겨움 속으로 빠뜨린다. 그런 식의 친밀한 감정 표현에 나는 길들여져 있지 않다. 그런 표현 속에서 나는 너무 쉽게 위장된 음모와 은폐된 술수를 찾아낸다. 불행하고 또 불행한 감각이다.

칸막이 너머에서 딸그락거리는 소리가 계속해서 들린다. 주전자 뚜껑이 여닫히고, 커피통이 열리고, 차 스푼이 커피잔의 표면에 부딪히고 하는 모든 소리들이 의식을 혼란스럽게 한다. 무엇 때문인지, 예민한 귀는 그렇게 평범하고 자잘한 소리들을 한없이 크게 증폭해서 듣고 있다. 기분 같아서는 소리라도 꽥꽥 지르고 싶다. 나는 그런 여자에게 지나치게 신경을 빼앗기고 있는 나 자신을 이해할 수 없다. 그래서 마음이 편해지지 않는다.

"전화 통화만 몇 번 했는데, 젊은 여자야. 예감이 나쁘지 않아. 만나봐야겠지만, 돈도 꽤 있는 눈치이고. 암튼 만나서 자세한 이야길 하기로 했거든. 자기가 이쪽으로 오고 싶지는 않다는 게 무슨 비밀스런 사정이라도 있는 건지⋯⋯. 내가 직접 맡아서 일할 사람을 데리고 나가겠다고 약속했는데, 사정이 생겼지 뭐야. 박 사장 알지? 이번에 지방의회에라도 진출해보겠다고 깝죽거리는데, 바람을 좀 집어넣어야 하지 않겠어? 그동안 공들인 게 있잖나. 그런데 작자가 내일 좀 보잔다. 이건 놓칠 수 없는 큰 고기야. 정치 바람 든 졸부처럼 물 좋은 물건이 어딨냐? 최고지. 앞으로도 계속 일이 있을 거고, 암튼 관계를 잘 유지해두어야지. 그런 데를 내가 안 갈 수 없잖아? 공교롭게 두 군데가 겹쳤단 말이야. 그래서 이 여자 손님한테는 네가 대신 좀 나가달라고, 그래서 널 부른 거야."

"내가?"

"그래. 어차피 네가 그 일도 맡아야 할 테니까 말이야."

"나는 지금 하고 있는 일이 있잖아."

"하나 더 해야지 뭐. 이번 건 시간 다투는 일은 아닌 것 같거든. 사실 그 사형수 일도 그렇고…… 날 좀 도와줘야지 어떻게 해."

그는 목소리에 친밀감을 더덕더덕 붙인다. 언제나 나를 당혹스럽게 하는 친밀감이다. 그는 나와 같은 학교를 다녔지만, 나는 한 번도 그를 친구라고 생각해본 적이 없다. 친구라고 생각했다면, 이런 식으로 관계를 맺고 있지는 않을 것이다. 그런데도 그는 나에게 가끔씩 우정의 표시를 하는 걸 즐긴다. 말 그대로이다. 그는 표현하고 드러내고 부풀리는 걸 즐기는 유형의 인간이다. 그는 두 개가 있으면 마치 열 개가 있는 것처럼 부풀린다. 하나도 없을 때에도 두 개쯤 있는 것처럼은 얼마든지 표현할 줄 아는 사람이다. 그는 그런 사람이다. 그 점에서도 그는 나와 퍽 다르다.

내가 전혀 그렇게 생각하지 않는 상대로부터 친밀함의 표현을 받을 때 내 속의 방어기제는 그 친밀감을 기습 공격으로 받아들인다. 난데없는 기습을 받은 정신은 어리둥절해진다. 그럴 때면 지렁이의 미끌미끌한 피부가 맨살에 닿는 것처럼 난처하고 역겹다. 난처함과 역겨움은 억울함보다 견디기 수월한 감정이 아니다.

"이젠 너도 어느 정도는 고객을 다룰 줄 알지? 처음 만났을 때는 우선 탐색을 하라고. 그게 중요해. 어떤 면에서는 그게 제일 중요해. 어떻게 공격을 해야 할지, 상대가 얼마만 한 타격까지 감당할 능력이 있어 보이는지를 파악해야 하거든……. 그리고 기회를 봐서 적당하게 찌르라고. 우선적으로 고려해야 할 것은 고객의 사회적 신분과 경제적 수준이야. 사람들은 자기에게 어울리는 값이 있다는 걸 알고 있거든. 그 값을 정확하게 포착해서 부르는 거야. 그러면 꼼짝없지. 너무 비싸게 불러도 안 되지만, 너무 싸게 부르는 것은 더 좋지 않아. 이 장사는 어차피 사람들의 속 빈 허영심을 부추기는 거란 말이야. 적당히 추어주면서 허영심에 빵빵하게 바람을 집어넣으면 값을 올릴 수 있어. 그것들은 제 값이 오르는 줄 알지만, 실제로 오르는 것은 우리가 하는 일의 값일 뿐이야. 거기에 묘미가 있단 말이야. 실패하면 안 돼. 알지?"

딸그락거리는 소리는 좀처럼 멈추지 않는다. 나는 여자가 껌을 씹는 소리까지 선명하게 듣고 있다. 사장의 목소리는, 창문

밖에서 들려오는 차 소리나 바람 소리와 마찬가지로 단순한 배경음에 불과하다. 내 귓속에서 그의 목소리는 단지 웅웅거릴 뿐이다. 웅웅거리는, 그것은 거의 사람의 목소리 같지가 않다. 나는 이마의 땀을 닦는다. 홍이 그런 내 모습을 이상하다는 듯 쳐다본다. "벌써 더워?" 하고 물을 듯한 기세다. 그것도 더할 수 없는 친밀함을 과시하며. 그러기 전에 무슨 말인가를 먼저 건네야 한다고 생각한다. 나는 다소 짜증 섞인 음성으로 묻는다.

"그 손님에게 돈 이야길 아직 안 한 거야?"

"만나봐야 값이 나오지, 이 친구야. 우리 일에 정해진 값이 어딨어? 이젠 자네도 그 정도는 할 수 있잖아. 관록이 있는데 안 그래?"

"나더러 협상을 하라고?"

"물론이지. 가능하다면 계약서에 사인까지 받아 오라고."

"모르겠어. 내가 잘할 수 있을지."

커피는 그때 나왔다. 사장의 처제는 허리를 굽히고 테이블 위에 두 잔의 커피를 내려놓는다. 여자는 껌을 씹지 않는다. 내가 잘못 들은 것이 아니라면, 그녀는 조금 전까지도 후라보노 껌을 씹고 있었다. 칸막이 저쪽에서 커피를 끓이는 시종 그녀가 껌을 씹는 소리를 나는 들었다. 내가 잘못 들었을 수도 있다. 그녀는 어쩌면 벌써, 그러니까 사장이 사무실에 들어오기 직전이나 직후에 그 껌을 휴지에 싸서 휴지통에 버렸는지 모른다. 사무실 안에서 껌을 소리 나게 씹는 걸 사장이 몹시 싫어하지 말란 법이 없다. 만일에 그렇다면, 그리고 그녀가 껌을 조용하게 씹을 줄 모른다면, 형부이자 사장의 신경을 건드리지 않기 위해 그녀는 그가 사무실에 있을 때는 껌을 씹고 싶은 자신의 욕구를 애써 자제해야 할 것이다. 그게 아니라면, 지금 막 쟁반에 커피잔을 받쳐 들고 나오면서 길목에 있는 휴지통을 향해 푸, 하고 그것을 뱉어버렸을까. 그랬는지도 모른다. 하지만 그것을 확인하자고 그녀에게 물어볼 수는 없는 일이고, 그녀의 책상 밑에 있는 휴지통과 칸막이 옆에 있는 휴지통을 뒤져볼 수도 없는 일이다.

나는 내가 아무짝에도 쓸모없는 넝마 같은 생각들에 붙들려 있다는 걸 인식하고 있다. 나의 생각이 넝마 같다는 것, 그럼에도 불구하고 그 넝마를 떨쳐버리지 못한다는 것, 그 넝마가 내 생각들을 붙들고 있다는 것, 그 사실이 나를 참담하게 한다. 나는 무언지는 알 수 없지만, 그와 유사한 어떤 소리를 여자가 껌을 씹는 소리로 잘못 들은 모양이라고 단정해버리기로 한다. 착시가 있을진대 착청(錯聽)이 없으란 법이 어디 있겠는가.

"이 친구가 제법 처제한테 관심이 있는 모양인데, 처제는 어떻게 생각해?"

사장은 커피잔을 들어 올리며 히죽히죽 웃는다. 나는 당황해서 손을 내젓고(그런데 나는 왜 당황할까?), 여자는 입을 삐죽이며 돌아선다. 나를 뭘로 보고 그런 말을 해요? 하고 다그치는 소리를 듣는다. 물론 그녀는 그렇게 말하지 않는다. 그러나 말하지 않아도 나는 듣는다. 나는 안다. 나는 못생겼고, 남성다운 매력이 하나도 없고, 지저분하다. 나는 추하다. 이 여자는 나를 무시하고 있다. 나의 억제된 의식은 다시금 내 손에 가위를 쥐어준다. 나는 다시 가위를 든다(그런데 왜 나에게는 가위가 필요할까?). 그녀의 드러난 허벅지에 사장의 눈길이 꽂힌다. 작자의 눈길에는 아무리 정직할 때도 사기(邪氣)가 끼어 있다. 그의 눈빛은 언제나 축축하고, 음흉스럽다. 그 눈빛이 그가 세상을 어떻게 바라보며 어떻게 살아내고 있는지를 가장 잘 말해준다고 나는 생각한다. 그 눈은 어쩌면 내 눈을 닮았는지 모른다. 나는 그와 다른 부류라고 우기지만, 내가 우기는 만큼 그와 내가 정말로 다른지는 장담할 수 없다. 우리들은 다르면서 닮았다. 나는 많은 부분에서 그와 다르지만, 다른 부분을 제외하고는 닮은꼴이다.

나는 왜 그를 혐오하는가. 왜 혐오하면서도 그에게 붙들려 있는가. 모순이지만, 그가 뿜어내는 사악한 눈빛 때문이다. 그 눈빛이 건네는 음침한 유혹 때문이다. 어둠은 유혹의 흡반을 가졌다. 범죄는, 그 표면이 달콤하다. '음흉하다. 그래서 배척하는 것이 아니라, 그래서 끌린다.' 그렇지만 그 때문에 내가 그를 좋아한다는 것은 아니다. 나는 그를 결코 좋아하지 않는다. 비단 그가 나와 똑같은 눈을 가졌기 때문이 아니다. 그런 건 본질적인 문제가 아니다. 무엇보다도 나는, 진정으로 이 세상 누구도 진정으로 좋아하지 않기 때문이다. 그 역시 나를 좋아하지 않는다는 걸 나는 안다. 왜냐하면, 그 또한 어떤 사람도 진정으로 좋아할 만한 위인이 아니라는 걸 믿기 때문이다.

4월 15일 금요일

　새처럼 자유롭고 싶다고 우리는 흔히 말한다. 그런데, 새들은 정말로 '새처럼' 자유로운 것일까. '새처럼 자유롭다'는 말은 이미 낡아 해진 관용구가 되어버린 지 오래다. 그런데도 자유롭다고 말할 때는 어째서 꼭 새에 비유하는가? 예컨대 '사람처럼 자유롭다'거나 '돌처럼', 또는 '꽃처럼 자유롭다'고 하지 않는 까닭은 무엇인가.
　사람들은 새의 날개에 대해 터무니없는 오해를 하고 있다. 그들이 날아다녀야 한다는 것은 숙명이지 자유가 아니다. 그들은 날아다니고 싶은 것이 아니고, 날아다니도록 되어 있고 '날아다녀야만' 한다. 돌이나 꽃이 새보다 자유롭지 않다고 말할 수 없다. 새가 자유로운 것이 아니라, 자유로운 새가 있고, 자유롭지 않은 새가 있다. 병든 새, 배고픈 새, 사랑을 잃고 우는 새, 피곤한 새, 근심이 가득한 새도 날아다닌다. 그들이 배고프지 않은 꽃이나 돌이나 근심 없는 사람보다 자유롭다고 말할 수 없다.
　나는 동물원에서 우리 안에 갇힌 동물들을 본다. 원숭이들과 사슴들과 기린 같은 순한 동물들을 보고, 호랑이와 사자와 곰 같은 맹수들도 본다. 그들은 철제 우리 안에 갇혀 어슬렁거리고 있다. 그리고 나는 또 본다. 마찬가지로 우리 안에 갇혀 있는 새들. 그들도 갇혀 있다. 날개를 푸드덕거리며 축소된 하늘의 이곳저곳을 날아다니긴 하지만, 그들의 비행은 우리 안으로 제한되어 있다. 호랑이나 사슴이 '우리 안에서' 어슬렁어슬렁 '걸어 다니는' 것처럼, 새들도 역시 '우리 안에서' 훨훨 '날아다니는' 것이다. 차이는 어슬렁어슬렁이거나 훨훨 정도이다. 새들은 호랑이나 사슴이 자유로운 만큼 자유롭고, 그들이 부자유한 만큼 부자유하다. 그들의 자유는 '우리 안의' 자유이다. 새들이 자유롭다고? 무책임하게, 관습적으로 그렇게 말하지 마라. 이 세상의 모든 자유는 '~안의' 자유이다. 숙명 안의 자유. 그러므로 숙명이 없으면 자유도 없다.

같은 날, 저녁

  누나는 한숨만 내쉰다. 그녀도 이제 한계에 이르렀다. 누나의 한숨은 그 사실을 다시 확인시킨다. 누나가 지쳤다면 더 이상 어떻게 해볼 수가 없는 것이다. 이 세상의 그 누구도 나의 누나처럼 견딜 수 없다. 그녀로서는 할 만큼 했고, 견딜 만큼 견뎠다.
  그러면 어떻게? 가장 좋기로는 애초에 그를 받아들이지 않는 것이었다. 도대체 그가 우리에게 무엇이란 말인가. 아버지? 그렇게 부조리하고 역겨운 이름을 나는 달리 떠올릴 수 없다.
  아버지가 우리 앞에 나타난 것은 이 년 전이다. 그때 누나는 결혼한 지 오 년째였고, 돌 지난 딸아이가 하나 있었다. 그 스스로 어린 자식들을 버리고 떠난 지 이십 년이 훨씬 지난 후에 불쑥 나타난 아버지는 이상하게 비굴해져서 연신 고개를 주억거렸는데, 그 모습은 너무나 낯설고 보기 흉했다. 누나도 그랬겠지만, 나 역시도 도무지 그가 그 난폭한 노름꾼과 같은 인물이라는 사실을 인정하기가 어려웠다. 어이가 없었고, 입을 열 수가 없었다. 아버지를 데려온 구청 직원이란 사람의 설명에 의하면, 아버지는 술에 취한 채 길거리에 쓰러진 모습으로 발견되어 시립 병원으로 옮겨졌는데, 신원을 밝힐 만한 자료를 찾던 중 그의 안쪽 호주머니에서 누나와 내 이름을 발견했다고 했다. 직원이 보여준 낡은 수첩에는 누나와 내 이름 곁에 각각의 주민등록번호와 전에 우리가 살았던 시장통의 주소가 적혀 있었다. 아버지는 줄곧 손을 떨었고, 안면 근육이 불규칙적으로 씰룩거렸으며, 말은 아예 하지 못하는 것 같았다. 그의 몸에서는 참을 수 없는 악취가 났다. 더욱 충격적이었던 것은, 처음 대면하는 자리에서, 우리의 그 잘난 아버지께서 선 채로 줄줄 오줌을 누어버린 일이었다. 그의 바짓가랑이를 타고 흘러내리는 물줄기는 누나의 입을 딱 벌어지게 했고, 나의 입을 다물게 했다. 그는 그렇게 난데없는 재앙 덩어리로 우리 앞에 나타났다.

 내가 무슨 말을 할 수 있었겠는가. 나는 그 불합리한 사태를 납득할 수 없었고, 그를 용납할 수도 없었다. 그가 나에게 무엇이란 말인가. 한 번도 나는 그를 필요로 하지 않았다. 내게는 그럴 기회조차 주어지지 않았다. 나는 아버지가 없어서 나의 어린 시절이 유난히 불행했다는 식의 말을 하려는 것이 아니다. 결코 그런 뜻이 아니다. 아버지는 존재하지 않았고, 나는 그러한 나의 현실에 친숙했다. 그의 존재가 충만이 아닌 것처럼, 그의 부재 역시 결핍이 아니었다. 그런데 내 앞에 나타난 이자는 누구란 말인가. 그에게 나를 연결하고 있는 '핏줄'이라는 것의 그 불합리하고 부조리한 끈을 나는 인정하기가 힘들었다. 인정하고 싶지 않았다. 그는, 내가 이해할 수 없는, 너무 낯선 현실이었다. 머리 끝으로 피톨들이 튀어 오르는 느낌이었고, 갑자기 욕지기가 치솟았다. 나는 의미 없는 소리를 지르며 그 자리에 쓰러져 사지를 버둥거렸다. 나는 제정신이 아니었다. 그런데도 아버지는 눈만 멀뚱멀뚱 뜬 채 표정 없이 서 있기만 했다.

누나는 마땅히 자기가 져야 할 짐이라는 듯 아버지를 시어머니와 남편과 돌 지난 딸아이가 함께 살고 있는 자신의 스물한 평짜리 전셋집으로 데리고 갔다. 아버지의 상태는 생각보다 훨씬 심각하게 망가진 모양이었다. 며칠 후에 만난 누나는 거의 울 듯한 표정으로, 아버지가 말을 못할 뿐만 아니라 한쪽 팔이 마비 상태이고, 분별력이나 인지능력이 전혀 없는 듯하며, 대소변도 가리지 못한다고 했다. 누군가 늘 붙어서 돌보지 않으면 무슨 일이 생길지 모른다는 것이었다. 그는, 말 그대로 역겨운 사물이었다.

누나는 아버지를 운명처럼 수용하려고 했다. 권리로서가 아니라 의무로서 감당해야 하는 영역에 운명이 있다. "어떻게 하겠니? 하는 수 없지 뭐. 어쨌거나 아버진데……"를 연발하는 모습이 아무래도 잘 설득되지 않는 자신 안의 한 부분을 억지로 납득

시키려고 애쓰는 눈치였다.

"시어머니까지 계시는데, 계속 비좁은 우리 집에서 모실 수는 없는 일이고, 이웃집에 마침 빈방이 하나 있길래 얻기로 했다. 병원에 한 번 모시고 갔는데, 집안에서 감당하는 것 말고는 다른 방법이 없다는구나. 원한다면 간병인을 소개해준다고 하더라마는 그 돈을 무슨 수로 감당한다니? 내가 수시로 들러서 세끼 밥을 지어주고 용변도 해결해주고 그럴 생각이다. 그것 말고는 다른 길이 없어 보이는구나. 저 몸을 해가지고 살면 얼마나 오래 사시겠니?"

그러나 누나는 잘못 생각했다. 얼마나 오래 사시겠느냐던 아버지는 벌써 이 년이 넘게 목숨을 부지해오고 있다. 아버지는 처음에 왔을 때보다 몸은 오히려 더 좋아진 것 같다고 한다. 누나가 전해주는 바에 의하면, 식욕이 이상스레 왕성하다는 것이었다. 음식의 양을 줄이면 어린아이처럼 투정을 부리는 통에 그럴 수도 없다고 했다.

나는 직접 그를 보지 않는다. 그 앞에 서면 나는 다시 발작을 일으킬지 모른다. 누나는 벌써 이 년째 그 엄청난 일을 혼자서 감당해오고 있다. 어떻게 그럴 수 있는지, 아, 나는 참으로 그녀가 경탄스러웠다.

그런데 그런 그녀도 이젠 지쳐가고 있다. 나는 그녀를 이해한다. 이해할 수 없는 것은 오히려 지난 이 년 동안 그녀가 보여준 성자 같은 인내심이다. 그것만으로도 그녀는 너무 지나치게 많이 했다. 할 수만 있다면 그녀를 부조리하고 불합리한 핏줄의 끈에서 풀어주고 싶다. 하지만 어떻게? 누나는 한숨을 내쉬고, 무력한 나는 짜증을 낸다.

"내가 뭐랬어? 거절해야 한다고 했지? 도대체 그 사람이 뭐야? 뭐길래 우리 인생에 끼워 넣어?"

나의 슬픈 누나는 고개를 젓는다.

"아니다. 아니다. 그렇게 말하면 못쓴다. 아버지한테 그렇게 막말하면 안 된다."

할 수 없는 사람. 나는 누나를 남겨둔 채 찻집을 나와버린다.

4월 16일 토요일

나는 어떤 여자를 만나기 위해 강변이 내려다보이는 호텔 커피숍에 앉아 있다. 저녁 6시. 나는 내가 만날 여자가 어떤 사람인지 모른다.

출판사 사무실을 나선 것은 5시 가까워서였다. 사장은 가는 길이라며 나를 자기 차에 태워서 이 호텔 정문 앞에 내려주었다. "건투를 비네." 차에서 내리는 나를 향해 그가 한쪽 눈을 찡긋해 보이며 그렇게 말했다. 한쪽 주먹을 눈높이로 들어 올려 불끈 쥐어 보이기까지 했다. 그러고는 곧장 떠나갔다. 그는 정치병에 걸린 한 중소기업 사장을 만나기 위해서 시내에 있는 다른 호텔로 떠났다.

  여자와 약속한 시간은 6시였으므로 나에게는 얼마간의 여유가 있었다. 나는 호텔 안으로 들어가지 않고 강가로 걸어갔다. 고층 빌딩에 반쯤 걸린 태양으로부터 붉은 햇살이 모래처럼 부서져 내려와 강의 수면 위에서 스르륵스르륵 미끄럼을 타고 있었다. 강 위로 부교(浮橋)가 놓여 있고, 몇 채의 보트가 그곳에 꼬리를 붙들린 채 둥둥 떠 있었다. 부교가 끝나는 지점에 찻집과 음식점들이 들어서 있었다. 아직 날씨가 그렇게 포근하지 않아서인지 사람은 많지 않아 보였다. 연인으로 보이는 남녀 한 쌍이 어깨를 맞대고 계단에 앉아 강물을 바라보고 있을 뿐이었다. 한 찻집에서 노랫소리가 나지막하게 흘러나왔다……. 오늘 문득 그대 손을 마주 잡고서, 창 넓은 찻집에서 다정스런 눈빛으로, 예전에 그랬듯이, 마주 보며 사랑하고파…….

  나는 계단처럼 만들어진 방파제 한구석에 털썩 주저앉았다. 버려진 신문지가 한 장 눈에 들어왔다. 나는 그 신문을 무의식적으로 집어 들었다. 날짜가 한참 지난 석간 신문이었다. 나는 그것을 펼쳐 읽으며 시간을 보내기로 했다. 우루과이라운드, 조계종 총무원장, 북한 핵, 과천선 전철, 그리고 집권당의 사전 선거 운동, 전격 사임한 일본 수상 등이 뉴스거리를 제공하고 있었다. 사회면을 펼치자 얼마 전에 위장된 교통사고로 숨진 전직 판사의 얼굴이 나왔다. 그는 대머리였고, 신경질적인 눈매를 하고 있었다. 그 사진 곁에, 그 사진의 열 배쯤 되는 크기로 어수선한 현장

사진이 실려 있고, 사진 하단에 작은 고딕 글씨로 '범인은 이번에도 원시적 무기인 화살을 현장에 남겼다. 그러나 이 화살이 범행에 쓰인 흉기는 아닌 것으로 밝혀졌다'는 문구가 적혀 있었다.

  그것이 범행에 사용되지 않았다는 것은 무엇을 의미하는 걸까. 어렵지 않게 마련된 대답이 내 속에 있었다. 그것은 하나의 기호인 것이다. 즉, 그 화살은 하나의 상징으로 그곳에 있는 것이다. 화살은 죽어 누운 사람의 심장 부분에 꽂혀 있다. 화살 끝이 지금도 파르르파르르 떨고 있는 것만 같다. 제 흥분에 겨워 몸을 파르르 떠는 화살. 그 그림은 나의 숨을 멈추게 한다. 화살은 어디서 날아왔을까. 화살은 왜 거기 있을까. 화살은 언젠가부터 나의 화두가 되어 있었다. 나는 그 화살의 존재를 자주 오랫동안 묵상했고, 범행 현장에 그것을 남긴 미지의 인물을 향해 알 수 없는 질투를 쏘아대곤 했다. 그는 누구일까…….

  나는 신문에서 그 판사 출신 변호사의 심장에 박힌 화살 사진을 찢어서 호주머니에 넣고 자리에서 일어섰다. 시계를 보았다. 6시가 거의 다 되어 있었다. 나는 천천히 호텔을 향해 걸어갔다.

  나는 지금 창가 쪽에 자리를 잡고 앉아 있다. 나는 종업원에게 내 이름과 내가 만나러 온 여자의 이름을 알려주었다. 여자가 나타난다면, 이 무궁화 네 개짜리 호텔 커피숍의 친절한 종업원은 곧바로 내가 앉아 있는 테이블로 그녀를 안내해줄 것이다.

  천장은 높고, 실내는 사람들로 웅성거리지만, 말소리는 구별되어 들리지 않는다. 높은 천장은 바로 옆자리에 앉은 사람의 음성도 잘 들리지 않게 만들어버린다. 고성능의 진공청소기가 먼지들을 빨아들이듯 천장에 달린 강력한 흡반이 허공에 떠도는 소음들을 여지없이 흡수해 들이는 것 같다. 그 가공할 식탐. 나는 머리가 어지러워지는 걸 느낀다. 나는 턱없이 높은 천장이 기분 나쁘다.

강물에 반사된 햇빛이 어른거린다. 강물은 햇빛의 가벼운 애무만으로도 간지럼을 탄다. 강물은 민감한 여자와 같다. 억제하는 듯 꿈틀거리는 강물의 움직임이 퍽이나 관능적이라고 나는 생각한다. 사람들은 부지런히 무슨 이야기인가를 나누고, 그러나 나는 그들의 소리를 듣지 못하고, 유리창 한쪽에 얼굴을 붙인 채 불그스름해진 물의 관능을 훔쳐본다. 눈꺼풀이 조금 무거워지는 것을 느낀다. 눈을 감으면 안 된다고 생각하면서(왜냐하면 그러다 잠이 들어버릴지도 모르므로) 나는 눈을 감는다.

어떤 여자가 나타날지 나는 모른다. 홍은 내가 만날 여자에 대해 자세히 말하지 않았다. 사실 그는 내가 만날 여자에 대해 별로 알고 있는 것이 없었다. 몇 차례의 전화 통화밖에 하지 않은 상태에서 그가 무얼 알아낼 수 있었겠는가. 이름이 민초희라는 것, 현재로서는 그것이 유일하게 분명한 정보였다. 물론 그 이름이 본명이라고 장담할 수도 없는 노릇이긴 하지만.

"'시민들'에서 나오셨습니까?"

누군가 나에게 말을 건다. 어렴풋하게 잠이 들려던 참이었던

가. 목소리에 어쩐지 현실감이 느껴지지 않는다. 거기다가 여자 목소리가 아니다. 나는 눈을 뜨고, 얼굴을 유리창에서 떼어내고, 그리고 고개를 끄덕인다.

"민초희 씨를 만나러 오셨습니까?"

질문이 다시 날아온다. 이번에도 같은 목소리이다. 사십 대 전후, 마른 체격, 금주(禁酒)파, 그 대신 골초, 남쪽 지방 출신, 과묵한 충신형……. 그의 목소리는 그런 식으로 나에게 기본적인 자료들을 제공한다. 나는 눈을 뜨고 고개를 들어 상대의 얼굴을 살피고, 제공된 자료들이 크게 틀리지 않았음을 확인한다. 그 사실이 나에게 만족감을 선물한다.

이자가 민초희란 말인가. 그러지 말란 법은 없을 것이다. 민초희라는 이름이 여성에게 어울리긴 하지만, 그렇다고 그 이름이 남자에게 붙여져서는 안 된다는 무슨 규정이 있는 것은 아니다. 하지만 사장은 내가 만날 사람의 이름이 민초희라고만 하지 않고, 그 민초희가 틀림없이 여자, 그것도 비교적 젊은 여자인 것 같다고 했었다. 몇 차례 전화 통화를 했다고 했으므로, 그가 단지 상대방의 이름만 듣고 여자라고 판단했으리라고 추측할 수는 없다. 그렇다면 혹시 민초희라는 이름의 이 남자가 다른 여자에게, 예컨대 부하 직원이나 여동생을 시켜 전화를 한 것은 아닐까. 그러지 말라는 법은 없다. 그러나 그런 추측은 어쩐지 그다지 나의 마음에 흡족하지 않다.

"당신이 민초희 씨입니까?"

나는 남자의 얼굴로부터 다시 눈을 거두고 묻는다.

"아닙니다. 나는 민초희 씨가 보내서 온 사람입니다. 민초희 씨를 만나러 오신 분이 맞습니까?"

그는 독일 병정처럼 말한다. 그의 말은 건조하고, 절도가 있다. 말과 말 사이에 감정이 스며들 여지가 별로 없어 보인다. 어렸을 때 어른들은, 길을 걸을 때는 한눈팔지 마라, 하고 말하곤 했었다. 나는 그 말을 한동안 이해할 수 없었다. 나에게 길을 걷는 것은 한눈을 팔기 위해서였다. 그렇지 않다면 무엇 때문에 길을 걷는단 말인가. 지금도 나는 여전히 한눈팔지 않는 걸음걸이에 익숙하지 않다. 아마도 나는 좀처럼 그런 습관을 습득하지 못할 것이다. 갑자기 어린 시절의 걸음걸이에 대한 충고를 떠올린 것은 이 남자의 목소리 때문이다. 이 남자의 목소리가 해찰 부리지 않고 곧장 앞을 향해 걸어가는 사람의 고지식한 걸음걸이를 연상하게 한다. 똑바른 걸음걸이, 직선의 목소리, 직각의 생활 태도…… 답답하고 고지식하다. 아마도 틀림없이 나는 이 사람을 이해하지 못할 것이고, 마찬가지로 이 남자도 나를 이해하지 못할 것이다.

"그렇긴 한데요."

나는 곡선으로 대답한다. 천장에 매달린 흡반이 잽싸게 내 말을 빨아들인다. 나는 천장이 너무 높다는 사실이 자꾸만 신경 쓰인다. 높은 곳에서는 가장 효과적으로 낮은 곳을 감시할 수 있다. 높은 것들은 왜 높은 곳에 있는가. 낮은 곳, 또는 낮은 곳에 있는 것들을 감시하기 위해서다. 산에 올라가는 사람이 산에 올라가는 진짜 이유는 무엇인가. 그곳에 산이 있기 때문에? 그 대답이야말로 가장 교묘한 진실의 은폐이다. 그것은 본심을 숨기기 위해 동원한 선문답이다. 그곳이 어디든, 위로 올라가는 것은 내려다보거나 빨아들이기 위해서다. 요컨대 장악하기 위해서다. 장악하려는 자는 올라가야 한다.

고백하건대 나는 때때로 내가 누군가에게 감시당하고 있다는 느낌에 사로잡히곤 한다. 누군가 몰래 나를 내려다보고 있다는 인식이 종종 나를 혼란스럽게 한다. 나는 그 미지의 시선에 대해 견딜 수 없는 불안을 느낀다. 그런데 그것이 다가 아니다. 그 불안은 기묘하다. 불안한데, 불안하기만 한 것은 아니다. 나는 내 불안 속에서 일종의 감미로움을 발견하고 놀란다. 내 방에 혼자 있다가도 그런 식의 불안과 감미로움을 한꺼번에 체험하곤 한다. 더러는 다른 사람과 대화를 나누거나 밥을 먹다가도 아주 드문 경우지만 마치 백일몽처럼 그런 느낌의 엄습을 받을 때가 있다. 예컨대 지금처럼. 이 남자가 나를 엿보고 있다는 것은 끔찍하고 섬찟한 일이다. 끔찍하고 섬찟한 불안의 섬세한 그물이 내 의식을 뒤덮고 있다는 느낌이 어째서 감미로움을 동반하는 걸까. 나는 뭐라고 말할 수 없다. 나는 내가 생각해도 건강하지 않다. 몸과 마음이 다 그렇다.

"저를 따라오십시오. 제가 모셔다 드리겠습니다."

남자가 건조한 목소리로 말한다.

"아니, 나는 여기서 약속을 했는데요."

"여사님께서 다른 곳에 계십니다. 여사님께서는 죄송하다고 말씀드리고, 선생님을 모셔 오라고 하셨습니다. 그래서 제가 왔습니다."

"민초희 씨가 당신을 보냈단 말입니까?"

"그렇습니다."

"어디로 말입니까?"

나는 다소 짜증스럽게 묻는다.

그러나 나의 말은 그의 말을 따라잡지 못한다. 나의 말은 공중에서 분해되어 흩어진다. 그는 큰 키를 곧추세우고서 뚜벅뚜벅 걸어 나가고 있다. 나는 내 분해된 말들의 잔해를 물끄러미 바라보며 아주 잠깐 동안 그를 따라 나갈 것인가, 말 것인가 생각한다. 기분이 썩 유쾌하지는 않지만 그를 따라 몸을 일으켜 세우는 것 말고는 별다른 방법이 있을 것 같지 않다. 나는 탁자 위에 널브러져 있는 신문들을 그대로 둔 채 의자에서 일어난다.

밖으로 나오니 바람이 나뭇잎들을 흔들고 있다. 호텔 건물 한쪽에 걸린 긴 현수막이 발악하듯 떤다. '상조회 연수 모임 환영'이라는 글자가 요동친다. 기름을 칠한 듯 번들거리는 검은 세단의 한쪽 문을 붙잡고 남자가 호텔 정문 앞에 서 있다. 그가 차에 타라는 손짓을 한다. 그의 자세는 여전히 직각이다. 어떤 경우에도 한눈팔지 않는 자의 도식적인 의젓함이 몸에 배어 있다. 아마도 그는 직업군인이었으리라. 아마도 그는 전역한 지 일 년도 채

지나지 않았으리라……. 나는 그가 잡고 있는 문을 통해 안으로 들어간다. 실내는 안방처럼 넓고, 차는 미동도 없이 부드럽게 미끄러져 나간다. 갑자기 이 값비싼 외제 차의 주인이 어떻게 생겼을지 궁금해지기 시작한다. 민초희는 사장이 생각한 것보다 훨씬 값 나가는 여자인지 모른다. 그런 생각이 문득 스쳐 간다. 호텔을 빠져나온 차는 이내 강변길을 따라 속도를 낸다. 붉은 비늘 같은 햇살이 강물의 표면을 빠르게 미끄러져 가는 모습이 보인다.

"어디로 갑니까?"

나는 묻는다.

"여사님께서 기다리고 계시는 곳으로 갑니다."

"그곳이 어딥니까?"

나는 다시 묻는다. 그러나 이번에는 대답이 없다. 그는 한눈팔지 않고 정면을 주시한 채 운전을 한다. 이자는 나를 어딘가로 납치해 가는지도 모른다. 그런데도 겁이 나지 않는 건 왜일까? 남자의 독일 병정다운 태도에서 나는 고지식함과 융통성 없음과 충성스러움을 읽는다. 이자는 제 스스로 무슨 일을 처리할 수 있는 위인이 아니다. 만일 나를 납치하는 거라면, 그것은 누군가 그에게 그렇게 하라고 시켰기 때문일 것이다. 그리고 만일 그가 누군가로부터 그런 지시를 받았다면, 그리고 그 누군가가 그가 무시할 수 없는 인물이라면, 이자는 제 목숨을 바쳐서라도 그 임무를 수행해낼 것이다. 저항해도 소용없을 것이다. 이자는 그런 인상을 풍기는 위인이다. 때로는 교활한 자보다 고지식한 자가 더 무섭다. 왜일까, 그런데도 나는 도무지 무섭지가 않다. 그런데도 슬금슬금 정체 모를 웃음이 나온다. 나는 그에게 더 말을 시키지 않기로 하고 몸을 뒤로 젖힌다.

무엇이 나를 웃게 했을까. 그 와중에 긴장하고 불안해하는 대신 웃음 짓게 한 것은 무엇이었을까. 나는 생각한다. 그것은 똑바로 핸들을 잡고 차를 모는 운전기사의 독일 병정다움이 아니었다. 그 순간 나를 웃게 한 것은 실은 나의 초대자였다. 민초희의 특이한 초대 방식은 그녀 자신이 특별한 유형의 인간임을 드러낸다. 나는 무언가 특별한 일이 일어날 것 같은 예감에 사로잡혔고(특별한 것은 가치 있는 것이라는 생각을 나는 하고 있다. 평범이야말로 무가치하고 악한 것이다. 언제나 나를 긴장시키는 것은 평범하지 않은 어떤 것들이다. 물론 이 생각이 평범하기 짝이 없는 생각이라는 것도 알고 있다), 그 순간에 벌써 그녀를 향해 무턱대고 신뢰를 보내기로 작정해버린 것이라고 할까. 이렇게 움직이는 사람은 결코 저런 식으로 행동하지는 않는다는 신념을 나는 고수한다.

그리고 나의 추측과 기대는 어긋나지 않았다.

민초희는 젊다. 내가 막연하게 상상했던 것보다 더 젊어 보인다. 그녀는 지금 한 다리를 반대쪽 다리에 올리고 앉아 담배에 불을 붙이고 있다. 은은한 실내조명이 그녀의 약간 비스듬한 자세 위로 운무처럼 내리고 있다. 그리고 아주 나지막하게 곡목을 알 수 없는 노래가 흐른다. 이 방에 들어올 때부터 음악 소리가 퍼져 있었던 것 같다. 흐느적거리는 여자의 목소리가 가느다란 바이올린의 현 위에 실려 있다. 바이올린의 선율은 아주 작고 위험하기 짝이 없는, 비유하자면 고무보트이다. 그 보트 위에서 노래는 기우뚱거리며 아슬아슬하게 균형을 유지하고 있다.

나는 이곳이 어디인지 아직 모른다. 독일 병정은 검은 세단에 나를 태우고 강변을 달려 서울을 빠져나갔다. 여기까지 오는 동안 강물은 불그스름해졌다가 점차 검회색으로 변했고, 마침내 완전히 깜깜해졌다. 차를 모는 사람은 나를 어디로 데리고 가는지 말하지 않았고, 나도 묻지 않았다. 나는 운전기사를 믿었고 (그런데 어떻게 나는 그를 믿은 것일까), 그를 고용하고 있는 그의 '여사님'을 믿었다(그녀를 왜?).

차에서 내렸을 때, 주위는 여전히 강변이었다. 그러나 다른 강변이었다. 우리는 강을 따라 상류 쪽으로 이동해 왔다. 같은 강이지만 상류 쪽의 강은 폭이 조금 넓고 주변의 풍광도 한층 그럴듯했다. 도시의 한복판을 관통해 흐르는 강과 아무려면 차이가 없겠는가. 떠나온 서울의 강변에 있는 호텔보다 작은 규모의 건물이 눈앞에 서 있었다. 네온 간판이 깜박이며 '리버힐'이라는 글자를 되풀이해서 쓰고 있었다.

리버힐의 1층은 차를 마시고 식사를 할 수 있는 공간이었고, 2층부터는 객실이었다. 독일 병정은 건물 뒤쪽 엘리베이터를 타고 곧장 위로 올라갔다. 건물은 6층짜리였는데, 그는 6층의 맨 안쪽 방으로 나를 데리고 들어갔다. 방은 넓었고, 한쪽 벽이 통유리여서 강이 한눈에 내려다보였다. 다른 벽 가운데 한쪽은 전체가 거울이었다. 거울은 방 안에 있는 모든 물건들을 품고 있었다. 크고 고급스러워 보이는 6인용의 소파가 그 방의 한가운데 있었다. 오디오와 텔레비전 세트, 그리고 가로등 모양의 옷걸이, 고운 모래가 가지런히 펼쳐진 넓은 바다를 촬영한 사진과 키가 작은 책상이 눈에 띄었다. 사람은 보이지 않았다. 아주 작은 노랫소리만 빈 공간을 흐느적거리고 있었다. 독일 병정은 거기서 조금 기다리라고 말한 다음 밖으로 나갔고, 나는 대책 없이 그렇게 했다. 잠시 후에 그는 밥상을 가지고 들어와 식사를 하며 기다리라고 했고, 나는 별로 밥 생각이 없었기 때문에 몇 숟가락 국물을 뜨다 말고 한쪽으로 밀쳐버렸다. 그리고 나는 창가에 붙어 서서 어둠 속에 깊이 침잠해 있는 강물을 내려다보며 시간을 보냈다. 나는 초대한 사람이 좀 무례하다는 생각을 했다.

민초희가 들어온 것은 내가 밥상을 물리고 나서도 한 이십 분쯤 지난 다음이었다. 그녀는 내가 들어왔던 문을 열고 들어오지 않았다. 미처 눈치채지 못했는데 복도 쪽으로 난 문 말고 안쪽에 또 다른 문이 있었다. 그 문은 아마도 다른 방과 연결되어 있는 듯했다. 그녀는 그 문을 열고, 그러니까 옆방에서 들어왔다. 어쩌면 그녀는 벌써부터 내 바로 옆방에 와 있었는지 모른다. 옆방에 앉아 내가 하는 행동거지를 하나하나 보고 있었는지 모른다. 한번 떠오른 그 생각은 쉽게 사그라지지 않았다. 정말로 꼭 그랬을 것만 같았다. 나중에는 은밀한 구멍이나 무슨 장치 같은 것이

벽에 붙어 있을지 모른다는 생각까지 들었다. 나는 한쪽 벽 전체를 가리고 있는 거울을 수상쩍은 눈빛으로 힐끗 쳐다보았다. 불쑥 치밀어 오른 그런 생각이 나의 내면을 이상스런 열기로 덥히고 있었다.

여자가 다가와 "민초희입니다. 이렇게 먼 데까지 오시게 해서 죄송합니다"라고 인사했다. 마땅히 그녀의 무례를 따져야 한다고 생각하면서도 나는 어물어물 고개만 숙이고 그대로 자리에 주저앉아버렸다. 그때 이미 나는, 어떤 의미로든, 그녀에게 홀려버렸는지 모른다. 민초희가 젊은 여자라는 정도는 사장으로부터 이미 들어서 알고 있었지만, 이렇게까지 젊으리라고는 생각하지 않았기 때문에 나는 조금 당황스러웠다. 그녀는 이십 대 후반 정도로밖에는 보이지 않았다. 아무리 많이 잡아준다 하더라도 내 나이 이상으로 보이지는 않았다. 그렇다면 서른다섯을 넘기지 않았다는 뜻이 된다. 서른다섯의 '여사님'은 어딘지 어울리지 않아 보였다. 거기다가 밤이라서 그랬는지 모르지만, 그녀의 얼굴은 아름다워 보였다. 그렇게 빼어난 미인은 처음 본다는 느낌이 들 정도였다. 그녀의 얼굴을 똑바로 쳐다보기가 어려웠다. 그녀는 차를 마시겠느냐고 물었고, 나는 그렇게 하겠다고 대답했다. 그녀는 옆으로 가서 손수 차를 끓였다.

탁자 위에 놓인 홍차 잔에서 김이 머리카락처럼 피어오르고 있다. 그녀는 손가락으로 자신의 머리카락을 쓰다듬는다. 그녀의 양미간에 언뜻 주름이 서너 개 그려진다. 담배 연기를 깊이

빨아들인 다음 그녀가 홍차 잔을 든다.
"내가 얼마를 지불해야 하는지 말씀해보세요."
"나는 직원이 아닙니다. 나는……."
"알고 있어요. 글을 쓰실 분이죠? 선생님과 이야기를 하면 된다고 하더군요."

여자는 다리를 바꾼다. 그녀의 붉은 치마가 조금 열렸다가 닫힌다. 빌어먹을! 아무래도 말려들고 있는 것 같다. 이 여자는 쉬운 상대가 아니다. 나는 그런 예감에 붙잡힌다. 그것은 패배에 대한 예감이다. 사장은 탐색을 한 후 적당한 금액을 제시하라고 충고했다. 그것은 이 일에 정해진 값이 따로 없기 때문이다. 사장은 입버릇처럼 그 사실을 강조하곤 했다. 부르는 게 값이야, 이 장사는. 이 세상에는 제 이름이 박힌 책 하나 가져보겠다고 환장한 허영 덩어리들이 쌔고 쌨거든. 그 대신 값을 잘 불러야지. 수준에 맞게……. 사장은 걸맞지 않은 주문을 했다. 나에게 탐색을 기대하다니. 내가 그런 일을 잘해내지 못하리라는 걸 그가 몰랐단 말인가. 그럴 리 없다. 그는 내가 아는 한 누구보다 계산을 잘하는 사람이다. 내가 계산을 잘 못한다는 걸 그가 모를 리 없다. 아마도 그는 이 여자 손님을 대수롭지 않게 본 것 같다. 아무려면, 시의원 출마를 앞두고 있는 사장님에 비할 상대라고 생각하지는 않았을 것이다. 빌어먹을! 나는 별수 없이 세일즈맨이 되어야 한다. 지금 이 여자 앞에 나는 세일즈맨으로 있다. 하지만 어떻게? 홍이라면 어떻게 할까? 그라면 이 여자의 허영심이 얼마짜리라고 판단할까? 나는 모르겠다.

"일의 성격에 따라 다르긴 하지만, 꽤 많은 액수를 생각해야 할 겁니다. 취재 비용에다 집필료에다 출판 비용에다……."

"우리, 알기 쉽게 이야기합시다. 내가 알고자 하는 것은 모두 얼마냐는 겁니다."

여자는 내 말을 자르고 들어온다.

"얼마쯤 예상하고 있는지요?"

빌어먹을! 이건 아니다. 이렇게 말하는 것이 아니다. 나는 콧등에 땀이 송글송글 맺히는 걸 느낀다. 이 여자는 내가 하수라는 걸 꿰뚫어보았을 것이다. 그 순간, 문득 날카로운 통증이 내 가슴을 찌르기 시작한다. 바늘들이 곤두서서 심장을 겨누고 있는 것 같다. 아니면, 화살이 박힌 건지도 모른다. 변호사의 심장에 박힌 화살 사진이 내 호주머니 안에 들어 있다. 공교롭게도 그 호주머니는 내 심장 근처에 있다. 아픈 쪽이 바로 그곳이다. 나는 그 화살이 보고 싶다. 내 호주머니를 뒤져 변호사의 심장에 박힌 화살 사진을 들여다보고 싶고, 내 가슴을 열어 거기 박힌 화살을 확인하고 싶다. 만일 내 앞에 아무도 없다면, 나는 망설임 없이 호주머니에서 그 사진을 꺼낼 것이다. 옷을 벗고 가슴에 박힌 화살을 확인할 것이다. 하지만 지금은 그럴 수 없다. 나는 사업을 해야 한다. 나는 사사로운 욕망을 자제해야 한다. 나는 심호흡을 하고, 한쪽 손을 가슴에 대고, 그리고 기침을 한다.

"이 정도면 되겠습니까?"

여자는 벽 쪽으로 걸어갔다가 책상 위에서 봉투를 집어 들고 와서 다시 앉으며 말한다. 탁자 위에 수표가 놓인다. 그 액수의 만만치 않음이 나를 긴장시킨다. 나는 침을 꿀꺽 삼킨다. 내가 침을 삼킨 것을 그녀가 눈치챈 것 같아서 공연히 큼큼, 헛기침을 해본다. 여자는 새 담배를 입에 문다.

"모자라면 말씀하시고, 그렇지 않다면 계약이 이루어진 걸로 합시다. 아까 말한 것처럼 당신은 일주일에 한 번씩 나를 찾아와 두 시간씩 취재를 하는 거구요?"

나는 아무 말도 하지 않는다. 갑작스런 가슴의 통증이 말을 못하게 한다. 그러나 그 때문만은 아니다. 이 돈은 너무 많다. 터무니없이 많다. 아무리 생각해도 이건 말이 안 된다. 이 여자가 장난을 하고 있는 것인가. 나를 상대로? 아니면 테스트? 그럴 리가. 도대체 그녀가 이런 장난을 무엇 때문에 하며 테스트는 또 뭐란 말인가. 하지만 그게 아니라면……? 책 한 권을 만들어주는 대가로 이렇게 큰돈을 내놓겠다는 이 젊은 여자를 어떻게 받아들여야 하는가. 그녀의 진실을 알 수가 없어서 탁자 위에 몸을 눕히고 있는 수표를 물끄러미 바라보고 있는데, 여자가 살며시 몸을 일으킨다. 언제 노랫소리가 그친 것일까. 그녀가 오디오가 있는 쪽으로 다가가 테이프를 바꿔 끼운다. 곧이어서 바이올린이 울고 아까 그 노랫소리가 흐느적거리며 공기 속을 떠돌아다니기 시작한다.

그러지 말아요.

아직 끝난 게 아니에요.

꽃은 졌다가도 다시 피고

해가 사라지면 하늘엔 달이 떠요.

그러지 말아요.

그러지 말아요…….

 노래는 끊어질 듯 끊어질 듯하면서 이어진다. 흡사 외줄 타기 곡예라도 벌이는 것처럼 아슬아슬하다. 이제 여자는 창가에 서 있다. 창밖은 강물이다. 그러나 어둠이 강물을 덮고 있으므로 그녀의 눈에는 아무것도 보이지 않을 것이다. 내 눈에도 강물은 보이지 않는다.
 노래는 낮고 음울하고 슬프다. 듣는 사람의 가슴을 흔드는 슬픔 같은 것이 그 노래 속에 배어 있다.
 "저 노래, 누가 부르는 건지 알아요?"
 마치 노랫소리를 다치게 하고 싶지 않다는 듯 그녀가 아주 작은 목소리로 묻는다. 알지 못하므로 나는 대답할 수 없다. 나는 처음 듣는 노래이다. 내 눈은 탁자 위에 있고, 탁자 위에는 그녀가 던져놓은 너무 큰 액수의 수표가 있고, 나는 그녀의 진실이 무엇인지 아직 감을 잡지 못하고 있고, 가슴에는 여태 바늘 같은 것이, 화살 같은 것이 박혀 있고, 내 귀는 무방비 상태로 그 울음 서린 노랫가락에 노출되어 있다……. 당신이 등 돌리면 나는 사라져요. 나는 그림자. 당신이 외면하면 내 방은 지옥. 나는 아무것도 아니에요…….

"나는 아무것도 아니에요. 나는 아무것도 아니에요."

그녀가 노래 가사를 따라 그렇게 말한다.

"이 돈은 터무니없이 많습니다. 당신도 그걸 모르지 않을 겁니다."

나는 가슴의 통증 때문에 숨을 몰아쉬며 더듬거린다. 여자가 혹시 수표에 적힌 액수에 놀라 반쯤 넋이라도 나간 것으로 생각하지 않을까, 신경이 쓰인다. 설혹 그것이 사실이라 하더라도, 나는 간파당하고 싶지 않다.

"아직 끝난 건 아니에요. 꽃은 졌다가도 다시 피고, 해가 사라지면 하늘엔 달이 떠요……."

나의 반응 따위는 안중에도 없다는 듯 여자는 계속 노래를 따라 부르기만 한다. 나는 내 속에서 무언가 꿈틀거리는 것이 슬금슬금 기어 나오려고 하는 낌새를 눈치챈다. 예컨대 가슴속에 들어찬 날카로운 바늘 같은 것들이 몸의 바깥쪽을 향해 끝을 세우고 있는 듯한 느낌. 또는 활의 시위가 팽팽하게 당겨지고 있는 듯한……. 나는 위기를 느낀다. 이럴 때 나는 내가 위험하다. 대체 무슨 수작이란 말인가. 나는 내가 농락당하고 있다는 생각을 한다. 한번 그런 생각이 들자 걷잡을 길이 없어진다. 그녀가 건넨 수표의 의미가 한층 명확해지는 듯하다. 이 여자는 지금 유희를 벌이고 있다. 내가 아니라, 거꾸로 이 여자가 나를 탐색하고 있다고 할까. 그녀가 정말로 내게 주기 위해 그 수표를 꺼낸 것이 아닐 거라는 뜻이 아니다. 그런 말을 하려는 것이 아니다. 그녀는 정말로 나에게 수표를 내밀었다. 그리고, 그렇게 함으로써 그녀는 나를 농락하고자 한다. 그만한 일에 이만한 수표를 던질 수 있다는 것, 그것은 그만한 일에 대한, 그리고 그만한 일을 하는 사람에 대한 가장 교묘하고 철저한 모독이다. 그녀는 나를 조롱하고 있는 것이다. 거기다 뚱딴지같은 노래 타령은 또 무어란 말인가. 누가 부르는 노래인지 아느냐고? 그것이 나에게 물을 수 있는 질문인가? 이 상황에서 그런 질문이 어떻게 나올 수 있단 말인가. 나는 마음속이 불편해진다. 심장에 박힌 바늘들이 일제히 발돋움을 하고 일어서는 걸 느낀다. 팽팽하게 긴장하고 있는 활의 시위에 바늘들이 얹힌다. 나는 열기에 휩싸인다.

  나는 저따위 노래에 귀 기울이고 싶지 않다. 저 노래를 부른 사람이 누구인지 따위에는 도무지 관심도 없다. 나는 이런 식으로 한 젊은 여자의 유희의 대상이 되기 위해 이곳에 와 있는 것이 아니다……. 어떤 식으로든 상황을 전환시켜보고 싶다는 열기에 가득 찬 욕구가 내 몸을 일으킨다. 나는 무엇보다도 먼저 여자로 하여금 엉뚱한 질문을 하게 한 음악 소리부터 제거해버려야겠다고 생각한다. 나는 충동적으로 오디오가 있는 곳을 향해 걸어간다. 그 순간에 어쩌면 내 걸음걸이는 독일 병정의 그것을 흉내 내고 있었는지 모른다. 나는 단호하게 전원을 꺼버린다.

  "*끄지 마. 이 새끼야. 다시 켜.*"

나는 내 귀에 떨어지는 벼락 같은 고함 소리에 깜짝 놀라 나도 모르게 동작을 멈춘다. 그것이 이 여자의 목소리였을까. 그렇게 고상하게 걷고 그렇게 나직나직 말하던 여자가 나에게 그렇게 욕을 하고 소리를 친 것일까. 그렇게 상스럽게……. 혹시 내가 잘못 들었을까. 그 사실이 믿기지 않는다. 그러나 이 방에는 그녀와 나 말고는 없다.

"누가 네 맘대로 끄라고 했어. 여긴 내 방이고, 이건 내 거야. 내 방에선 내 허락 없인 아무것도 손댈 수 없어."

여자의 갑작스런 변신이 나를 긴장시킨다. 어안이 벙벙한 상태로 나는 그녀의 얼굴을 물끄러미 바라보기만 한다. 무엇을 해야 할지 갑작스럽게 판단이 서지 않는 정신 상태. 혼미. 어지럽고 복잡한, 걷잡을 길 없던 상념들이 뚝 멈춘다. 머릿속이 까맣게 타버린 것만 같다.

"내 말 안 들려?"

내가 정신을 추스르기도 전에 거의 발악을 하듯 소리 지르며 그녀가 내 쪽으로 달려든다. 그녀는 오디오의 전원 스위치를 억지로 넣으려 하고, 나는 나도 모르게 그녀의 손을 붙잡는다. 꼭 그래야 할 이유가 있어서는 아니다. 반사적이다. 그녀가 공격해 왔기 때문에 나도 또한 반격을 시도한다는 수준. 하지만 나는 그녀가 무엇 때문에 이렇게 흥분한 건지 아직 이해하지 못한 상태다. 하긴 이해하는 것은 처음부터 내 역할이 아니었다. 지금 나에게 중요한 문제는 그녀가 오디오를 켜려고 한다는 것, 그러므로 나는 그것을 막아야 한다는 것. 그 생각뿐이다. 그 생각이 채 완성되기 전에 그녀와 나의 몸이 엉킨다.

"안 돼?"

"놓을 수 없어."

나는 그녀의 손목을 비튼다. 그녀가 비명을 지르며 내 허벅지에 이빨을 들이댄다. 나는 그녀의 얼굴을 뜯어내기 위해 머리카락을 쥔다.

그 순간 무언가 나의 머리를 세차게 내리치는 게 있다. 심장 속의 팽팽한 활의 긴장이 스르르 풀리며, 활시위에 얹혀 있던 바늘들이 후두두 소리를 내며 떨어져 내린다. 나는 그 자리에 그대로 쓰러지고, 바닥에 쓰러지면서 언뜻 나를 내려다보고 있는 독일 병정의 무표정한 얼굴을 본다. 그는 어디에 있다가 나타났을까. 그의 얼굴은 가면처럼 핏기가 없다.

같은 날, 밤

"어때요, 내 제안이?"

그녀는 빙글빙글 웃는다.

"어차피 당신은 일주일에 한 번씩 나를 만나야 해요. 그렇지 않아요? 번거로울 것도 없는 일이지요."

나는 머리에 붕대를 감은 채 누워 있고, 여자는 내 곁에 서서 위스키를 홀짝이고 있다. 독일 병정은 어디로 갔는지 보이지 않는다. 머릿속이 가끔씩 욱신거린다. 여태 그 호텔 방이고, 아직 밤이다.

"힘든 일도 아니고요."

그녀는 내게 이상한 제안을 한다. 그녀는, "내 뜻은 그게 아니었지만, 당신의 마음이 그렇게 상했다면"이라는 단서를 붙이며 출판 비용으로 애초에 제시했던 수표를 거두어들였다. 그러고는 새로운 조건과 함께 그 수표를 다시 내밀었다.

"내가 한 시간, 당신이 한 시간이에요. 내가 당신에게 한 시간 동안 내 이야기를 들려주면 당신은 당신의 한 시간을 나에게 돌려주는 거지요. 그것뿐이에요."

"내가 그런 제안에 응하리라고 생각하는 거요?"

"물론이지요. 싫으면 그만이지만, 당신은 내 제안을 거절하지 못하리라는 걸 알고 있어요. 나는 사람을 분별할 줄 알거든요. 내가 아무에게나 이런 제안을 할 수 있다고 생각해요? 천만에. 당신은 나와 같은 종류의 인간이에요. 본능적으로 알 수 있어요. 당신은 이미 나에게 끌리고 있어요. 말해봐요. 그렇지 않은가요?"

"그 말은 당신이 나에게 끌리고 있다는 뜻입니까?"

"좋은 쪽으로 생각하세요. 당신의 현명한 판단에 이 수표를 걸겠어요. 물론 당신을 고용한 출판사와는 상관없는 거래예요. 이건 순수하게 당신과 나 두 사람만의 일이에요. 그러니까 이 돈은 당신 혼자의 몫이지요. 결코 적은 돈은 아니라고 나는 생각합니다만. 모르긴 해도 이만한 돈을 벌려면 여러 해 고생해야 할걸요……. 잘 생각해보세요. 한 달에 두 시간씩 네 번, 그 정도 수고로 이만한 액수를 벌어들인다는 건 쉬운 일이 아닐 텐데요. 포기한다는 게 아깝지 않아요?"

"돈으로 뭐든 다 해결할 수 있다고 생각하는 모양이지만……."

"돈으로 뭐든 다 해결할 수 없다는 말입니까? 당신은 그렇게 생각하지 않는단 말입니까? 그렇지 않을 텐데요. 공연히 그런 식으로 말하지 말기로 하지요. 피차 정직해지는 쪽을 택하기로 해요. 그러면 훨씬 더 서로를 잘 이해할 수 있을 테니까요. 나는 당신 같은 사람을 잘 알아요. 겉으로는 돈 따위야 아무래도 상관없다는 포즈를 잡고 있지만, 그게 똥폼이라는 걸 당신이 더 잘 알걸요? 말해봐요. 내 말이 틀렸어요? 어떻게 그렇게 잘 아는지 궁금하지요? 그게 나거든요. 내가 그렇거든요."

"당신의 말하는 방식이 상대방을 얼마나 화나게 하는지 알아요?"

그녀는 킬킬거리며 웃는다. 나는 그녀의 웃음소리에서 한기를 느낀다. 이 여자는 도대체 몇 명인가. 어떤 것이 진짜 그녀의 모습인지 도무지 종잡을 수가 없다.

"알고 있어요. 그런 나에게 당신이 이끌리고 있다는 것도요."

"그런 말은 하지 않았는데요."

"물론 하지 않았지요. 하지만 나는 당신의 입이 하지 않은 그 말을 이미 들었어요. 정작 중요한 말은 입 밖에 내지 않는 법이지요. 그 점을 인정하는 것이 싫은가요? 나에게 이끌리고 있다는 게 부끄러운가요?"

"당신은 제멋대로 판단하고 함부로 말하는 버릇을 가지고 있는 것 같은데, 그건 사려 깊은 태도가 아닙니다."

"당신은 지금 정곡을 찔린 난처함 때문에 어쩔 줄 몰라 하고 있는 겁니다. 그래서 어떻게든 공격을 해보려 하는데, 어떻게 해야 할지 모르겠지요? 그럴 필요 없어요. 그거야말로 현명한 태도가 아닙니다. 당황해하지 마요. 당신은 부끄러워하지 않아도 되고, 기분 나빠 할 필요도 없어요."

나는 압도당하고 있다. 나는 벌써부터 그 사실을 인지하고 있었다. 어째서일까. 나는 그녀에게 효과적으로 저항하지 못한다. 그녀 앞에서 나는 한없이 무력하다. 그녀가 간파한 대로 내가 그녀에게 끌려들고 있다는 증거인지 모를 일이다. 그녀가 오디오를 다시 켜려고 했을 때, 이미 승부가 가려져버린 게 아닐까. 경우야 어찌 되었든 나는 그녀를 제지하는 데 실패했다. 그때 실패하지 말았어야 한다. 그랬다면 이렇게 무기력하지는 않을 거라는 생각이 든다. 나는 혼란 가운데 있다. 그 때문에 바보 같은 말들이 튀어나온다.

"당신은 나의 한 시간을 가지고 무얼 할 생각인가요?"

"그건…… 미리 말하면 안 되지요. 당신은 계약을 할 것인지 말 것인지만 말하세요."

그녀는 내 눈을 똑바로 쳐다본다. 나는 그녀의 눈길을 피한 채 말한다.

"당신이 얼마나 어처구니없는 말을 하고 있는지 알고 있어요? 당신이 요구하고 있는 것은 내 시간이에요. 당신의 것이 아니란 말입니다. 그런데도 그걸 가지고 무얼 하겠다는 건지 알 필요가 없다고?"

"나는 알 필요가 없다고는 말하지 않았어요. 미리 말하면 안 될 거라고만 했지요. 그 차이를 모르겠어요? 내가 제안한 것은 아주 특별한 계약이에요. 단 하나밖에 없는 아주 특별하고 예외적인……. 삶을 강화시키는, 예컨대 일종의 비밀결사와 같은 성격이라고 할까요? 비밀결사의 생명은 그 비밀의 유지에 있다는 걸 아나요? 공개되는 순간에 끝장나는 게 비밀결사지요."

"당신은 터무니없이 과장하고 있고, 또 너무 많은 것을 감추고 있는 것 같습니다."

"잘 보았어요. 당신 말이 옳아요. 나는 감추고 있어요. 하지만 감춘 것이 없다면 그것이 어떻게 인생이겠어요? 보석은 가장 은밀한 곳에 숨겨두지요. 그것이 무엇이든 진짜는 가장 깊은 곳에 감춰요. 사람들의 눈에 띄게 노출된 것은 다 가짜예요. 하찮은 것들은 내놓고 벌려놓아요. 감출 필요가 없는 걸 누가 탐내고, 아무도 탐내지 않는 걸 무엇 때문에 감추려 하겠어요? 참된 삶은 비밀결사와 같은 거예요. 다시 말하지만, 비밀이 공개되어 버리면 그 결사는 깨지고 말지요. 우리의 삶도 그와 같아서 감춘 것이 없으면 그만 부서져버리는 거예요. 지금 내가 제안하는 것은, 그러니까 아주 특별하고 비밀스런 결사인 겁니다. 응하든 응하지 않든 그건 당신의 자유지만, 당신이 알아야 할 것은 이게 매우 구별된 제안이라는 겁니다."

그녀의 말들은, 이상하다. 마치 나의 입에서 빠져나온 것처럼 들린다. 그 말들은 내 안에도 있는 것임을 나는 인정하지 않을 수 없다. 부정하고 거절하려고 하면서도 고분고분 말대꾸를 하고 있는 것은 그 때문이다. 설명할 수 없는 친화감이 분무처럼 나를 감싼다. 그녀가 똑바로 보았다. 이 여자와 나는 같다……. 이 여자의 내부에 있는 것은 내 안에도 있다. 그런 인식이 다른 판단을 못 하게 한다. 나는 희미하게 고개를 끄덕인다.

"동의했어요. 그러면 내가 당신의 계약서에 사인한 것처럼 당신도 내 계약서에 사인하세요."

그녀는 내 앞으로 빈 종이를 내민다. 볼펜도 꺼낸다.

"여기에 쓰세요."

나는 이미 최면에 걸렸다. 그녀가 부르고 나는 쓴다.

"민초희를 갑이라 하고……. 당신 이름이 뭐라고 했지요? 아, 임순관이라고 했지요……. 임순관을 을이라고 하고, 갑과 을 사이에 다음과 같이 계약한다. 1. 을은 일주일에 한 시간을 정기적으로 갑을 위해 제공한다. 2. 특별한 사유가 없는 한, 을은 갑이 원하는 시간에 자신의 시간을 제공하여야 한다. 장소 역시 갑이 정한다. 3. 갑의 요청에 의하고 을의 동의를 받아 시간이 초

과로 제공되었을 경우에 갑은 그에 해당하는 시간 외 수당을 을에게 제공하여야 한다……. 여기까지 이의 없지요? 계속 부릅니다……. 4. 약속한 을의 한 시간에 대한 소유권 일체는 갑에게 있다. 을은 그 시간에 대해 자신의 권리를 어떤 형태로든 주장하지 아니한다. 5. 이 계약은 서명하는 순간부터 효력이 발생하며, 갑과 을 사이에 체결되어 있는 또 다른 계약이 끝나는 순간까지 유지된다. 그 계약이 끝나면 이 계약도 자동적으로 해지되는 것으로 한다. 단, 계약 기간의 연장 유무는 만기일에 가서 논의할 수 있다. 6. 을이 제공한 시간에 대한 대가로 갑은 을에게 1억 원을 지급한다. 7. 비용의 지급 방식은 다음과 같다. 계약하는 순간 총액의 2분의 1을 계약금으로 지급하고, 매달 1일에 나머지 금액을 9등분하여 균등하게 지급한다. 만료 시까지 지급되지 않은 잔액이 있을 경우에는 계약이 만료되는 시간에 일시불로 지급한다. 8. 이 계약은 입회인을 두지 아니한다. 갑과 을은 이 계약의 내용에 대해 비밀을 지킬 의무를 진다……. 이의 있습니까?"

"없습니다."

"좋습니다. 그럼 사인하세요."

나는 내 이름을 쓰고 그 옆에 서명한다. 그녀도 자기 이름을 쓴다. 민초희. 그 글씨가 빙글빙글 도는 것만 같다.

"계약이 이루어졌으니 축하를 합시다. 자, 술을 받으세요."

그녀가 잔을 내민다. 한쪽 손에는 양주 병이 들려 있다.

"나는 술을 안 마십니다."

"받으세요."

그녀는 잔을 거두지 않는다. 그녀의 음성은 단호하다. 나는 그녀의 요구를 거절하지 못하리라는 걸 안다. 그것이 계약서의 효력인지도 모른다. 서명하는 순간 그녀와 나 사이에 맺어진 계약은 효력을 발휘하기 시작한다. 나는 무슨 일을 한 걸까. 여자는 나와 더불어 무슨 일을 하자는 것일까. 나는 술잔을 받는다.

"우리의 구별된 시간을 위하여."

그녀가 외치며 내 잔에 자기 잔을 부딪쳐 온다. 나도 그녀를 따라 잔을 든다. 우리의 구별된 시간을 위하여! 그 말이 나를 긴장시킨다. 시간은 구별될 수 있다. 나는 그 점을 알고 있다. 구별되지 않은 시간은 일상의 시간이고, 구별된 시간은 일상 밖의 시간이다. 그것은 일상으로부터 이탈된 시간이고, 환상의 시간이다. 그러니까 그녀는 나를 일상 밖의 시간대로 이끌려고 하는 것 같다. 일상 밖의 시간? 그녀는, 그렇다면 축제를 벌이자는 것일까. 나와 더불어 어떤 환상을 체험하기를 바라는 것일까. 그러나 어떤 환상?……나는 생각을 이어가지 못한다.

4월 17일 일요일

지난밤의 전투는 치열했다. 나는 한순간도 온전히 잠들지 못했다. 깨어 있지는 않았지만, 잠을 자지도 않았다. 자는 것도 자지 않는 것도 아닌 어중간한 상태가 밤새 지속되었다. 거의 매일 밤이 그러하지만, 지난밤은 유독 지나쳤던 것 같다. 잠에서 밖으로 나오기 위한 싸움이 아니라, 잠으로 들어가기 위한 싸움부터가 힘에 부쳤다. 입성하지도 못하고 퇴패해버린 꼴이라고 할까. 때문에 몸의 피곤과 정신의 상처가 다른 날보다 더 심하다. 아침에 일어났는데도 도무지 잠을 잤다는 느낌이 없다. 그렇다고 잠을 자지 않았다는 것도 아니다. 그저 혼란스럽기 짝이 없다. 이상야릇한 꿈들이 뒤죽박죽 뒤섞인 채 머릿속에 남아 있고, 기분은 몽정이라도 한 것처럼 끈끈하고 불쾌하다.

기분만인가 싶었는데, 일어나려고 몸을 뒤척일 때 허벅지 쪽으로 축축하고 끈적끈적한 느낌이 '사실적으로' 전해져 온다. 맙소사! 나는 내 몸에 무슨 일이 일어났는지 곧바로 알아차린다. 짜증스럽고 불쾌한 일이다. 바지를 벗고, 속옷을 벗는다. 팬티에 묻은 분비물에서 고약한 냄새가 난다. 그것은 무엇인가가 썩어가는 듯한 냄새이다. 내 몸속에서 빠져나온 것이 그런 냄새를 풍긴다는 사실이 나를 침울하게 한다.

내 몸 안에는 무엇이 들어 있는 것일까. 무엇이 들어 있어서 저렇게 고약한 악취를 풍겨내게 하는 것일까. 어쩌면 그것들은 내 안에 생긴 커다란 종양에서 터져 나온 고름인지 모른다. 아니, 내 몸의 내부가 아예 커다란 종양 덩어리인지 모른다. 유출되는 것은 그곳에 그것이 있기 때문에 빠져나온다. 내 안에 썩은 무엇인가가 들어 있다는 것이 아니라 아예 내 안이 모조리 썩어 있는 것 같은 불쾌감……. 그 순간에 한 경전의 주인공이 했다는 말이 떠오른다. '밖에서 안으로 들어가는 것은 사람을 더럽게 하지 못한다. 안에서 밖으로 나오는 것이 사람을 더럽게 한다.'

안에서 나오는 모든 것이 다 더럽다. 왜냐하면 안에 있는 모든 것이 다 더럽기 때문이다.

나는 속옷을 돌돌 말아서 쓰레기통에 던진다. 그리고 벌거벗은 채로 어기적거리며 목욕탕 안으로 들어간다. 샤워기 꼭지를 비튼다. 차가운 물이 왈칵 쏟아진다. 나는 몸서리를 치며 물줄기를 피한다. 물이 미지근해지길 기다렸다가 조심스럽게 머리통을 들이민다. 물줄기가 내 머릿속에 든 더러운 것들을 세척해내기라도 할 것처럼 맹렬한 기세로 퍼부어진다. 머리카락을 타고 내려온 물줄기는 어깨와 가슴과 등과 배와 허벅지와 다리를 허겁지겁 적신다. 거울을 통해 나는 내 몸뚱이가 순식간에 물에 사로잡히는 광경을 본다. 물방울들은 거울의 표면에 붙어 조밀한 그물망을 형성하고 있다.

나는 샤워기 꼭지를 사타구니 쪽으로 향하게 하고 물줄기를 더 세게 튼다. 비누를 풀어 허벅지에 바르고 세차게 문질러댄다. 목욕탕 바닥에 주저앉아서, 나는 정성껏 그 일을 한다. 그러나 여전히 악취가 사라지지 않는다. 살이여 벗겨져라, 하고 힘을 가해보지만 냄새는 사라지지 않는다. 나는 그 까닭을 안다. 모를 수가 없다. 이 냄새는 밖에서 나는 것이 아니라 내면에서 나오는 것이다. 그 때문이다. 그 때문에 제거되지 않는다. 외부에 묻어 있는 것은 닦아낼 수 있지만, 안에 있는 것은 그렇게 할 수 없다. 그런 깨달음이 사타구니를 문질러대는 내 손에서 힘을 빼앗아버린다. 썩은 내부. 내재화된 악취……. 그 진원에 대한 기억을, 딱하게도 나는 가지고 있다.

  깊은 밤이고, 어린 나는 잠에 곯아떨어져 있다. 아마도 열두 살이 채 안 되었으리라. 어쩌면 열 살도 채 안 되었는지 모른다. 기억은 시간에 대해 예리하지 못하다. 내 곁에서 무엇인가가 움직인다. 이불이 들춰지고 속옷이 말려 올라가고 바지가 벗겨진다. 누군가의 손이 내 다리를 만진다. 그 손은 오르락내리락하며 사타구니를 간지럽힌다. 긴장한 내 몸은 꿈쩍도 하지 않는다. 이윽고 그 손이 중심에 접근한다. 누군가의 손이 나의 물건을 잡고 흔든다. 나는 잠들어 있고, 그러므로 나는 눈을 뜨지 못한다. 뜰 수가 없다. 내가 잠들어 있다면, 내 몸을 만지는 이 손길은 누구의 것인가. 내 몸을 만지는 손은 내 손이 아니다. 내 손이 아니라면 누구의 손인가. 나의 기억은, 모르겠다고 고개를 흔든다. 나는 눈을 감고 잠들어 있다. 잠든 채 눈을 뜨지 못한다. 뜨면 안 된다. 분명하지 않지만 아주 낯설고 특별한 기운이 몸속으로 연기처럼 퍼져나가는 게 느껴진다. 분명하지는 않지만 그 느낌이 아주 불쾌한 것만은 아니다. 야릇한 쾌감이 불안을 동반하고 내 미숙한 몸을 긴장시킨다. 나는 움직이지 않는다. 움직일 수 없다. 온 신경이 빳빳해지고, 누군가의 손에 쥐어진 내 지체도 함께 빳빳해진다(나는 잠들어 있는데 어떻게 그럴 수 있을까. 나는, 잠들어 있으면서 어떻게 잠 밖의 현실을 기억할 수 있을까). 그리고 다른 움직임. 내 몸 위로 하나의 다른 몸이 겹친다. 부산스런, 그러나 한없이 은밀한 몸놀림……. 어쩌면 그때 나는 꿈을 꾸고 있었는지 모른다. 나는 잠을 자고 있는 남자와 성교를 한다는 서큐버스라는 마녀에 대한 전설을 들었다. 어쩌면 그 전설 속의 마녀가 내 잠 속으로 찾아왔는지 모른다. 그 손길도, 몸놀림도 꿈속의 현실이었는지 모른다. 모른다. 모른다. 나는 잠들어 있고, 꼼짝도 하지 못한다.

그날 밤에 나는 처음으로 내 지체가 뿜어내는 악취를 맡았다. 나는 그때 내 몸속에 무엇이 들어 있는지를 처음 알게 되었고, 그 깨달음은 나에게 충격을 가했다. 내 몸 밖에 있는 것들이 아니라, 내 속에 들어 있는 것들이 나를 불쾌하게 했고, 불안하게 했다. 나의 내부는 썩었다. 나의 내부에는 구더기가 우글거리고 있을지 모른다. 내 육체는 그 썩은 종양 덩어리를 넣어가지고 다니는 생기 없는 바구니에 불과하다. 내 몸은 언젠가 완전히 부패할 것이고, 그날이 오면 흔적도 없이 사라져버릴 것이다. 내가 사라진 자리에, 내가 존재했다는 흔적처럼 악취만이 남을 것이다. 그런 생각들이 오랫동안 나를 사로잡고 놓아주지 않았다. 당연히 다른 사람과 접촉하는 것이 싫을 수밖에 없었다. 누군가 내게서 고약한 냄새를 맡고 부패한 나의 내부를 눈치채지 않을까 두려웠고, 그로 인해 배척의 대상이 되고 모욕을 받고 따돌림을 당하지 않을까 조마조마했다. 그런 불안이 사람들 속에 섞이지 못하게 했다. 사람들을 피하게 했다. 나는 필사적으로 사람들과 나를 분리했다. 그렇게 하여 나는 스스로 나 자신을 배척했다.

이제 생각이 난다. 지난밤에, 잠을 자는 것도 아니고 깨어 있는 것도 아닌 그 어중간한 상태에서 꿈을 꾸었다. 고약한 꿈. 꿈속의 시간은 어김없이 깊은 밤이고, 나는 항상 잠들어 있다. 나는 아직 열두 살이거나 열 살이다. 같은 꿈을 여러 차례 반복해서 꾸었는데 처음 그 꿈을 꾼 이후로 꿈속의 나는 한 살도 더 먹지 않았다. 잠든 채 꿈을 꾸었다. 꿈을 꾸면서 나는 내가 잠들어 있다는 것을 안다. 잠들어 있으면서도 나는 내 주변에서 무슨 일이 일어나고 있는지 안다. 이불이 들춰지고 누군가의 손이 들어오고 내 다리를 만진다. 꿈은 감미롭고 안타깝다. 거기다가 또 불안하다. 나는 내 감정의 실체를 모른다. 내 몸 위로 올라와서 부산스럽게, 그러나 은밀하게 손과 몸을 움직이는 사람의 얼굴이 언뜻 보인다. 나는 그 얼굴을 줌업(Zoom-up)한다. 윤곽이 또렷해지면서 한 사람의 얼굴이 떠오른다.

나는 그 얼굴을 보았다. 보고 말았다. 그것은 민초희의 얼굴이었다. 나는 인정한다. 그녀의 얼굴은 아름답고 매혹적이다. 나는 이제까지 그렇게 선이 분명하고 피부가 고운 여자를 보지 못했다. 뿐만 아니라 그녀의 표정은 한없이 요염하기까지 하다. 그냥 바라보는 것만으로도 가슴이 쿵쾅거릴 지경이다. 마술적인 황홀함. 사람이 어떻게 저런 표정을 지을 수 있을까. 감탄이 저절로 나오려고 한다.

그녀는 내 몸 위에서 세차게 몸을 흔들고, 나는 꼼짝도 하지 못하고 그대로 누워 있다. 나는 조종당하는 인형과 같다. 그녀의 손이 나의 가슴을 부드럽게 쓰다듬는가 싶었는데, 갑자기 내 가슴에 손톱이 서서히, 사정없이 박힌다. 그녀의 길고 뾰족한 손톱이 아래로 움직인다. 가슴에서 배꼽까지 여덟 개의 줄이 생기고, 그 줄을 따라 이슬 같은 핏방울들이 송글송글 돋는다. 민초희는 요란하게 몸을 흔들며 내 가슴에 입술을 대고 그 핏방울들을 빨아들인다. 흡사 흡혈귀처럼. 꿈속의 나의 자아는 그녀를 실제로 흡혈귀처럼 인식한다. 그러면서도 두려워하지 않는다. 흡혈귀에 대한 연상은 관능을 일깨울 뿐이다. 핏방울은 핏방울끼리 뭉쳐 기다란 줄기가 되어 흘러내린다. 배를 지나고 사타구니를 적시고, 다리를 타고 아래로 흘러간다. 피는 바닥에 떨어지고, 방 안은 삽시간에 붉은 피로 강을 이룬다. 나에게서 흘러 나간 검붉은 피는 이제 거꾸로 돌이켜 내 몸을 적시고, 내 몸은 피 속에 잠긴다. 피가 나를 덮는다. 그 한가운데서 나는 반쯤 입을 벌린 채 한없이 황홀한 표정을 짓고 있다.

씻는 것을 중단하고 나는 벌거벗은 채로 목욕탕 한가운데 서 있다. 지난밤에 민초희가 내 꿈속을 방문했다는 사실이 분명해졌다. 어째서 그녀였을까. 그녀는 어째서 내 꿈속으로 들어와 그런 배역을 맡았을까. 그녀는 나를 자극했고, 내 몸은 흥분했으며, 마침내 악취를 뿜어냈다. 어쩌면 그녀는 나의 내부에 무엇이 들어 있는지를 간파했는지 모른다. 간파한 사람 앞에서 간파당한 육체는 벌거벗겨진 것과 같다. 나는 꽤 질긴 어떤 예감의 방

문을 받은 듯한 느낌에 사로잡힌다. 그녀와 나 사이에 맺어진 그 유별스런 계약의 내용이 어떤 것인지 알 것 같다그 생각한다. 나는 당황한 척한다. 하지만, 나의 험악한 꿈은 내가 이미 이 사실을 눈치채고 있었다고 증언한다.

민초희가 불러주는 대로 계약서를 쓰고 서명을 할 때 아무 느낌도 없었느냐고 묻는다면 나는 대답하지 못하겠다. 그 순간을 선명하게 기억할 수가 없다. 안개 같은 것이 시야를 뿌옇게 가로막고 있는 듯한 느낌이라고 할까. 어떤 느낌인가 있었던 것 같긴 하지만, 그 느낌이 구체적으로 무엇이었는지는 잘 구별되지 않는다. 딱하지만 그것이 사실이다. 침전물처럼 흐릿하게 고여 있는 한 가지 인상은, 내가 그녀를 상대로 돌이킬 수 없는 치명적인 거래를 하였음에 틀림없다는 것이다. 그 정도이다.

꿈속에서 그녀는 내 가슴에 날카로운 손톱을 박았고, 내 가슴에서는 피가 쏟아졌다. 피는 끝없이 쏟아져서 방을 가득 채웠다. 아마도 감정 과잉이겠지만, 그러면 좋겠지만, 예컨대 악마에게 영혼을 파는 파우스트와 같은 비장한 심정이 어쩔 수 없이 들기도 한다. 그녀와 마주 앉아 있을 때 시종 최면에 걸려 있었던 것 같다는 기분도 그런 심정과 관련이 있을지 모르겠다.

거울 속에 비친 내 얼굴 표정은 침울하고, 한편으로는 멍청하다. 정신이 반쯤 나간 것 같다. 저것이 내 얼굴이던가. 거울을 볼 때마다 내 얼굴은 나에게 낯이 설다. 어떨 때는 슬프고 어떨 때는 무섭다. 어떨 때는 우스꽝스럽고 어떨 때는 혐오스럽다. 어떨 때는 겁먹은 것 같고 어떨 때는 겁을 주는 것 같다. 어떨 때는 신비스럽고 어떨 때는 천박하다. 각각 다른 그 얼굴들의 주인이 한 사람이라는 사실을 쉽게 납득하지 못할 때가 종종 있다. 나는 그 많은 얼굴들 가운데 어느 것이 나의 얼굴인지 모르겠다. 그 많은 얼굴들에 어떤 일관성이 있는지 정말 모르겠다. 나는 내가 누구인지 모르겠다.

  몽정을 한 날은 하루 종일 재수가 없다. 기분도 꺼림칙하고, 도무지 되는 일이 없다. 이런 날은 아예 한 발짝도 나가지 않고 아무와도 마주치지 않는 것이 상책이다. 내 경우 방 안에 틀어박혀 하루 종일 시간을 보내는 것은 어려운 일이 아니다. 혼자 사는 사람의 길고 지루한 시간을 걱정해주는 것은 선행이라고 할 수 없다. 혼자 사는 사람은 나름대로 긴 시간을 지루하지 않게 요리할 자기 나름의 기술을 터득해가지고 있게 마련이다. 그렇지 않으면 혼자 있을 수 없다. 그렇지 않은 사람은 혼자 있지 않는다. 자폐적인 사람의 협소한 세계를 염려하는 것이야말로 난센스다. 자폐적인 사람의 세계가 협소하다고? 자폐적인 사람의 세계는 다른 어떤 사람의 세계보다 넓고 광활하다. 그 사실을 인식하지 못하는 사람만이 자폐적인 사람의 세계를 염려한다. 염려하는 척한다. 그는 자신의 고유한 공간 말고는 다른 세계가 불필요하기 때문에, 자기 세계가 그만큼 크고 넓기 때문에 외부로 나가는 문을 닫는 것이다. 자폐의 크고 넓은 공간을 올바르게 이해하지 못한 대부분의 선량한 사람들은 걱정들을 하고, 하는 척하고 치료를 받아야 한다는 둥 소란을 떨지만, 정작 자폐적 성향을 가진 당사자는 아무런 불편도 느끼지 않는다. 그의 공간에는 없는 것이 없고, 그는 갈 수 없는 곳이 없다. 그의 시간은 무궁하고 영원하다. 꿈속의 시간과 공간이 그런 것처럼 그의 세계에서도 이곳과 저곳, 지금과 나중의 경계가 존재하지 않는다. 가고 싶은 곳에 가고, 하고 싶은 일을 한다. 광활하고 무한하다. 이 절대적인 자유의 세계가 얼마나 유혹적인지 아는가. 여기에 맛들인 자는 웬만해서는 자폐의 세계 밖으로 나가려 하지 않는다. 왜 그래야 한단 말인가. 지금 이곳이 가장 넓고 자유로운데, 무엇 때문에 더 좁고 더 부자유한 세계 속으로 들어가야 한단 말인가……. 나는 아무 데도 나가지 않을 것이고, 아무하고도 아무 이야기도 하지 않을 것이다.

 오후 3시까지는 결심대로 되었다. 나는 라디오를 켜놓고 방 안에서 뒹굴었다. 라디오에서는 음악이 나오다 뉴스가 나오다 우스갯소리가 나오다 했다. 물론 나는 라디오 소리에 귀를 기울이지 않았다. 라디오는 그냥 틀어놓는다. 너무 조용한 것이 싫어서가 아니고, 밖이 너무 시끄러워서다. 라디오를 틀어놓으면 바깥 소음에 신경 쓰지 않아도 되기 때문에 좋다.

 오랫동안 공들여서 씻었는데도 사타구니 부근이 여전히 꺼림칙하고, 아무렇지 않다가도 어느 순간 문득 코끝에 고약한 냄새가 맡아지곤 한다. 그럴 때면 나는 벌떡 일어나 목욕탕으로 들어가 바지를 내리고 샤워기 꼭지를 사타구니에 들이민다. 오후 3시까지 몇 번이나 샤워기를 틀었는지 모른다.

  그 시간까지 초인종이 두 번 울렸지만 나는 문을 열어주지 않았다. 추측건대 신문 대금을 받으러 온 청년이거나 반상회보 따위를 건네주러 온 반장일 것이다. 어쩌면 월부 책이나 화장품 장수인지도 모르고 이상한 종교를 전도하러 다니는 여자들인지도 모른다. 누구든 마찬가지다. 문을 열어서 유익한 건 아무것도 없다. 언젠가 한 번 엉겁결에 두 명의 여자에게 문을 열어주었다가 혼이 난 적이 있다. 자신들을 무슨 증인이라고 소개한 그들의 막힘없는 언변에 나는 기가 질렸고, 그들의 일방통행식 논리와 열성적인 종교 상품 강매에 짜증이 났었다. 그들은 도무지 다른 사람에 대한 배려를 할 줄 모르는 사람들이었다. 그들은 자기에게 이로운 것이라고 해도 다른 사람에게는 이롭지 않을 수 있다는 사실을 인정할 줄 모르는 사람들이었다. 예컨대 그들은 아무에게도 방해받지 않고 빈둥거리고 싶은 사람의 시간을 보장해주려 하지 않았다. 문을 열어주는 것은 어쨌거나 문을 열어주지 않는 것보다 이롭지 않은 것이 아니라 문을 열어주어서, 그러니까 외부에 자기를 내보여서 이로울 것은 아무것도 없다. 나는 누군가 나의 공간을 침해하는 것이 싫다.

  전화벨도 두 번 울렸다. 그것 역시 혼자 울리게 내버려두었다. 처음 온 전화는 신호음이 다섯 번 울린 후 끊겼다. 두 번째 전화를 건 사람은 조금 더 끈기가 있는 성격의 소유자인지 열 번까지 울린 후 끊었다.

난 배가 좀 고프다. 아침에 눈을 뜬 후 아무것도 먹지 않았다는 사실을 깨닫는다. 냉장고 문을 열어보지만 먹을 만한 것이 없다. 먹다 둔 흔적이 있는 우유와 숟가락으로 떠먹는 요구르트가 들어 있는데, 그것들은 둘 다 유통기한이 상당히 지나 있다. 얼굴을 찡그리며 그것들을 쓰레기통에 버리고 찬장을 뒤진다. 전에 사둔 라면이라도 혹시 없을까 해서다. 그러나 아무 데서도 먹을 것이 발견되지 않는다.

나는 자리에 앉은 다음 어떻게 할 것인가를 생각하기 시작한다. 그냥 배고픔을 참고 버티는 방법이 있다. 그 방법이 가장 손쉽고 간단하다. 하지만 한번 배가 고프다는 생각을 붙잡은 위장이 얌전히 참아줄 것 같지 않다. 무엇이든 음식물을 제공해주지 않으면 가만있지 않을 것 같다. 시장에 가서 생선을 사고, 무와 양파와 파를 사 들고 와 찌개를 끓이고 밥을 해서 먹는 방법이 있다. 아니면 베이컨과 햄과 감자와 두부를 사다가 구워 먹을 수도 있다. 그렇게 요리해서 먹어보지 않은 것은 아니다. 나는 철들기 시작할 무렵부터 혼자 살아왔다. 밥을 짓고 국을 끓이는 일 따위는 그다지 어렵게 생각되지 않는다. 다만 귀찮고 성가실 뿐이다. 일 년도 훨씬 전에 사다 부어둔 쌀 한 말은 큼큼한 냄새를 풍기며 아직 쌀통에 그대로 있다. 어쩌면 쌀벌레들이 여러 대에 걸쳐 태어나고 죽고 하며 먹어치워버렸을지도 모르는 일이긴 하다. 너무 오랫동안 쌀통을 확인해보지 않았다. 나는 그런 내가 이상하지 않다. 아무래도 상관없었다. 그 쌀을 퍼서 밥을 짓고 싶은 욕망은 솔직히 조금도 일지 않는다.

그렇다면 음식점에 가서 사 먹을 수밖에 없다. 그것이 또 하나의 방법이다. 운동화를 구겨 신고 어슬렁어슬렁 걸어 나가 가까운 식당을 찾아 들어갈 수 있다. 혼자 음식점에 들어가 밥을 사 먹는 행위를 무슨 남사스런 일이라도 되는 것처럼 부끄러워하는 치들이 있다는 것을 나는 알고 있다. 때때로 내 눈에도 앞머리가 희끗희끗하고 양복을 잘 차려입은 신사가 싸구려 음식점에 혼자 앉아 짜장면이나 설렁탕 같은 걸 시켜 먹는 모습은 어쩐지 좀 민망스러워 보이긴 한다. 그러니까 다른 사람들도 싸구려 음식점에 혼자 앉아 밥을 먹고 있는 나를 보면서 일종의 측은지심을 느낄 거라는 걸 충분히 예상할 수 있다. 그렇지만 그래서 어떻단 말인가. 나는 그런 일에 개의치 않는다. 혼자 음식을 사 먹는 행위에 조금의 머뭇거림도 없다. 혼자 산다는 게 무슨 훈장이라도 되는 것처럼 그 사실을 자꾸만 내세우는 나 자신이 조금 쑥스럽긴 하지만, 혼자 사는 사람에게는 혼자 사는 사람 나름의 처세 기술 같은 게 있는 법이다. 그것이 외부로 표출될 때 독학자들의 그것과 같은 일종의 뻔뻔스러움으로 나타나기도 한다는 사실까지 부인하고 싶지는 않다. 그래서 어떻단 말인가.

다른 방법이 없는 것은 아니다. 이를테면 나는 중국집에 전화를 해서 배달을 해달라고 부탁할 수 있다. 빵집에 가서 햄버거와 우유를 사 먹을 수도 있고, 집 앞 가게에 가서 라면을 사다 끓여 먹는 것도 방법이다. 그러나 그 어떤 방법도 나를 한눈에 현혹시키지 못한다.

 한 끼 밥을 어떤 방법으로 해결할까를 궁리하느라고 나는 거의 반 시간을 소비했다. 어쨌거나 집 밖으로 나가는 것은 가장 내키지 않는 일이었으므로, 나는 마침내 밖으로 나가지 않고 해결하는 길을 택하기로 결정한다. 중국집에 전화를 걸어 짜장면이나 볶음밥을 배달해달라고 부탁하기로 한다. 나는 부엌 모서리 벽에서 중국성의 전화번호를 찾아낸다. 내가 이사 오기 전에 살던 사람들이 그 자리에 가득 스티커들을 붙여놓았는데, 거기에는 중국성의 것 말고도 경동석유와 서울쌀집, 골드세탁소, 처갓집양념통닭, 그리고 한일이삿짐센터와 강변식당 등의 스티커가 함께 붙어 있었다.

 나는 중국성에 전화를 건다. 신호가 오랫동안 가는데도 받는 사람이 없다. 신호음이 일곱 번 울릴 때까지 전화기를 들고 있다 그만 내려놓으려고 하는데 저쪽에서 "여보세요?" 하고 전화를 받는 소리가 들린다. 자다가 깬 여자의 목소리다. 한없이 게으르고 심드렁한 목소리. 나는 스티커에 적힌 전화번호를 확인하고, 중국성이 아니냐고 묻는다.

 "여긴 모란집이에요."

 "모란집요? 중국집 아닙니까?"

 "술집이에요. 우리 집은 밤 7시부터 영업해요."

 "거기가……"

 나는 스티커에 적힌 전화번호를 불러준다.

"번호는 맞아요. 우리가 이 전화 쓴 지 꽤 되었는데, 아직도 중국집 찾는 사람이 있네."

처음의 심드렁한 인상과는 딴판으로 갑자기 생기가 돌면서 여자는 말이 많아진다. 여자는 마침 잘되었다는 듯 술집 선전에 열을 올린다.

"우리 집에 한번 오세요. 버스 종점 앞 삼거리 지하에 있어요. 1층에 미장원이 있고, 2층에 노래방이 들어 있는 건물요. 찾기 쉬워요. 깨끗하고, 술값도 안 비싸고, 이 동네에서 우리 집만 한 데는 없을걸요. 늘씬한 아가씨들도……."

나는 전화를 끊고, 한숨을 한 번 내쉬고, 이번에는 강변식당에 전화를 건다. 스티커에는 비빔밥, 김치찌개, 순두부, 청국장, 육개장 같은 음식 이름이 적혀 있다. 무얼 먹을까……. 신호음이 가는 동안 나는 그곳에 적힌 음식들을 하나하나 떠올려본다. 신호가 세 번 울릴 즈음 순두부와 육개장 사이에서 잠깐 망설이던 나는 신호가 다섯 번째 울릴 때, 비빔밥으로 마음을 바꿔버린다. 그러나 신호가 열 번째 울리도록 전화를 받는 사람이 없다.

조금 짜증이 난 나는 이제라도 먹지 않고 버텨버릴 수는 없을까, 하고 생각한다. 그런 생각은 거꾸로 식욕을 부채질한다. 위장이 반란을 일으킬지도 모른다. 하지만 이제 알고 있는 음식점 전화번호도 더 이상 없다. 나는 다시 전화기의 버튼을 누른다. "안내 215호입니다"라는 녹음된 목소리가 들리고 이내 여자 안내원이 나온다.

"여기 호곡 3동인데요, 근처 음식점 전화번호를 좀 알려주시겠어요?"

"그렇게는 곤란합니다. 상호를 말씀하십시오."

여자의 목소리는 녹음된 목소리보다 더 건조하고 싸늘하다.

"아무 음식점이나 상관없는데……. 밥을 시켜 먹으려고 그러거든요."

"글쎄, 그렇게는 찾을 수 없어요."

"그러면, 강변식당요."

"기다리세요."

여자는 짧게 대답한 후 단조로운 피아노 소리를 내보낸다. 나는 경망스런 멜로디를 들으며 기다린다. 잠시 후 처음의 기계음이 일곱 자리 숫자를 불러준다. 그러고는 전화가 뚝 끊긴다. 안내원이 불러준 번호는 찬장에 붙은 스티커에 적힌 것과 같다. 여자는 내가 말할 틈도 주지 않고 일방적으로 전화를 끊어버렸다. 기계보다 더 기계적이다. 난감하지만 길이 없다. 전화는 이미 끊겼다.

다시 114에 전화를 걸어서, 이번에는 중국성의 전화번호를 물어본다. 안내원은 "어떤 중국성요?" 하고 묻는다. 나는 호곡동에 있는 중국성이라고 대답하고, 여자는 번호를 알려준다. 역시 곧바로 전화가 끊기고, 나는 그 번호 역시 내 스티커에 적힌 번호와 동일하다는 걸 확인한다. 나는 전화기를 내려놓아버린다. 한 끼 밥을 해결하기 위해 벌이는 이런 수고가 나를 우울하게 한다. 귀찮고 비참한 기분이 들어서 견딜 수가 없다.

나는 이제까지의 망설임과 시간 낭비를 벌충이라도 하려는 것처럼 벌떡 일어나서 황급히 문을 열고 나간다. 머뭇거리다가는 또 마음이 어떻게 변할지 모르기 때문에 서둘러야 한다는 생각이 내 등을 떠민다.

4월인데 후텁지근한 바람이 분다. 하늘이 지면 가까이 내려와 있고, 공기는 수분을 가득 머금었다. 비가 올지 모른다.

내가 밖으로 나와서 맨 먼저 발견한 음식점은 할머니분식이라는 칼국수 전문점이다. 테두리가 알루미늄으로 둘러쳐진 다섯 개의 유리문에 한 글자씩 '할머니분식'이라는 글씨가 오려 붙여져 있다. 그런데 그 할머니분식점은 문이 닫혀 있다. 나는 문을 몇 차례 밀어보다가 돌아선다. 이렇게까지 밥 한 끼를 해결하기가 어려울 수 있을까. 참 이상하다. 되는 일이 하나도 없을 것이라는 아침의 예감이 적중하는 느낌이다. 기분이 썩 유쾌하지가 않다. 막 분식점 앞을 떠나려고 하는데, '분' 자가 붙은 유리문 위에 무슨 딱지처럼 직사각형의 작은 종이가 하나 붙어 있다.

매주 일요일은 쉽니다.

그 글씨들을 읽고 몸을 돌려세우면서, 나는 무슨 굉장한 발견이라도 한 것처럼, "아하, 오늘이 일요일이구나. 그래서 음식점들이 문을 닫았구나……" 하고 혼잣말을 한다. 나는 날짜가 가고

오는 데 무신경하다. 특히 요일 감각은 아주 둔한 편이다. 그것은 나에게 하루하루가 따로 구별되지 않기 때문이고, 구별할 필요가 없기 때문이다. 나의 경우 일요일과 수요일, 또는 토요일과 월요일의 일과에 아무런 차이가 없다. 모든 날들은 다 똑같다. 그날이 그날이다. 그런데 일요일에는 왜 음식점이 문을 닫지? 일요일이 무슨 특별한 날이람……. 나는 다시 한 번 중얼거리며 다른 음식점을 찾아 두리번거린다. 가까운 곳에 중국성 간판이 보인다. 나는 발걸음을 멈춘다. 중국성이 이렇게 가까운 곳에 있었구나……. 그런 발견은 그렇게 중요한 것이 아니다. 나는 문득, 다시금, 오늘이 일요일이라는 사실을 상기한다. 아, 일요일. 일요일은 손철희를 만나러 가야 하는 날이다. 그 얼빠진 사형수. 그 작자를 지난번 일요일에도 만나지 못했었다. 오늘은 그를 만나러 갔어야 했는데…… 빌어먹을! 내 입에서 욕이 나온다. 진을 빼놓은 지난밤의 악전고투와 그것으로부터 비롯한 거지 같은 기분이 분별력을 헝클어버렸다. 민초희, 그 여자 때문이다. 나는 그렇게 생각한다. 그렇게 생각하면서, 중국성으로 들어간다. 다행히 중국성은 문을 열고 있다.

  짜장면을 시켜놓고 창밖을 멍하니 바라보고 있는데, 갑자기 하늘이 어두워지기 시작한다. 비가 올지 모른다고 중얼거리며 벽에 걸린 시계를 본다. 3시가 훨씬 지났다. 손철희를 만나러 가는 것은 불가능하다. 거기다 기분도 엉망이고, 날씨도 좋지 않다. 설혹 시간이 충분하다고 하더라도 그 사람을 만나러 가고 싶은 마음은 생기지 않는다.

후다닥 짜장면을 먹어치우고 계산을 하려고 지갑을 꺼내는데, 만 원짜리 지폐와 함께 뒷면이 흰색인 수표가 한 장 뽑혀 나온다. 나는 그곳에 적힌 숫자를 읽지 않고 무슨 불온한 문서라도 만진 양 얼른 지갑 속에 집어넣는다. 그 수표는 민초희가 준 것이다. 그녀는 매달 한 차례씩 꿈 같은 액수의 돈을 건넬 것이다. 하지만 무엇 때문에? 이렇게 큰돈을 그렇게 쉽게 내던질 수 있는 그 민초희라는 여자는 대체 누구일까. 그리고 그 대가로 그녀가 내게 요구하려는 일은 무엇일까. 만만치 않으리라는 각오는 되어 있다. 아무려면 정원 손질이나 음식 나르는 일 따위에 그런 큰돈을 제시하지는 않았을 것이다……. 어두워진 하늘에서 비가 세차게 쏟아지기 시작한다. 나는 식당을 나와 빗속을 뛰어간다. 빗줄기가 어깻죽지를 때리고 바짓단을 적신다. 머리카락이 달라붙고 입으로 물이 들어온다. 정말 기분이 지랄같이 사나운 날이다. 이런 날은, 다른 날이라고 크게 다르진 않지만, 사는 것이, 살아야 한다는 것이 더 치욕스럽다.

4월 18일 월요일

나는 내가 하려는 일이 무엇인지 안다. 나는 아버지를 유기하려고 한다. 슬플 것도 없고 비참할 것도 없다. 아버지의 입장에서 보면 더욱 그렇다. 그는 이제 더 이상 슬픔도 모르고 비참과도 상관없는 사람이다. 아버지 자신이 자신의 처지가 어떠한지 인식하지 못하므로(그가 한 번이라도 똑바로 자기 자신을 인식한 적이 있었을까. 나는 고개를 젓는다), 나는 나의 행위에 대해 죄책감이나 그와 유사한 어떤 종류의 도덕적인 부담감을 느끼지 않아도 된다. 나는 그렇게 생각한다. 그는 자기가 입고 있는 옷이 비단으로 만들어진 것인지, 거적때기로 만들어진 것인지 관여하지 않는다. 그런 문제에 대한 인식이 아예 없다는 편이 정확한 표현이 될 것이다. 그는 자신이 행복한지 불행한지에 대해 관심이 없거나, 관심을 가질 수 없으며, 따라서 어떤 사람도 그를 행복하거나 불행하게 해줄 수 없다. 누구도 그를 행복하게 해줄 수 없는 것처럼 누구도 그를 불행하게 해줄 수 없다. 그는 행복하지도 않고 불행하지도 않다. 더 행복할 수도 불행할 수도 없다. 그는 슬프지도 않고 기쁘지도 않다. 더 슬플 수도 기쁠 수도 없다. 그는 하나의 '역겨운' 사물처럼 그냥 있다. 행복이나 불행, 기쁨이나 슬픔과 상관없이 그냥 있다. 나는 지금 역겨운 사물이라고 썼다. 그 표현이 내 마음에 든다. 그러나 나는 내 의사를 보다 정확하게 드러내기 위해서 그 문장을 조금 보완해야겠다. 나에게 그가 역겨운 것은, 그가 사물이어서가 아니라 하나의 사물처럼 존재하기 때문이다. 사물들이 역겨운 것이 아니라(사물들이 어떻게 역겨울 수 있겠는가?) 사물처럼 존재하는 그의 존재가 역겨운 것이다. 따라서 그를 유기하는 나의 행위도 그의 존재만큼 역겨운 것은 아니라고 해야 할 것이다.

　보령산이 어디에 있는지 나는 모른다. 그곳에 대한 정보는 누나로부터 왔다. 두 해쯤 전의 일이었다. 그녀는 많이 지쳐 보였고, 말하는 것이며 짓는 표정이 벌써 늙은이 같았다. 나는 마음이 좋지 않았다. 누나에게 그곳을 알려준 사람은 그녀의 남편이었고, 그녀의 남편은 회사 동료 가운데 한 사람으로부터 들었다고 했다. 누나는 처음엔 머뭇거렸고, 나중에는 격앙되어 울었다.

　"사람 된 도리로서야 밉든 곱든 내 아버진데, 우리가 져야 할 짐이지. 안 그러냐. 보령산 이야기를 꺼낸 건, 뭐 다른 뜻은 아니다. 답답하니까……. 그렇게 하는 게 마음 편할 리 없고, 또 지금 형편으로야 꿈도 못 꿀 일이긴 하다마는……. 그 돈을 어떻게 감당이나 하겠냐? 답답하니까 그냥 한번 해보는 소리다. 너도 못 할 노릇이고, 나는 또 이게 무슨 꼴이냐? 시어머니를 모시면서 수족 못 쓰는 친정아버지 수발까지 들어야 하니, 아직까지는 어떻게 견디고 있다만, 언제까지 이렇게 할 수 있을지 나도 잘 모르겠다."

　아버지는 언젠가부터 거추장스러운 존재가 되어 있다. 아니, 이 말은 부정확하다. 그가 우리에게 거추장스럽지 않았던 적이 있었던가. 그는 젊었을 때는 노름꾼이었고, 술주정뱅이였고, 게으름뱅이였고, 거기다가 폭군이었다. 그는 평생 동안 직업 같은 걸 가져본 적이 없는 사람이었다. 어머니는 그런 남편을 위해 시장 한 귀퉁이에서 리어카를 끌다가 어느 날 쓰러졌고, 다시는 일어나지 못했다. 그때 누나는 열네 살이었고, 나는 여덟 살이었다. 아버지는 열네 살짜리 딸과 여덟 살짜리 아들을 남겨놓고 집을 나갔다. 그는 노름 돈을 대줄 사람이 없어졌기 때문에 더 이상 집에 있을 이유가 없다고 판단했을지 모른다. 그는 그런 인간이다.

하지만 그가 사라져준 편이 우리에게는 차라리 나았다. 나는 그렇게 생각한다. 그는 도움이 되지 않는 사람이었다.

졸지에 고아가 된 누나와 나는 외삼촌 집으로 들어갔고, 그곳에서 누나는 결혼해서 나갈 때까지, 나는 고등학교를 마칠 때까지 살았다.

누나는 어머니처럼 강하고 끈질기다. 누나는 어머니가 끌던 리어카를 대신 끌고 시장을 누비고 다녔다. 학교에서 돌아오는 길에 누나가 리어카를 끌며 "싱싱한 오이, 가지, 호박이 싸요……" 하고 목청을 높이고 다니는 모습을 지켜보곤 했던 기억이 난다. 무엇 때문인지 나는 그 앞을 그냥 지나쳐 가지 못했고, 어떨 때는 어두워질 때까지 누나 뒤만 졸졸 따라다니기도 했었다. 나는 그녀에게 빚을 지고 있다. 나는 그 점을 인식하고 있다. 그녀가 아니었다면 나는 아무것도 아니었을 것이다. 지금도 아무것도 아니긴 마찬가지이지만, 그녀가 나를 돌보지 않았다면 지금보다 훨씬 아무것도 아니었을 것이다.

그런데 그런 그녀도 이젠 지쳐가고 있다. 벌써 지쳤어야 했다. 누나는 이 년이나 그 엄청난 일을 감당해왔다. 어쨌거나 그래서 이제야 보령산 이야기가 나왔다. 그녀는 매우 조심스럽게 그 이야기를 꺼냈다. 행여라도 자기가 책임을 회피하고 있다는 인상을 주게 될까 두려워서 그녀는 머뭇거렸다. 하지만 어째서 그것이 그녀의 책임이고, 무엇이 책임 회피란 말인가. 그녀는 부질없이 신중하다.

누나의 남편이 회사 동료 가운데 한 사람으로부터 들었다는 보령요양원은 보령산 기슭에 있다고 했다. 서울에서 차를 타고 두 시간 정도 걸리는데, 그중 삼십 분가량은 꼬불꼬불한 산길을 달려야 한다고 했다. 다행히 요양원 측에서 길을 닦아놓아 포장은 되어 있다고 했다. 또 무슨 말이 있었던가. 공기가 좋고 산세가 빼어나다는 말이야 공연한 수사에 불과할 것이다. 깊은 산중에 무슨 비밀스런 화학공장이라도 지어놓지 않은 마당에야 공기가 나쁠 까닭이 어디 있겠는가.

"시설도 좋고, 잘 돌봐주는 사람도 있고, 노인들이 노후를 보내기는 참 좋다는데, 워낙 돈이 많이 들어서……. 어디 웬만한 사람들이야 꿈이나 꾸겠니."

그랬다. 그녀로서는 차마 꿈도 꾸기 어려운 돈이 필요했다. 처음에 한꺼번에 몇 천만 원의 목돈이 있어야 하고, 그리고 치료비와 생활비를 포함해서 매달 몇 십만 원, 거기에 아버지처럼 전적으로 누군가의 보살핌을 받아야 하는 경우에는 추가로 돈이 더 필요하다고 했다. 굳이 말하지 않더라도 그것은 불가능한 금액이었다. 누나로서는 남편의 월급을 다 털어 넣어도 감당하지 못할 금액이고, 나라고 누나보다 형편이 나을 리 없었다. 그런 사정을 누구보다 분명하게 헤아리고 있는 그녀가 도무지 실현 가능성이 없는 보령요양원에 대한 이야기를 꺼낸 것은, 그러니까 그녀 역시 인내의 한계점에 이르고 있다는 간접적인 의사표시일 터였다. 할 수만 있다면, 마음이 불편하고 무리가 따르더라도 이제 그만 아버지라는 짐짝을 어디든 버리고 싶다는……. 나는 그녀를 이해한다. 이해하고 남는다. 내가 이해하지 못하는 것은 그녀의 마음 한 켠을 억누르고 있는 슬픈 죄의식이다. 나는, 내가 질 수 없는 짐을 그녀에게 너무 오랫동안 지게 했다는 사실을 깨달았고, 그녀가 그것을 자신의 운명이라고 받아들이는 것처럼, 나 역시 자신도 모르게 그 역겨운 재앙 덩어리를 그녀의(그녀만의) 운명인 것처럼 생각해왔다는 사실을 깨달았다.

나는 누나에게 미안했고(고백하건대, 미안하다는 감정은 나에게는 너무 낯설어서 좀처럼 그것을 밖으로 표현해내지 못한다. 고맙다는 감정도 마찬가지다. 나는 나의 누나를 향해서만 그런 감정을 아주 가끔씩 느낄 뿐이다. 표현은 차마 하지 못한다), 누나의 등에서 짐을 내려놓아야 한다고 생각했고, 그 짐을 감당하는 것이 자신의 운명이라는 그녀의 막연한 자기최면에서 그녀를 구출해야 한다고 생각했다. 누나를 위해서 그 정도는 할 수 있어야 한다고 생각했다. 아버지를 떠안은 것이 그녀의 권리가 아니라 의무였던 것처럼, 그녀가 그렇게 생각했던 것처럼, 이제 그 짐을 치워주는 것은 나의 권리가 아니라 의무라고 생각했다. 의무로라도 그 일을 해야 한다고 생각했다.

하지만 그것은 내 힘에 부치는 일이었고, 누나는 그 사실을 나보다 더 잘 알았다.

"그냥 답답하니까 해보는 소리다. 푸념이지 뭐. 너한테가 아니면 누구에게 이런 말이라도 해보겠니. 신경 쓰지 마라. 조금 힘들더라도 내가 감당해야지. 내 팔잔데 뭐."

눈물을 닦고, 누나는 그렇게 스스로를 다독거리며 일어났다.

나는, 그녀 스스로는 아무 결정도 하지 못하리라는 걸 충분히 짐작할 수 있었다. 어머니가 그랬던 것처럼, 누나 역시 아버지라는 짐을 진 채 어디까지고 걸어갈 것이었다. 그 짐이 어째서 내 등에 올려져 있느냐는 의문 같은 것은 애초부터 배제되어 있을 터였다. 그런 질문이 생략될 수밖에 없다는 것, 감히 그런 질문 같은 걸 할 엄두도 내지 못한다는 것, 거기에 그녀가 생각하는 그 짐의 성격이 있다. 그녀에게 아버지는 자신의 팔자다. 그 짐은 그녀에게 숙명이다. 그녀는 그렇게 생각하고 받아들인다. 그녀는 결코 제 스스로 짐을 벗으려 하지 않을 것이다. 나는 깨닫는다. 그녀가 수용할 수 있는 방법은 한 가지밖에 없다. 자신도 모르는 사이에 그녀는 나에게 자신이 빠져나갈 그 한 가지 방법에 대한 힌트를 주었다. 보령요양원이 그 길이다. 나는 아버지를 위해서가 아니라 누나를 위해서 그 일을 해야 한다.

그날 밤, 민초희가 내민 그 이상한 계약서에 서명할 때, 나는 어쩔 수 없이 보령요양원을 상기했고, 그랬으므로 나는 그녀의 제안을 물리칠 만한 자유가 없었다. 나는 그녀가 내민 미끼를 물었다. 망설임은 없지 않았지만, 다른 대안이 있어서는 아니었다. 무엇보다 그 미끼는 달콤했다. 그것이 영혼을 파는 일도 아니거니와, 영혼을 파는 일이라고 하더라도 어쩔 수 없다는 마음이었다. 기분이 그랬다. 나는 단순해지는 쪽을 택했다. 그런 뜻에서 그녀와 나의 비밀스런 계약을 성사시킨 참된 브로커는 아버지인 셈이다.

나는 5천만 원을 누나에게 가져다준다. 누나는 기묘한 표정을 짓고 서서 내가 내민 돈과 내 얼굴을 번갈아 바라본다. 그녀는 마치 빨간색과 파란색과 노란색과 흰색과 보라색과 연두색이 어지럽게 뒤섞인 것 같은 표정을 하고 있다. 그녀는 한꺼번에 너무 많은 말을 하려고 한다.

"이게…… 어디서…… 뭐야…… 설마, 너…… 어떻게 이걸……."

나는 그녀의 말을 무시한다. 그녀의 표정도 무시한다. 되도록 빨리 이 일을 마무리 짓고 싶다.

"보령산 속에 넣어요. 그리고 해방되세요. 매달 필요한 비용도 내가 보낼게요."

"순관아, 너…… 어떻게 된 건지 자세히 좀 말해봐라……."

"할 말 없어요."

"아니, 이 많은 돈이 웬 거니? 네가 어떻게…… 혹시……."

그녀는 무슨 상상을 하는 걸까? 나는 입을 다물고, 그녀는 내가 입을 다물면 다시 열게 할 수 없다는 걸 안다. 나는 이러지도

저러지도 못하고 있는 누나를 남겨놓고 일어나버린다. 나의 마음은 무색이다. 기쁘진 않지만 슬프지도 않다. 자랑스럽진 않지만, 마찬가지로 비참하지도 않다.

4월 20일 수요일

나는 나에게 배달된 한 신문을 읽고 있다.
외출했다가 집으로 돌아오는 길이었는데, 체구가 큰 우편배달부가 내 집의 초인종을 누르고 있었다. 내가 계단을 다 올라갔을 때 그는 초인종 누르는 것을 그만두고 막 돌아서려던 참이었다.
"임순관 씨입니까?"
그는 무뚝뚝한 표정으로 질문을 던진다. 나는 그렇다고 대답한다. 그는 도장 찍는 제스처를 해 보인다.
나는 현관문을 따고 들어가면서 그의 얼굴을 힐끗 쳐다본다. 그는 말이 없는 편인 것 같다. 아니면 이 동네에서 기분 나쁜 일이라도 당한 건지 모르겠다. 나는 도장을 찾아서 그에게 건네준다. 그는 한쪽 주머니에서 동전 크기만 한 인주갑을 꺼낸다.
그의 얼굴은 사람을 불쾌하게 한다. 그는 드물게 보는 추물이지만, 못생겨서가 아니다. 얼굴이 못생겼다는 것은 허물이랄 수 없다. 보는 사람으로 하여금 저절로 뒷걸음질 치고 입을 다물어버리게 만드는 유형의 인간이 있다. 나는 직감적으로 이 남자야말로 그런 사람이라는 걸 알아차린다. 혐오감을 주는 사람은 무슨 일을 하거나 무슨 말을 해서가 아니라 단지 거기 있는 것만으로 혐오스럽다. 말이나 행동이 아니라 그의 존재 자체가 혐오스러운 것이다.

    그런 사람에 대해 내가 좀 안다고 할 수 있는데, 그런 사람은 여간해서는 다른 사람들과 섞이지 못한다. 마치 카인의 표적을 지닌 것과 같아서 어디에 있든 당장 표가 나기 마련이다. 그렇기 때문에 섞이지도 못하면서 숨지도 못한다. 그 점이 그런 사람의 진짜 불행이다. 사람들 사이를 배회하지만, 사람들은 그에게 손을 내밀지 않는다. 사람들로부터 떨어져 나오려고 하지만, 그의 표적이 너무 선명해서 사람들의 눈을 벗어날 수가 없다. 이를테면 그는 악취를 풍기는 사람이다. 그는 자기가 풍기는 냄새에 동화되어 있어서 냄새를 맡지 못한다. 설령 그가 그 냄새에 동화되지 않았다 하더라도 그에게는 그것을 견디는 것 말고는 다른 방법이 없다. 따라서 그가 냄새에 동화되는 쪽을 택하는 것은 그의 지혜이고, 필연이다. 악취는 그의 남다른 존재를 깃발처럼 드러내 보이고, 동시에 사람들을 그 주위에서 쫓아낸다. 그의 남다른 존재의 고립감을 나는 이해한다. 왜냐하면 나도 그런 부류 가운데 한 사람이기 때문이다.

    나는 종종 거울 속에 비친 내 얼굴을 보며 그와 같은 혐오스러움에 사로잡히곤 한다. 나는 도무지 내 얼굴이 마음에 들지 않는다. 나는 도무지 나에게 정이 붙지 않는다. 그것은 내 얼굴이 특별하게 못생긴 때문이 아니다. 나는 아직까지 특별히 잘생겼다는 말은 듣지 못했지만, 마찬가지로 못생겼다는 말도 들어본 적이 없다. 솔직히 말하면 나는 내가 잘생겼는지 못생겼는지도 모른다. 내가 아는 것은 내가 나에게 낯설다는 것이다. 어떨 땐 내 몸 위에 엉뚱한 사람의 대가리가 달라붙어 있는 것 같은 느낌을 받고 섬뜩 놀라기도 한다. 그런가 하면 또 어떨 땐 내 몸 위에 다른 누군가의 대가리가 달라붙었으면 하고 바라기도 한다. 나는 진정으로 내가 아니었으면 좋겠다. 나는 내가 그렇게 혐오스럽다. 그런데 나는 그 혐오스러움이라는 감정의 실체를 정확히 포착하지 못하겠다. 인간답지 않은 어떤 현상이나 행동, 또는 그런 상황에 의해서 불러일으켜지는 느끼하고 불편한 정서? 그러니까 그의 얼굴이나 내 얼굴이 혐오감을 불러일으킨다면, 그것은 그의 얼굴이나 내 얼굴이 도무지 인간답지 않은 인상을 담고 있기 때문일 것이다.

 그는 인정하지 않을지 모르지만, 나는 안다. 그도 나처럼 인간답지 않다. 인간답지 않다는 게 무엇을 뜻하느냐고 물으면 나는 설명할 자신이 없다. 하지만 그 대신 나에게는 실물로 제시할 수 있는 모델이 있다. 존재 자체로 드러내는 비존재. 일종의 짐승스러움과 사물감(事物感). 그 광포함과 역겨움 —나의 아버지.

 우편배달부는 내 도장에 도장밥을 묻혀 자기가 들고 있는 서류에 꾹 눌러 찍은 다음 한 통의 우편물과 함께 도장을 돌려준다. 그러고는 두말없이 계단을 내려가버린다. 그의 모습은 산에서 굴러떨어지고 있는 바윗덩어리를 연상시킨다. 바윗덩어리는 구르면서 소리를 치면서 무언가 또는 누군가 자기를 붙잡아주었으면 하고 바라지만 아무도 그에게 손을 내밀려고 하지 않는다. 굴러떨어지는 것이 그의 존재 방식이다.

나는 그의 뒷모습을 물끄러미 바라보고 있다가 집 안으로 들어간다. 그리고 내 손에 들려 있는 우편물을 본다. 하얀색 체신부 규격 봉투의 전면에 나의 주소와 이름이 씌어 있다. 그것은 이 우편물이 잘못 배달되지 않았음을 증거한다. 하지만 '보내는 사람' 난에 적힌 주소와 이름은 생소하다. 태림우체국 사서함 1001호 '신천지설계협의회'?

신천지설계협의회라니……. 듣지도 보지도 못한 이름이다. 뭘 하는 단체인지, 그곳에서 나를 어떻게 알았는지, 나에게 뭘 보내온 것인지, 도무지 짐작도 할 수 없다. 하기야 최근 들어서는 아무 상관도 없는 사람이나 기관으로부터 이런 유의 우편물이 보내져 오는 경우가 종종 있긴 했다. 하지만 그런 것들은 대부분 자기네 회사의 상품을 소개하는 안내문 일색이었고, 받는 사람의 이름을 생략하고 있기 일쑤였다. 거기다 오늘 내가 받은 것은 등기우편이다. 불특정 대상을 향해 상품 안내서를 보내면서 등기우편을 사용하지는 않을 것이다. 따라서 적어도 구매를 촉구하는 상품 소개서 같은 것은 아닐 거라는 짐작을 어렵지 않게 할 수 있다. 그렇다면 무언가. 신천지설계협의회라는 낯설고 이상스런 단체에서 내게 무슨 긴한 연락이라도 취할 일이 있다는 것인지, 도무지 감을 잡을 수가 없다.

개봉한 봉투 안에서 나온 뜻밖의 내용물 때문에 나는 한 번 더 혼란스럽다. 가위로 오려낸 듯한 신문 조각 두 장이 같은 크기의 백지에 붙어 있다. 그것이 전부다. 신문 조각 가운데 한 장은 제법 크고, 뒤에 붙은 다른 한 장은 손바닥만 하다. 가로로 한 번, 세로로 세 번 접혀 있는 그 신문지 조각을 펴자 맨 위에 신문의 이름과 날짜가 보인다. 두 번째 신문에는 그로부터 사흘 후의 날짜가 적혀 있다. 그리고 기사 곳곳에 군데군데 빨간색 사인펜으로 줄이 그어져 있다.

'한 저명한 대학교수가 자기가 가르치는 제자를 포함하여 수백 명의 여성을 농락한 사건이 발생했으나 검찰은 사법 처리의 근거를 찾지 못해 고심하고 있다'라고 그 기사는 시작한다. 나는 그 뉴스를 이미 접한 적이 있다. 내가 구독하고 있는 신문도 며칠 전 그 기사를 사회면 머리기사로 다루었다. 기사의 주인공은 정확한 이름을 감추고 있다. 나이가 45세에 정 씨라고만 표기된 이 남자는 수도권에 있는 한 대학의 윤리학 교수이다. 그는 교단에서는 윤리학을 가르치지만, 거리로 나서면 카사노바가 된다. 여자들에게 접근하는 그의 방법은 의외로 단순하고 간단하다. 그저 술을 한잔 마시자고 하고, "혼자 있어 외롭다"고 말한다. 그러면 열에 아홉은 그의 침실까지 따라온다는 것이다. 그가 그런 수법으로 성관계를 가진 여성이 여대생, 여고생을 포함해서 삼백여 명. 그 기사의 내용은 다음과 같이 이어진다.

특히 정 씨와 성관계를 맺은 여자들은 모두 미혼이었다. 그 가운데는 그의 강의를 듣고 있는 제자들도 다수 끼어 있는 것으로 드러나서 충격을 주고 있다. 그러나 검찰은 정 씨가 여자들을 협박하거나 혼인을 빙자한 사실이 없는 것으로 드러났다고 밝히고 있다. 이와 관련해 정 씨는 대부분의 여자들이 함께 춤을 추거나 술을 마신 뒤 여관이나 자기 집까지 가자고 하면 쉽게 응해왔기 때문에 굳이 협박을 하거나 혼인을 빙자할 필요가 없었다고 설명했다. 또 그는 외관상 얼굴이 예쁘거나 몸매가 뛰어난 여자들이 오히려 유혹에 적극적으로 응해왔으며, 심지어 어떤 여자들로부터는 선제 유혹을 받기도 했다고 진술했다. 검찰은 당초 그의 진술에 신빙성이 없다고 보고 피해자들을 불러 조사했으나 피해자들이 한결같이 "강제로 성관계를 가진 적이 없다"고 진술, 정 씨의 주장을 뒷받침했다……. 그는 여자들을 유혹할 때 여러 가지 신분으로 위장해왔는데, 변호사와 재미 교포 사업가, 사진작가, 또는 고급 공무원과 산부인과 의사 등이 그가 즐겨 도용한 직업으로 알려지고 있다. 때로는 교수 신분을 그대로 드러낸 예도 없지 않았던 것으로 피해자들의 진술 결과 밝혀졌다. 정 씨는, "술이나 차를 함께 마시면서 '나는 혼자 살고 있어서 몹시 외롭다. 애인이 되어달라'고 하면 대부분의 여자들이 기꺼이 따라나섰다"고 진술했다. 그는 자신의 행위가 강간이나 간통일 수 없으며, 따라서 범법자로 취급당하는 것은 부당하다고 주장하고 있는데, 실제로 검찰은 그의 당당한 태도 앞에서 마땅한 사법 처리 근거를 찾지 못해 고심하고 있는 것으로 알려지고 있다…….

여자들을 홀리는 무슨 특별한 기술이라도 있지 않을까 기대하는 대부분의 독자들을 그는 실망시킨다. 더구나 옆에 실려 있는 사진을 보면 그는 결코 미남이라고 할 수 없는 얼굴인 데다 앞머리가 반 이상 벗어진 대머리이기까지 하다. 요새 여자들이 나이 많고 머리 벗어진 남자들을 특별히 좋아하기라도 한다는 것일까. 그렇지 않고는 저렇게 평범한 외모를 가진 사십 대 중반의, 머리까지 벗어진 남자가 젊고 예쁜 미혼의 여자들을 몇 백 명씩 애인으로 만들 수 있었다는 사정을 이해하기가 쉽지 않다. 그는 폭력을 쓰지도 않았고, 감언이설로 현혹하지도 않았다고 하지 않는가. 그는 얼마나 매너가 좋은 신사인지, 자기를 따라 자기 집까지 왔다가도 여자가 마음이 내키지 않아 하면 그대로 돌려보내기까지 했다. 그러면 그다음 날, 여자가 제 발로 찾아오더라는 것이 그의 설명이다. 단언하거니와 그는 퍽 매력적인 인물임에 틀림없다.

나는 여성들의 개방적인 성 개념이나 풀어진 윤리 의식에 책임을 전가하고 싶은 마음이 없다. 그것은 이 사건에 대한 온당한 접근 방식이 아니라고 나는 생각한다. 이 땅의 여자들이 그렇게 아무렇지도 않게 생판 모르는 남자와 몸을 주고받고 하는 것이 설령 사실이라고 하더라도, 그것이 이 사건의 주제는 아니다. 내가 이 사건으로부터 추출한 주제는 성과 도덕에 대한 여성들의 불감증이 아니라, 그렇게까지 여성들을 사로잡은 윤리학 교수 정 아무개 씨의 특별한 매력이다. 그 매력은 부실한 한두 마디 말로 설명될 수 있는 것이 아닐 것이다. 애초에 매력은 분석될 수 있는 것이 아닌 까닭이다. 여성들에게 비난의 화살을 쏘는 사람은 그의 뛰어난 매력을 일부러 무시하거나 간과하고 있다는 사실을 인정해야 한다. 그런 사람들은 아무 남자나 그렇게 할 수 있으리라고, 그러니까 그렇게 많은 여자들을 아무런 저항 없이 자기 침실로 끌어들일 수 있었던 것은 정 씨가 특별히 매력적이어서가 아니라 상대 여자들이 헤퍼서라고, 자기가 그렇게 하지 못한 것은 그렇게 하지 않았기 때문이라고 단정하는 듯한 말투를 사용한다. 나는 그렇게 말하는 사람들이 정 씨에 대해 질투심과 열등감을 동시에 표출하고 있는 것으로 간주한다. 그것은 정직한 태도가 아니고, 이 사건에 대한 바른 접근 방법일 수도 없다……. 나는 그렇게 생각한다. 그의 수첩엔 오백 명이나 되는 여성들의 주소가 적혀 있었고, 또 수백 장의 나체 사진을 가지고 있었는데(기자의 설명에 의하면, 그 사진들은 그와 관계를 가진 여자들의 동의에 의해 촬영된 것이었다), 그것은 그의 수치가 아니라, 적어도 내가 생각하기에는, 그의 영광이다. 그는 다른 사람이 가지고 있지 않은 것을 가지고 있다. 다른 사람이 가지고 있지 않은 생각을 가지고 있고, 다른 사람이 하지 못한 행동을 하고 있다. 그와 같은 그의 남다름이 그의 탁월한 매력의 진면목이라고 할 수 있지 않을까? 다른 사람과 같지 않다는 것, 다르다는 것, 구별되어 있다는 것, 특별하다는 것, 그것이야말로 진짜다.

    그는 당당하고, 그의 당당함은 정당하다. 그의 말이 옳다. 그를 범법자 취급하는 것은 이치에 맞는 태도가 아니다. 검찰은 도리가 없다. 두 번째 신문 조각에 도리 없는 검찰의 표정이 짤막하게 소개되어 있다.

    최소한 삼백 명이 넘는 여자들을 농락한 것으로 알려진 모 대학 교수 정 아무개 씨(45세, 남)에 대한 사법 처리 여부를 놓고 고심해 온 검찰은 이 사건을 무혐의 처리하기로 최종 결정했다. 검찰은 당초 피해자들의 고소를 유도하여 사법 처리할 생각으로 여러 명의 여성들을 소환 조사한 것으로 알려졌으나 피해자들 가운데 아무도 정 씨의 범법 사실을 진술해주지 않아 별수 없이 무혐의 처리할 수밖에 없었다고 밝혔다…….

    그래서? 그래서 어떻단 말인가. 여기에 무슨 특별한 것이 있는가? 도대체 이 신문 조각은 무엇 때문에 나에게 보내져 왔는가? 무슨 목적으로? 나에게 이걸 보낸 단체는 신천지설계협의회이다. 나는 그곳이 무얼 하는 데인지 정말 모른다. 그들은 나에게 이 우편물을 보내는 목적이나 이유 등에 대해 아무런 설명도 하지 않고 있다. 신천지설계협의회가 무얼 하는 단체인지에 대해서도 언급이 없다. 그러면 잘못 배달된 것일까? 하지만 그렇게 생각할 수도 없다. 봉투에 적힌 주소와 이름은 나의 것이다.

나는 결국 누군가 장난을 하고 있는지 모른다고 생각하기로 한다. 예컨대 하루하루를 사는 게 따분하고 심심해서 죽겠는 사람이 있다고 하자. 그는 이 신문 기사를 읽는 순간, 내가 그런 것처럼 꽤 기분이 고양되었을 테고(왜 아니겠는가?), 이 재미있는 내용을 되도록 많은 사람들에게 전파해서 자신의 남다른 즐거움을 확산하고 싶은 충동을 느꼈을 수 있다. 두 장의 신문 조각과 함께 동봉한 백지에 그려져 있는 한 컷의 그림이 그런 생각을 하게 한다. 정 씨로 추측되는, 꽤 나이가 들어 보이고 머리가 벗어진 남자가 벌거벗은 채 그려져 있다. 그림 속의 남자는 자신의 성기를 두 손으로 싸쥐고 있는데, 자세히 보니 성기가 있어야 할 자리에 다른 게 그려져 있다. 분명하진 않지만, 박혀 있는 화살을 손으로 감싸 쥐고 있는 것 같다. 이 그림은 심각하게 볼 수도 있고, 장난스럽게 볼 수도 있다. 그림을 보자마자 웃음이 나왔으므로, 나는 장난스러운 쪽을 택한다. 필치에서 느껴지는 만화풍의 과장기가 그런 판단을 하게 한다. 그렇다면 신천지 어쩌고 하는 단체는 실제로 존재하는 것이 아니고, 그 친구의 머릿속에서 즉흥적으로 만들어진 것이라고 할 수 있겠다. 만일 이런 추측이 틀리지 않다면, 그의 행위는 얼마나 익살스러운가. 이 정도의 유머 감각을 소유하고 있는 자라면 절대로 맹추일 수 없다. 나는 그에게 답장을 보낼 수도 있다. 적어도 기분으로는 그렇다.

하지만, 장난이 아니라면? 장난이 아니라면 무엇일까?

나는 다시 한 번 그 신문 기사를 꼼꼼히 읽고 그림을 들여다본다. 그러나 '한국판 카사노바'에 대한 정보를 내게 제공한 신천지설계협의회의 뜻은 아무 데서도 전달되지 않는다. 아무 뜻도 읽히지 않도록 하는 것이 그, 또는 그들(?)의 뜻이었는지 모른다. 아니. 그, 또는 그들에게 무슨 뜻이 있기나 했을까. 아무 뜻도 없을 수 있다. 나는, 아무 뜻 없이 이런 짓을 하는 것도 나쁘지 않다는 결론에 이르고 만다.

그러자 이 수상한 우편물을 가지고 온갖 궁리를 하고 고민을 하는 짓거리가 갑자기 부질없게 여겨진다. 나는 신문지를 원래대로 봉투에 넣어서 책상 위로 휙 던진다. 봉투는 일단 책상 모서리에 비스듬히 떨어졌다가 한 차례 기우뚱하더니 벽과 책상 틈새를 비집고 들어가버린다. 나는 개의치 않는다.

4월 22일 금요일

아침 10시에 전화벨이 울린다. 전화를 건 사람은 남자다. 거기가 임순관 씨 댁입니까? 하는 첫마디만 듣고도 나는 그 목소리의 주인공이 누구인지를 알아챈다. 민초희의 차를 운전하는 독일 병정. 그는 목소리도, 행동도 언제나 직선이다. 그에게는 부드러움이란 게 아예 없다. 그를 보고 있으면 기계를 보고 있는 것 같다. 그의 목소리를 듣고 있으면 기계 소리를 듣고 있는 것 같다. 그는 기계처럼 말한다.

"저는 민초희 여사의 운전사입니다. 3시까지 지난번에 만났던 호텔 커피숍으로 나오십시오."

이건 숫제 명령 투다. 하지만 나는 이의를 제기하지 못한다. 그는 나에게 명령하도록 명령을 받은 하수인에 불과하다. 그에게 명령한 사람은 이제 나에게도 명령할 수 있는 사람이다.

전화를 끊고 나자 곧이어서 새로운 전화가 걸려온다. 이번에는 '도서출판 시민들'의 사장 홍이다.

"일어났어? 거기다 전화를 걸려고 하면 항상 신경이 쓰여. 맨날 자다가 일어난 목소리 아니면, 아예 불통이니……. 밥은 먹었어? 아침에 뭔가로 위장을 채워야 한다니까. 그래야 머리가 팽팽 돌아간다잖아."

그는 나의 대답을 기다리지 않는다. 처음부터 나의 대답을 기대하고 던진 질문이 아니다. 전화를 걸 때마다 무슨 장식처럼 서두에 붙인다는 게 아침밥 타령이다. 그로서는 혼자 사는 남자의 처지를 끔찍이 염려하고 있다는 인상을 전해주고 싶은 모양이지만, 내가 생각하기에는 아무래도 끔찍하게 지랄 같은 습관이다.

"그 여자 말이야, 민초희. 그거 보통 물건이 아닌 것 같던데? 돈도 꽤 많은 모양이지? 달라는 대로 줄 테니 말해보라는 식이던데. 젠장, 값을 조금 더 부르는 건데 그랬나. 신경질 나게, 젊은 여자가 어떻게 그렇게 돈이 많을 수 있지? 그런 것들을 보면 공연히 기분이 나빠져……. 그건 그렇다 치고 일은 어때? 잘돼가? 민초희 일을 먼저 해주자고. 감옥에 있는 친구야 언제 저세상 사람이 될지 모르니까. 자기는 급할 테지만, 우리는 급할 거 없잖아. 책 나오기 전에 사형이라도 집행된다면 거기서 중단하면 그만일 테고, 그건 좀 미뤄놓으라고……. 아참, 내가 전화한 건, 그 여자 쪽에서 전화가 걸려와서 말이야. 계약하고 아직 한 번도 안 만났다며? 오늘 만났으면 좋겠다고 하던데. 아마 금방 전화가 갈 거야. 수고하고, 오늘내일 중에 언제 한번 들르지. 생활비도 떨어졌을 텐데……."

이 작자는 늘 이렇게 말한다. 내가 일한 대가를 당연하게 지불하면서도, 내 생활비를 염려해서 크게 선심이라도 쓰는 양한다. 그런 식의 그의 허황한 제스처는 그 정신의 졸렬함을 반사한다. 몇 번이고 말하지만, 나는 그를 좋아하지 않는다. 아쉬운 것은 나의 그런 감정을 그가 모르거나 일부러 모른 체한다는 점이다. 나의 싫은 감정은 그에게 '먹히지' 않는다. 그는 형편없이 둔하거나, 한없이 영리한 놈이다. 그가 둔하다고? 세상에! 자신을 둔하게 보이게 할 정도로 영리한 거겠지.

나는 민초희 쪽으로부터 이미 연락을 받았다는 말은 하지 않는다. 그럴 필요가 없는 일이지만, 그럴 수도 없었다. 홍은 제 할 말만 마치고 전화를 끊는다. 언제나 그렇다. 나는 이런 치들을 잘 알고 있다. 이들은 자기 말고는 누구도 자기만큼 중요한 할 말이 없으리라고 생각한다. 모든 가치 있고 영향력 있는 말은 자기가 독점하고 있다고 생각한다. 말은 자기로부터 다른 사람에게로 나가야 한다고 믿는다. 이들은 그 반대의 경우를 좀처럼 이해하지 않으려 한다.

   시계를 본다. 오전 10시 5분. 아직 몸을 움직일 시간이 아니다. 나는 천천히 일어나 게으르게 하품을 하고, 그때까지 틀어져 있는 텔레비전의 채널을 이쪽저쪽 돌려본다. 두 군데서는 뉴스를 하고 있고, 한 군데서는 몸에 달라붙는 옷을 입은 여자들이 에어로빅을 하고 있다. 나는 에어로빅을 하고 있는 여자들의 몸짓을 주의 깊게 바라본다. 여자들은 몸을 움직이면서, 하나같이 억지웃음을 짓고 있다. 그 억지웃음은 수영복을 입고 나와 제 몸매를 뽐내는 무슨 미인 대회 같은 데 나온 여자들이 짓고 있던 표정을 빼쏜 듯 닮았다. 뜻 없이 입을 가로로 길게 벌리고 하얀 치아를 드러낸 그 웃음은 그들을 백치로 보이게 하고, 오로지 관능만으로 출렁이게 한다. 그럴 때 여자는 다만 육체다. 나는 인형이에요, 라고 말하는 것 같다. 나는 준비됐어요, 나를 데려가요, 라고 말하는 것 같다. 심지어 나는 그들 가운데 어떤 여자들로부터 좀 더 노골적인 의사 표현을 전달받을 때도 있다. 예컨대 "놀다 가요. 나는 안 비싸요", 또는 "끝내줄게요. 어서 나를 안아요" 하는 말들. 나는 한 줄로 길게 늘어서서 뜻 없이 백치 웃음을 연출하고 있는 그 각각의 수영복들 사이에 칸막이를 친다. 그러면 그들의 출렁이는 관능이 훨씬 잘 보인다. 손바닥만 한 공간에 들어앉거나 서서 수영복 차림의 여자들은 한껏 교태를 지어 보인다. 칸막이 안에 들어간 여자들은 관능으로만 말하고 그것으로만 평가된다. 남자를 유혹하는 육체가 거기 있다. 그뿐이다…….

에어로빅을 하고 있는 텔레비전 속의 여자들이 미인 대회에 나온 여자들의 억지웃음을 모방하고 있다는 것은 그리 허물할 일이 아니다. 왜냐하면 그 특색 없는 웃음과 표정은, 언제부턴가 모든 여자들의 공식적인 언어가 되어버렸기 때문이다. 여자들은 맨 먼저, 가장 많이 저 웃음과 저 눈빛으로 말하려고 한다. 여자들 사이에 저 표정을 터득하지 않으면 안 된다는 일종의 강박까지 생겨났는지 모른다. 나는 그렇게 추측한다.

가운데 서 있는 여자가 아마도 리더인 것 같다. 다른 여자들은 소리 없이 몸동작만 되풀이하는데, 그녀는 몸을 움직이면서 쉴 새 없이 무슨 소리인가를 지껄인다.

"구부리고 펴고, 셋 넷 다섯 여섯, 표정을 밝게, 활짝, 하나 둘 셋 넷, 동작을 더 크게, 하나 둘 셋 넷, 왼발 오른발, 왼 무릎 오른 무릎, 하나 둘 셋 넷, 웃으시고, 더 크게, 활짝……."

화면은 여자들 전부를 한꺼번에 보여주다가 한 명씩 클로즈업시켜 잡아주기를 반복한다. 그 가운데 가장 많이 화면에 잡힌 여자가 가운데 자리의 리더다. 그녀의 목소리는 씩씩하고, 그녀의 얼굴은 억지로 머금은 웃음으로 일그러져 있고, 그녀의 몸은 터질 것처럼 출렁인다. 다른 여자들은 별로 그런 느낌을 주지 않는데, 유독 그녀만은 육체의 각 부위들이 살아서 꿈틀거리는 것 같은 느낌을 준다. 나는 본다. 몸에 착 달라붙은 살색 에어로빅 복 속에서 그녀의 관능이 춤추는 것을. 그녀의 분출하는 욕망을, 몸을 움직일 때마다 움찔거리는 그녀의 큰 가슴에서 눈치챈다.

그녀가 그룹의 리더가 된 것은 다른 여자들에 비해 월등하게 큰 저 가슴 때문일지 모른다고 나는 생각한다. 틀림없이 그럴 거라고 생각한다. 나는 그녀가 아예 옷을 벗었으면 하고 바란다. 내가 바라는 것은 언제나 실현된다. 백일몽 속에서 나는 전지전능하다. 나는 내 눈앞에서 옷을 벗어던진 여자를 본다. 여자의 옷은 상하가 붙어 있기 때문에 그녀는 도리 없이 완전한 알몸을 드러낸다. 그러나 내 관심은 그녀의 상체에 있다. 나의 눈은 그녀의 가슴에만 집중된다. 산봉우리처럼 융기한 그녀의 가슴이 압도적이다. 그녀는 왼발, 오른발, 구부렸다 펴고, 웃으시고, 활짝, 동작을 더 크게…… 를 반복한다. 그녀가 몸을 움직일 때마다 솟았다가 떨어지는 그녀의 압도적인 가슴이 위아래로 출렁거린다. 나는 끙, 신음 소리를 토해내며 텔레비전을 꺼버린다. 소리가 멈추고, 여자의 움직임도 사라진다. 그러나 그녀의 출렁거리는 가슴은 여전히 눈앞에 있다. 그 그림은 너무 선명해서 손으로 실체를 만지고 있는 것만 같다. 나는 고개를 젓고 일어선다. 이리저리 걷다가 마침내는 벽에 다리를 붙이고 물구나무서기를 한다. 눈을 감고 숫자를 센다. 하나 둘 셋 넷……. 그래도 여자는 사라지지 않는다. 여자는 쉬지 않고 뜀뛰기를 한다. 왼발, 오른발, 몸을 폈다 구부렸다……. 그녀의 가슴이 얼굴까지 치솟았다가 배꼽까지 떨어진다. 나는 그녀의 배꼽을 보고, 또 그녀의 얼굴을 본다. 나는 본다. 그녀는 이제 껌을 씹고 있다. 껌을 짝짝, 소리나게 씹고 있다. 그녀는 긴 머리를 찰랑거리며, 껌을 소리 나게 씹으며, 허리를 뒤로 젖히고 만화책을 보고 있다. 그녀는 출판사 '시민들'의 사무실에 앉아 있다. 그녀는 출판사 '시민들'의 유일한 직원이고, 그 사장인 홍의 처제이다. 이상한 일이지만, 언제나 그녀는 내 백일몽 속에서 내 손에 가위를 들려주는 여자이다. 나는 그녀만 보면 가위를 들고 싶다. 짧은 치마를 자르고, 긴 머리카락을 자르고, 그리고 또 뭐든 자르고 싶다. 나는 소리를 지른다. 귀를 막고 소리를 지른다. 발로 벽을 차고 계속해서 소리를 지른다. 짐승처럼 크게 소리를 지른다.

한 십 분 지났을까? 어쩌면 그보다 더 오래 소리를 지르고 있었는지 모른다. 초인종 소리가 들린다. 나는 처음엔 다른 집 초인종이 울리는 줄 알았다. 누군가 나를 찾아올 거라는 생각을 하지 않고 지내기 때문이다. 몇 차례 더 초인종 소리를 듣고서야 비로소 누군가 나의 집 벨을 누르고 있다는 사실을 깨닫는다. 그러나 나는 곧바로 문을 열지 않고, 바깥 동정을 살필 수 있는 작고 동그란 구멍에 눈을 대고 바깥을 엿본다. 어떤 뚱뚱한 여자가 현관문에 귀를 갖다 대고 있고, 그 뒤에 경비원 복장의 빼빼 마른 남자가 서 있는 모습이 보인다. 뚱보는 계단이나 아파트 단지 안에서 한두 번 부딪친 적이 있는 것 같지만, 정확하지는 않다. 나는 내 이웃들에게 별로 관심이 없다. 솔직히 말해서 바로 옆집에 누가 사는지도 모른다. 나는 그것이 비난받을 만한 짓이라고 생각하지 않는다. 그것을 알아서 그를 다른 곳으로 이사 가게 할 수 있다면 혹시 몰라도, 그렇지도 않은 터에 내가 왜 그런 일에 신경을 써야 한단 말인가. 나는 필요를 느끼지 않는 짓은 하지 않는다. 내가 무엇 때문에 내 옆집에 누가 사는지 알아야 하는지 나에게 그 이유를 설득시켜보라. 설득된다면 나는 기꺼이 옆집에 사는 사람의 이름을 알아내겠다.

요청하지 않은 선의(善意)처럼 불편하고 부담스러운 것이 있을까. 선의라는 이름의 부당한 간섭과 참견이야말로 내가 가장 못 견뎌 하는 것 가운데 하나이다. 나 자신이 이웃에게 관심이 없기 때문이지만, 나에게 관심을 보이는 이웃을 나는 이해하지 못하겠다. 그들이 나에게 관심을 보일 이유가, 선의라는 이름의 공적 쌓기, 그로 말미암은 자기만족을 빼면, 무엇이란 말인가. 자기만족은 '그'의 만족이지 '나'의 만족이 아니다. 따라서 나는 '내' 문을 열 필요를 느끼지 않는다. 합당한 이유를 들어 나를 설득해보라. 장담하거니와, 나는 설득되지 않을 것이고, 내 이웃들은 내 집 문을 열지 못할 것이다. 왜냐하면 나는 외톨이기 때문이다. 나는 혼자 살기 때문이다. 혼자 사는 사람에게는 혼자 사는 사람 나름의 규범과 양식과 놀이가 있기 때문이다.

문 밖의 뚱뚱한 여자와 경비원을 무시하고 돌아서는데, 띵똥 띵똥, 다시 초인종이 울린다. 이번에는, 문 가까이 서 있어서겠지만, 아까보다 그 소리가 훨씬 크고 강압적이다. 어이없게도 나는 초인종 소리에 움찔 놀라 걸음을 멈춘다. 나는 추측한다. 뚱뚱한 여자는 아직도 귀를 문에 대고 있고, 경비원은 여전히 그 뒤에 붙어 서 있다. 여자는 고함치는 소리가 그치자 문득 나쁜 상상을 한다. 그랬음에 틀림없다. 여자는 경비원에게 무슨 일이 난 것 같다고 속삭인다. 무언지 모르지만 심상치 않은 일이 생긴 게 분명하다고 겁먹은 얼굴로 말한다. 그녀는 사람을 더 불러야 한다고 하고, 경비원은 가스총을 꺼내 든다. 여차하면 그의 가스총이 가스를 뿜을 것이다. 그러면 켁켁거리며 재채기를 하다 맨 먼저 쓰러질 사람은 아마도 저 뚱보 아줌마일 테지. 코끼리 같은 그 여자의 큰 덩치가 쓰러져 뒹구는 모습을 상상하자 갑자기 웃음이 솟으려 한다. 솟는 것을 솟게 하자. 나는 웃는다. 그 순간 문득 딸그락거리는 소리가 들린다. 나는 즉각 사태를 파악한다. 머리카락이 쭈뼛 일어선다. 작자가 내 문의 잠금장치에 열쇠를 꽂고 있는 것이 분명하다. 빌어먹을! 나는 욕설을 뱉어낸다. 나는 저들을 더 이상 용납할 수가 없다.

"뭐야?"

나는 벌컥 문을 연다. 예기치 않게 문이 열리자 경비원이 한 발짝 물러난다. 뚱보 여자가 경비원 뒤에 붙어 서서 내 얼굴을 힐끔거리고는 안쪽을 기웃거린다.

"괜찮아요?"

경비원이 잔뜩 경계하는 눈초리로 묻는다. 그의 한 발은 뒤로 빠져 있고, 한 손은 바지춤에 얹혀 있다. 여차하면 어떤 행동인가를 취할 태세다.

"뭐가요?"

나는 이마에 흐른 땀을 닦으며 퉁명스럽게 묻는다. 손바닥에 훔쳐지는 땀의 양이 의외로 많다. 그러고 보니 머리카락이 이마에 달라붙었고, 속옷도 흥건하게 젖어 있다. 얼굴은 방금 세수를 하고 나온 것 같다.

"땀을 많이 흘리시는군요. 괜찮습니까?"

경비원이 잔뜩 의심을 담은 눈빛으로 묻는다. 뚱보 여자는 조금 앞으로 비껴 나와 자꾸만 안쪽을 기웃거린다. 그러다가 나와 눈이 마주치자 얼른 시선을 피하며 다시 경비원의 등 뒤로 돌아간다. 내 안에서 무언가 불편한 것이 꿈틀거리기 시작하는 걸 느낀다.

"무슨 소리가 꽤 오랫동안 나던데. 다투는 것도 같고 비명을 지르는 것도 같았어요."

뚱뚱한 여자가 몸은 경비원의 등 뒤에 숨긴 채 제 딴에는 용기를 내서 묻는다는 투로 그렇게 말을 꺼낸다.

"무슨 일이 있어요?"

경비원이 여자의 말을 거든다.

"아무 일도 없어요."

"혼자요? 안에 아무도 없어요?"

"물론. 나 혼자요."

"한데 무얼 하느라고 그렇게 땀을 많이 흘리셨습니까? 아직은 그렇게 더운 날씨가 아닌데……."

"내가 왜 땀을 흘리는지 그걸 당신에게 알려야 한다는 듯이 말하는군요. 땀을 흘리는 것이 잘못입니까? 내가 땀을 흘리기 전에 당신의 허락이라도 받아야 합니까? 내가 오줌을 누거나 똥을 눌 때, 내가 밥을 먹거나 라면을 먹을 때, 내가 티셔츠를 입거나 남방을 입을 때, 내가 책을 읽거나 음악을 들을 때, 당신들이 일일이 허락을 해주어야 합니까?"

"그렇진 않습니다. 그런 뜻이 아닙니다."

경비원이 당황한 태도로 손을 젓는다.

"그렇다면 이제 문을 닫으세요."

나는 강경한 어조로 말한다.

"하지만, 걱정이 돼서요. 저는 이 아파트 주민들의 안녕을 책임지고 있는 경비원입니다. 아시다시피 무슨 일이 생기면 일차적으로 제가 책임을 져야 하거든요. 안으로 들어가보았으면 합니다만……."

"누구의 안녕? 누가 걱정이 된다는 말입니까?"

나는 길을 비키지 않고 대든다.

"선생님이지 누구겠습니까?"

"하지만, 나는 이렇게 멀쩡하잖아요. 보세요. 그런데 무슨 안녕이 걱정된단 말입니까?"

경비원은 허, 하고 한차례 헛웃음을 짓는 듯하더니 얼굴을 찌푸린다. 그 얼굴에 참을 만큼 참았노라는 표정이 그대로 드러난다.

"이 사람이 좋은 말로 하니까……. 비켜요. 나는 안에 누가 있는지, 무슨 일이 있는지 들어가서 확인을 해봐야겠어요. 나에게는 그럴 권리가 있어요."

경비원은 내 가슴을 밀어붙이며 집 안으로 들어올 기세다. 나는 문을 막아선다. 기왕에 몸 안에서 꿈틀거리던 불편한 무언가가 송곳처럼 날카로워지는 게 느껴진다. 무슨 권리가 그에게 있단 말인가. 이곳은 내 방인데, 누가 그에게 그런 권리를 주었단 말인가. 경비원이 내 팔을 붙들며 뒤를 돌아보자, 마치 그러기로 사전에 약속이라도 해놓은 것처럼 뚱보 여자가 덩치와는 달리 재빠르게 달려와서는 뒤에서 내 몸통을 끌어안아버린다. 몸을 움직이며 안간힘을 써보지만, 빠져나오기가 쉽지 않다. 경비원이 내 팔을 놓고 안으로 들어간다. 나는 발버둥을 치며 악을 쓴다.

"야, 이 새끼야. 거긴 내 집이야. 내 집이라고. 거긴 아무도 못 들어가. 거긴 내 집이야. 누구 맘대로 들어가는 거야. 이거 못 놔?"

그러나 뚱보는 꿈쩍도 하지 않고, 나는 그녀에게서 벗어날 수 없고, 그사이에 경비원은 현관문 안으로 들어가버렸다. 그자가 뭐라고 떠들며 이 방 저 방 문을 열어보고 다니는 소리가 들린다. 이자들은 왜 이러는가? 왜 내 말을 무시하는가? 나는 이들을 초대하지 않았다. 나는 내 집 안에 누구도 초대해본 적이 없다. 누구도 내 초대를 받지 못할 것이다. 그런데 저 작자는 무언가. 무슨 권리로 나만의 공간에 발을 들여놓는가. 나는 이 요청하지 않은 선의의 행사자들을 용서할 수 없다. 이들은 이웃이 아니라 침입자일 뿐이다. 나는 나 자신이 걷잡을 수 없는 상황에 빠져들고 있음을 직감한다. 나는 여자의 팔에 이빨을 박는다. 여자가 비명을 지른다. 그녀의 비명은 생김새대로 호들갑스럽다.

나는 여자의 물렁한 살에 이빨을 박고 힘을 가한다. 나의 이빨은 살 속으로 더 깊이 박힌다. 여자의 호들갑스런 비명 소리를 듣고 경비원이 뛰어나온다. 그가 밖으로 나왔을 때 나는 한 움큼의 살점을 침을 뱉듯 뱉는다. 뚱보는 "내 팔, 내 팔"을 연발하며 발작을 하듯 껑충거린다. 경비원은 돌발 사태에 어떻게 대응해야 할지 모르겠는지 엉거주춤 서서 여자의 날뛰는 모습과 피로 범벅이 된 내 입술을 번갈아 바라보고만 있다. 그의 눈에 아마도 나는 흡혈귀처럼 보일 것이다.

여기저기서 현관문 열리는 소리가 나고, 사람들이 여럿 복도로 빠져나오는 기척이 느껴진다. 나는 그런 데 신경 쓰지 않는다. 나는 다만 경비원을 노려본다. 이 작자는 나의 허락도 받지 않고 내 집 안으로 들어갔다. 그것은 나의 공간이다. 나만의 공간이다. 거듭 말하지만 나는 이자를 초대하지 않았다. 그곳은 저런 쓰레기 같은 작자가 함부로 침범해 들어갈 수 있는 곳이 아니다. 그곳에 무언가 귀중한 것이 있어서가 아니다. 그곳은 내 방이다. 그것이 이유이다. 내 방은 아무나 들어갈 수 있는 곳이 아니다. 그러므로 나는 이 작자를 용서할 수 없다. 나는 이자를 응징해야 한다……. 판결이 났다. 판결이 났으므로 집행해야 한다. 나는 안다. 나는 조금 흥분해 있는 상태다. 그러나 어쩔 수 없다. 이 흥분은 내가 자발적으로 생산한 것이 아니다. 작자가 내 속에 있는 것을 불러일으켰다. 나는 원하지 않았는데 작자가 그렇게 했다. 그러므로 그는 자기 행위에 대한 대가를 치러야 한다. 나는 화살처럼 날쌔게 달려들어 뚱보 여자의 피가 묻어 흥건한 이빨로 경비원의 오른쪽 귀를 물어뜯는다. 작자는 내 공격을 막으려고 하지만, 성공하지 못한다. 그가 아무리 빠르다고 해도 화살을 막을 수는 없다. 그가 한 일은, 떨어져 나간 자기 살점을 보면서 뚱보 여자처럼 비명을 지르는 것이다.

"내 귀, 내 귀……."

경비원은 이미 전의(戰意)를 잃었다. 그는 자신의 살점이 떨어져 나가자 당황한 나머지 무얼 해야 할지 몰라 허둥거리고 있을 뿐이다. 자신의 귀를 움켜쥐고 길길이 뛰는 그의 모습은 차라리 희극적이다. 나는 그를 동정하지 않는다. 내가 왜 그를 동정해야 한단 말인가. 사실을 말하면 나는 그자의 반대쪽 귀도 마저 물어뜯을 작정이었다. 나는 그럴 이유가 충분하다고 생각한다. 그는 허락도 없이 내 공간에 침입했다. 그러므로 그는 그만한 체벌을 받아야 한다. 나는 그렇게 생각한다. 내가 나의 생각대로 실천하지 못한 것은 복도로 쏟아져 나온 여러 명의 방해꾼들 때문이다. 그들이 나의 집행력에 제동을 걸었기 때문이다. 나는 우르르 한꺼번에 몰려든 사람들에게 결박당해 시멘트 바닥에 얼굴을 붙이고 쓰러진다. 그들은 웅성거리고, 혀를 끌끌 차고, 욕을 하고, 그리고 심지어는 발길질도 한다. 그들은 나를 짐승처럼 대한다. 그래도 되는가? 그래도 된다고 생각하는가? 뚱보 여자와 빼빼 마른 경비원이 사람들의 부축을 받으며 부산스럽게 계단을 내려간다. 내 가슴에 자잘한 바늘들이 활개 치며 일제히 일어서는 걸 느낀다. 익숙한 통증의 엄습. 나는 나도 모르게 윽, 신음을 뱉어낸다. 뒤에서 나를 붙잡아 누르고 있는 완력 센 남자가 힘을 가해 손목을 비튼다.

"엄살 부리지 마, 인마."

같은 날, 밤

한심한 하루다. 나는 도무지 무엇이 잘못되었는지를 모르겠다. 사람들은 나를 문둥병 환자나 정신병자 쳐다보듯 한다. 떠나라고 해요. 저자는 사람이 아니에요. 우리는 저런 자와 같이 살 수가 없어요. 우리 아파트에서 떠나라고 해요. 그러지 않으면 용서하지 않을 거예요. 징역을 살게 할 거예요……. 그들은 아우성을 친다. 어쩌면 그들이 옳은지 모른다. 어쩌면 나는 문둥병에 걸렸는지 모른다. 어쩌면 나는 정신병자인지 모른다. 저자는 정상이 아니에요. 우리는 절대로 저자를 용납하지 않을 거예요. 절대로……. 사람들은 기세가 등등하다. 떼거리로 우르르 몰려와서 소리소리 지르는 폼들이 꼭 원숭이 떼 같다. 그들은 원숭이들처럼 꽥꽥거리며 부산하게 손짓 발짓들을 해댄다. 저런 자들이 내 이웃들이라니. 나는 그들이 진정으로 싫고 혐오스럽다. 하지만 나는 그들에게 아파트를 떠나라고 요청하지 않았다. 그럴 권리가 나에게 있다고 생각하지 않았기 때문이다. 무단으로 내 공간을 엿보고 침입해 들어온 그 무례한 자들에게도 나는 그런 요구를 하지 않고 있다. 그런데 이자들의 요구는 무엇인가. 날더러 떠나라고? 내가 가만있는데, 이자들이 나에게 어떻게 그런 요구를 할 수 있는가? 나는 이 원숭이들을 이해할 수 없다.

나는 의자에 앉아 있다. 앞에는 책상이 있고, 책상 위에는 전동 타자기가 놓여 있다. 책상을 사이에 두고 건너편에 젊은 남자가 앉아 있다. 그는 좀 신경질적으로 생겼다. 눈이 길쭉하고, 눈썹과 눈썹 사이가 지나치게 좁다. 광대뼈가 튀어나왔고, 입술도 좀 튀어나온 편이다. 그자는 이제 막 담배를 재떨이에 비벼 끄는 중이다. 그의 손이 타자기 위에 올라가 있다. 그와 나를 둘러싸고 세 명의 여자와 두 명의 남자가 서 있다. 그들은 조금만 건드리면 튕겨져 날아갈 것처럼 빵빵하게 독들이 올라 있다. 그들 가운데 한 명은 어디서 본 듯하지만, 나머지 사람들은 낯이 설다. 나는 그들이 나와 같은 아파트에 살고 있다는 사실을 확인해줄 수 없다.

"차근차근 이야기합시다. 한 사람씩요."

형사는 그들을 달랜다. 이상하다. 그들이 나에게 그렇게 많은 불만과 큰 적의를 품고 있었다니. 나는 그들의 얼굴을 기억도 못 하는데, 그들은 나를 너무나 잘 알고 있는 것처럼 말한다. 오랫동안 기회를 기다렸다는 듯 앞다투어 나를 헐뜯고 비난하고 고발하기 시작한다. 그들의 말에 의하면, 그들은 나보다 나에 대해 아는 것이 많은 것 같다. 밤중에 도둑고양이를 쫓아다니며 노는 걸 보았어요……. 만나는 사람도 없고, 친구도 없어요. 나는 이 사람이 누구와 이야기하는 걸 본 적이 없어요……. 세상에, 끔찍하기도 하지. 사람 귀를 물어뜯다니. 사람이 맨 정신으로 어떻게 그럴 수 있다죠? 항상 얼굴을 찡그린 채 고개를 푹 숙이고 다녀서 무서웠어요. 밤중에 계단 같은 데서 만나면 얼마나 겁이 나는지 몰라요. 한번은 눈이 마주쳤는데, 섬뜩하더라구요. 사람 눈 같지 않았어요……. 맞아요, 지난번에도 이 사람 집 안에서 괴성이 났어요. 집 안을 샅샅이 조사해봐야 해요……. 직업도 없이 빈둥거리는데, 뭘 하는 사람인지 모르겠어요. 가족도 없고, 이상하잖아요…….

나는 그들이 늘어놓은 나에 대한 이야기들이 대부분 사실이라는 걸 인정한다. 하지만 그런 내용들이 어떻게 그들의 불만을 자극하고 그들의 적의를 불러일으킬 수 있는지 이해하지 못하겠다. 내가 혼자 산다는 것, 내가 외톨이라고 하는 사실이 어째서 나의 이웃들을 괴롭히는 걸까.

그들은 내가 싫은 것이다. 나는 이해한다. 이러저러한 일을 해서 내가 싫은 것이 아니라 내가 싫기 때문에 이러저러한 구실들을 만들어내는 것이다. 그렇다면 그들은 내가 왜 싫을까? 나의 무엇이 그들로 하여금 나를 싫어하게 했을까. 하기야 사람을 싫어하는 데 특별한 이유가 있어야 하는 건 아니다. 개개인의 감정의 저변에는 일종의 원체험 같은 것이 박혀 있어서 그것의 작용에 의해 좋아하고 싫어하는 느낌을 갖게 되는 것일 테고, 사람의 마음은 감정이 기생하는 일종의 숙주(宿主)라고 할 수 있을 터

이므로, 좋아하거나 싫어하는 감정을 그 감정의 숙주로서도 어떻게 해볼 수가 없을 것이다. 웅성거리는 사람들 가운데 한 명이 진실을 말한다.

"이상한 사람이에요. 저 사람은 우리랑 달라요."

동류가 아니라는 것, 이단자라는 것, 같은 울타리 안에 있지 않다는 것? 그것이야말로 사람이 사람을 미워할 수 있는 유일한 이유이다.

"하지만, 그런 걸 문제 삼을 순 없을 듯싶군요. 이웃끼린데."

"이 사람은 이웃이 아니에요. 이 사람은 주민 회의나 반상회에도 한 번도 나오지 않았어요."

"알았습니다. 그러니까 당신들은 이 사람을 처벌하라는 거지요? 합의해줄 수 없다, 그거지요?"

"우리가 요구하는 건, 이 사람을 처벌하라는 것이 아니라, 이 사람을 우리 아파트에서 보지 않게 해달라는 거예요. 그것이 모든 아파트 주민들이 이의 없이 요구하는 한 가지 사항이에요. 만일 이자가 우리 동네를 떠나기만 한다면, 우리는 이번 사건을 문제 삼지 않을 거예요. 그것이 우리가 제시하는 유일한 합의 조건인 겁니다."

"알았어요. 알았어요."

형사가 손바닥으로 책상을 탁탁 소리 나게 친다. 그는 담배를 꺼내서 불을 붙인다. 그가 한 모금 빨아들이자 담배 끝에서 빨간 불꽃이 일어난다.

"임순관 씨, 당신은 할 말 없습니까? 저 사람들 말을 다 들었을 테니 이야기하세요. 침묵하는 건 자유지만, 가만있으면 당신에게 불리해요. 경우에 따라서는 아주 심각할 수도 있어요. 무슨 말이냐 하면, 저 사람들의 요구가 듣기엔 좀 무리인 것 같지만, 다른 도리가 없다는 뜻이에요. 합의가 안 되면 고소를 할 거고, 그러면 당신은 빠져나갈 길이 없어요. 이웃끼린데 되도록 대화로 조정할 수 있으면 합니다만……."

형사는 나에게 집을 옮길 것을 약속하라고 종용한다. 그 말은 잘못을 시인하라는 뜻일 텐데, 나는 그럴 수가 없다. 나는 잘못한 것이 없기 때문이다. 나는 내가 잘못했다고 인정할 수가 없다. 두 개의 잘못이 있고, 선행하는 잘못이 뒤따르는 잘못에 원인을 제공했을 때, 그러니까 두 번째 잘못이 첫 번째 잘못에 의해 비롯되었다는 것을 입증할 수 있을 때, 그 두 번째 잘못은 첫 번째 잘못에 첨부된 것으로 잘못이라고 할 수 없다는 것이 나의 신념이다. 설령 오늘 내가 잘못한 것이 있다 하더라도, 그것은 선행하는 다른 잘못에 의해 자극된 것이다. 나의 잘못은 선행된 다른 잘못으로부터 원인을 제공받은 것이다. 그러므로 나의 잘못은 잘못이 아니다.

내 집은 내 공간이다. 그의 공간이나 그녀의 공간이나 다른 누구의 공간이 아니라 내 공간이다. 내 공간이라는 말은 나에게 소속되고, 오직 나에게만 소속된 공간이라는 의미를 담고 있다. 공간은 분할하고 공유할 수 있다. 그러나 '내 공간'은 분할되거나 공유되거나 할 수 없다. 그것은 철저하게 나에게 속하고, 오로지 나에게만 속한다. 그곳에서는 누구의 지시나 간섭이나 감시 없이 내가 무슨 짓이든 할 수 있다. 심지어 그곳에서는 자살할 수도 있다. 그것이 '내 공간'이라는 말의 뜻이다. 그런데 그들은 그 공간을 침범했다. 침범한 것은 그들이지 내가 아니다. 더구나 그들은 먼저 나를 공격하기까지 했다. 먼저 공격한 것은 그들이지 내가 아니다. 잘못한 것은 그들이지 내가 아니므로, 그러므로 벌을 받아야 했다. 그렇게 된 것이다. 누구나 잘못한 일에 대해서는 벌을 받아야 한다. 그것이 정당하고 옳고 당연하다. 그것뿐이다. 나는 고개를 세차게 흔든다.

형사는 딱하다는 눈빛으로 나를 바라보더니, 다시금 사태의 심각성을 비교적 친절하게 설명하기 시작한다. 그의 설명에 의하면, 나는 폭력을 행사하다 붙잡힌 현행범이며, 더구나 피해자가 두 명이나 되는 데다가 6주 이상의 치료를 요하는 상해를 입혔으므로 정식재판에 회부될 경우 실형을 피할 수 없을 것이라고 한다. 이웃 간의 싸움이고, 또 다행히 피해자 측에서 제시한 조건을 수용하기만 하면 고소를 취소하겠다고 약속하고 있으니 진지하게 고려해보라는 당부가 이어진다.

"가족이나 보호자에게 연락을 취하는 게 좋겠는데요."

얼마 후에 그는 나를 상대로 대화를 계속해봐야 아무 소용이 없다는 사실을 간파한 듯하다. 그는 되도록 빨리 간단하고 명쾌하게 일 처리를 하고 싶어 한다. 내 짐작이 틀림없다면, 그는 비교적 단순한 사람이다. 사람은 생긴 모양대로 말하고 행동하고 처신한다. 저렇게 생긴 사람은 복잡한 것을 죽기만큼 싫어한다. 나는 고개를 흔들면서, 내가 그를 복잡하게 만들고 있다는 걸 느낀다. 형사는 답답하다는 표정을 하고 주변에 둘러서 있는 사람들을 돌아본다. 나의 친절한 이웃들은 그거 보라는 눈빛으로 형사의 시선에 응답한다. 그들의 두꺼운 얼굴 위로 번지는 득의의 미소를 나는 이해할 수가 없다.

"연락을 해줄 테니 전화번호를 대세요."

형사가 다시 재촉을 한다. 나는 마지못해 대답한다.

"나는 혼자 삽니다."

"그래도 연락할 데가 있을 것 아닙니까? 가족이라든지, 친구라든지······."

그는 단순한 만큼 자기 임무에 대해서는 꽤 성실한 편인 것 같다. 단순성이야말로 성실함의 조건일 것이다.

그가 특별히 나에게 어떤 배려를 하고 있다고는 생각하지 않는다. 그는 자기 일을 하고 있을 뿐이다. 지금 그의 일은 나에게 말을 시키는 것이고, 그 말을 받아 적는 것이고, 그 말에 따라, 혹은 그 말과 상관없이 나를 내보내거나 들여보낼 권한이 자기에게 있다는 걸 과시하는 것이다. 아마도 그의 권한을 인정해주는 편이 나에게 유리할 것이다. 그 정도는 눈치챌 수 있다. 하지만 나는 그렇게 하지 않는다.

아뿔사! 문득 어떤 깨달음인가가 그 순간 내 뒷덜미를 잡아챈다. 어떻게 이제야 그 생각이 났을까. 엉뚱하게도 나는 형사 앞에 앉아 버티다가 지키지 못한 약속을 떠올린다. 민초희는 오늘 나를 불렀다. 나는 그녀가 원하는 시간에 원하는 장소에 가야 한다. 그것이 계약의 내용이었다. 독일 병정처럼 말하고 행동하는 운전기사는 오후 3시에 지난번 만났던 그 호텔 커피숍에서 나를 기다리고 있겠다고 했다. 그는 어쩌면 이 늦은 밤 시간까지도 여태 나를 기다리고 있을지 모른다. 그는 그러고도 남을 사람이다.
"이것 봐요. 임순관 씨."

형사가 주먹으로 책상을 친다. 책상을 친 손으로 머리카락을 짜증스레 빗어 넘긴다. 아무래도 기분이 상당히 나빠진 것 같다. 그것 역시 그가 단순하다는 증거다. 그는 팔을 걷어붙이며 자리에서 일어선다. 여차하면 "한번 해볼래?" 하고 달려들 기세다. 웃음이 나오려고 하는데, 그가 갑자기 꽥, 소리를 지른다.

"참, 웃기는 새끼네. 야, 너, 지금 나하고 장난하자는 거야? 아니면 이 새끼, 진짜 머리가 돈 놈 아냐?"

4월 23일 토요일

좀 어이없는 일이다. 그 순간 어떻게 그자 앞에서 민초희의 이름을 떠올릴 수 있었을까. 민초희가 그렇게 가깝게 느껴졌단 말인가. 민초희가? 어째서? 꼭 그렇게 말하고 싶지는 않다. 하지만,

그렇다면, 어째서 그녀였을까? 어째서 나는 민초희를 나의 보호자로 지칭하고 말았을까? 어떻게 그런 생각을 할 수 있었을까. 그 사실이 심장한 의미를 띠고 나를 압박하는 걸 느낀다. 요컨대 민초희는, 어떤 뜻으로든 나와, 내가 생각하는 것보다 훨씬 더 가까이에 있는 것이다. 나는 나의 처신이 당황스럽다.

하긴 변명할 말이 아주 없는 것은 아니다. 그녀와 나는 모종의 계약을 맺고 있는 터이고, 그 계약에 따라 나는 그녀가 원하는 시간에 그녀 곁에 있어야 한다. 일주일에 한 시간. 그것이 계약의 내용이다. 그런데 나는 그녀와의 첫 번째 약속을 아무 연락도 하지 않은 채 어기고 말았다. 나로서는 불가피한 상황이었지만, 나의 불가피한 상황은 민초희에게 통보되지 않았다. 그 사실이 의식과 무의식 간에 일종의 부담으로 작용했다고 말할 수 있겠다. 나의 그 행위는 그러니까 계약 위반이 되고, 모르긴 해도 민초희는 나의 위약을 기꺼워하지 않을 것이다……. 그런 짐작과 우려가 나로 하여금 민초희의 이름을 떠올리게 하지 않았을까. 말하자면 나는, 그녀로 하여금 내가 처해 있는 이 거지 같은 상황을 목도하게 함으로써 약속을 지킬 수 없었던 불가피함에 대한 이해를 얻어내고자 한 것이 아니었을까. 그래서 그 이름을 댄 것이 아닐까……. 이것이 내가 할 수 있는 변명의 전부이다.

하지만…… 나는 나에게 묻는다. 그러지 않았다고 한들 다른 선택의 여지가 있었을까. 그 이름 말고 다른 이름을 생각해낼 수 있었을까. 그녀가 그렇게 가깝게 느껴졌느냐는 질문과 이 질문은 동일한 것이 아니다. 실상 그녀가 가깝게 느껴졌는가 그렇지 않았는가는 그리 중요하지 않을지 모른다. 왜냐하면 그 순간 나는 민초희 말고 다른 어떤 이름도 가지고 있지 않다는 사실을 깨달아버렸기 때문이다. 누군가의 이름을 대야 한다면 그것은 민초희였다. 흔히 있는 일이지만, 나에게는 선택의 여지가 없었다. 그렇기 때문에 나는 입을 다물었다. 그것이 이유이다. 취조관의 닦달을 받으면서도 내가 침묵할 수밖에 없었던 이유.

그는 처음에는 보호자라고 했다가 조금 후에는 '연락할 데'라는 말을 썼고, 나중에는 그 두 개의 말을 번갈아 썼다. 어디든 연락을 취해서 누군가 와야 할 게 아니냐는 것, 그래서 어떻게든 이 사태를 수습해야 할 게 아니냐는 설득을 그는 꽤 끈질기게 했다. 따지고 보면 그의 말은 틀리지 않았다.

나는 그의 충고를 받아들여 누구에게 연락할 것인가 생각해보았다. 나이가 서른네 살이 넘은 남자에게 보호자라는 낱말은 낯설었다. 아니, 나에게는 정작 꼭 필요한 경우에도 보호자가 있어본 적이 없었다. 나는 이제까지 살아오면서 누구의 보호를 받고 있다는 생각을 해본 적이 거의 없다. 그 때문에 나는 내가 누군가를 보호해야 한다는 생각 같은 것도 해본 적이 없다. 그런데 엉뚱하게도 서른네 살이 되어서 보호자를 불러야 한다니……. 나는 내 보호자가 누구인가를 생각하는 대신 누가 내 보호자 역을 맡아줄 것인가를 생각하기 시작했다. 가장 먼저 당연한 것처럼 누나의 얼굴이 떠올랐다. 그 순진하고 착한 누나. 보호자처럼 여겨지는 유일한 사람이 그녀였다. 그러나 나는 그녀를 부를 수 없다. 돌연히 나타난 아버지를 나는 거부했고, 그녀는 떠맡았다. 폐인이 되어 돌아온 아버지의 밥을 해주고, 똥과 오줌을 받아내고, 산보를 시키고, 목욕을 시켜가며 누나는 이 년 동안이나 돌보았다. 그녀는 제 등에 지워진 짐을 운명으로 알고 걸어가는 슬픈 낙타처럼 보인다. 누군가 그 등에서 짐을 들어내주지 않으면, 무겁든 가볍든 언제까지고 그냥 지고 있을 사람이 그녀이다. 제 스스로는 감히 제 등에서 지푸라기 하나도 들어내지 못할 사람. 그런 누나의 등에 짐을 올리라고? 나는 고개를 저었다.

그렇다면……? 그러면 '시민들'의 홍이 나의 보호자일 수 있을까? 그가 나의 보호자 역을 자청하리라는 믿음은 전혀 생기지 않았다. 그가 무엇 때문에 나를 보호하려 한단 말인가. 그는 자기 자신 말고는 누구도 보호하지 않을 사람이다. 그 사실을 나는 너무나 잘 알고 있다. 그는 무슨 핑계를 만들어서든 나를 피할 것이다. 심한 경우에는 나 같은 사람을 알지도 못한다고 할지 모른다. 그는 충분히 그럴 수 있는 위인이다. 나는 사실을 말하고 있고, 따라서 이것은 모욕이 아니다. 나는 그를 헐뜯을 마음이 없다. 나에게 그런 게 왜 있겠는가.

누나에게도 홍에게도 연락을 취할 수 있는 상황이 아니라면, 또는 그러고 싶지 않거나 그럴 수가 없다면 어떻게 해야 하는가. 결국 나는 계속 입을 다물고 있을 수밖에 없다는 결론에 이르렀다. 그 때문에 불이익을 당한다 하더라도 별도리가 없지 않으냐는 판단이었다. 그런데 이상스럽기도 하지, 그런 어느 순간에, 무슨 계시처럼 그 이름이 나의 내부에서 치솟아 올라왔다. 누군가 내 손에다 민초희라는 이름을 쥐어주는 듯했다. 그 순간에 그 이름은 그렇게 나와 가까운 곳에 있었다. 나는 그 이름에서, 누나나 홍을 향해서는 느끼지 못했던 미묘한 동질감을 느꼈다. 나는 그 이름을 붙잡았다. 내가 붙잡더라도 그녀가 뿌리칠 수 있는 일이긴 했다. 그녀는 나를 모른 체할 수 있다. 대체 그녀에게 내가 누구란 말인가. 누구길래 귀찮은 배역을 기꺼이 맡아주겠는가. 마땅히 그 점을 염려했어야 하는데, 그런데도 그런 의심이 생기지 않은 게 이상했다.

  그렇게 해서 그녀는 나의 보호자가 되었다.

  하지만 아침이 되어 유치장에 나타난 사람은 민초희가 아니라, 민초희를 여사님이라고 호칭하는 과묵한 충신형의 사십 대 남자이다. 그는 빼빼 마른 체격이고, 술을 마시지 않으며, 그 대신 줄담배를 피울 것 같은 인상을 하고 있다. 나는 그가 술 마시는 모습을 본 적이 없지만, 마찬가지로 줄담배를 피우는 모습도 확인하지 못했다. 그러므로 그 사람의 술과 담배에 대한 기호를 한마디로 단정 지어 말할 수는 없는 일이다. 그의 관상에서 내가 무엇을 읽었든 그것은 내가 그렇게 추측했다는 뜻이지 사실이 그렇다는 건 아니다. 사실은 정반대일 수도 있다. 그는 지독한 술꾼이고, 담배는 입에 대지도 못할지 모른다. 하지만 나는 사실을 확인해보려는 시도 따위는 하지 않을 작정이다. 그것이 부질없는 짓이라는 걸 알기 때문이고, 무엇보다 내 관상 보는 능력을 의심하고 싶지 않기 때문이기도 하다. 나의 신념은 이것이다. 그렇게 생긴 사람은 그렇게 생각하고 그렇게 말하고 그렇게 행동한다.

나는 그자가 무슨 일을 어떻게 처리했는지 알지 못한다. 내가 아는 것은 그자가 나타나 나를 취조하던 그 단순하고 성실한 젊은 형사를 만났다는 것, 둘이서 한동안 쑥덕거렸다는 것, 그자가 형사가 권하는 담배를 거절했다는 것, 그자와 형사가 잠시 밖으로 나갔다가 삼십 분쯤 후에 다시 돌아왔다는 것, 그리고 그로부터 삼십 분이 채 되지 않아서 그자가 운전하는 차에 내가 태워졌다는 것, 그것이 전부다. 떠나기 전에 열 시간 이상 나의 취조를 담당했던 그 젊은 친구가 내 어깨를 툭 치면서 하던 말이 여운처럼 남아 있다.

"그 양반 참, 진작 손을 썼으면 벌써 나갔을 걸 가지고······. 잘 가시오. 다시는 만나지 맙시다."

운전기사는 여전히 말이 없고, 여전히 담배를 피우지 않는다.

차는 강변을 달린다. 나는 어디로 가느냐고 묻지 않는다. 리버힐이라는 호텔은 강변에 세워져 있다.

같은 날, 오후

방은 넓다. 한쪽 벽은 통유리로 되어 있고, 또 다른 한쪽 벽은 통거울로 되어 있다. 통유리 벽으로 강이 쏟아져 들어오고, 통거울 벽으로는 방 안에 있는 모든 것들이 빨려 들어간다. 유리는 바깥을 향해 열려 있고, 거울은 안쪽을 향해 열려 있다. 유리는 외부의 풍경을 흡수해 들이고, 거울은 내부의 정경을 끌어 담는다. 유리는 외향적이고, 거울은 내향이다. 유리는 뱉고 거울은 삼킨다. 나는 소파나 탁자처럼 방 안에 놓여 있다. 나는 앉아 있거나 누워 있지 않고 서 있다. 나는 소파나 탁자와 나 자신을 차별하지 못한다. 그것들 역시 지금, 내가 그런 것처럼 유리와 거울 사이에 존재한다.

  존재한다는 것이 살아 있다는 것을 지시하지는 않는다. 그 두 개의 단어는 형제이지만, 그래서 생김새는 비슷하지만, 성격이 다른 형제이다. 시간과 공간을 점유하고 있다는 것, 그래서 지각의 대상이 된다는 것―'존재한다'는 말속에는 그 이상의 뜻이 들어 있지 않다. 존재하는 것은, 누워 있거나 앉아 있거나 서 있거나 한다. 그것들은 거기에, 또는 저기에 '놓여 있고', 배치되어 있다. 존재의 세계는 살아 있음의 세계와 같지 않다. 그것이 그것인 세계, 그것이 그것이 아닌 다른 그것이어도 크게 달라질 것이 없는 세계, 그것이 존재의 세계다. 이를테면 그 세계는 유리와 거울이 지배하는 세계다. 유리는 뱉고 거울은 삼킨다. 그 사이에 존재하는 모든 사물들은 유리를 통해 배출되거나 거울에 빨려 들어간다. 유리에 의해 뱉어지거나 거울에 의해 삼켜진다. 그 세계는 혐오스러움의 세계이다. 무언가 존재한다는 것은, 살아 있지 않고 그냥 존재한다는 것은, 거기에 혐오가 있다는 뜻이다.

"말해봐요. 당신이 무슨 잘못을 했는지."

유리와 거울 사이에 소파와 탁자가 있고, 내가 있고, 또 그녀가 있다. 그녀는 신기하게도 내 꿈속에서와 같은 옷을 입고 있다. 새빨간 미니스커트에 가슴이 파인 블라우스. 그녀는 그 옷을 벗고 내 몸 위로 올라왔었다. 아니, 옷을 입은 채로였던가. 잘 생각나지 않는다. 그녀의 몸은 꿈속에서 그랬던 것처럼 관능으로 출렁인다. 그 때문인지 지난번 만났을 때와는 사뭇 다른 모습을 하고 있는데도 나는 그녀가 전혀 낯설지 않다. 그녀가 얼마든지 여러 모습으로 변신할 수 있다는 걸 나는 이미 체험했다. 보다 확실하게 말하자면 아직 나는 그녀가 몇 명인지 모른다. 아직 나는 그녀의 진짜 얼굴을 보지 못했다. 그녀는 비밀에 싸여 있다.

"당신은 이곳에 있어야 할 시간에 다른 곳에 있었어요. 어떻게 그럴 수 있지요?"

그녀의 음성은 처음부터 무채색이다. 그녀는 자기 목소리에서 감정을 완전히 들어냈다. 적어도 목소리만으로는 그녀의 기분이 별로 나쁘다고 말할 수 없을 것 같다. 하지만, 그 목소리에 담긴 내용은 그렇게 온유하지 않다. 그녀는 감정을 최대한 배제시키고 사무적으로 화를 내고 있다.

"무슨 일이 있었는지는 이미 들었을 텐데요."

나는 가능한 한 뻔뻔해지려고 한다. 그럴 수 있었으면 좋겠다고 생각한다.

"내가 들었거나 듣지 않았거나 그건 중요한 게 아니고, 당신이 참견할 바도 아니에요. 나는 그 이야기를 듣지 않았다고 말하지 않았어요. 내 요구는 당신 입으로 말하라는 거예요. 알아듣겠어요?"

"그 이야기를 굳이 내 입으로 다시 해야 할 이유가 있다는 겁니까?"

나는 반발하고 나선다. 어제 있었던 일들이 꿈속처럼 가물가물하고, 천년 전의 기억처럼 아득하게 멀다. 에어로빅을 하던 텔레비전 속의 여자들이 희미하게 떠오른다. 내 아파트 문에 바짝 귀를 붙이고 있던 뚱뚱한 여자의 물렁한 팔뚝 살과 경비원의 피 묻은 귀, 그리고 파렴치하게 선량한 내 이웃들의 원숭이 같은 아우성……. 저자를 쫓아내주세요. 저자는 정신이 돌았어요. 저자는 사람이 아니에요. 저자는…….

"왜냐하면, 나는 당신의 보호자니까. 당신이 나를 보호자로 지명했으니까. 내가 당신이 이빨로 물어뜯은 두 사람의 치료비와 합의금을 내주었으니까. 당신을 경찰서에서 빼내 왔으니까. 그것이 굉장히 어려운 일이었다고 말하지는 않겠어요. 하지만 떡 먹듯 쉬운 일도 아니었어요. 아니, 나는 당신의 행위를 비난할 뜻은 없어요. 내가 무엇 때문에 그러겠어요? 하지만 자기가 한 행위에 대해서는 뒤처리를 깔끔하게 할 줄 알아야지요. 안 그래요? 이 이야기는 해두고 싶어요. 치료비와 합의금으로 지출한 돈 말고도 당신을 유치장에서 빼내기 위해 상당한 돈을 더 써야 했어요. 내 주변에는 힘깨나 쓰는 양반들이 꽤 있어요. 그들 가운데 한 사람이 경찰서에 전화를 넣지 않았다면 그 돈을 가지고도 쉽지 않았을 거예요. 그 정도면 당신으로부터 상황 설명을 들을 자격이 충분하다고 생각하는데, 안 그래요? 물론 이번에 내가 지출한 돈은 당신에게 지급할 금액에서 공제할 테니까 너무 고마워할 필요는 없어요. 하지만 돈이 문제가 아니지요. 내가 아니었으면 당신은 지금 여기 있을 수가 없을걸요. 안 그래요? 그러고 보면 나에게 조금은 고마워해야 할 것 같은데."

"……."

"당신은 계약을 어겼어요. 계약을 위반하면 안 된다는 것을 몰랐나요? 그 계약은 나와 당신 사이에 맺어진 거지요. 나는 당신이 어긴 그 계약의 당사자예요. 그 점을 모르진 않을 테지요. 이래도 내가 당신 이야기를 들을 자격이 없다고 생각해요?"

나는 더 이상 반발하지 못한다. 나는 내가 유리와 거울 사이에 소파와 탁자와 함께 놓여 있다는 사실을 상기한다. 그것들처럼 배치되어 놓여 있다는 사실을 인정한다. 나는 말한다. 에어로빅을 하는 텔레비전 속의 가슴이 유난히 큰 여자, 물구나무서기, 소리 지르기, 뚱뚱한 여자와 빼빼 마른 경비원, 뚱보 여자의 팔, 경비원의 귀, 피, 형사의 심문, 주민들의 아우성, 저자는 사람이 아니에요, 보호자…….

"당신은 나에게 한 시간을 제공해야 한다는 걸 잊고 있었나요?"

"기억하고 있었어요. 다만……."

"그런데 당신은 오지 않았어요."

"지금 사정을 말했잖아요. 나는 당신에게 갈 수 없었어요. 나는 갈 수 없는 상황이었어요."

"변명하지 말도록 합시다. 당신은 어제 무슨 일이 있었는지 장황하게 설명했지만, 나를 설득하지 못했어요. 어제 이러저러한 일이 있었다고 당신은 말했어요. 매일 이러저러한 일이 일어나지요. 생각해봐요. 아무 일도 일어나지 않는 날은 하루도 없어요. 우리가 사인한 계약서에는 어떤 경우에는 약속을 지키지 않아도 된다든가, 어떤 경우에만 약속을 지킨다든가 하는 조항이 없어요. 계약은 지키기 위해 있는 것이고, 나는 지키기 위해 사인했어요. 당신은 그렇지 않았나요? 당신은 지키지 않기 위해서, 또는 이러저러한 경우에만 지키겠다는 생각으로 사인했나요? 계약서의 어느 곳에도 약속을 지키지 못할 상황은 명시되어 있지 않아요. 그건 그런 상황을 상정하지 않았기 때문이지요. 지키지 못할 상황이 아니라, 지키지 않은 사람이 있을 뿐이에요. 여기 내 앞에, 당신. 당신은 계약을 어겼다는 사실을 인정합니까?"

"그건 정말 유감스러운 일이에요. 나는 이미 미안하다는 말을 했어요. 하지만……."

"인정하겠다는 건지 못 하겠다는 건지만 대답하세요."

그녀의 목소리는 아직도 무채색이다. 하지만 그 목소리에서는 이제 칼날 같은 단호함이 느껴지기 시작한다. 그러니까 아무 감정도 담기지 않은 것 같던 그 목소리에 실은 그녀의 감정이 제대로 담겨 있었던 모양이다. 감정이 담기기 전의 무채색이 아니라, 감정이 담겨서 된 무채색. 그 무채색의 싸늘함. 그녀는 한쪽 구멍만 남겨놓고 나를 몰아댄다. 먹이를 쫓는 것 같은 그녀의 매서운 눈빛 앞에서 나의 근육과 신경이 저절로 졸아붙는 걸 느낀다. 나는 고개를 끄덕인다. 민초희는 포개고 있던 다리를 풀고, 벌떡 몸을 일으킨다. 그녀의 몸이 출렁인다. 머리가 출렁이고, 엉덩이가 출렁이고, 가슴이 출렁인다. 벽면 전체를 장식하고 있는 탐욕스런 거대한 거울이 그녀의 출렁이는 몸을 덥석 문다.

"좋아요. 당신은 나에게 한 시간을 빚졌어요. 그런데 그 한 시간은 당신이 도저히 갚을 수 없게 된 한 시간이에요. 왜냐하면 그 시간은 지나가버렸으니까. 당신의 남은 시간 전부를 주고도 지나가버린 어제의 한 시간을 살 수는 없어요. 그 한 시간, 나의 것인 당신의 한 시간, 이제는 어찌할 수 없는 그 사라진 한 시간을 어떻게 하면 좋을까요?"

"다음 주에 두 시간을 제공하겠습니다."

내 제안은 민초희를 웃게 한다.

"틀렸어요. 그것은 내 생각이 아니에요. 내일의 한 시간으로, 또는 두 시간이나 열 시간으로 이미 사라져버린 어제의 한 시간을 벌충할 수 있으리라는 생각은 버려요. 그렇게 쉽지 않아요. 그 시간과 이 시간은 같은 시간이 아니에요. 저쪽의 시간을 이쪽의 시간으로 해결하려고 하지 마요. 그 발상은 틀렸어요. 왜냐하면 저쪽의 시간과 이쪽의 시간은 그 무게가 같지 않기 때문이에요. 만일 시간으로 해결하고 싶다면, 당신은 당신의 남은 시간

전부를 나에게 바쳐야 해요. 당신의 남은 시간 전부를 완전히 맡긴다는 것은, 그러나 당신으로서는 도저히 동의할 수 없는 일일 테고, 나 역시 바라는 바가 아니에요."

"그럼 나더러 어떻게 하라는 거요? 나는 불가피한 상황이었고, 그 점을 당신에게 확인시켰고, 어쨌거나 미안하다고 했고, 또 내가 지키지 못한 시간을 추가로 제공하겠다고도 했는데……."

민초희는 고개를 설레설레 젓는다. 그 고갯짓은 내 입을 막는다. 그녀는 딱하다는 표정을 짓고 있다. 나는 도리 없이 하던 말을 중단하고 그녀의 눈빛을 피한다.

"이제 당신은 벌을 받아야 해요. 그것 말고는 다른 방법이 없어요. 잘못을 범한 자가 벌을 받는 건 만고에 불변하는 정의예요. 벌의 형식과 강도는 정치적·사회적·문화적·관습적 또는 종교적 정황에 따라 다소간 차이를 보여오긴 했지만, 죄에 벌이 따른다는 원칙은 어느 시대, 어느 문화권을 막론하고 없었던 적이 없어요. 내가 원하는 것은 당신의 시간이 아니에요. 나는 정의를 원해요. 나는 당신이 벌을 받기를 원해요. 당신이 당신의 공간에 침범해 들어온 이웃을 징벌해야 했던 것처럼, 나는 나의 시간을 침범한 당신을 징벌하기를 원해요. 그것이 내가 생각하는 정의예요. 알겠어요? 나는 당신이 벌을 받기를 원해요."

그녀는 마지막 문장을 한 음절씩 끊어서 발음한다. 그렇게 함으로써 그녀는 나로 하여금 다른 생각을 못 하게 한다. 요컨대 그녀는 자신이 농담을 하고 있지 않다는 사실을 그런 식으로 분명하게 알린 것이다. 나는 갑자기 고분고분해져서 반쯤 입을 벌린 채 어눌하게 묻는다.

"무슨 벌?"

"나는 죄에 대한 벌의 강도와 형식이 각각의 특수한 상황에 따라 달라져왔음을 이미 상기시켰어요. 어떤 환경에서는 사소한 것처럼 여겨지던 잘못이 어떤 시대에는 흉악한 범죄로 취급되기도 하지요. 물론 그 반대도 없지 않구요. 그게 자연스러워요. 상황이 법을 만들어요. 죄와 벌은 정해져 있지 않아요. 그렇기 때문에 다른 상황 아래 있는 사람은 어째서 이러저러한 죄에 대해 그러저러한 벌을 가하느냐고 항의해서는 안 돼요. 상황이 다르면 죄에 대한 해석도 다르게 마련이고, 죄에 대한 해석이 다르면 형벌 또한 달라질 수밖에 없는 거니까요. 우리에게는 우리의 상황이 있어요. 생각해보세요. 우리의 조건 아래서 당신의 죄가 어떤 형벌을 받아야 합당하겠는지……."

"나는, 모르겠는데……."

"그 말은 전적으로 내 판단에 맡기겠다는 뜻인가요? 그러니까 내가 판결을 내리는 대로 벌을 받겠다는 뜻인가요?"

"그러지 않으면? 그러지 않으면 다른 길이 있나요?"

"물론 없지요. 당신은 나에게 죄를 범했고, 당신의 죄에 대해 선고를 내릴 수 있는 권리는 나에게 있어요. 그것은 당신의 권리가 아니라 나의 권리예요."

"간단하군요. 그렇다면 바로 말을 하세요. 더 이상 이러쿵저러쿵 늘어놓지 말고 판결을 내리도록 하세요. 당신의 법 안에서는 내가 어떤 벌을 받아야 하는가요?"

"당신은 상황을 판단하는 능력이 뛰어난 편이에요. 그 점이 마음에 들어요. 당신도 인정하고 있는 것처럼 나는 뭐든 할 수 있어요. 나는 당신을 매질할 수도 있고, 손가락을 부러뜨릴 수도 있고, 중노동을 시킬 수도 있고, 교수형에 처할 수도 있어요. 물론 아무런 형벌도 가하지 않고 그냥 용서해줄 수도 있지요. 당신은 어떻게 해주길 원하나요? 아니, 당신이 무얼 원하느냐 혹은 원하지 않느냐는 건 문제가 되지 않아요. 당신은 어떤 걸 원하거나 요구할 수 없어요. 그럴 권리가 당신에게는 없어요. 당신은 범죄자니까요. 내 말을 시인하나요?"

"이미 말한 대로요."

"좋아요. 그렇다면 무릎을 꿇어요."

나는 고개를 들고 그녀를 본다. 그녀의 표정에서 그녀의 진실을 캐고 싶다. 그러나 그녀는 석고로 뜬 사람처럼 요지부동의 자세로 앉아 있다. 그녀의 얼굴에는 표정이 없고, 그녀의 시선에는 초점이 없다. 아니다. 그녀의 얼굴은 표정을 안에 담고 있고, 그녀의 시선은 건너편 벽을 향해 있다. 벽은 거울이다. 거울은 그녀의 싸늘한 눈빛을 빨아들인다. 나는 그녀에게서 거역할 수 없는 힘을 느낀다. 이곳은 그녀의 영토이고, 그녀가 발산하는 힘은 군주의 힘이다. 나는 안다. 나는 이미 압도되었고, 저항하지 못할 것이다. 군주에게 굴복하는 것은 수치가 아니다. 나는 무릎을 꺾는다. 내 눈앞에 그녀의 오른쪽 발이 아주 가까이 있다. 그녀의 오른쪽 다리는 그녀의 왼쪽 다리 위에 비스듬히 올려져 있다. 따라서 그녀의 오른쪽 발은 그녀의 왼쪽 다리와 10센티미터쯤 사이를 두고 허공에 떠 있다. 그녀의 발은 작고 가늘고 하얗다.

"입을 벌려요."

나는 주춤거릴 뿐 몸을 일으켜 세우지는 못한다. 일어나기는커녕 그녀의 얼굴을 쳐다보지도 못한다. 나는 눈을 아래로 내리뜬 채 생각한다. 무슨 생각인가를 하려고 애를 쓴다. 그러나 나는 아주 잠깐밖에 생각하지 못한다. 그나마도 무슨 생각을 했는지 기억나지 않는다. 나는 복종해야 한다는 사실을 알고 있다. 그것 말고는 다른 방법이 없다는 걸 알고 있다. 나는 압도되었다. 압도된 사람은 압도한 사람에게 복종해야 한다. 그것은 이상하지 않고, 부끄럽지 않다. 그녀에게 복종하는 것은 이 순간 나의 유일한 의무이고 단 하나밖에 없는 권리이다. 그녀의 발가락들이 눈앞에 있다. 발가락들은 길고 가늘고 하얗다. 엄지발가락에는 분홍색 매니큐어가 칠해져 있다. 나는 입을 벌린다. 나는 그녀의 엄지발가락을 입에 문다. 그것은 내 입속에 맞춤하게 들어온다. 발가락은 나의 입술과 입술 사이에서 풀피리 소리를 낸다.

"혀를 사용해요. 천천히, 부드럽게."

그녀는 지시하고, 나는 복종한다. 나의 혀는 그녀의 엄지발가락을 간질인다. 천천히, 부드럽게. 그녀의 몸이 눈치챌 수 없을 만큼 아주 미세하게 흔들리는 걸 느낀다. 그녀의 몸이, 흔들린다고? 아니, 장담할 수 없다. 나는 나의 느낌을 신용할 수가 없다. 미세하게 흔들리는 건 그녀의 몸이 아니라 실은 나의 마음인지 모른다.

"다음 두 번째 발가락."

그녀는 명령하고 나는 복종한다. 나의 입술과 혀는 그녀의 두 번째 발가락을 빨고 핥는다. 천천히, 부드럽게. 간지럼을 타야 할 사람은 내가 아닌데, 이상하다, 내 몸의 자잘한 신경들이 일제히 고개를 치켜들기 시작하는 게 느껴진다. 그것들은 스멀거리고 꿈틀거린다. 나는 나 자신이 불안하다.

"그다음."

그녀는 명령하고 나는 복종한다. 나의 입술과 혀는 그녀의 다른 발가락을 빨고 핥는다. 다섯 개의 발가락을 다 그렇게 한다. 이윽고 그녀가 발을 바꾼다. 오른쪽 발이 내려가고 왼쪽 발이 오른쪽 다리 위에 포개진다. 그녀의 가늘고 길고 흰 발가락들이 내 입술 앞에 있다. 나는 입을 열어 왼쪽의 다섯 발가락에 대해서도 오른쪽 발가락들에 대해서와 똑같이 한다. 천천히, 부드럽게, 정성을 다해……. 그녀는 간혹 한 차례씩 그저 "그다음." 하고 짧게 지시를 내릴 뿐이다. 그러면 나는 그녀가 시키는 대로 노예처럼 움직인다. 지금 이곳에서 그녀는 지시를 내리는 자이고, 나는 복종하는 자다. 그런데 왜 나는 흔들릴까. 그런데 왜 나는 불안할까.

민초희는 나의 불안이 어디에서 말미암은 것인지를 매우 직접적이고 자극적인 방식으로 가르쳐준다. 거의 눈 깜짝할 만큼 짧은 순간에 그녀의 발이 나의 턱을 걷어찬다. 나는 엉덩방아를 찧으며 바닥에 넘어진다. 그 바람에 이빨이 이빨과 맞물리면서 혀를 깨문다. 입안이 얼얼하다. 그녀의 발이 내 얼굴 위에 있다. 그녀의 발바닥이 나의 입술을 짓누른다. 그녀의 빨간 치마 속이 훤히 들여다보인다. 하지만 나는 그곳을 보지 않기 위해 눈을 감는다. 그런 명령은 내리지 않았지만 그래야 한다는 걸 저절로 깨닫는다.

"당신은 지금 벌을 받고 있어. 상을 받고 있는 게 아니라고. 그걸 잊어버리지 않는 게 좋아. 당신이 맛봐야 하는 건 치욕이지 흥분이 아니야."

그녀가 나를 향해 반말을 쓰고 있다는 사실을 깨달은 건 그렇게 중요한 일이 아닐 수 있다. 그녀의 변신은 새삼스레 강조할 사항이 아니다. 놀랍고 기억할 만한 사실은 그러한 그녀의 변신을 대수롭지 않게 여기는 나의 길들여진 정신이다. 나는 내가 노예임을 자각한다. 나는 다시 무릎을 꿇는다.

"진심으로 용서를 구해. 죄를 인정하고 비굴하게 빌어."

그녀의 발이 나를 다시 쓰러뜨린다. 그녀의 발바닥이 내 얼굴을 짓이긴다. 내 입안에 피가 고인 게 느껴진다. 나는 그것을 삼키고 다시 무릎을 꿇는다. 그녀는 지시하고 나는 복종한다. 나는 빈다. 잘못했습니다, 라고 진심으로 말한다. 제발 용서해주십시오, 하고 비굴하게 간청한다. 그녀의 발바닥이 내 얼굴을 짓이긴다. 입술이 터진다.

"더 간절하게, 더 비굴하게."

그녀는 명령하는 자이고, 나는 복종하는 자다. 나는 다시 무릎을 꿇고, 나는 죄인입니다, 용서해주십시오, 하고 사정한다. 내 입에서 말이 나오고, 말과 함께 피가 나온다. 그 순간 알 수 없는 격정이 목구멍까지 차오르면서 내 몸을 비틀거리게 한다. 그녀의 발을 끌어안는데 이해할 수 없는 일이 일어난다. 울음이 폭포처럼 터진다. 이건 뭔가. 이상한 감동으로 몸이 떨린다. 내 입에서는 말과 함께 피가 나오고, 피와 함께 울음이 나온다. 이건 뭔가. 나는 내가 터뜨린 울음의 의미를 헤아리지 못한다. 다시 한 번 그녀의 발이 내 턱을 걷어찬다. 그녀의 발바닥이 내 얼굴을 짓이긴다. 내 얼굴은 피로 범벅이 되고, 그녀의 발바닥도 피투성이가 된다. 나는 그녀의 피투성이가 된 발을 두 손으로 붙들고 끌어안으며 엉엉 운다. 영문을 알 수 없는 감격이 나를 울게 한다. 그러나 나의 군주는 자비심이 별로 많지 않다. 그녀는 다리를 흔들어 나의 손을 뿌리친다. 나는 다시 엉금엉금 기어서 그녀에게로 간다. 그리고 다시 그녀의 다리를 끌어안는다.

"너는 벌레야. 너는 쓰레기야. 너는 아무것도 아니야."

민초희는 음절을 하나씩 끊어서 또박또박 말한다. 흡사 속삭이는 듯한 그녀의 나지막한 목소리는 그대로 나에게 하나의 선언이 된다. 나는 벌레다. 나는 쓰레기이고 나는 아무것도 아니다······. 이제 제대로 알겠다. 그녀는 나를 치욕의 수렁 속에 처넣으려 하고 있다. 굴욕과 치욕의 체험을 통해 나는 그녀에게 완벽하게 굴복된다. 모든 것이 분명해지는 느낌이다. 치욕은, 그러니까, 그녀의, 나에 대한 지배 기술인 것이다. 나는 울면서 바닥을 긴다. 바닥을 기면서 울면서 소리 지른다. 나는 벌레다. 나는 쓰레기다. 나는 아무것도 아니다…….

4월 24일 일요일

 손철희는 화가 나 있다. 그는 나의 불성실을 나무란다. 나는 그의 이해를 받기 위해 변명을 늘어놓고 싶은 마음은 없다. 나는 아무 말도 하지 않는다. 몸의 관절마다 삐걱거리는 소리가 나는 듯하다. 입술은 터졌고, 얼굴은 흉하게 부었다. 참으로 피곤하고 힘든 며칠을 보냈다. 몸과 정신이 함께 곤죽이 되어 있다. 이 몸과 정신을 해가지고 손철희를 만나러 온 사실이 내가 생각해도 놀랍다. 하지만 의뢰인인 손철희로서야 그런 사정을 알 리 없고, 이해하고 싶을 까닭도 없다. 그는 그저 심드렁한 내 표정에서 내 불성실을 읽어낼 뿐이다. 아마도 나의 어떤 태도가 그의 심기를 건드렸을 것이다. 그는 자기가 언제 죽을지 모르는 사형수임을 상기시킨다.
 "나는 사형수야, 사형수. 언제 죽을지 모른다고."
 사형수라는 게 무슨 훈장이라도 된다는 듯이 그는 걸핏하면 그 점을 내세운다. 아마도 그는 자기 신분의 특별함을 내세워서 특별한 대우를 받고 싶어 하는 것 같다. 때때로 그의 그런 심정이 이해되다가 때때로 이해되지 않는다.

"나는 사형수야. 내가 무슨 일을 했는지 알아?"

나는 고개를 젓는다. 나는 아직 그가 무슨 죄를 짓고 사형수가 되었는지 알지 못한다. 차차 알게 될 것이라는 짐작이 있었다고는 해도 여태껏 그 점을 궁금해하지도 않았다는 게 이상하게 여겨진다.

지난번 처음 면회를 하던 날, 그는 나에게 16절 시험지 세 장을 건넸다. 그곳에는 무엇이 적혀 있었던가. 나는 그가 쓴 글을 읽으면서 사형받아 마땅한 놈이라는 생각을 했던 것 같다. 왜 그랬는지는 모르겠다. 아마도 제 처지에 어울리지 않게 지나치게 당당한 그자의 문장 탓이었으리라. 예컨대 그의 글 어디에도 자기가 저지른 행위에 대한 반성의 흔적 같은 게 엿보이지 않았다. 끔찍하게 자랑스런 범죄자, 그것이 그자의 첫 번째 글에 대한 내 독후감이었던 것 같은데, 그 내용이 무엇이었는지는 기이하게도 잘 생각이 나지 않는다. 선명하게 기억나는 것은 그자가 삼 분이라는 짧은 시간에 빠른 어조로 내쏘았던 '쥐새끼들'에 대한 이야기다. 통통하게 살이 오른 쥐새끼들의 축제……. 쥐새끼들이 한바탕 잔치를 벌이는지 몰라. 녀석들 노는 꼴이 꼭 춤을 추는 것 같거든……. 그 새끼들은 우리에 갇힌 채 창문으로 내다보고 있는 우리들을 희롱하는 거야……. 아무래도 '쥐만도 못한 인간들'이라고 조롱하고 있는 것 같다는 느낌이 강해⋯⋯.

그리고 그는 그 기름진 쥐새끼들의 축제판에다 휘발유를 뿌리고 성냥을 긋고 싶다고 했다. 히히거리며 신나게 춤을 추다가 그만 찍소리 한 번 못하고 입을 헤벌린 채 발랑 뒤집어져 있는, 셀 수 없이 많은 살찐 쥐고기들을 상상해보라고. 끔찍하게 황홀하잖아⋯⋯? 손철희의 그 살찐 쥐 떼들은 내 꿈속으로 들어왔고, 그 이후 그것은 하나의 강렬한 이미지가 되어 내 의식을 사로잡았다. 검은 물 위에 다리가 긴 침대가 놓이고, 그 위에 나는 온몸이 묶인 채 제물처럼 누워 있다. 통통하게 살이 오른 쥐들은 끼득거리며 춤추며 노래하며 내가 누운 침대를 갉아대기 시작한다⋯⋯.

"당신의 그 쥐 떼들에 대해 이야기해봐요."

나는 우울하게 묻는다. 시간을 아껴서 써야 하는 이 짧은 순간에 어째서 그런 걸 먼저 묻는지 모르겠다.

"쥐 떼들? 아, 그것들. 그런데 뭘?"

"아직도 쥐들이 끽끽거리나요? 요즘도 창문으로 내다보면 통통하게 살찐 쥐들이 춤을 추며 노래를 부르며 축제를 벌이나요? 요즘도? 그러니까 당신은 아직도 그 쥐들을 어떻게 하지 못했나요?"

"그래. 물론 그것들은 잘 있어. 아직 아무 일도 일어나지 않았다고. 고것들을 보고 있으면 어떤 생각이 드는지 알아? 그것들은 나를 자극해. 그것들을 보고 있으면, 내 속에서 불이 나. 당장이라도 녀석들에게 불을 던져서 쓸어버리고 싶어. 언젠가 꼭 그렇게 할 거야. 왜냐하면 쥐새끼들은 도무지 필요 없는 것들이거든. 내가 무슨 일을 하다 들어왔는지 궁금하지 않아? 대체 무슨 짓을 했길래 사형선고를 다 받았을까, 그게 궁금하지 않느냐고. 어차피 알게 될 테니까 궁금해할 필요도 없다, 그건가? 아니면 벌써 알아내버린 거야? 그렇다면 새삼스럽게 이야기할 필요도 없는 일이긴 하지만. 어때? 듣고 싶지 않아?"

나는 아무 대답도 하지 않는다. 그 역시 애초에 내 대답 따위는 기다리지도 않았던 것 같다. 힐끔 교도관의 눈치를 살피고는 (교도관은 그때 으흠, 하고 의미 없는 헛기침을 한차례 했다) 틈을 벌리지 않고 하던 말을 계속한다. 그의 얼굴이 유리벽을 뚫고 나올 것만 같다.

"나는 쥐새끼들을 쓸어내는 일을 했어. 쥐새끼들을 세상에서 모조리 쓸어내는 것이 내 일이었어. 나는 그 일을 하기 위해 이 땅에 태어난 사람이야. 그것은 내 임무였어. 하지만 나는 별로 많이 해치우질 못했어. 안타깝게도 그랬어. 세상에는 여전히 쥐새끼들이 너무 많아. 그럴 기회가 주어지진 않겠지만, 혹시 다시 밖으로 나가게 된다면 다시 그 일을 할 거야. 왜냐하면 그것이 내 일이니까. 쥐새끼들은 때로 재롱을 부리고 가끔은 선한 척하지만, 본질적으로 혐오스러운 작자들이거든. 부패와 타락이 그들의 일이야. 역겹고 한심해. 구역질이 나. 그런데 내가 한 일이 죄가 된다고? 쥐새끼들이 한 일이 아니라? 맙소사! 그래, 그게 죄가 될 거야. 왜냐하면 말이야, 이 세상은 쥐새끼들의 세상이거든. 쥐새끼들이 날뛰는 세상에서 쥐새끼들의 세상에 저항하는, 쥐새끼가 아닌 나는 순교자가 되는 셈이지. 그래, 아주 크고 거창한 죄이지. 나는 작고 시시한 건 싫어. 나는 쥐새끼가 아니거든……."

나는 그의 이야기를 가만히 듣고만 있다. 무슨 말을 해야 좋을지 모르겠다는 느낌은 둘째로 하고, 우선 그가 내게 끼어들 여지를 주지 않기 때문이다. 그의 말들은 언뜻 듣기에는 횡설수설하는 것 같지만, 그 내부에 나름대로의 일관된 어떤 흐름이 들어 있는 게 느껴진다. 하지만 그의 말들은 맥락을 파악하기가 어렵고 어느 정도 추상적이기까지 해서 선을 긋듯 선명하게 포착되지 않는다. 예컨대 쥐새끼들을 쓸어버리는 것이 자기 일이었으며 그 때문에 사형수가 되었다는 그의 말이 실제로 무얼 가리키는지 확실하지 않다. 거기다가 말을 하는 그의 자세와 표정과 눈빛이 도에 지나치게 진지하고 심각하다. 그 눈빛은 너무 강렬하고 인상적이다. 역광으로 비쳐 드는 햇빛 탓인지, 그의 눈은 파란빛을 내쏘고 있다. 그것은 어쩐지 사람의 눈빛 같지가 않다. 어쩌면 그가 말하는 그 쥐새끼들의 눈이 저런 색인지도 모른다. 그의 말하는 방식과 말해진 내용 사이의 교묘한 불일치가 듣는 사람을 혼돈 속으로 빠뜨리는 이유인 듯하다. 그런 생각을 하면서 나는 속으로 중얼거린다. 이 작자는 미친 놈이야. 상대할 가치가 없어. 이 작자는 교도소가 아니라 정신병원으로 보내야 해.

"듣고 있어? 빌어먹을. 내 이야기는 하나도 빼먹지 말고 다 써야 돼. 내가 말한 그대로. 알아?"

 그것이 그가 지껄인 마지막 말이다. 그는 그 말을 끝으로 면회실을 나섰다. 그는 나와의 면회를 화를 내고 시작했다가 화를 내며 마쳤다. 나는 그를 이해한다. 그는 불성실한 고용인이 마음에 들지 않은 듯한데, 그것은 그를 나무랄 일이 아니다. 그가 미쳤다는 사실을 모든 경우에 적용하려 해서는 안 된다. 그가 미쳤다는 것과 그가 자기감정을 옳게 표현할 수 없다든지 표현해서는 안 된다는 주장 사이에는 아무런 관련이 없다.

 돌아가는 그의 뒤통수에 대고 나는 소리 지른다.

 "필요한 것이 있으면 말해요. 보고 싶은 책이든지."

 그는 고개를 획 돌려서 나를 쳐다보고는 이내 아무 말도 하지 않고 돌아서버린다.

같은 날, 오후

 나는 나의 이웃들이 싫다. 그들 가운데 나를 닮은 사람은 아무도 없다. 물론 나 역시 그들을 닮지 않았다. 그들은 한통속이 되어 내 집에서 나를 내쫓으려고 한다. 왜 그럴까. 그들은 까닭 없이 과도하게 나를 미워하고 심지어 저주하기까지 한다. 도대체 내가 그들에게 무슨 잘못을 저질렀다는 것인지 모르겠다. 나는 내 이웃 가운데 아무와도 자발적으로 이야기하지 않았고, 누구에게 무얼 꾸거나 빌려주지도 않았고, 내 집이 아닌 어떤 집의 문도 두드리지 않았다. 며칠 전 소동이 있기 전까지는 누구와 말다툼도 한 번 하지 않았다. 나는 그야말로 조용히 살아왔다. 그런데, 왜? 바로 나의 그런 면이 그들의 기분을 상하게 했다는 말인가? 그렇다면 나더러 어떻게 하라는 것인가? 나는 이해할 수 없다. 이해할 수 없으므로 그들의 요구를 따를 수도 없다.

내가 아파트로 올라가기 위해 건물 안으로 들어가자 엘리베이터 앞에서 이야기를 나누고 있던 두 명의 여자가 뒷걸음질을 쳐서 계단 쪽으로 올라가버린다. 그들은 나를 무서워하거나 혐오스러워한다. 둘 다일 가능성도 있다. 그런데, 그들은 왜 나를 무서워하거나 혐오스러워할까. 나의 무엇이 그들을 나로부터 달아나게 할까. 나의 집은 3층에 있으므로 나는 엘리베이터를 잘 타지 않는다. 하지만 이런 경우는 어쩔 수가 없다. 나는 하는 수 없이 계단을 이용하지 않고 엘리베이터를 탄다. 나는 나의 이웃들을 이렇게나 세심하게 배려한다. 그런데도 그들은 나를 무조건 싫어하기만 한다. 참으로 알 수 없는 사람들이다.

내 아파트의 자물쇠에 열쇠를 꽂을 때, 나는 건너편 아파트의 문이 빠끔히 열리는 걸 느낀다. 뒤돌아보자 그 문이 도로 재빨리 닫힌다.

나의 이웃들은 나를 자기들과 전혀 다른 무슨 별종쯤으로 취급한다. 하긴 어느 정도 그들이 옳다. 그들은 나와 다르고 나는 그들과 다르다. 하지만 그들이 단정하는 수준으로는 아니다. 내가 오전에 만나고 돌아온 사형수 손철희의 표현을 빌려 말하자면, 나는 쥐새끼가 아니다. 손철희가 자신을 쥐새끼가 아니라고 인식하는 것처럼 나 역시 그렇게 인식한다. 어쩌면, 쥐새끼들의 세상에서 나는 너무 쥐새끼가 아니다. 손철희가 쥐새끼들의 세상에서 쥐새끼가 아니기 때문에 순교자가 된 것처럼 아마도, 나 역시 그러할 것이다. 손철희의 말이 이 상황에서 떠올라준 사실이 나는 기쁘다.

그는 미친놈이지만, 어딘지 매력적으로 미쳤다는 걸 나는 인정한다. 그는 미쳤기 때문에, 미치지 않은 사람이 할 수 없는 통찰력을 종종 발휘해낸다. 예컨대 미쳤기 때문에 그의 눈에는 쥐새끼들이 보인다. 미치지 않은 사람의 눈에는 보이지 않는 쥐새끼들. 그로서는 쥐새끼들이 보이기 때문에 쥐새끼들을 쓸어버려야 한다고 생각하지 않을 수 없었을 것이다. 보이지 않는 것들을 쓸어버릴 수는 없다. 우리는 보이지 않는 것들에 대해서는 불가피하게 관대하다. 그런데 쥐새끼들을 쓸어버린다는 그의 말은 무슨 뜻이지? 그는 대체 무슨 짓을 했다는 것이지?

그 사실이 갑작스레 궁금해졌기 때문에 나는 손철희가 건네준 원고를 검토해볼 생각을 한다. 그는 이번에는 16절 갱지에 무려 열 장이나 썼다. 할 말이 참 많은 사람이다, 이자는. 언젠가 죽을 것이라는 가정을 빼면, 우리들의 인생에서 확실한 것은 거의 없다. 손철희야말로 더욱 그러하다. 그런데도 사람들은 그 불확실한 삶에 대해서는 이것저것 설계를 하고, 계획을 짜면서도, 정작 가장 확실한 가정인 죽음에 대해서는 무관심하다. 이유는 있다. 죽음은 확실하지만 가정이고, 삶은 불확실하지만 현실이기 때문이다. 손철희의 자기 역사에 대한 집착이 불확실한 삶에 대한 애정 때문인지, 확실한 죽음에 대한 준비인지 나는 잘 분간하지 못하겠다.

그의 원고를 읽기 전에 나는 우선 목욕을 하기로 한다. 옷을 벗고, 속옷까지 완전히 벗고, 목욕탕으로 들어가 욕조에 물을 가득 채운다. 거울을 본다. 얼굴 곳곳에 긁힌 자국이 있고, 터진 입술 부위에는 피멍이 가시지 않았다. 부어오른 거울 속의 얼굴이 도무지 내 것으로 보이지 않는다. 심란한 꿈을 꾸고 난 듯한 느낌이 든다.

지난밤에 나는 민초희의 호텔에서 잠을 잤다. 잠을 잤다는 것은 정확한 진술이 아니다. 그곳에서 밤을 보냈을 뿐, 잠은 거의 자지 못했다. 민초희가 방을 나가고 나서도 나는 오랫동안 최면에서 깨어나지 못했다(그것이 최면이었을까? 그녀가 최면술사라도 된다는 말인가? 그렇다. 그런 뜻으로 이 말을 사용한다. 나는 자주 그런 생각을 해왔다. 그녀는 최면술사이고, 나는 그녀의 최면에 걸렸다. 최면술을 통해 그녀는 나를 완벽하게 지배한다). 나는 거의 녹초가 되어 바닥에 쓰러져 있었다. 눈물이 볼을 타고 흘러 입속으로 들어왔다. 짭짤한 눈물의 감촉이 나에게 방금 전의 이상스런 황홀경의 느낌을 불러일으켰다. 순간 나는 깨달았다. 민초희의 발가락을 입에 넣고 빨 때, 그녀의 발에 걷어차일 때, 그러면서 어린아이처럼 엉엉 울 때,

울면서 그녀의 다리를 붙들 때, 용서해달라고 사정할 때, 내 육체의 안쪽에서 솟구치던 강렬한 기운, 그 정체가 다름 아닌 성욕이었음을. 그것만은 아니었겠지만, 그 순간에 성욕이 유독 도드라져 보였다는 것을 부정할 수 없다. 나는 천장을 보고 드러누운 채, 빨간 미니스커트를 입은 민초희가 두 발로 내 얼굴을 뭉개는 장면을 상상했다. 그녀가 내 얼굴에 침을 뱉는 모습을 상상했다. 잘못했다고, 용서해달라고 애원할 것을 강요하는 그녀의 거부할 수 없는 목소리를 떠올렸다. 다시금 뜨겁고 습한 욕망이 분출해 올랐다. 폭포 같던 조금 전의 감동의 파도가 다시 밀려왔다. 나는 눈물을 흘리면서 그 방에 누운 채 자위를 했다. 민초희가 그런 내 모습을 지켜보고 있다는 느낌이 들었다. 그래도 어쩔 수 없다는 생각이 들었고, 그래서 다행이라는 생각도 들었다. 그래서 수치스럽기도 했고, 그래서 더 황홀하기도 했다. 한쪽 벽을 장식한 거대한 거울이 나를 삼켰다. 그것은 내 몸을 삼키고, 내 눈물을 삼키고, 내 정액을 삼켰다. 나는 허리를 새우등처럼 휘며 머리를 쳐들었다가 쿵, 하고 떨어뜨렸다. 그 순간에 내 가슴속에서 날카로운 수천 개의 바늘들이 일제히 일어섰다. 나는 가슴을 붙들고 몸을 비틀었다. 카펫 위를 뒹굴었다…….

나는 내 육체의 내부가 썩어가고 있다는 사실을 인정한다. 내 안에는 쓸 만한 것이라고는 없다. 나는 아프다. 나는 오래지 않아 죽을 것이다. 나는 하루하루 독을 마시며 산다. 그런데 그 독은 내 안에서 토해져 나온 것이다. 독은 대기 가운데서 내 속으로 들어오고, 내 안으로 들어와 부글부글 끓으며 더 많은 독을 양식해낸다. 내가 숨을 내쉬는 순간 그것들은 나의 내부에서 빠져나와 다시 대기 속으로 들어간다. 나의 내부는 독을 생산하는 거대한 공장이고, 이 세상은 그 독이 유통되는 거대한 시장이다. 시장인 이 세상에서 내가 소비자로서 매일 들이마시는 독은 실상은 나의 내부에서 생산되어 나온 것이다.

독은 서서히 나를 죽인다. 간헐적인 가슴의 통증이 그 신호다. 전에는 아주 가끔씩 찾아왔던 통증의 횟수가 요새 들어 부쩍 잦아졌다. 고통의 세기도 전보다 커졌다. 통증은 조금씩 심해지다가, 더 이상 오염시킬 부위가 없을 정도가 되면 나를 쓰러뜨릴 것이다. 그러면 내 존재의 흔적처럼 악취만 남고 나는 사라질 것이다. 그것이 내 운명일 것이다.

나는 목욕탕 속에 잠겨 있다. 나른하다. 걷잡을 길 없는 피곤이 독처럼 전신으로 퍼져나간다. 이대로 물속에 잠긴 채 잠들어버렸으면, 하고 중얼거려본다. 이대로 물속에 잠긴 채 한 백 년쯤만 잠들었다가 깨어났으면 좋겠다. 백 년 후의 세상은 어떻게 생겼을까. 나와 동시대의 인간들에게 도무지 친밀감을 느끼지 못하기 때문에 나는 차라리 백 년 후의 인종들 속에 섞여 살았으면 좋겠다고 상상한다. 그들은 (지금의) 인간과 다를 것이다. 분명하지 않지만, 어쩐지 백 년 후의 인간들은 나를 이해해줄 것 같다. 어쩐지 백 년 후의 인간들을 나는 이해해줄 수 있을 것 같다. 그들은 나처럼 살 것 같다. 최소한 그들은 나처럼 사는 사람을 까닭 없이 내쫓으려 하지는 않을 것 같다. 아니, 그렇다고 단정할 수는 없다. 사람이 사는 세상은 어디나 언제나 똑같은지 모른다. 이곳에 있는 것은 그곳에도 있고, 이곳에서 잘사는 사람은 그곳에서도 잘산다. 사실이 그렇다면, 백 년 후의 세계, 백 년 후의 사람들에게 내가 무얼 바랄 수 있을까.

상상이 거기에 이르렀을 때, 문득 초인종 소리가 들린다. 상상은 감미롭고, 마찬가지로 감미로운 잠 속에 빠져들락 말락 한 순간이었으므로, 그 소리는 나에게 현실감을 주지 못한다. 처음에 그 소리는 잠의 저편에서 들려오는 것 같았다. 그러다가 이웃집 초인종이 울리는 것처럼도 들렸다. 나는 움직이지 않는다. 나는 꼼짝도 하지 않고 초인종 소리가 사라지기를 기다린다. 누구인지는 모르지만 제발 그만 좀 눌러라. 그만 누르고 어서 꺼져버려라……. 그때쯤에 나는 그 소리가 내 아파트 현관문에 달린 벨 소리라는 걸 깨닫는다. 초인종 소리는 쉬지 않고 울린다. 땡땡땡땡……. 내 시간과 공간 속으로 손을 집어넣으려는 자들이 왜 이렇게 자꾸만 생겨나는지 모르겠다. 나는 짜증이 난다. 나는 이 시간과 공간을 침해당하고 싶지 않다. 나는 초인종의 선을 끊어버려야겠다고 생각한다. 그동안 어째서 그런 생각을 하지 못했을까. 나는 내가 한심하고, 이제라도 그런 생각을 해낸 나 자신이 대견하다. 나는 일어선다. 나는 욕실에서 걸어 나와 현관을 향해 걸어간다. 땡땡땡땡, 초인종 소리가 방정맞게 날뛰며 여기저기 돌아다닌다. 내 벌거벗은 몸에서는 물방울들이 뚝뚝 떨어진다.

"안에 있는 줄 아니까 빨리 문을 열어요."

여자의 목소리가 들린다.

"당신이 보고 싶어서 그러는 게 아니에요. 할 말이 있다구요."

다른 여자의 목소리도 들린다.

"나, 자치회장이오. 주민들을 대표해서 왔소."

이번에는 나이가 제법 들어 보이는 남자의 목소리다. 보나 마나 뻔하다. 나의 귀찮은 이웃들이 작당을 해서 몰려왔다. 그들은 이 아파트에서 나를 몰아내려는 데 혈안이 되어 있는 작자들이다. 그들은 왜 나를 그냥 내버려두지 못하는 것일까. 그들의, 나를 향한, 분별 없는, 막무가내의, 공격적인 적대감을 나는 도무지 이해할 수 없고, 이해할 수 없으므로 그들의 태도를 인정하지도 못하겠다. 나는 초인종과 연결된 전선을 손으로 잡아 끊어버린다. 초인종 소리가 끊긴다.

"듣고는 있지요? 좋아요. 그럼 여기 우리 주민 일동 명의로 결의한 사항이 적힌 문서를 당신 문 앞에 놓고 갈 테니까 보세요. 당신은 되도록 빠른 시일 안에 이곳을 떠나야 해요. 그러지 않으면 우리는 다음 절차를 진행할 거예요. 당신을 감옥에 보낼 거예요. 그것이 우리의 결의 사항이에요. 알아들었어요?"

알아들었어요……? 자치회장이라고 자기를 소개한 늙은 남자의 빈정거리는 듯한 목소리가 내 방 안의 공기를 덥힌다. 뜨거운 것이 속에서 치밀어 오른다. 나는 그자의 입을 막아버리고 싶다. 알아들었어요? 알아들었어요……? 누구도 나에게 저런 투로 말할 수 없다. 나는 충동처럼 와락 문을 연다. 문밖에는 열 명쯤 되어 보이는 사람들이 모여 서 있다. 몇 명의 여자들은 지난번과 마찬가지로 복도 양 켠의 자기 집 아파트 문을 빼꼼 열고 고개만 내밀고 있다. 한 명만 빼고 나머지는 모두 여자들이다. 내가 문을 열자, 문 앞에 몰려서 있던 여자들이 어머나, 소리를 지르며 일제히 고개를 돌리고, 빼꼼 열려 있던 아파트의 문들도 하나씩 닫힌다. 여자들은 뒤쪽을 힐끔거리며 종종걸음으로 복도를 빠져나간다.

내 앞에는 자치회장이라고 자기를 소개한 늙은이만 서 있다. 그는 두툼한 돋보기를 꼈고, 특이하게도 하얀 고무신을 신었다. 복덕방 영감 같은 분위기를 풍기는 노인의 얼굴 위로 당혹감이 깔린다. 그는 나의 벗은 몸을 훑어보며 얼굴을 찡그리고 고개를 설레설레 흔든다. 그 역시, 여자들이 그런 것처럼, 당황하고 있음에 틀림없다. 그의 손에는 누런 서류 봉투가 하나 들려 있는데, 그는 그것을 내 앞으로 불쑥 내민다. 나는 그가 내민 봉투를 무시한 채 그를 노려본다. 나는 무슨 행동인가를 할 수 있다. 예컨대 주먹을 뻗거나 노인의 멱살을 잡을 수 있다. 그러나 노려보는 것만으로 충분하다는 걸 안다. 노려보는 것이 더 효과적이라는 걸 안다. 그는 몇 번이나 나의 위아래를 훑어보고는, 더 이상 자극을 주면 안 된다는 걸 깨달은 듯 서류 봉투를 바닥에 떨어뜨리고 돌아서버린다. 어쩌면 노인은 겁을 먹었는지 모른다. 자신의 마른 팔뚝이나 귓불이 화끈거려서 그 자리에 서 있을 수가 없었는지 모른다. 노인이 걸어가면서 고개를 설레설레 젓는 모습이 보인다. 끌끌, 혀를 차는 소리도 들린다. 그렇지만 그의 뒷모습은 내가 달려와 어떻게 할까 봐 잔뜩 긴장해 있다. 나는 젖은 발로 누런 서류 봉투를 한번 밟아주고 돌아선다. 벌거벗은 몸에서 떨어진 물방울들로 바닥이 흥건하다. 나는 문을 닫고, 문을 잠그고, 다시 목욕탕 속으로 들어간다.

몸을 뒤로 젖히고 눈을 감는다. 조금 전과 같은 아늑한 피로감은 좀처럼 찾아오지 않는다. 그들이 나의 휴식을 빼앗아버렸다. 물이 나를 할퀸다. 껄끄럽고 불편하다. 빌어먹을! 나는 물속에서 치솟는다. 아악! 속에서 저절로 고함이 터져 나온다. 나는 악을 쓰며 목욕탕을 나온다.

4월 25일 월요일

세상에 태어나서 내가 해야 할 일은 모두 끝났다. 어느 누구도 내게 자선을 베풀 수 없고 사악한 짓도 할 수 없다. 바랄 것도 무서울 것도 없다. 비록 함정의 밑바닥에 빠져 내가 불행하고 가련한 존재가 되었을지라도 신처럼 의연하고 평화로울 뿐이다.

나를 둘러싼 어느 것 하나도 나와는 인연이 없다. 이 세상에는 나의 이웃도 친구도 형제도 없다. 지금 나의 두 다리가 지구를 디디고 서 있지만 우주 속의 어느 별에서 지구라는 낯선 유성으로 찾아든 나그네나 다를 바 없는 사람이다. 눈에 띄는 모든 사람들은 하나같이 나를 슬프게 만들고 을씨년스럽게 한다. 앞으로 남은 생애를 혼자 살면서 오로지 내 마음속에서 모든 것을 구해내야 한다.

(루소, 『고독한 산책자의 몽상』에서)

4월 27일 수요일

삼 일 동안 나는 내 방에서 꼼짝도 하지 않았다. 가끔씩 음악을 들었고, 게으르게 책을 읽었다. 손철희로부터 받은 기록들을 훑어보고 그 가운데 일부를 정리했다. 그것이 그 기간 동안 내가 한 일의 전부다.

어제 민초희의 충성스런 독일 병정이 무선호출기를 내 허리춤에 채워주고 갔다. 그는 항상 무선호출기를 차고 다닐 것과 아무에게도 호출기의 번호를 알려주지 말 것을 당부했다. 왜냐하면 그 호출기는 민초희만 사용할 수 있기 때문이라는 것이었다.

"삐삐 소리가 나면 그것은 여사님이 당신을 부르는 신호입니다. 이 호출기는 여사님만 사용할 수 있습니다. 그분만이 이 호출기를 통해 당신을 호출할 수 있습니다. 그 점을 명심하도록 하십시오. 전화번호가 입력되어 있으면 즉시 전화를 걸어야 하고, 그런 게 입력되어 있지 않을 때는 한 시간 안에 리버힐에 도착해 있어야 합니다. 예외는 없습니다. 이상은 여사님께서 내게 지시한 사항입니다."

그는 그 말을 남기고 곧장 떠났다. 그는 내 방 안으로 들어오려고 하지 않았다. 누구처럼 내 방 안을 기웃거리려고도 하지 않았다. 그의 그런 모습이 마음에 들었다.

그 무선호출기가 내 허리춤에 매달리는 순간의 기분은 이상하고 야릇했다. 그것은 군인들의 목에 걸린 인식표를 떠올리게 했다. 인식표는, 인식표를 걸고 있는 그 군인이 어디에 소속되어 있는지를 선언한다. 그 군인이 어디, 혹은 누구의 통제를 받으며 어디, 혹은 누구에게 복종해야 하는지를 명시한다. 인식표를 걸고 있는 것은 군인이지만, 인식표는 인식표를 걸고 있는 그 군인을 지배한다. 죽기 전에는 어떤 경우에도 목에서 떼어낼 수 없다. 아니, 죽고 나서도 그것은 그 사람을 떠나지 않는다. 죽은 후에도 인식표는 죽은 사람의 치아 사이에 박혀서 죽은 군인을 지배한다.

민초희는 내 허리춤에 자기만이 호출할 수 있는 무선호출기를 매달아줌으로써 내가 어디에 소속되어 있는지를 가르쳐주려고 한다. 허리춤에 매달린 이 이상스런 물건이 나를 지배한다. 민초희는 이 물건을 통해 나를 지배한다. 나는 이 물건을 가지고 아무것도 할 수 없다. 무언가 할 수 있는 것은 무선호출기를 차고 있는 사람이 아니라 이것을 채워준 사람이다. 무선호출기는 전화기와 달라서 일방통행밖에 모른다. 호출기를 채워준 사람은 호출기를 차고 있는 사람을 부르거나 부르지 않는다. 호출기를 차고 있는 사람은 부름에 따르고 복종하는 일 말고는 다른 권리가 없다. 이것을 차고 있는 사람은 호출할 수 없고, 단지 호출당할 수 있을 뿐이다. 지극히 수동적이고 노예적인 장치다. 무선 호출기는.

손철희의 진술은 흥미롭다. 그 흥미는, 예컨대 이상스런 취미나 유별난 행동 양상을 보이는 사람을 향해 솟구치는 호기심과 같은 종류의 것이다. 정상적이거나 상식적인 것들은 사람의 호기심을 자극하지 않는다. 그의 글의 흥미로움은 그의 사람됨의 남다름에서 말미암은 것이다. 그는 남들과 구별된 자이다. 무엇보다 그 스스로 자기 자신을 그렇게 자각한다. 그의 자의식은 깊고 강렬하다. 그가 특별하다는 사실을 나는 이미 간파한 바 있다. 요컨대 다음과 같은 그의 진술을 보라.

어머니가 스물여섯 살일 때, 그때 그녀는 한 음식점의 점원이었는데, 어느 날 밤 집으로 돌아오는 길에 강렬한 푸른빛이 그녀를 싸안아 공중으로 데리고 갔다. 그 푸른빛에 휩싸인 그녀는 흡사 유령처럼 벽을 통과해 어떤 우주선 안으로 들어갔다. 그녀는 그곳에서 사흘 낮 사흘 밤을 보내고 지상으로 보내졌다. 그 기간 동안 그녀는 몸이 마비된 상태에서 테이블 위에 놓여져 어떤 외계인과 성교를 가졌다. 그 결과로 임신을 했고, 출산을 했다. 나, 손철희는 그렇게 태어났다.

나는 아주 어릴 때부터 어머니의 보호만을 받으며 자랐는데, 그녀는 죽을 때까지 아버지가 누구인지 알려주지 않았다. 나는 스스로 아버지가 누구인지를 알아내야 했다. 그리고 마침내 나는 알게 되었다. 어머니가 나에게 아버지가 누구인지 알려주지 않은 것은 아버지가 존재하지 않거나 누구인지 몰라서가 아니라, 아무에게도 말할 수 없었기 때문이다. 나는 성장하면서 무언가 무한히 지혜롭고 월등한 어떤 존재가 나를 지켜보고 있는 듯한 신기한 경험을 종종 하곤 했는데, 나 역시 그 비밀스런 경험을 아무에게나 털어놓을 수가 없었다. 그 경험의 핵심은, 내가 매우 특별한 존재라는 인식과 관련되어 있다. 내 아버지는 외계인인 것이다……

처음부터 이런 식이다. 그를 과대망상에 사로잡힌 자로 단정할 때, 이 문장들에서 읽을 수 있는 객관적인 사실은 한 가지밖에 없다. 그는 사생아다.

하지만 그렇게 바꿔치기를 해버리고 나면 왠지 허망한 느낌이 든다. 그것은 어쩐지 그를 배반하는 짓인 것 같고 왜 그런지 그래서는 안 될 것 같다. 그렇게 단순화해버리는 순간, 그의 남다름은 거품이 되어 날아가버린다. 그것은 그의 존재를 무화시키는 짓에 다름 아니다. 그의 어머니가 외계인과 성교를 가져 그를 낳았다는 말과 그가 사생아였다는 말은 같은 말이 아니다. 그 두 개의 문장 사이에는 산맥이 걸쳐져 있다. 거대하고 험준한 산맥이다. 산맥 이쪽과 저쪽은 말이 다르고 문화가 다르고 사상이 다르다. 그의 진술에서 외계인에 대한 경험을 빼어버리는 것은 무턱대고 산맥 이쪽의 언어와 문화와 사상을 버리고 산맥 저쪽의 언어와 문화와 사상을 수용하는 걸 뜻한다. 그것이 가능할까. 혹 가능하더라도 그는 그걸 원하지 않고, 나 또한 그걸 바라지 않는다. 왜냐하면 그렇게 하는 순간 그의 실체가 해체되어버릴 것이 불을 보듯 뻔한데 나는 그걸 원하지 않기 때문이다.

나는 글을 쓴다. 내가 쓰는 글은 그의 글이다. 여기서 글을 쓴다는 것은 물리적 사실을 기록한다는 뜻이 아니다. 글을 쓰는 사람은 사실을 밝히기 위해서가 아니라 자기가 하고 싶은 말을 하기 위해서 쓴다. 이 점이 중요하다. 그가 사생아였다는 사실을 밝히는 것이 아주 의미 없지는 않겠지만, 충분히 만족스러울 수 없을 것이다. 사실이 담고 있는, 또는 사실을 둘러싸고 있는, 또는 사실 너머에 감춰져 있는 은밀한 생각을 표출하기 위해서—예컨대 그가 외계인의 자식이라는 발언 등을 통해서—글은 쓰인다. 글은 화석이 아니라 상징이다. 글은 데스 마스크가 아니라 살아 있는 표정이다. 그래서 나는 그가 진술한 내용을 손상하지 않고 원고에 옮겨 쓰려는 것이다.

……믿든 말든 내 아버지는 외계인이다. 내 어머니는 외계인에게 강간을 당했다. 외계인은 지구인 여자의 자궁 속에 자신의 정액을 심었다. 나는 그렇게 태어났다……

손철희의 주장에 의하면, 그의 어머니가 외계인의 우주선에 올라갔을 때, 그곳에는 그녀처럼 외계인의 정액을 받기 위해 초대되어 온 지구의 여자들이 수십 명쯤 더 있었다고 한다. 흑인도 있었고 백인도 있었다. 은발도 있었고 금발도 있었다. 키가 큰 여자도 있었고 키가 작은 여자도 있었다. 그리고 그들은 하나같이 외계인과 관계를 가진 후 원래의 자리로 다시 되돌려졌다는 것이다. 여자들은 일상 속으로 돌아왔지만, 더 이상 이전의 그녀들이 아니었다. 그럴 수 없었다. 그녀들은 아주 특별한 체험을 한 사람들이었다. 그 특별한 체험이 그들을 이전의 그들과 전혀 다른 새로운 사람으로 만들었다. 그녀들의 몸속에서는 지구인과 외계인의 혼혈아가 자라고 있었던 것이다. 그렇다면 그 외계인들이 지구의 여자들과 성적 접촉을 한 목적은 무엇일까. 그들은 무엇 때문에 지구의 여자들을 상대로 성교를 가진 것일까. 손철희는 이 대목에서 매우 특이하고 인상적인 주장을 편다.

……지구는 타락했고, 돌이킬 수 없이 타락했고, 문명을 태운 기차는 파국을 향해 달려가고 있다. 이 타락한 지구를 구하기 위해서는 새롭고 혁신적인 변화가 필요하다. 질적으로 새롭고 차원이 다른 탁월한 지도력만이 이 위기에 빠진 인류를 수렁에서 건질 수 있다. 그렇지 않을 때 빤히 예견되는 것은 비극적인 종말이다. 이 일을 어떻게 할 것인가.
지구인에 비해 월등한 지능과 도덕성과 정신력을 소유하고 있는 외계의 생명체들은 이 미욱한 지구 생명체들의 생존을 염려한 끝에 중대한 구상을 하게 되었다. 지구에 자기들의 후손을 퍼뜨려 그들로 하여금 정신적으로 열등하고 도덕적으로 미개한 지구인들을 개도하게 한다는 생각이었다. 그리하여 전혀 새로운 지구, 과거와는 질적으로 다른 세계를 건설하려는 계획이 외계의 생명체들 사이에 세워졌다. 그러니까 나의 어머니를 비롯하여, 그 우주선 속에 초대된 수십 명의 여자들이 바로 지구를 파멸로부터 건져내려는 그들, 진보한 외계 생명체들의 선한 계획을 위해 선택된 사람들이었다. 그들은 말하자면, 지구를 대표하여 뽑힌 사람들이었다. 비행접시에 초대받았던 이 여자들의 몸에서 태어난 새로운 인간들이 차원이 다른 영감에 의해 탁월한 지도력을 발휘할 것이고, 그들에 의해 지구는 구원될 것이다. 그들에 의해 지구는 새롭게 태어날 것이다……

나는, 산맥의 이쪽을 저쪽으로 바꿔놓고 싶지 않기 때문에 그의 주장을 훼손하지 않는다. 그렇다고 해서 내가 그의 주장을 곧이곧대로 받아들인다는 뜻은 아니다. 나는 그의 주장을 받아들이지도 안 받아들이지도 않는다. 나에게는 양자택일의 의무가 없다. 그는 확실히 미쳤다. 하지만 그래서 어떻단 말인가. 나는 문장을 다듬고 글의 순서를 손본다. 거듭 말하지만 이것은, 나의 글이 아니라 그의 글이다. 그리고 글은 그가 하고 싶은 것을 말하기 위해 쓰인다. 그 점을 망각하지 않는 것이 중요하다.

오전에는 집주인으로부터 전화가 걸려왔다. 전화국에 근무하는 사십 대 초반의 남편 대신 그의 아내가 전화를 걸어왔다. 이 집의 등기부에는 그녀가 소유주로 기록되어 있다. 그녀는 꽤 수완 있는 복부인일 가능성이 높다. 실력을 발휘하며 여기저기에 집과 땅을 사두었을 법한 여자. 일 년쯤 전에 그녀를 한 번 본 적이 있다. 지난 5월이었는데, 전세 계약을 하기 위해 외제 승용차를 타고 나타난 그녀는 연신 땀을 훔치며 뒤뚱거렸다. 몸집이 비대한 탓인지 그녀는 아직 본격적인 더위가 시작되기 전인데도 땀을 몹시 많이 흘렸으며, 좌우로 뒤뚱뒤뚱 흡사 절름발이처럼 걸었다. 그녀의 피부는 해삼의 표피처럼 물렁물렁하고 미끌미끌해 보였다. 그 모습이 어찌나 역겹던지 줄곧 시선을 다른 쪽에 주고 있었던 기억이 난다.

그녀는 전화를 걸어서 다짜고짜 집을 비우라고 했다. 왜들 이러는가? 대뜸 밀어붙이는 식의 그녀의 요구가 내 기분을 몹시 상하게 했다. 하지만 내 기분 따위는 상관도 하지 않은 채 그녀는 계약 기간이 보름 정도 남았다는 사실을 상기시켜주었다.

"내일이라도 비워준다면 좋기야 하지만, 당장 나가라고는 안 하겠어요. 어쨌거나 이번 계약 기간이 끝나면 더는 연장하지 않을 거예요. 그렇게 알고 대비를 하세요. 준비가 되는 대로 전화를 주세요. 전세 보증금은 언제든 통장으로 넣어주겠어요."

여자는 자기 할 말만 하고 전화를 끊었다. 이 여자는 계약 만료일이 불과 보름밖에 남지 않은 상황에서 갑작스레 전화를 걸어 나가라고 말한다. 관례대로라면, 계약을 변경하고 싶은 마음이 있을 경우 최소한 한 달 전에는 통보를 해주어야 한다. 여태 연락을 해오지 않았다는 것은, 임대계약을 변경하거나 취소하고 싶은 생각이 없었기 때문이라고 추정할 수 있다. 그런데 왜 갑자기 전화를 걸어서 대뜸 나가라고 하는 걸까? 이 의문에 대답하는 건 어렵지 않다. 나의 끔찍한 이웃들이 집주인을 종용했을 것이다. 그들은 악의적으로 나를 비방하여 집주인으로 하여금 잔뜩 겁을 집어먹게 했을 것이다. 그들은 경비원의 귀를 물어뜯은 이야기를 과장해서 들려주며 내가 마치 식인 괴물이라도 되는 양 떠들어댔을 것이다. 머리가 돌았다고 했을 것이고, 아주 아주 위험한 사람이라고 했을 것이고, 아예 사람이 아니라고도 말했을 것이다.

주인 여자는 동네 사람들의 말을 듣고 겁이 났다기보다 짜증이 났을 것이고, 반드시 그들의 말을 믿어서라기보다 순전히 짜증 때문에, 더 깊게 생각할 건덕지도 없다고 판단했을 것이다. 왜냐하면 이 집은 그녀가 주인이니까. 주인은 마음대로 할 수 있으니까. 제 마음 내키는 대로 할 수 있는 특권이 없다면 누가 애써 주인이 되려 하겠는가. 그녀는 그렇게 생각했을 것이다.

그녀의 생각에 이의를 제기하겠다는 의사는 없다. 누구든 자기 마음대로 판단할 수 있다. 그렇다고 해서 내가 그녀의 요구에 순순히 응하겠다는 뜻은 아니다. 그녀의 판단의 자유를 인정한다는 것과 그 판단의 내용을 비난하지 않겠다는 것은 별개다.

나를 쫓아내라고 나의 이웃들로부터 종용받은 사실을 솔직하게 밝히지 않은 것만으로도 그녀는 나의 비난을 받아 마땅하다. 그것만으로도 그녀는 나에게 당당할 수 없다. 당당해선 안 된다. 그녀에게 그녀의 입장과 생각이 있는 것처럼 나에게는 나의 입장과 생각이 있다. 나는, 미안하지만, 아직 이곳을 떠날 준비가 되어 있지 않다. 내가 무엇 때문에 이곳을 떠나야 한단 말인가.

4월 28일 목요일

나는 수면의 신과 힘겨운 싸움을 벌이다 겨우 깨어난다. 아니다, 나는 아직 깨어나지 않았다. 수면과 깨어 있음의 중간 지점에서 나의 의식은 출렁이고 있다. 나는 침대에 누워 있는데, 얼굴이 뭉개진 여자가 내 몸 위로 올라온다. 여자는 내 손과 발을 침대 모서리에 묶고, 내 위에서 요동친다. 어느 순간에 크고 통통한 쥐 떼들이 나타나 내 침대를 갉아대기 시작한다. 침대는 물 위에 세워져 있고, 그 물은 암흑처럼 검다. 쥐들은 춤추며 환호하며 찍찍거리며 침대의 다리를 갉는다. 곧 다리가 부러질 것이다. 오래지 않아 검은 물이 침대를 삼킬 것이다. 그런데도 여자는 거칠게 몸을 흔든다. 그녀는 몹시 흥분해 있고, 나는 불안하다. 언뜻 드러나는 여자의 얼굴이 길고 가늘고 뭉툭하다. 그 얼굴은 쥐의 얼굴만큼 혐오스럽다. 뭔가 미심쩍어 자세히 확인하려고 하면 얼굴이 다시 뭉개져버려 확인할 수가 없다. 수면 중인 남자와 성교를 한다는 그 무슨 서큐버스인가 뭔가 하는 마녀가 내 침대를 다시 찾아온 것일까? 아니면, 손철희의 어머니를 덮쳤다는 외계인? 그들이 나를 택했다……?

    나는 혼란 속에서 허우적거린다. 나는 내 몸 위에서 내 욕망을 끌어올리는 미지의 여자와 싸우면서 침대를 갉아대는 쥐들과도 싸워야 한다. 이 싸움은 전적으로 나에게 불리하다. 나는 묶여 있다. 나는 꼼짝할 수가 없다. 나는 쥐들을 쓸어버릴 수가 없다. 어쩌면 쥐들과 여자는 한패인지 모른다. 그렇더라도 어떻게 해볼 도리가 없다……. 어제저녁 7시 갑자기 쏟아진 폭우로……. 어떤 소리가 들린다. 쥐들이 내는 소리인 것도 같고, 여자가 내는 소리인 것도 같다. 아니, 쥐가 내는 소리도 여자가 내는 소리도 아닌 것 같다. 목소리의 주인이 누구인지 알 것 같아지면서 싸움의 종점에 다다르고 있다는 사실이 그 와중에서도 반갑다. ……세 명은 실종된 것으로 보입니다. 나는 녹초가 된 육체와 의식을 추스르며 안간힘을 다해 눈을 뜬다. 방 안이 환해진다. 그 사나이, 매일 아침마다 한 시간씩 뉴스를 진행하는 최 아무개라는 아나운서가 텔레비전 상자 안에 들어앉아 정면을 똑바로 주시한 채 무슨 말인가를 토해내고 있다. 오늘은 물방울무늬 넥타이 대신 굵고 가는 사선이 섞인 넥타이를 매고 있다. 나는 다시 스르르 눈을 감는다. 서큐버스와 쥐들은 경기장 밖으로 나가려고 하는 나를 도로 끌어들이려 한다. "어디 가? 아직 시간 남았어" 하고 말하는 것 같다. 녹초가 되어 있는 내 몸과 정신은 힘없이 끌려 들어간다.

300명이 넘는 여성을 농락한 혐의를 받고 조사를 받았으나 범죄 사실을 입증할 수 없다는 이유로 무혐의 처리된 대학교수 정 아무개 씨가 어제 아침 자신의 집 안방에서 숨진 채 발견되었습니다……

눈이 저절로 떠진다. 서큐버스와 쥐 떼들이 황급히 몸을 피한다. 물방울무늬의 넥타이를 좋아하는 사십 대 초반의 아나운서 목소리가 들리고, 화면에는 꽤 넓은 거실이 잡혀 있다. 붉은색 꽃무늬 커버가 씌워진 소파가 보이고, 유리로 만들어진 탁자가 보이고, 분홍빛이 도는 카펫이 보인다. 약간 떨어져서 개나리색 바탕에 감색 체크무늬의 식탁보가 덮인 식탁이 보이고, 크고 작은 유리잔들이 가득 진열되어 있는 선반이 보인다. 벽면에 직립해 있는 책장들이 보이고, 책장 속에 빽빽이 들어찬 두껍고 얇은 책들이 보인다. 그 책들은 이 방의 주인이 학자이며 윤리학 교수임을 증언하고 있다. 어느 곳 하나 헝클어진 것이 없다. 클로즈업해서 잡은 카펫 바닥에 핏자국인 듯한 얼룩들이 떨어져 있지 않다면 실내장식이 잘된 유명 인사의 집을 탐방하는 프로그램쯤으로 착각할 수도 있을 것 같다. 카펫에 생긴 얼룩은 네 개인데 그 가운데 하나는 방석만 하고, 나머지는 손수건만 하다.

카메라가 잘 정돈된 거실을 쭉 훑고 있는 동안, 아나운서는 시종 평소와 같은 톤으로 원고를 읽는다. 그는, 정 아무개 씨의 집안 청소를 해주기 위해 아침에 문을 열고 들어온 파출부가 그의 시체를 맨 처음 발견했다고 전한다. 처음 발견되었을 때, 정 아무개 씨는 카펫 위에 몸을 웅크린 채 누워 있었는데, 옷이 모조리 벗겨져 있었으며, 목이 졸려 있었고, 특별하게도 그의 남성이 거세되어 있었다. 사망 추정 시간은 새벽 4시쯤. 아나운서는, 현직 윤리학 교수인 정 아무개 씨가 여대생을 비롯하여 수백 명의 여성들을 농락했으나 피해자들이 진술을 해주지 않아 기소할 수가 없었기 때문에 무혐의 처리된 바 있다고 설명한다. 이어서 그는, 상처를 가한 부위 등으로 미루어볼 때, 원한을 품은 피해자 가운데 한 사람이 저지른 범행으로 추정하고 수사를 하고 있으나, 두드러진 용의자를 아직 발견하지 못하고 있다고 덧붙인다. 그의 설명은 조금 더 이어진다.

한편 경찰은 이번 범행 현장에서도 화살이 발견된 점을 중시, 이번 사건이 앞서 발생한 일련의 사건들과 어떤 관련이 있는지에 대해서도 함께 수사를 벌이기로 했습니다. 하지만 경찰은 연쇄적 사건으로 위장하여 수사에 혼선을 야기코자 범인이 일부러 현장에 화살을 남기고 갔을 가능성도 있는 것으로 보고 다각도로 수사를 진행하고 있다고 밝혔습니다.

나는 한동안 멍한 표정으로 앉아 있다. 내 마음속에서 가느다란 줄 하나가 맹렬하게 흔들리는 걸 느낀다. 무엇인가가 나를 흔든다. 누가 그를 죽였는가, 하는 궁금증은 사실 아무것도 아니다. 이례적인 죽음의 형식도 나에게 충격을 주지 못한다. 그의 죽음이 나에게 주는 자극은 다른 것이다. 그는 죽을 수 있다. 그는 어떤 방식으로도 죽을 수 있다. 하지만—나는 나를 향해 질문한다. 일종의 계시 같은 것이 화살처럼 나를 찌른다. 얼마 전에 나에게 배달되어 온 그 이상한 우편물은 무엇일까. 단순한 장난질에 불과하다고 단정하고 나는 그것을 잊어버렸다. 그렇지 않을지도 모른다는 예감이 몸을 떨게 한다. 그것은 그의 죽음을 예고한 것이었을까. 그렇다면, 그 신천지설계협의회라는 괴상한 이름의 단체가 그 사람의 죽음에 연관되어 있다는 뜻인가. 그들이 이 사건의 배후에 있단 말인가? 만일에 사실이 그렇다면 화살을 현장에 남긴 일련의 사건들이 모두 그 단체에 의해 저질러졌으리라는 추정을 가능하게 한다.

나는 그 우편물을 확인하기 위해 몸을 일으킨다. 어디에 두었을까. 잘 생각이 나지 않는다. 나는 서랍을 뒤지고, 책상 위를 살피고, 책장과 가방을 다 뒤지고, 최근에 읽고 있던 책까지 두루 살핀다. 하지만, 그 신천지설계협의회에서 보내온 편지는 나타나지 않는다. 그것을 쓰레기통에 버렸을까. 버린 기억은 나지 않지만, 그렇다고 버리지 않은 기억도 나지 않는다.

나는 거의 두 시간 동안이나 방 안을 샅샅이 뒤지고 다닌다.

거실에서 방으로, 방에서 부엌으로, 부엌에서 화장실로, 화장실에서 다시 거실로……. 무슨 사명이라도 받은 사람처럼 그렇게 필사적으로 그 일에 매달린다. 하지만 그 물건은 어디에서도 발견되지 않는다.

마침내 탈진한 나는 더 이상 찾는 것을 포기하고 방바닥에 드러누워 조간신문을 펴 든다. 사회면에 정 아무개 씨에 대한 뉴스가 실려 있다. 방송을 통해 이미 들은 내용 그대로인데, 방송에 보도되지 않았던 한 가지 새로운 정보가 거기 나와 있다. 그것은 현장에서 발견된 화살의 위치에 대한 언급이다. 신문은, 거세된 그자의 남성 부위에 화살이 꽂혀 있었다는 사실을 알려준다. 나는 그 부분을 읽고 또 읽는다. 그 소식은 나의 내부를 다시금 어지럽게 휘젓는다. 눈앞에 그림이 그려진다. 남자의 성기가 있어야 할 자리에 화살이 꽂혀 있다. 나는 그 그림을 기억한다. 신천지설계협의회가 보낸 우편물 속에 그 만화 같은 그림이 있었지 않은가.

이 사실은 무엇을 말하는가. 단순한 우연에 불과한 것일까. 그렇지 않다면 나에게 그 우편물이 보내져 왔다는 것은 무엇을 시사하는가. 어떻게 해석해야 하는가. 그들이, 나를, 택한 것일까. 나를? 그들은 어째서, 무엇 때문에 나를 택했을까. 또 그들이 택했다는 건, 내가 그들에 의해 택해졌다는 건 무얼 의미하는 걸까…….

4월 29일 금요일

　민초희는 도대체 자기 이야기를 하지 않는다. 민초희는 어떤 형식의 무슨 글을 책으로 묶을 것인지에 대해서조차 말하지 않는다. 그녀는 아직 그 문제를 입 밖으로 꺼내지도 않았다. 애초에 무엇 때문에 나를 고용했는지를 망각하고 있는 것일까? 그럴지도 모른다는 생각이 들 정도다. 그녀는 그 일에 대해 그렇게 무관심하다. 때때로 나 역시 그녀와 맺은 두 개의 계약 가운데 하나를 깜빡 잊곤 한다. 아마도 두 번째 계약이 앞의 것을 압도하고 있기 때문일 것이다.
　"편하게 앉으세요. 가장 편한 자세로."
　나는 그녀의 호텔에 와 있다. 내 앞에 그녀가 있고, 또 음악이 있다. 익숙한 음악이다. 청승맞은 바이올린 선율에 얹히는 웬 여자의 가느다란, 슬픈 가락.
　그러지 말아요. 아직 끝난 건 아니에요. 꽃은 졌다가도 다시 피고 해가 사라지면 하늘엔 달이 떠요…….
　오늘, 그녀가 나를 불렀다. 그녀가 내 허리춤에 달아준 무선 호출기가 삐삐 소리를 냈다. 그동안 허리춤에서 그 물건을 볼 때마다 나는 저절로 긴장이 되곤 했다. 언제 울릴지 모르기 때문에 마음을 느슨하게 하고 지낼 수가 없었다. 나의 형편은 주인이 부르면 언제든 어떤 상황에서든 뛰어가야 하는 노예와 같았다. 나는 간혹 호출기가 고장이라도 나지 않았는지 실험을 해보곤 했다. 심지어는 호출기가 삐삐 소리를 내주기를 바라기까지 했다. 내 스스로도 잘 이해되지 않지만, 그러고 보면 나는 민초희의 호출을 기다리고 있었던 것 같은 느낌이 든다. 언제든 맞을 매라면 차라리 빨리 맞아버리자는 심사만은 아니었다. 내 안에는 그런 것과 상당히 다른 종류의 감정이 묻어 있다. 어떨 때 나는 종종 민초희가 최면술을 사용하지 않나 의심하곤 하는데, 그것은 그처럼 미묘한 내 감정의 기류를 다르게 설명해낼 재간이 없기 때문이기도 하다.

지난번과 같은 방이다. 리버힐 호텔 5층. 거울과 유리가 벽인 방. 이 방은 나를 압도한다. 안에 들어온 자를 압도하기 위한 목적으로 설계된 방이라고 나는 생각한다. 이 방의 거울과 유리는 나에 대한 기억을 가지고 있다. 그렇기 때문에 나는 그 앞에서 꼼짝할 수가 없다. 앞으로 나의 한 시간은 그녀의 것이고, 또한 아마도 유리와 거울의 것이기도 할 것이다.

민초희는 내 옆에 와 앉는다. 그녀는 어느 때보다 다정하고 부드럽고 아름답다. 긴 드레스를 끌며 사뿐사뿐 걸어 다니고, 나직나직 말한다. 지난번의 그 강경함과 난폭함을 어디에서도 찾아볼 수 없다. 여성적이다 못해 차라리 연약해 보이기까지 하다. 도대체 이 여자의 내면에는 몇 명의 민초희가 들어 있는 것일까. 물론 그녀가 부드럽고 연약해 보이기까지 하다고 해서 내 마음이 방만해진다는 것은 아니다. 강한 사람의 부드러움이야말로 진짜 힘이다. 난폭함을 감추고 있는 연약함. 그녀의 유별난 부드러움에서 나는 저항할 수 없는 힘을 느낀다. 내가 잔뜩 긴장하고 있는 것은 그런 까닭이다.

"긴장하지 마요."

내 속을 환히 들여다보고 있었던 듯, 민초희가 웃으면서 내 팔을 잡고 지그시 누른다. 그녀가 나의 긴장을 눈치채고 있다는 사실이 나를 더 긴장시킨다. 나는 그녀의 손길에 따라 소파에 가만히 몸을 기댄다. 그녀는 빙그레 웃는다. 웃으면서 말한다.

"영화 좋아해요?"

그녀의 엉뚱한 질문이 어리둥절하게 한다. 그녀는 미소를 지으며 반복한다.

"영화요."

"싫어하지는 않지요."

"그렇다면, 오늘 나랑 같이 영화를 한 편 보는 게 어때요?"

비싼 값을 치른 한 시간을 고작 함께 영화 보는 데 쓰겠다는 말인가. 믿어지지 않아서 나는 얼른 대답하지 못한다. 어쩐 일인지, 다행이다 싶은 마음에 앞서 허탈한 기분이 든다. 그녀는 나의 한 시간을 마음대로 할 수 있다. 그 대가로 그녀는 꽤 많은 돈을 내놨다. 나는 내심 돈값은 해야 한다는 생각을 품고 있었다. 각오가 되어 있었다는 뜻이다. 그런데 영화를 같이 보자고? 그 제안은 나를 실망시킨다.

"좋아요? 좋지 않아도 어쩔 수 없구요. 지금부터 한 시간은 내 마음대로니까요."

그녀의 말이 옳다. 이제부터 나에게는 시간이 없다. 내 시간은 그녀의 시간이다. 그러므로 그녀는 무엇이든 할 스 있다. 무엇이든 할 수 있으므로 그녀는 나에게 영화를 보여줄 수도 있다. 실망할 일도 아니고 감격할 일도 아니다. 그녀는 지금 제 권리를 쓰고 있는 것뿐이다.

그녀의 손에는 두 개의 비디오테이프가 들려 있다. 그녀는 그 가운데 하나를 비디오의 홈에 집어넣는다. 이어서 텔레비전에 전원을 연결한다. 몇 인치짜리인지 짐작도 할 수 없을 정도로 큰 브라운관이 뿌옇게 밝아지면서 화상을 토해낼 준비를 한다. 그녀의 가늘고 긴 손가락이 리모컨의 플레이 버튼을 누른다. 곧바로 화상이 브라운관에 담긴다. 브라운관은 어찌나 압도적인지 소파에 앉아 있는 나를 소파와 함께 빨아들일 것 같다.

화면에는 꽤 넓은 거실이 나온다. 낯익은 배경이 보인다. 어디선가 본 듯한 소파와 카펫과 탁자. 그러나 아직 나는 그곳이 어디인지 눈치채지 못한다. 카메라가 약간 불안하게 흔들리는가 싶더니 언뜻 유리창을 비추다가 다시 소파 쪽으로 떨어진다. 낯익은 소파. 그렇지만 그때까지도 나는 아직 눈치를 채지 못한다. 그 순간 어디선가 나지막하게 노랫소리가 들린다. 처음에 나는 그것이 텔레비전 모니터에서 나오고 있다는 생각을 하지 못했다. 왜냐하면 그 노랫소리는 진작부터 민초희와 내가 앉아 화면을 응시하고 있는 이 방 안에 넘치고 있었으므로. 화면의 안과 밖에 같은 노래가 흐르고 있다. 그리고 보니 화면의 안과 밖에 같은 카펫이 깔려 있고, 같은 소파가 놓여 있다. 나는 약간 어리 둥절한 표정으로 고개를 돌려 민초희를 힐끔 본다. 민초희는 꼼짝도 하지 않고 텔레비전을 주시하고 있다.

고개를 다시 화면으로 돌리자 이윽고 두 사람이 보인다. 한 명의 남자가 있고, 한 명의 여자가 있다. 둘 다 옷을 입고 있지 않다. 여자는 소파에 앉아 있고, 남자는 여자의 발 아래 이상한 자세로 엎드려 있다. 여자가 갑자기 채찍을 휘두른다. 남자가 비명을 지르며 네 발로 바닥을 기기 시작한다. 여자가 남자의 엉덩이를 발로 찬다. 남자는 히잉, 말이 우는 것 같은 동작을 취하며 계속해서 바닥을 기어 다닌다. 소파에 앉은 채 여자는 계속해서 채찍을 내리치고, 그에 따라 남자의 몸동작은 점점 빨라진다…….

나는 다시 고개를 옆으로 돌린다. 이번에도 민초희는 태연하다.

"뭐예요, 저건…….."

나는 중얼거리듯 묻는다. 쉬잇! 그녀가 손가락으로 입을 가리며 나를 제지한다.

"더 보세요."

나는 시키는 대로 한다. 그 순간 카메라가 여자와 남자의 얼굴을 포착해서 그대로 반사해낸다. 여자가 민초희라는 건 쉽게 알아차릴 수 있다. 그러나 남자가 누구인지를 짐작하는 것은 아직 용이하지 않다. 우는 것도 같고, 웃는 것도 같고, 고통스러워하는 것도 같고, 흥분에 몸을 떠는 것도 같은 표정을 짓고 있는 남자의 얼굴이 크게 확대되는 순간 나는 입을 벌린다. 믿을 수 없는 얼굴이 거기 있다.

"어떻게 저 사람이……. 그 사람 맞아요?"

나는 화면에서 시선을 떼지 않은 채 묻는다.

"그 사람이 아니면 누구겠어요?"

"설마……."

"사람들에게는 누구든 드러난 얼굴과 드러나지 않은 얼굴이 있다는 걸 몰라요? 생각해봐요. 우리도 벌써 그런 걸 가지고 있지 않나요?"

"아무리 그래도 저 사람이 어떻게……."

나는 저 발가벗은 남자를 안다. 그는 나를 모르지만 나는 그를 안다. 그가 알지 못하는 많은 사람들이 그를 알고 있다. 그는 만인에게 공개된 인물이기 때문이다. 그는 꽤 영향력 있는 부처의 장관이었고, 그전에는 대학에서 정치학을 가르치는 교수였으며, 현재는 2대째 국회의원을 하고 있다. 만일 그의 이름과 얼굴을 모른다고 말하는 사람이 있다면, 그 사람은 자신이 시체이거나 바보 천치라는 걸 세상에 공표하는 것이다. 그는 강직한 성품을 소유한 선비로 소문나 있을 뿐만 아니라 어떤 종교의 독실한 신자로 알려지고 있기까지 하다. 일개 정치인으로서가 아니라 시대의 사표로까지 추앙되는 인물이었다. 그런 사람이 내 눈앞에서 연출해 보이는 저 브라운관 속의 추잡스런 행태를 어떻게 받아들여야 할까. 나는 내가 몹시 놀랐다는 걸 민초희에게 숨기지 않는다.

"저 사람이 진짜 그 사람인가요? 정말로?"

"그가 아니면 누구겠어요?"

그녀의 입술에는 미소가 그렁그렁하다.

"어떻게 저런 게……."

"당신이 저 사람을 얼마나 알아요? 당신을 놀라게 하는 건 저 사람의 어떤 행동이나 모습이 아니라, 실은 저 사람에 대한 당신의 작고 보잘것없고 부정확한 지식이라는 걸 인정할 수 있겠어요? 보세요. 나는 놀라지 않아요. 왜냐하면 나는 저 사람을 최소한 당신보다는 잘 알고 있거든요. 그게 이유예요. 그게 당신과 나의 차이예요."

나는 입을 열지 못하고, 그녀는 야릇한 미소를 머금은 채 비디오테이프를 바꿔 끼운다.

"이걸 보세요."

동일한 배경이 나온다. 눈에 익은 소파와 카펫. 이번에도 내가 앉아 있는 것과 같은 공간이다. 그리고 민초희. 민초희는 붉은색 짧은 미니스커트를 입고 앉아 있다. 그러나 남자는 다르다. 남자는 여자의 발 아래 무릎을 꿇은 채 여자의 발가락을 입술과 혀로 빨고 있다. 나는 헉헉 숨이 가빠오는 걸 느낀다. 나는 힘들게 숨을 몰아쉰다. 이번에는 민초희가 고개를 돌려 내 쪽을 힐끔거린다. 그녀는 얼음처럼 태연하지만, 나는 민초희처럼 태연할 수가 없다. 나는 외친다.

"꺼. 빨리. 빨리 끄라니까."

"나에게 명령하지 마. 아무도 나에게 그렇게 말하진 않아. 너는 더욱 그럴 수 없어. 알지? 내가 끄고 싶을 때 끄고 내가 켜고 싶을 때 켜는 거야. 왜냐고? 내 거니까. 이 방도, 이 테이프도, 당신의 시간도……."

화면 속에서는 여자가 남자의 턱을 걷어차고 남자가 바닥으로 벌렁 나자빠지는 장면이 나온다. 남자는 엉금엉금 기어서 여자에게로 다가간다. 엉엉 울면서 여자의 다리를 끌어안는다. 나는 벌떡 일어나 비디오 쪽으로 달려가려다 포기하고 풀썩 주저앉는다. 이 방에 처음 들어왔던 날 경험했던 한 사건에 대한 기억이 나를 달려가지 못하게 한다. 내가 그 처량맞은 노랫소리를 지우려 했을 때, 그녀는 갑자기 난폭해졌었다. 그때를 다시 재연할 필요는 없다고 나는 판단한다. 기억은 그렇게 무섭다. 민초희는 그 점을 누구보다 잘 인식하고 있는 것 같다. 나는 민초희가 기억을 통해 나를 통제하고 있다는 걸 어렴풋하게 감지한다. 기억은 녹화된 비디오테이프와 같아서 재생 버튼을 누르면 몇 번이고 반복해서 화상을 내보낸다. 나는 그날 이후 매번 그 청승맞은 노래를 들었지만, 한 번도 노래를 끄기 위해 달려가지 않았다. 기억의 위력 때문이다.

"말해봐요. 저게 어떻게 된 건지."

갑자기 다소곳해져서 나는 나지막하게 묻는다.

"궁금해요?"

민초희는 다시 부드럽고 연약하고 여성적인 모습으로 돌아가 있다. 나는 고개를 끄덕인다.

"따라오세요."

그녀는 의미심장한 미소를 머금은 채 내 손을 잡아 일으킨다. 그녀가 걸을 때, 그녀의 길고 우아한 드레스 자락이 카펫을 스치며 사그락사그락 소리를 낸다. 나는 그 옆에 붙어 서서 시종처럼 얌전히 걸어간다. 나는 문득 내가 여왕의 궁전에라도 들어와 있는 것 같은 착각에 빠진다. 발아래 카펫이 한없이 길게 깔려 있어서 가도 가도 끝이 보이지 않는다. 자비로운 군주는 시종의 손을 잡고 그 카펫 위를 걷는다. 시종은 군주의 손길이 너무 황송해서 고개를 들지 못하고 숨도 쉬지 않는다.

"이쪽이에요."

민초희가 한쪽 벽에 붙어 있는 문을 연다. 그 문은 민초희가 이 방에 들어오고 나갈 때 언제나 이용하던 문이다. 그 문은 복도를 통해 밖으로 나가게 되어 있는 것이 아니고, 다른 방으로 연결되어 있는 듯했다. 드러내놓고 물어보진 못했지만, 방에 무엇이 있는지 가끔 궁금했었다.

정작 문이 열린 방에는 특별한 것이 눈에 띄지 않는다. 옆방과 쌍둥이처럼 닮은 구조의 방이 그곳에 있다. 같은 소파와 같은 카펫이 깔려 있다. 같은 텔레비전과 같은 전축이 놓여 있다. 한쪽 벽이 거울이고, 한쪽 벽이 유리인 것까지 똑같다.

"보세요."

그녀는 방 한가운데 나를 세운다. 눈앞에 벽이 있다. 거울로 만들어진 벽. 그것까지는 꼭 같다. 나는 그 거울 벽을 통해 방 안에 있는 낯익은 것들을 본다. 붉은 카펫과 감색 소파를 본다. 너무 커서 부담스러운 텔레비전을 본다. 전축을 본다. 탁자를 본다……. 그러다가 나는 움찔한다. 이상하다. 그곳에는 기이하게도 내 모습이 없다. 민초희의 모습도 없다. 나는 어리둥절해져서 바보처럼 뒤를 돌아보고 다시 앞을 본다. 뒤에는 있는 그녀와 나의 모습이 거울 속에서는 확인되지 않는다. 이 거울은 사람은 반사해내지 못하는 특별한 물질로 만들어진 거울일까. 그럴 수 있을까. 어떻게 그럴 수 있을까. 이 탐욕스러운 거울이 다른 모든 것을 삼키면서 나와 민초희만을 삼키지 않는다는 사실을 어떻게 이해해야 할까. 당혹감이 두리번거리게 하고 민초희의 눈치를 살피게 한다. 하지만 그녀는 아무 말도 하지 않고 여전히 빙글거리고만 있다. 나는 거울 벽 가까이 다가간다. 벽을 향해 손을 내밀어본다. 그러나 내 모습은 여전히 비치지 않는다. 나는 내 손을 거울의 표면에 대어본다. 손자국도 생기지 않는다. 나는 거울 벽에서 조금 떨어져 나와 거실에 비친 실내를 주의 깊게 들여다본다.

한참 후에 나는 거울 속의 탁자 위에서 이상한 점을 발견한다. 탁자 위에 서류 봉투가 하나 놓여 있다. 그것은 오늘 민초희를 만나러 오면서 내가 가지고 온 것이다. 그 안에는 한 권의 노트와 한 자루의 볼펜과 한 권의 책이 들어 있을 것이다. 그런데, 그렇지만, 그 서류 봉투는 이 방이 아니라 저쪽 방에 있어야 한다. 내가 기억하는 한, 나는 그 봉투를 들고 민초희 뒤를 따라오지 않았다. 그렇다면? 나는 고개를 돌려 이 방 한가운데 있는 탁자 위를 살피고, 거기에 서류 봉투가 놓여 있지 않다는 사실을 확인한다. 그렇다면……? 나는 어이없는 얼굴을 하고 민초희를 본다. 민초희는 어느새 소파에 앉아 있다. 그녀의 손에 유리잔이 들려 있다. 내 쪽은 보지 않은 채 그녀가 말한다.

"이제 눈치챘어요? 자, 이제 이쪽으로 와서 한잔해요."

그녀는 잔을 든다. 한 손에 하나씩 두 개의 잔이 들려 있다.

"술을 못한다는 말은 하지 마요. 이제 오 분 남았어요. 오 분 동안 나는 이곳에 앉아 당신과 술을 마시고 싶어요. 아무 말도 하지 않고 술만 마시고 싶어요."

"말해봐요……."

나는 그녀에게 다가가며 입을 연다. 내 머릿속에서는 말들이 만들어지고 있고, 그 말들은 민초희를 몰아세울 만한 것들이다. 당신은 누군가, 이곳에서는 도대체 무슨 일이 일어나고 있는가, 당신이라는 여자는 대체 무엇하는 위인가……. 하지만 민초희는 말없이 고개를 저으며 아예 눈을 감아버린다. 그 동작은 엄연한 지시다. 나는 그걸 느낀다. 나는 그녀의 지시에 따르지 않을 수 없다는 걸 안다. 하지만…… 나는 그녀의 지시를 거부하고, 당신이 감추고 있는 것이 무엇인지 말하라고 다그치려 한다. 당신은 무엇을 하려고 하는가, 나를 가지고 무엇을 하려고 하는가……. 그러나 그녀의 침묵과 감은 눈은 완강하고 단호하다. 마치 어둡고 두꺼운 커튼이 내려 쳐진 것 같다. 나의 말들은 태어나지 못한 채 목구멍 속에 매장된다.

 그녀는 술을 마시고, 나도 마신다. 술은 불처럼 뜨겁다. 그녀는 두 잔의 술을 마시는 오 분 동안 아무 말도 하지 않는다. 오 분이 지났을 때, 그녀는 나를 자신의 왕국에서 내쫓는다. 그녀는 문고리를 잡고 서서 고개를 숙인다.

"이제 돌아가세요."

4월 30일 토요일

 간호사는 흰색 옷을 입고 있지 않다. 그러므로 백의의 천사라는 말은 맞지 않다. 적어도 심드렁한 표정으로 창밖을 바라보고 있는 이 키 큰 여자에 대해 그렇게 부르는 것은 옳지 않다. 그녀는 약간 무거운 기운이 도는 푸른빛의 가운을 걸치고 있다.

 하지만, 그녀가 걸치고 있는 옷이 푸르다는 것은 내가 그렇게 보았다는 것이지, 실제로 그렇다는 뜻은 아니다. 그렇다고 그녀의 옷 색깔이 푸른색이 아니라는 것도 아니다. 내가 하려는 말은 그런 게 아니다. 나는 내가 색깔을 잘 구분하지 못하는 색맹이라는 사실을 밝히려는 것뿐이다. 예컨대 나는 노란색 신호등과 붉은색 신호등을 구분하지 못한다. 푸른색 신호등까지 그것들과 혼동되지는 않지만, 그 대신 그 신호등은 하얀색으로 보인다. 나는 자동차를 운전할 줄 모른다. 나는 운전면허 시험을 볼 수 없는 사람이다.

따라서 그 간호사가 입고 있는 옷이 정확하게 무슨 색깔인지는 분명하게 말할 수 없다. 내가 말할 수 있는 것은 그 색깔이 흰색은 아니라는 것이다. 색맹이라면서 어떻게 그렇게 장담하느냐고 반문하는 사람이 혹시 있을지 모르겠다. 색맹인 사람의 눈에는 세상이 온통 까맣게만 보일 거라고 생각하는 사람이 있을지 모르겠는데, 꼭 그런 것은 아니다. 색각 장애가 아무리 심한 사람도 흑백만은 구별한다. 흑색과 백색만을 구별한다는 것, 그것이 문제일 것이다. 이런 사람들에게는 시야 전체가 명암의 차에 의해서만 구별되기 때문에 세상이 흡사 흑백사진처럼 보인다. 이들은 컬러 텔레비전도 흑백으로 본다.

나의 경우는 그 정도는 아니어서 시야가 온통 한 가지 색으로만 보이는 건 아니다. 특정한 색깔과 색깔 사이의 경계가 예리하지 못하다고 할까, 뭉툭하다고 할까, 그런 편이다. 나에게 색채에 관한 한 비슷한 것은 같은 것이다. 내가 지각할 수 있는 색깔은 몇 개 되지 않는다. 나는 세상의 색깔을 아주 단순하게 구분한다. 이를테면 나에게는 주홍색이나 자주색이나 주황색 같은 색채명이 지시하는 대상이 따로 없다. 그것들은 빨간색일 뿐이다. 그것들은 같은 것이다.

그녀가 입고 있는 옷이 실제로 무슨 색인지는 사실 중요한 게 아니다. 나는 푸른색이라고 말했지만, 설령 푸른색이 아니라고 해도 상관할 바가 아니다. 사람이 지각하는 색은 사물을 눈으로

봄으로써 느끼는 감각이며, 그런 의미에서 어차피 주관적이다. 빛은 사람의 망막을 통해 시각중추에 전달되고, 그것이 색으로 지각되어 출력된다. 그러므로 색은 어떤 대상에 대해 사람이 느끼고 수용하고 응답한 것이다. 그런 뜻에서 주관적이다.

앞을 보지 못하는 사람이 "세상은 검다"고 말할 때, 그를 거짓말쟁이로 몰아붙일 수 있는가. 그럴 수 없다. 그는 그가 말할 수밖에 없는 것을 말한다. 맹인은 밝음을 잃은(失明) 사람일 뿐, 어둠까지 잃은 사람은 아니다. 그는 어둠을 '본다'. 그는 세상에 대해 '검다'고 느끼고 수용하고 응답한다. 세상은 고립된 채 죽어 있는 것이 아니다. 세상의 물상들은 고정되어 있지 않다. 그것들은 그것에 대해 느끼고 수용하고 응답하는 사람의 환경에 따라 검기도 하고 노랗기도 하다. 둥글기도 하고 뾰족하기도 하다. 사람의 눈빛에 따라 제각각의 모양으로 살아 꿈틀거리는, 그것이 세상이다.

누군가 세상에 대해, 혹은 세상의 무엇에 대해 검거나 노랗다고, 혹은 둥글거나 뾰족하다고 말한다면, 그것은 그의 눈에 그렇게 보인다는 뜻이다. 그렇게 본 사람은 그렇게 말한다. 따라서 내가 파란 것을 검다고 하더라도, 나를 비난할 수는 없다. 누군가 파랗다고 본 것을 내가 검다고 보았거나, 내가 검다고 본 것을 누군가 파랗다고 보았거나 사정은 마찬가지다. 내가 받아들이는 빨강의 범위와 다른 사람이 받아들이는 빨강의 영역이 일치하지 않는다는 것은 부자연스러울 것도 우려할 것도 없는 일이다. 파란 것을 검게 보았다고 비난한다면, 검은 것을 파랗게 보았다는 비난도 가능해진다. 내가 본 것, 그것이 진실이다. 당신이 느끼고 수용하고 응답한 것, 그것이 세상의 본질이다. 주관의 망막을 통해 수용되고 출력된 영상이 아닌, 다른 진실, 다른 본질이 있다고 생각하는 것이야말로 어리석음이다.

  맹인이 본 것이 맹인에게 진실인 것처럼, 색맹이 본 것 또한 색맹에게는 진실이다. 개개인이 이 세계에 대해 느끼고 수용하고 응답하는 양식의 주관적인 요소를 인정하지 않으려는 사람들 때문에 세상이 종종 시끄러워지고 헝클어진다는 것이 내 생각이다. 이 세계 내의 본질, 또는 이 세계로부터 읽어낼 수 있는 진실이 하나밖에 없다는 주장이야말로 전체주의적인 발상의 소산이다. 자기네들이 진리를 사유(私有)하고 있기라도 한 것처럼 행세하는 그런 종류의 위인들은 다른 쪽의 입장을 이해하려는 열린 마음을 가지고 있지 않기 때문에 너무 당연하고 너무 쉽게 파시스트가 된다. 나는 내가 파시스트들에게 포위되어 있다는 생각을 자주 한다. 이렇게 말하면, 피해 의식에 사로잡혀 있는 모양이라고 해석하고 싶은 사람이 꽤 있을 텐데, 나는 부정하지 않을 것이다. 나는 내가 이방인이라는 사실을 분명하고 명확하게 인식하고 있다. 내 정의에 의하면, 이방인이란 피해 의식에 사로잡혀서 살아가는 자를 가리킨다. 나는 이곳에 잘못 던져졌다. 이곳의 시간과 공기와 사물들과 사람들은 내 편이 아니다. 나는 나를 둘러싸고 있는 일체의 것들에 대해 단 한 번도 신뢰를 보내본 적이 없다. 그것은 물론 그 일체의 것들이 나에게 한 번도 신뢰를 표명하지 않았기 때문이다.

나의 지긋지긋한 파시스트 이웃들. 도대체 그들을 어떻게 해야 할까. 나는 내 아파트 현관문에 붙은 매우 공격적인 한 장의 문서를 읽었다. 그것은 A4 규격의 백지에 전동 타자기로 타이프되어 있었다.

H아파트 입주자 회의 결의 사항
4월 29일 저녁 7시 30분부터 8시 20분까지 있었던 H아파트 입주자 회의에서 결의된 사항을 아래와 같이 통보합니다.

1. 103동 307호의 소유권자는 현재의 세입자와 임차 계약을 연장하지 않기로 하였으며 따라서 현재 입주해 있는 세입자는 당연히 임차 계약이 만료되는 5월 11일 이전에 퇴거해야 한다.
1. 지정된 날짜에 자진 퇴거가 이루어지지 않을 때는 물리적 또는 법적 대응을 포함하여 가능한 모든 방법과 수단을 동원, 입주자 일동의 뜻을 관철한다.
1. 입주자 회의는 이 내용을 만장일치로 결의하고 문서로 만들어 당사자에게 통보하도록 한다.

4월 29일
H아파트 입주자 회의

이것은 무엇인가. 이것은 선전포고문인가. 이 포고문은 언제 누가 붙였을까. 자치회장이라고 자기를 소개했던 그 늙은이였을까. 그자가 간밤에 몰래 붙이고 갔을까. 아니면 오늘 아침 일찍 내 현관문에 풀칠을 했을까.

나는 어젯밤에 비교적 일찍 들어왔고, 아침에는 평소처럼 늦게 일어났다. 지난밤은 끔찍했다. 나는 초저녁에 옅은 잠이 들었다가 가슴을 찌르는 격렬한 통증을 이기지 못하고 한밤중에 잠에서 깨어났다. 바늘들이 일제히 일어나서 가슴을 찔러댔다. 할 수 있다면 가슴을 뜯어내버리고 싶었다. 나는 괴성을 지르며 입에 거품을 물고 방 안을 뒹굴었다. 방바닥에 머리를 찧으며 코피를 쏟으며 개구리처럼 버둥거렸다. 가슴에서 시작된 통증은 급격히 빠르게 전신으로 퍼져나가서 나중에는 도대체 어디가 아픈지도 모르게 되어버렸다. 머릿속의 회로들이 눌어붙은 것 같았다. 꿈인가 싶었지만, 꿈이라고 하기에는 그 아픔이 너무 생생했다. 꿈이기를 바랐지만, 그런다고 현실이 꿈이 될 수는 없는 노릇이었다. 나는 누웠다 일어났다 엎어졌다 버둥거렸다를 반복하며 격렬한 고통과 싸웠다. 죽음이 너무 가까운 곳에 진을 치고 있는 것 같았다. 죽음이 두렵다는 뜻은 아니다. 단지 죽음을 생각해야 할 만큼의 고통이 짜증스럽고 귀찮고 싫을 뿐이다.

날이 밝으면 병원에 갈 결심을 한 것은 그 때문이었다. 병원에 가서 내 가슴속에 박혀 있는 바늘들의 정체가 무엇인지 알아보리라…….

나는 날이 밝을 무렵이 되어서야 겨우 잠이 들었고, 여전히 깊이 잠들 수 없었다. 친숙한, 거친 꿈들이 어지럽게 엉켜 나를 이리저리로 끌고 다녔고, 나는 언제나처럼 곤죽이 되어 잠에서 풀려났다. 나는 안식 없는 잠을 자고 일어났다. 나는 잠을 자지도 않으면서 안 자지도 않는다. 아주 가끔이지만, 내가 지금의 내가 되어 있는 것은 아마도 안식 없는 잠 때문일 거라는 생각을 한다. 안식을 누리지 못하면서도, 그리고 안식을 누리지 못할 것을 빤히 알면서도 자지 않을 수 없다는 것, 자지 않을 수 없는데 잘 수 없다는 것, 자기는 하는데 안식하지 못한다는 것, 그것이 내 불행의—내가 불행하다면(그런데 나는 불행한 것일까? 잘 모르겠다. 만일 행복하지 않은 상태가 불행이라면 나는 불행하다. 하지만 불행하지 않은 상태가 행복이라면 나는 행복하다고 말해야 할지 모른다)—유일하고 참된 원인인지 모른다. 안식 없는 나의 밤이 활기 없는 나의 낮으로 이어진다. 잠을 자면서도 잠들지 못하기 때문에 깨어 있으면서도 깨어 있지 못한다. 이것도 엉망이고 저것도 뒤죽박죽이다.

집을 나오다가 나는 내 현관문에 붙은 그 'H아파트 입주자 회의 결의 사항'이라는 것을 읽었다. 나는 그놈의 회의가 언제 열렸는지, 실제로 열리기나 한 것인지 알지 못한다. 나는 이 아파트 입주자인데도 회의를 알리는 통보를 받지 못했다. 통보를 받았으면 그 회의에 참석했을 것이라는 뜻은 아니다. 그렇기 때문에, 그러니까 통보를 해도 참석하지 않을 것이 뻔하기 때문에 아예 통보조차 하지 않는다는 것은 옳은 처사일 수 없다. 통보는 의무이고, 참석 여부는 권리에 속한다. 참석을 하거나 하지 않을 결정권은 보장되어야 한다. 최소한 참석할지 말지 고민할 자유는 주어져야 마땅하다. 통보조차 하지 않는다면 참석할 수도 없을 뿐 아니라 참석하지 않을 수도 없다. 요컨대 그곳에서 그 시간에 그런 모임이 열린다는 사실조차 알지 못하고 있다면, 참석하지 않은 것도 참석하지 않은 것이 아니다. 왜냐하면 그는 아무것도 선택하지 않았기 때문이다.

   이 문제는 단순한 문제가 아니다. H아파트의 입주자들은 나를 따돌린 채 캄캄한 음모를 꾸미고 있다. 그들은 어떻게 해서든 나를 내쫓으려 한다. 그들은 나와 같은 아파트에서 살 수 없다고 주장한다. 그들은 이런저런 이유들을 내세우지만, 진정한 이유는 내가 그들과 다르다는 것이다. 내가 그들과 다르다는 것—나는 그 점을 부인하고 싶은 생각이 없다. 나 역시 그렇게 생각한다. 그들의 생각이 맞다. 나는 그들과 같지 않다. 하지만, 내가 그들과 같지 않다면, 내가 그들과 같지 않은 것처럼 그들 또한 나와 같지 않은 것이 아닌가.

   나라고 그들과 같은 공간에서 사는 것이 즐겁고 행복한 것은 아니다. 그들은 그 점을 오해하고 있는 게 아닐까. 그들이 나와 같이 살 수 없으니 나가라고 주장한다면, 나 역시 그들과 함께 살 수 없으므로 나가라고 요구할 수 있다. 내가 나가야 한다면, 그들도 나가야 한다. 그들의 나에 대한 공격과 음모의 동기가 '같지 않음'에 있다고 한다면, 나 역시 동일한 이유를 내세워 그들을 공격할 수 있다는 뜻이다. 나는 그들과 다르고, 그들은 나와 다르다. 그런데 어째서 그들만이 그런 권리를 가져야 하는가. 나에게 그럴 권리가 없다면 그들에게도 없고, 그들에게 그럴 권리가 있다면 나에게도 있어야 한다.

어쩌면 그들은 숫자의 우월함을 내세울지 모른다. 다수결이 민주주의의 원칙이라고 덧붙일지 모른다. 우리는 많다. 너는 적다. 너는 혼자다. 그러므로 우리 주장을 따라야 한다. 빌어먹을 다수결이고 얼어죽을 민주주의이다. 그것들이 다 무엇이란 말인가. 나는 다수결주의자도 아니고 민주주의자도 아니다. 내가 숫자의 미신 따위를 신봉하리라고 생각하는가. 내가 그 권위를 인정하지 않는, 인정할 수 없는 원칙을 내세워 나를 설득하려 하지 마라. 내가 인정하지 않는다면 그것은 죽은 원칙이고, 죽은 원칙은 시체에게나 써먹으라. 채식주의자는 쇠고기와 돼지고기의 영양 성분을 인정하지 않는다. 그런 사람 앞에서 육류 섭취의 필요성을 역설한다면 먹히겠는가. 불교 신자에게 코란의 한 구절을 들이대며 메카를 향해 절하라고 하면 듣겠는가. 상대편이 그 권위를 인정하지 않는 원칙에 기대어 논리를 전개하고 행동을 강요하는 것은 명백하게 오류이다. 숫자의 우월함이 그들에게는 중요한 기준이 되는지 모르겠지만, 나에게는 아니다. 그들에게는 어떤지 모르겠지만 다수결은 나에게 아무 말도 하지 않는다. 그러므로 나는 내 이기적인 이웃들의 일방적인 결정과 무례한 요구를 받아들일 수 없다.

어떻게 해야겠다는 작정 같은 것은 없다. 나의 작정은 어떻게도 하지 않겠다는 것이다. 아직까지는 그럴 생각이다. 하지만 사태의 돌발성을 감안해야 하고, 나는 상황의 변화에 영향받지 않는(받을 수 없는) 부동의 정물이 아니다. 나를 둘러싸고 있는 조건들이 나를 어떻게 자극할지 짐작할 수 없기 때문에 나는 내가 어떻게 반응할지 말할 수 없다.

나는 내 현관문을 더럽힌 그 백색의 종이를 잘게 찢어서 복도에 버렸다. 그것이 내 대답이다. 파시스트적인 나의 이웃들이 내 대답을 듣지 못하리라고는 생각하지 않는다. 종잇조각들은 먼지처럼 날리며 바닥에 떨어졌다. 내가 계단으로 발을 내딛는 순간 어느 집 문인가가 빼꼼 열리리라는 예측 정도는 할 수 있었다. 하지만 나는 개의치 않고 아파트를 떠났다.

"폐를 앓은 적이 있으시군요. 늑막도 손상되었구요."

의사는 형광 불빛에 비친 내 가슴 사진 가운데 어느 부분을 볼펜으로 가리키며 말한다. 의사 옆에 푸른 가운의 간호사가 진찰 카드 같은 걸 들고 서 있다. 여자는 심드렁한 표정이고, 반대로 의사는 장사꾼처럼 쾌활한 표정을 짓고 있다. 그가 볼펜으로 가리킬 때마다 내 가슴 사진은 딱딱, 하는 소리를 낸다. 누군가 노크를 하고 있는 것 같다는 느낌이 든다. 의사는 내 가슴에 대고 열심히 노크를 하지만 내 가슴은 열리지 않는다. 열릴 까닭이 없다. 열어 보이지 않는 한 열리지 않는 것이 문이다. 내 가슴은 닫혀 있고, 닫혀 있을 뿐만 아니라 잠겨 있다. 내가 세상을 자각하기 시작했을 때 타인은 적이었다. 적을 향해 문을 연다는 것은 있을 수 없는 일이었다. 그것은 항복을 뜻했고, 나는 항복하고 싶은 마음이 없었다. 그렇다고 투쟁하고 싶은 마음이 있는 것도 아니었다. 나는 투쟁하는 대신 문을 걸어 잠그는 쪽을 택했다. 나는 닫힌 사람이다.

사실 닫힌 사람은 공격적이지도 않고 남을 해칠 줄도 모르는 온순한 사람이다. 그 점을 이해해주었으면 좋겠다. 문을 잠근 사람은 문을 잠그고 싶어서가 아니라 잠글 수밖에 없기 때문에, 잠가야 하기 때문에 잠근다. 열고 대항할 수 없기 때문에 닫고 스스로 갇힌다. 잠근 사람을 손가락질하는 것은 그러므로 온당한 일이 아니다. 잠근 사람은 곧 갇힌 사람이기 때문이다.

의사는 다시 한 번 볼펜으로 똑똑 문을 두드린다. 갑자기 가슴속이 벌렁거리기 시작하는 걸 느낀다. 뭐라고 설명할 순 없지만, 나는 의사가 마음에 들지 않는다. 자꾸만 두드리는 볼펜 소리가 신경에 거슬린다. 거기다가 의사 신분을 표시하기 위해 그가 걸치고 있는 흰 가운이 어쩐 일인지 오히려 그를 돌팔이 약장수쯤으로 보이게 한다.

"이걸 보세요. 여기 이게 그 자국이거든요. 꽤 심했군요. 언제쯤이죠?"

의사는 가슴 사진에서 눈을 돌려 내 얼굴을 바라본다. 그는 안경을 꼈는데, 안경 위로 눈을 치켜뜬 채 나를 보고 있다. 그 때문에 이마에 굵은 주름이 세 개나 잡히고 눈동자가 눈썹에 달라붙는다.

"사진으로는 한 오륙 년 된 것 같은데…….."

 나는 고개를 젓는다. 의사는 내 가슴에 구멍이 뚫려 있다고 설명한다. 언젠가 호되게 폐와 늑막을 앓았고, 치료를 했지만 그 흔적이 화석처럼 선명하게 남아 있다는 것이다. 하지만 언제? 전생(前生)에? 전생이라면 혹시 몰라도 나는 폐병을 앓은 적도 치료한 기억도 없다. 오륙 년 전? 그때 나는 어디서 무얼 하고 있었을까. 나는 가슴─화석의 사진을 본다. 그가 "이걸 보세요" 하고 가리킨 부위를 유심히 본다. 하지만 그곳이 어떻다는 것인지 나로서는 알아차릴 수가 없다. 어떤 모양이 정상인지를 모르기 때문에 정상이 아닌 모양도 식별할 수가 없다. 나는 흰 가운의 돌팔이가 나를 상대로 장난을 걸고 있거나 사기를 치고 있다는 혐의를 뿌리칠 수가 없다.

 "나는, 폐를 앓은 적이 없습니다. 당연히 치료를 받지도 않았구요."

 "하지만 분명히 앓은 흔적이 있는걸요. 여길 보세요. 여기 이쪽……."

 의사는 다시금 볼펜을 들어 딱딱 노크를 한다. 가슴이 뜨끔거리는 걸 느낀다. 간호사가 여전히 심드렁한 표정으로 창밖을 응시하고 있다. 그녀는 아까부터 좀 지쳐 보인다.

 "하지만 나는 앓은 기억이 없어요."

 "틀림없어요. 아마 본인도 모르는 사이에 발병했다가 자연스럽게 치료가 된 모양이로군요. 드물긴 하지만 그런 경우도 있긴 해요. 그럴 수도 있지요. 그럴 수도 있어요. 하지만 어쨌거나 현재로서는 별 이상이 없는데요. 괜찮아요. 폐결핵은 한 번 완치가 되고 나면 여간해서는 재발하지 않는 병이거든요. 걱정하지 않아도 되겠는데요."

"하지만 나는 지금 괜찮지 않거든요. 전에 폐결핵이나 늑막염을 앓았던 적이 없고요. 아픈 건 지금이에요. 바늘이 한 수천 개쯤 가슴에 박혀 있는 것 같다니까요."

"바늘이?"

"그래요, 바늘이. 수천 개는 될 것 같아요. 평소에는 바늘들이 이렇게 누워 있다가 때가 되면 일제히 꼿꼿하게 일어서서 가슴을 사정없이 찔러대는 겁니다. 그런 거 몰라요?"

"글쎄요, 앓았던 부위가 가끔 쏨벅거리는 것 같은 느낌은 있을 수 있지요……. 그런 경우도 심하진 않을 텐데, 심해요?"

"심하냐고요? 수천 개쯤 되는 바늘이 찌른다니까요. 얼마 전까지만 해도 참을 만했는데, 최근 들어서는 증상이 찾아오면 도저히 어떻게 해볼 수가 없어요. 몸과 정신이 분리되어버리는 것 같을 정도예요. 지옥이 따로 없다는 생각이 저절로 들어요."

"그래요? 증상이 어떻다구요? 바늘……."

"네, 바늘요. 바늘들이 박혀 있다구요. 가슴속에 들어 있는 바늘들이 안 보여요? 그걸 꺼낼 수 없어요?"

장사꾼처럼 생긴 돌팔이 의사는 피식 웃는다. 장사꾼처럼 웃는다. 그는 내가 자기를 상대로 장난이라도 치고 있다고 생각하는 것일까. 그 상황에서 그렇게 웃는 것은 신중하지 않다고 나는 생각한다. 그 웃음이 그에 대한 나의 신뢰를 결정적으로 뭉개버린다. 기분이 나빠진 나는 입을 다문다. 처음부터 미덥지 않았으면서도 작자에게 이러쿵저러쿵 내 상태를 일러바치며 하소연했다는 게 부질없고 어리석고 억울하게 여겨진다. 나는 도대체 무엇을 기대한 것일까. 정말로 이 돌팔이가 내 속에 있는 수천 개나 되는 바늘들을 뽑아줄 거라고 믿었단 말인가. 어떻게 그런 기대를 품을 수 있었을까. 어리석도다, 나여! 어리석고 어리석고 어리석도다! 작자는 내 안에 무엇이 들어 있는지도 보지 못한다. 어떻게 볼 수 있단 말인가. 어떻게 볼 수 있으리라는 생각을 할 수 있단 말인가.

의사는 진료 카드에 무언가를 쓴다. 쓰면서 고개를 들지 않은 채 중얼거린다.

"요즘 신경 쓰시는 일이 있지 않습니까? 스트레스를 많이 받게 되면 종종 신체상으로 여러 가지 증상이 나타나곤 하지요. 소화가 안 된다든가 머리가 아프다든가 하는 건 아주 흔하고 대표적인 증상이고요. 말하자면, 그런 식으로 스트레스가 몸을 통해 배출되는 건데요, 선생의 경우도 그런 쪽으로 초점을 맞춰 진단을 해보아야 할지 모르겠습니다. 암튼 시티 촬영을 한번 해보지요."

나는 이제 더 이상 아무 말도 하지 않는다. 나는 이미 너무 많은 말들을 불필요하게 지껄였다. 그것으로 충분하다. 나는 이제 한마디도 더하지 않을 것이다. 의사는 그때까지 끼적거리고 있던 진료 카드를 푸른 옷의 간호사에게 건넨다. 간호사는 신발을 끌며 진찰실을 나간다.

"간호사를 따라가세요."

의사가 장사꾼처럼 웃으며 말한다.

"저를 따라오세요."

간호사도 복도에 서서 뒤를 돌아보며 말한다. 그녀의 표정은 여전히 심드렁하다. 나는 그녀를 따라 나간다. 푸른 옷을 입은 그녀가 내 앞에서 걸어간다. 하지만 나는 색맹이기 때문에 그녀가 입고 있는 옷의 색깔이 다른 사람 눈에도 푸른색으로 보이는지에 대해서는 말할 수 없다.

"이쪽으로 오세요."

간호사는 ㄱ자로 꺾어진 복도로 방향을 바꾸고 서서 나를 부른다. 나는 그녀의 부름에 응하지 않는다. 나는 곧장 앞으로 나간다. 앞에는 긴 나무 의자가 양옆으로 네 개쯤 놓여 있고, 그 위에 사람들이 앉아 있다. 이야기를 나누는 사람들도 있지만, 대부분은 멍청하게 그냥 앉아 있다. 벽에 달라붙은 텔레비전에서는 번쩍번쩍 빛나는 옷을 입고 나온 여자 가수가 노래를 부르고 있다. 하지만 거기에 시선을 주고 있는 사람은 거의 없어 보인다. 그 사람들 사이를 지나가면 밖으로 나가는 문이 있다. 나는 그쪽을 향해 걸어간다.

"이봐요, 아저씨. 이쪽이에요. 거기가 아니에요. 이쪽으로 나를 따라오세요. 그쪽이 아니라니까요."

간호사는 다다다닥 신발 소리를 내며 황급히 달려와 내 소매를 잡는다. 그녀의 발소리에 짜증이 잔뜩 묻어 있다. 나는 고개를 돌려 그녀를 쳐다본다. 나는 말을 하지 않는다. 나는 이미 충분히 많은 말을 했고, 따라서 더 이상은 말을 하지 않겠다고 작정했으므로 말을 하지 않는다. 내가 입을 연다면 그녀의 옷 색깔을 묻는 정도일 것이다. 아까부터 그녀가 입고 있는 가운의 색깔이 궁금하긴 했으니까.

당신이 입고 있는 옷은 나의 눈에는 약간 무거운 푸른색으로 보인다. 당신 눈에도 그렇게 보이는가. 만일 그렇다면 왜 흰색이 아니고 푸른색인가……

의사가 중얼중얼 나의 증상에 대해 무슨 말인가를 늘어놓고, 그녀가 심드렁한 얼굴로 창밖을 응시하고 있을 때, 내 입속에서는 그런 말들이 만들어지고 있었다. 그러나 지금은 아니다. 나는 충분히 말을 많이 했다. 나는 입을 다물고 그냥 그녀의 얼굴을 쳐다보기만 한다. 그뿐, 아무것도 하지 않는다. 그런데 그녀는 무얼 보았을까? 나의 어디서 나의 무엇을 보았을까? 그녀는, 내 속에 있는 것을 보았을까? 의사가 보지 못한, 내 속에 있는 바늘을 보았을까? 아니면 독을? 아니면 무엇을? 무엇을 보았는지 모르나 잠깐 멈칫거리는가 싶더니 그녀는 갑자기 뒷걸음을 쳐서 달아나버린다. 그녀는 무언가를 보았음에 틀림없다. 그런데 그녀가 본 것은 무엇일까. 나는 그녀를 붙잡고 그녀가 본 것에 대해 묻고 싶은 충동을 느낀다. 모든 충동들이 그런 것처럼 그 충동 또한 갑작스럽게 솟구쳐 올랐다. 그리고 모든 충동들이 그런 것처럼, 한 번 솟구쳐 오른 충동은 충족되지 않은 채로 그냥 사그라지려 하지 않는다.

 나는 달아나는 그녀의 팔을 붙잡는다. 그녀가 표정을 일그러 뜨리며(무엇 때문인지는 잘 모르겠지만, 공포에 사로잡힌 것처럼 보인다. 그녀는 잔뜩 겁에 질려서 이제껏 한결같이 짓고 있던 그 심드렁한 표정을 벗고 부들부들 떨고 있다. 맹수를 만난 초식동물 같다) 완강하게 거부하기 때문에 나는 그녀의 팔을 더욱더 세게 붙든다. 그녀는 있는 힘을 다해 내 손에서 팔을 빼려 하고, 그럴수록 나는 세차게 붙든다. 나는 단지 이야기를 하려고 할 뿐이다. 나는 단지 그녀가 본 것을 알아보고 싶은 것뿐이다. 그런데 그 순간에 그녀의 푸른 옷소매가 북 소리를 내며 찢어져 나간다. 여자는 그 자리에 털썩 주저앉으며 비명을 지른다. 으아악……! 사람들이 몰려오고, 나는 몰려온 사람들을 노려본다. 그들은 대부분 노인들과 여자들이다. 저만치 뒤에 방금 전 나를 진찰했던 의사의 모습이 보인다. 하지만 그는 내 쪽으로 다가올 생각이 없는 듯 몸을 움직이려 하지 않는다. 몇 사람이 다가와 옷이 찢겨 나간 간호사를 부축해 안고 안쪽으로 들어간다. 나는 내 손에 들려 있는 간호사의 푸른 옷소매를 바라보다가 호주머니에 넣고 병원 문을 나선다.

 병원 문을 나서는데, 기다렸다는 듯 가슴속에서 날카로운 수천 개의 바늘들이 꼿꼿하게 일어서기 시작하는 게 느껴진다. 그것들은 사정없이 내 가슴을 찌를 것이고, 나는 길바닥에 쓰러져

버둥거릴 것이고, 그리하여 다시 지옥을 경험해야 할 것이다. 나는 머지않아 죽을 것이다.

5월 1일 일요일

"빌어먹을! 내가 누군지 통 모르고 있군. 알려고도 하지 않고. 어떻게 그럴 수 있지? 어떻게 나에 대해 그렇게 무관심할 수 있지? 미치겠군. 너는, 내가 여기 있지 않았다면 벌써 죽었어. 벌써 이 세상 사람이 아닐 거라고. 알아들어? 이 쥐새끼야."

손철희는 말한다. 손철희는 나를 향해 쥐새끼라고 말한다. 그가 나를 전혀 신뢰하지 않을 뿐만 아니라 몹시 못마땅하게 여기고 있다는 짐작은 진작부터 하고 있었다. 하지만 면전에서 이런 식으로 욕설을 퍼부은 적은 없었다.

생각건대 그는 이 순간까지 참을 만큼 참았다. 나는 그 점을 인정한다. 나는 그에게 성실하지 못했다. 그가 써준 원고조차 제대로 읽지 않았다. 어쩌면 나는, 그가 머지않아 사형을 당할 것이고, 따라서 작업을 미뤄도 될 거라는 홍 사장 의견에 암묵적으로 동조하고 있었는지 모르겠다. 그를 경멸하면서 그에게 동조한다. 경멸하는 것도 나이고, 동조하는 것도 나다. 그것이 나다. 그런 뜻에서 나는 그와 다르면서 닮았다.

그렇긴 하지만 왜 쥐새끼일까. 그 단어는 탄환처럼 날아와 내 머릿속에 박힌다. 그는 자신이 쥐새끼들을 해치우기 위해 태어났으며, 실제로 그렇게 했고, 그러다가 붙잡혔으며, 만일 다시 기회가 주어진다 해도 역시 그 일을 할 거라고 장담했었다. 그는 나를 향해 쥐새끼라고 말함으로써 나를 충동질한다. 나는 나 자신이 쥐새끼에 비해 조금도 나을 게 없는 존재임을 인정한다. 나는 내가 쥐새끼 이상일 수 없다는 사실을 안다. 쥐새끼들은 결박되어 누워 있는 내 침대 다리를 마구 갉아대고, 부러뜨리고, 그리하여 나를 음부(陰府)처럼 깊고 검은 물속으로 처넣는다. 그들은 언제나 나를 이기고 나는 언제나 진다. 나는 그들의 의식(儀式)에 바쳐지는 제물 이상이 아니다. 그렇지만 내가 나를 쥐새끼만도 못하다고 인식하는 것과 누군가 나를 쥐새끼라고 부르는 것은 같지 않다. 쥐새끼만도 못한 자라도 쥐새끼라고 불리는 것을 원치는 않는다. 그런데 보라, 이자는 나를 쥐새끼에 비유한다. 내가 쥐새끼라니. 내가 쥐새끼라면 이자는 무엇이란 말인가.

"어이, 나리. 이 쥐새끼한테 얘길 좀 해줘. 내가 쥐새끼들을 몇 놈이나 해치웠는지."

그는 교도관 쪽을 돌아보며 느물거린다. 그의 눈이 야생 짐승의 그것처럼 날카롭게 빛을 낸다. 수갑 찬 그의 두 주먹이 허공을 가른다. 금방이라도 그의 주먹이 그와 나 사이를 가로막고 있는 두꺼운 유리 벽을 쳐서 부숴버릴 것 같아서 나는 움찔 얼굴을 피한다.

"내가 죽어 없어질 날만 기다리는 거지? 내가 죽으면 그만이다 그거겠지. 이 쥐새끼 같은 놈. 하지만 잘못 생각했어. 나는 그렇게 쉽게 죽지 않아. 적어도 삼 년은 더 살아 있을 거야? 왜인지 알아? 청와대 주인이 제 손에 피를 묻히지 않겠다는 거 못 들었어? 그 양반 임기 중에는 사형 집행이란 게 없다는 거 몰라? 거기다 운 좋으면 헌법을 고쳐가지고 한 오 년 더 할지도 모르지. 그 양반 운이 아니라 내 운 말이야."

옆에 앉아 있던 교도관이 벌떡 일어나더니 손철희를 일으켜 세운다. 그의 손에 채워져 있는 수갑이 보인다.

"이거 놔. 아직 시간이 남았어. 시간이 남았잖아. 놓으라고. 저 쥐새끼한테 할 말이 더 있다고."

손철희는 끌려가면서 소리 지른다. 어디서 나타났는지 두 명의 교도관이 달려들어 그의 몸을 감싸고 복도를 빠져나간다. 나는 일어선다. 교도관에게 붙들려 가면서 악을 써대는 손철희의 목소리가 천둥처럼 내 귀를 때린다.

"나는 죽는 건 안 무서운 사람이야. 내가 죽음 같은 걸 두려워할 사람 같아? 단지 좀 아쉬울 뿐이야. 내가 아쉬워하는 건 이 더럽고 수치스럽고 쓰레기통 같은 세상을 청소하지 못하고 가는 거야. 하지만 두고 보라고, 내가 아니면 다른 사람이 하지. 내가 아니라도 누군가 그 일을 맡아 하게 되어 있어. 두고 보라고, 머지않아 새로운 세상이 도래할 테니까. 두고 보라고……."

돌아오는 길에 손철희가 했던 말을 계속해서 생각한다. 내가 쥐새끼들을 몇 놈이나 해치웠는지 알아……? 머지않아 새로운 세상이 도래할 테니까. 두고 보라고……. 내가 아니면 다른 사람이 하지……. 작자의, 금방이라도 앞으로 튀어나올 것 같은 야생의 눈빛도 어른거린다. 그의 지적이 아니라도 나는 그에 대해 아는 바가 너무 없다. 그에게 생명을 준 아버지가 외계인이라는 주장 정도지만 그 말을 그대로 믿어야 하는지도 의심스럽다. 그가 어떤 쥐새끼들을 어떻게 해치웠다는 것인지 나는 아직 모른다. 그의 나무람대로 나는 불성실하다. 나에게 일어난 일련의 심란한 일들을 내 불성실의 알리바이로 제시하고 싶은 마음은 없다.

새로운 세상? 이건 또 무슨 소리일까. 타락한 지구를 변혁시킬 새로운 통찰력과 질적으로 다른 특별한 지도력에 대해 그는 이야기했었다. 그것이 외계에 사는 생명체들의 개입으로 이루어질 것이라는 말도 했다. 새로운 세상이란 그 세상을 말하는 것일까. 그는 혁명가인가……. 그 순간에 내 머릿속으로 문득 날카롭긴 하지만 매우 희미한 빛 같은 것이 어른거린다. 나는 그 가느다란 빛줄기에 몰두한다. 그 희미한 빛이 조금씩 어떤 형체를 이뤄가는 것에 집중한다. 까닭도 밝히지 않은 채 나를 향해 우편물 공세를 펴고 있는, 그 정체불명의 신천지설계협의회가 오롯이 떠오른다.

손철희라는 작자와 그 단체 사이에 어떤 관련이 있을까? '신천지'라는 단어는 손철희가 내세우는 새로운 통찰력, 질적으로 다른 특별한 지도력, 그리고 새로운 세상에 대한 그리움 같은 것을 한꺼번에 연상시킨다. 그 둘 사이에 어떤 연관이 있을까. 있다면 작자는 그 단체에 어떻게 연결되어 있는 것일까. 그 단체는 작자와 어떻게 연관되어 있을까……. 나는 가늘고 희미한 빛줄기를 놓치지 않으려고 온 신경을 모으고 집중한다. 그러나 그 빛은 빠르게 날아서 내 머리 밖으로 빠져나가버린다.

같은 날, 저녁

현관에 열쇠를 꽂는데 계단 쪽에서 부스럭거리는 소리가 들린다. 나는 열쇠를 자물쇠 안에 넣은 채 앞으로 약간 구부린 자세 그대로 움직이지 않고 서 있다. 온 신경이 귀에 모인다. 조심스런 발걸음이 나에게로 다가오는 걸 느낀다. 그 발소리는 한 사람의 것이다. 나는 나도 모르게 저절로 긴장되는 걸 느낀다. 도처에 적들이 널려 있고, 사방에서 사나운 눈빛들이 나를 노리고 있다. 나는 적들의 땅에 잘못 떨어진 이방인이다. 토박이들은 이방인에게 호의를 보이지 않는다. 그들은 의심하고 경계하고 차별하고 추방하려 한다. 이방인이야말로 그들의 내재된 공격성을 발휘할 표적이다. 그들은 틈만 생기면 습격하려 한다. 따라서 외지에 떨어진 이방인은 한순간이라도 경계심을 늦춰선 안 된다. 경계심이야말로 이방인이 제 스스로 습득해서 지니고 있어야 하는 생존의 테크닉이다. 아무도 믿어선 안 되고 아무에게도 본심을 내보여선 안 된다. 사람들은 내가 지나치게 폐쇄적이고 비사교적이라고 말하는데, 그것은 내가 이곳의 주민이 아니기 때문이다. 나에게 이 세계는 하나의 거대한, 아가리가 크고 검은 바다와 같다. 쥐들의 난동에 속수무책인 채로 내 몸은 매일매일 침대 위에 결박당한 채 검은 물속으로 처박힌다.

"순관아."

나를 향해 조심스럽게 다가오던 발걸음의 주인이 잔뜩 풀 죽은 목소리로 내 이름을 부른다. 내 이름을 저렇게 부를 수 있는 한 사람을 나는 알고 있다. 나의 슬픈 누나……. 열쇠를 쥐고 있는 손에서 스르르 힘이 빠져나간다.

"어쩐 일이야? 오지 말라니까."

"와보고 싶었다. 할 말도 좀 있고……."

"그럼 밖으로 나가. 나가서 이야길 하자고."

"아니, 안으로 들어가자. 무슨 일이 있는 거니?"

"나가자니까."

나는 누나를 무시한 채 성큼성큼 걸어서 앞서 나간다. 누나는 별수 없이 내 뒤를 따라온다. 나는 뒤를 돌아보지 않고 똑바로 걷고, 누나는 한 발짝 뒤에서 소리를 내지 않고 따라온다. 출입구를 빠져나올 때 경비실에 앉아 있던 경비원이 벌떡 일어나서 누나와 나를 유심히 살피는 기색이 느껴진다. 나는 그자가 왜 그러는지 안다. 기분 같아서는 작자의 면상을 향해 욕이라도 한바가지 퍼부어주고 싶다. 하지만 나는 그렇게 하지 않는다. 나는 뜻밖에 온순하고 상식도 있는 사람이다.

"무슨 일이 있지? 사실대로 말해봐."

퀴퀴한 냄새가 풍기고 질 나쁜 스피커를 통해 간드러지는 트로트가 흘러나오는 지하 다방에 앉자마자 누나는 다그치기 시작한다. 그녀의 상체가 탁자를 넘어올 것 같다.

"뭘? 무슨 이야기를?"

나는 엽차 잔을 입에 가져갔다가 내려놓는다. 어쩐 일인지 엽차에서는 시궁창 냄새가 난다. 나는 얼굴을 찌푸린다.

"나도 대충 이야기를 들었다. 무슨 영문인지는 잘 모르겠다만, 사태가 꽤 심각한 모양이더구나."

"무슨 이야기를 누구한테 들었는데 그러는 거야?"

"네가 없길래 경비실에 들렀었다. 혹시 열쇠라도 맡기고 나갔을까 싶어서……. 연락을 남기고, 그리고 또 김치를 좀 가져와서 두고 갈까 했다. 마냥 기다릴 수도 없고 해서 그냥 가려고 했던 거다. 그런데 경비실에 있던 사람이 나더러 너와 어떤 사이냐고 묻더라. 누나라고 했더니 친누나냐고 묻고, 그렇다고 했더니 잠깐 기다리라고 해놓고 어디다 인터폰을 하길래 나는 네가 있는 곳으로 연락을 하는 줄 알았다. 그런데 그게 아니더구나. 조금 있으니까 갑자기 경비실로 아파트에 사는 주민이라는 사람들이 다섯 명이나 몰려와서는……."

"그만하세요. 그 사람들이 무슨 말을 했는지 말하지 않아도 알겠어요. 그만하세요."

나는 와락 짜증이 난다. 나는 그만 자리를 박차고 일어나버리고 싶다. 하지만 나는 일어나기는커녕 고개를 들지도 못한다. 나는 누나의 까닭 없이 슬픈 눈을 보고 싶지 않다. 그녀의 눈에는 벌써 물기가 고였을지 모른다. 누나는 지금 떨고 있다. 그녀에게 세상은 그저 무섭기만 하다. 어떤 상황이 벌어질 때, 그녀는 자신을 스스로 가장 불리한 쪽에 세운다. 맘 놓고 무서워하고 떨기 위해서다. 지금도 누나는 몹시 위축되어서 잔뜩 웅크리고 있다. 누나의 그런 태도 때문에 나는 그녀를 똑바로 보지 못한다. 나는 누나처럼 살고 싶지 않다. 무턱대고 죄인인 양하는 그녀의 모습을 똑바로 보게 되면 필시 화를 내지 않을 수 없을 텐데, 정말이지 나는 누나 앞에서 그러고 싶지 않다. 내가 참으로 원하는 것은 누나를 만나지 않는 것이다. 그것이 그녀에게도 좋고 나에게도 좋다. 아버지만으로 충분하다. 나는 누나에게 짐이 되고 싶지 않다.

"순관아, 나랑 같이 있자. 나는 아무래도 네가 걱정된다. 걱정돼서 죽을 지경이다. 당장이라도 짐을 싸서 나한테로 가자. 굳이 이곳을 고집할 이유가 뭐니? 좀 지친 것 같다. 다른 건 다 뒤로 미루고 우선 좀 쉬자. 순관아, 내 말대로 하자."

그녀는 거의 울먹이는 목소리로 말한다. 나의 빌어먹을 이웃들이 되는 소리, 안 되는 소리를 마구 지껄여서 마음 약한 누나로 하여금 두려움에 사로잡히게 만들었음에 틀림없다. 그들의 철면피한 이기주의가 나를 질리게 한다.

"그만하세요. 그자들이 무슨 소릴 지껄였든 상관 안 해요. 다

헛소리이고 공연한 협박이에요. 그자들은 나를 함부로 하지 못해요. 절대로요. 내 말을 믿으세요."

"순관아."

그녀는 탁자 위에서 내 손을 잡는다. 그녀는 내 손을 자신의 손바닥 안에 넣고 꼼지락거린다. 손의 움직임을 통해 그녀는 입으로보다 더 많은 말을 더욱 간절하게 하고 있다. 하지만 나는 그 말들을 못 들은 체한다. 그녀의 손바닥 안에 사로잡힌 내 손은 안절부절못한다. 나는 화제를 바꾸며 재빨리 손을 빼낸다.

"할 말이 있어서 왔다고 했잖아요? 뭐예요?"

"그건, 뭐, 그다지 중요한 게 아니다."

"그럼 일어나도 돼요?"

"순관아……."

그녀는 남들이 들으면 큰일이라도 난다는 듯이 숨죽여서 내 이름을 부른다. 나의 이름이 한없이 은밀하다는 것이 무슨 상징 같이 여겨져서 나는 씁쓸하게 웃는다. 그녀의 손이 다시 탁자 위로 올라온다. 하지만 그녀는 이제 내 손을 찾아 쥘 수 없다. 내 손은 그녀의 손을 피해 탁자 밑에 떨어져 있기 때문이다. 그녀의 손이 표현하는 간절함을 나는 모른 체한다.

종업원 아가씨가 딸그락 소리를 내며 탁자 위에 커피와 율무차를 내려놓는다. 나는 커피를 마신다. 누나는 율무차를 쳐다보지도 않는다.

"내키지 않아 할 줄 안다만, 아버지한테 한번 가봤으면 좋겠다. 아버지가…… 얼마 못 살 것 같다. 아버지가 너를 보고 싶어 하는 눈치다."

"할 이야기란 게 그거예요?"

그러지 않으려고 했는데 나는 그만 큰소리를 내고 만다. 나의 불쌍한 누나는 내 목소리에 놀라 입을 다물어버린다.

그녀는 무리한 요구를 하고 있다. 그녀라고 내가 그런 요구를 들어줄 리 없다는 걸 모르지 않을 것이다. 나는 나의 아버지라는 위인에 대해 눈곱만큼의 애정도 없다. 어떤 사람들은 혈육이라는 명분을 내세울 것이다. 하지만 그런 게 다 뭐란 말인가. 혈육이기 때문에 무한책임을 져야 한다는, 그처럼 불합리하고 야만적인 인습이 어디 있을까. 사람은 자신이 의식적으로 행한 적극적인 행위, 곧 작위에 대해서만 책임을 질 수 있고, 또 그래야 한다. 자신의 의지와 상관없이 주어진 상황에 대해 책임을 묻는 것은 합리적이지 않고, 그러므로 온당한 일이 아니다.

내가 나의 아버지를 택했는가. 내가 나의 아버지의 상황을 만들었는가. 아니다. 아버지가 나를 택했는지는 모르겠다. 아버지가 내 상황을 만들었다고 할 수 있을지는 모르겠다. 하지만 내가 택한 것은 아니다. 그러므로 굳이 누군가 책임을 져야 한다면 그 사람은 아버지일 것이다. 나는 아니다. 그런데 이 더럽고 야만적이고 불합리한 인습은 나더러 책임을 지라고 아우성이다. 아버지는 아무런 적극적인 행위도 하지 않는데, 그런데도, 아버지야 그러든 말든 아들인 너는 책임을 지라고 한다. 왜 그래야 한단 말인가. 이런 불합리를 내가 왜 수긍해야 한단 말인가. 나는 나의 아버지에게 꽤 많은 돈을 쓰고 있다. 보령요양원은 터무니없이 많은 보증금과 요양비를 요구한다. 그 돈들은 모두 내 호주머니에서 나가고 있다. 하지만 분명히 하자. 그것은 아버지에 대한 아들의 책임감의 산물이 아니다. 모든 야만과 불합리를 오직 제 운명으로만 알고 끙끙거리는 불쌍한 누나의 휘어진 등에서 가장 무거운 짐 하나를 덜어내겠다는 생각이 전부였다. 그때도 그랬고, 지금도 그렇다. 보령산에 누워 있는 그 노인을 향해서는 애정도 느끼지 못하겠고 책임감도 들지 않는다. 아버지에게는 선한 것이라곤 없다. 나는 왜 행복하지 않은가. 내 정신은 왜 떳떳하지 못하고 내 영혼은 왜 어둡고 쓸쓸한가. 아버지에게 연결되어 있기 때문이다. 그가 내 모든 악과 어둠과 불행의 진앙이다. 나는, 너무나 간절하게 그와 연결되어 있는 끈을 잘라버리고 싶다. 그것이 내 유일한 욕망이다. 그런데 나더러 보령산에 가라고? 그 역겨운 노인을 만나러? 왜 그래야 한단 말인가. 나는 세차게 고개를 흔든다.

"나한테 할 이야기가 그거라면 그만 돌아가요."

"알았어. 그거야 어쨌든 일단 네 문제가 걱정이다. 짐을 옮겨라. 나랑 같이 살자. 나는, 나는 가슴이 떨려서 죽을 지경이다."

누나는 울먹인다. 그녀가 연극을 하고 있지 않다는 건 내가 보증한다. 그녀는 연극을 하는 사람이 아니다. 그녀의 목소리에 울음이 섞였다면, 그것은 그녀가 실제로 울고 있기 때문이다. 외면

하고 있어서 잘 보이지는 않지만, 그녀의 눈에 눈물이 고여 있으리라는 짐작을 나는 어렵지 않게 할 수 있다. 나는 불편함을 느끼기 시작한다. 눈물은 나를 불편하게 한다. 눈물은 나와 친근하지 않고, 친근하지 않은 모든 것은 나에게 불편함을 불러일으킨다. 더구나 누나의 눈물이라니. 나는 그녀의 눈물을 감당할 자신이 없다. 내가 할 수 있는 일은 피하는 것이다. 그것 말고는 없다. 나는 가만히 일어선다. 누나가 내 이름을 부르며 따라 일어선다. 나는 뒤도 돌아보지 않고 다방을 나온다. 누나가 찻값을 계산하고 급히 따라 나온다. 나는 지나가는 택시를 잡아 세운다.

"택시 타고 가요. 내 걱정은 말고."

나는 택시 문을 연다. 누나는 애원하는 듯한 눈빛으로 나를 쳐다본다. 그 눈빛이 무슨 말을 하고 있는지 대충은 안다. 그러나 나는 그런 누나를 외면한다. 누나는 어쩔 수 없다는 듯 느릿느릿 택시 안으로 들어간다. 나는 서둘러 택시 문을 닫는다. 택시는 속력을 내고 달린다. 마치 나에게서 되도록 빠르게 달아나고 싶다는 듯이. 나는 사라져가는 자동차의 뒷모습을 한참 동안이나 바라보고 있다가 돌아선다.

갑자기 쓸쓸하다는 생소한 느낌이 나를 당황하게 한다. 어디서인지 회오리바람이 불어와 머리카락을 하늘로 들어 올린다. 나는 겉옷의 깃을 세우고 호주머니에 손을 집어넣는다. 그 어느 순간, 먼지가 눈 속으로 들어간 걸까, 눈알이 따가워지면서 눈을 뜰 수가 없다. 나는 가로수에 몸을 기대고 고개를 치켜든 채 쉴 새 없이 눈꺼풀을 깜박거린다. 눈알이 긁히는 듯한 까실까실한 통증은 그대로인데, 문득 눈물이 한 움큼 만들어져서 볼을 타고 흘러내린다. 눈물이, 내 눈에서 흐른다. 내 눈이 눈물을 만든다. 내 눈에서 흐르는 내 눈물이 하도 이상하고 신기해서 나는 눈물을 흘리면서 멋쩍게 웃는다. 하지만 나는 물론 내 눈에서 흐르는 눈물이 아무런 감정도 섞이지 않은 맹물이라는 걸 알고 있다. 내 감정은 아무렇지 않기 때문이다. 심리 상태나 정서적 반응과는 무관한 신체의 기계적인 작용이 있을 수 있다. 그렇게 흐르는 눈물에 무슨 감정이 섞일 수 있겠는가.

민초희에게 부림을 당하던 밤을 나는 문득 떠올린다. 그 밤에 나는 그녀의 다리를 붙잡고 울었다. 눈물도 펑펑 쏟았다. 감정이 천장에 닿도록 고양되어서 어린아이처럼 울었다. 그것은 신체의 기계적인 움직임이 아니었다. 무엇이 나를 그렇게 울게 만들었을까. 그것은 적어도 몸이 아니었다. 몸에 속한 욕망이 전부일 수 없었다. 그 순간에 내 몸…… 몸에 속한 욕망은 다른, 그보다 큰 어떤 욕망인가에 봉사했다. 내가 이해하는 한, 황홀경이란 정신의 극치를 이르는 말이지 몸의 극치를 이르는 말이 아니다. 말할 수 없이 신비스러운 어떤 합일(合一)의 경험, 그 기억은 내 얼굴을 뜨겁게 붉힌다. 그것은 은밀한 경험이고 수치스런 기억이다. 그 치욕과 수치가 나를 황홀하게 한다고 말할 수 있을까.

치욕과 수치의 얼굴 안쪽에 도발적인 유혹이 도사리고 있다는 걸 나는 안다. 치욕과 유혹은 은밀하기 때문에 치명적이다.

나는 유혹 때문에 빨려들고, 치욕 때문에 붙잡힌다. 그것이 내가 민초희에게 부역할 수밖에 없는 참된 이유이다. 바꿔 말하면, 그녀는 내 수치를 가졌다. 나에게 유혹을 주고 그녀는 내 수치를 장악했다. 그러니까 내 유혹은 수치를 담보로 한 것이다. 누군가의 수치를 장악한 자는 그 누군가를 지배할 수 있다. 민초희는 그 점을 잘 알고 있고, 이제 나도 깨닫는다. 그렇기 때문에 나는 그녀로부터 벗어날 수 없다. 그녀는 내 수치를 소유함으로써, 나를 소유했다. 내 수치를 장악함으로써 나를 장악했다. 이 엄연한 사실은 부정될 수 없다.

아, 민초희. 나는 내 허리에 매달린 무선호출기의 숫자판을 가만히 들여다본다. 그곳에는 아무 숫자도 찍혀 있지 않다. 그녀의 호출을 은근히 기다리고 있는 나 자신이 이상하게도 이상하지가 않다.

5월 2일 월요일

좀 오래된 신문을 열람했으면 한다고 말하자, 컴퓨터 앞에 앉아 있던 도서관 사서는 키보드를 두드리던 손으로 머리를 쓸어올리면서 "지난달 신문요?" 하고 묻는다. 나는 그보다 조금 더 오래된 신문을 찾는다고 대답한다.

"그럼, 언제 거요?"

"글쎄요, 잘은 모르겠지만, 한 육 개월? 그 정도 되었을 것 같은데……."

"우리 도서관에서는 지나간 신문은 삼 개월 전 것까지만 보관해요. 육 개월씩이나 지난 건 찾기가 어렵겠는데요."

사서는 다시 머리카락을 뒤로 쓸어 넘긴다. 그녀의 곧고 긴 머리가 어깨를 덮고 있다. 그녀가 고개를 숙일 때마다 그 곧고 긴 머리카락들이 앞으로 미끄러져서 자꾸만 얼굴을 가리려고 한다. 머리카락을 쓸어 넘기는 버릇은 그 때문에 생긴 듯하다. 나는 그녀의 그 곧고 긴 머리카락의 부드럽고 유연한 움직임을 바라보다가 그런 나를 빤히 쳐다보는 그녀의 눈길이 느껴져서 고개를 아래로 떨군다.

"찾으시는 기사가 어떤 건데요?"

그녀가 다시 묻고, 나는 한 사형수에 대한 기사를 찾는다고 대답한다.

"누구요?"

"손철희라고……."

내가 손철희라는 이름을 꺼냈을 때, 그녀의 표정에 미세하지만 약간의 변화가 스친다.

"손철희요?"

그녀가 그 이름을 반복하고, 나는 고개를 끄덕인다.

"그 살인마요?"

그녀는 그 이름을 잘 알고 있다는 표시를 한다. 그 사실이 내게는 뜻밖으로 받아들여진다.

"손철희를 알아요?"

"그 사람을 모르는 사람이 어딨어요? 무고한 사람을 여러 명 무참하게 죽이고, 마지막에는 자기 아버지까지 살해하고서 자기가 무슨 하늘의 계시를 받았다고 떠들었던 위인 아녜요?"

"그자가 그랬어요?"

"아니, 그럼 그걸 모른단 말예요? 모르고서 찾는단 말이에요?"

"모르니까 찾지요."

"세상에……. 그렇게나 세상을 시끌벅적하게 만든 사건을 모르는 사람이 있다니, 아저씨, 외국에 살다 왔어요? 혹시 간첩 아녜요……? 아저씨, 그럼 요새 화제가 되고 있는 그 화살 사건은 들어봤어요?"

도서관 사서는 제 업무를 제쳐놓고 본격적으로 나와 대화를 나눌 채비를 한다. 목소리는 조금 은밀해지고 표정은 진지해진다. 마치 그동안 말 상대를 기다리고 있기라도 했던 사람 같다. 긴 머리카락을 쓰다듬는 그녀의 긴 손가락도 점점 더 부산스러워진다. 호기심으로 반짝거리는 눈동자를 보는 것이 여간 거북하지 않다.

"손철희 사건 터졌을 때, 이번 사건만큼 쇼킹했는데, 참 이상한 아저씨네."

"그게 언제쯤이지요?"

"뭐가요?"

"손철희 사건요."

나는 그녀에게 이상한 아저씨로 비치고 있다. 이상하다는 말을 나는 너무 빈번하게 들어왔고, 따라서 그 말은 전혀 이상하게 들리지 않는다. 그녀는 자신이 너무나 잘 알고 있는 사건을 내가 모르고 있는 것이 이상하다고 말한다. 물론 그녀는 자기가 알고 있는 정보라면 나도 무조건 알고 있어야 한다는 뜻으로 그렇게 말한 건 아닐 것이다. 그녀는, 손철희 사건이 이 세상 모두에게 공개된 매우 유명한 사건이라는 점을 내세우고 있다. 그럴지 모른다. 하지만 그렇다고 해서 내가 반드시 그 사건에 익숙해 있어야 한다는 법은 없다. 만 명에게 공개된 것이 한 명에게만 공개되어 있지 않을 수 있다. 만 명의 호기심을 유발한 것이 한 명의 관심을 끌지 못할 수 있다. 이 말은 한 명에게만 공개되고 만 명에게는 공개되지 않은 정보가, 어떤 이유로든, 있을 수 있다는 말과 같은 뜻의 말이다. 세상이란 그런 곳이다.

나는 때때로 신문을 본다. 하지만 나는 내가 보고 싶은 것만 본다. 그렇기 때문에 종종 나는 중요한—사람들이 중요하다고 떠드는—사건을 놓친다. 나는 텔레비전도 본다. 하지만 내 앞에 텔레비전이 켜져 있다고 해서, 그 네모 상자 안의 움직이는 그림들이 그대로 내 망막 안으로 들어오는 것은 아니다. 또한 망막 안으로 들어왔다고 해도 그것들이 모두 시신경을 거쳐 대뇌에 전달되는 것은 아니다. 보이는 모든 것을 거부하지 않고 모조리 다 받아들인다면 우리의 육체와 정신과 영혼은 터져버리고 말 것이다. 우리는 보는 것 말고는 보지 않기 위하여 본다. 우리는 기억하는 것 말고는 모조리 잊어버리기 위하여 기억한다. 우리는 기록한 것 말고는 기억하지 않기 위하여 기록한다. 그것이 기록―기억된 역사의 본질이다. 선별에 대한 입장과 정도의 차이가 있을 뿐 사람들은 누구나 수용과 거부의 메커니즘을 생래적으로 가지고 있다. 그 메커니즘은, 그러니까 이상이 아니라 정상이다. 선별의 각이 보통보다 예리하다고 해서 이상이라고 말하는 것은 명백하게 잘못이다, 라고 나는 생각한다. 하지만 나에게 이상하다고 말하는 그녀를 향해 이상하다고 말할 생각까지는 없다. 그녀와 나의 수용과 거부의 기제가 다르다는 것은 이상한 일이 아니다. 그러니까 이상한 일은 이상하지 않다.

"그게, 그러고 보니까 육 개월 전이 아닌 것 같은데요. 이 아저씨, 진짜 간첩 아냐? 사람이 얼마나 죽어나갔는데, 그걸 몰라요? 못 돼도 한 이 년은 넘은 것 같은데……. 맞아요. 내가 대학을 졸업하던 해니까 이 년도 더 된 일이에요. 그때 제 아버지를 살해한 후 붙잡혀가지고 뻔뻔하게 기자들하고 인터뷰하고 그랬죠. 자기는 죽일 만한 사람만 죽였다, 뭐 그런 말도 안 되는 주장을 하면서……. 세상이 떠들썩했잖아요."

도서관 사서는 내 머릿속으로 자꾸만 손을 집어넣는다. 휘저어보면 기억이 떠오를지 모른다고 생각하는 것 같다. 그녀의 그런 기대가 아주 터무니없지는 않다고 해야 할까. 얼핏 그런 일이 있었던 것도 같다. 사회적으로 꽤 이름이 알려진 사람들 몇 명이 연쇄적으로 살해되는 사건이 지난 몇 해 전에 있었던 것 같다. 이번 '화살' 사건을 전하면서 누군가 그때 일을 상기시키는 걸 들은 기억도 어렴풋하게 떠오른다. 하지만 내 머리는 그 이상의 것을 출력해내지 못한다. 기억이 부실하거나 아예 입력된 정보가 없기 때문일 것이다. 그때 나는 어디서 무얼 하고 있었을까. 그때 나는 누구였을까.

"아참, 이 년 전 거라면, 축쇄판으로 제작해둔 게 있어요. 가져다 드리죠. 잠깐만 기다리세요."

그녀는 곧고 긴 머리카락을 손가락으로 쓸어 넘기며 자리에서 일어나 서고 안으로 들어간다. 양 켠으로 늘어선 책들의 호위를 받으며 그녀는 머리카락을 출렁거리며 걸어갔다가 머리카락을 출렁거리며 돌아온다. 그녀의 가슴에는 대형 사전처럼 두툼한 여러 권의 책들이 턱에 닿게 끌어안겨 있다. 책들을 내 앞에 내려놓으면서 그녀는 한숨을 내쉬고, 손바닥을 탁탁 턴다. 그리고 이내 그녀의 곧고 긴 머리카락 사이로 손가락들이 지나간다.

그녀가 가져다준 책들은 삼 년 전부터 이 년 전까지의 축쇄판인데, 세 개 신문사의 것이고, 전체 권수는 여섯 권이다. 그 분량과 부피가 나를 질리게 한다. 저걸 다 뒤져야 한단 말인가. 나는 사서로부터 조금 떨어진 곳에 자리를 차지하고 앉아서 처음부터 한 장 한 장 넘겨가며 큰 제목들을 살피기 시작한다. 손철희의 기사가 어느 곳에 실려 있는지 모르는 나로서는 다른 도리가 없다.

나는 오후 2시부터 도서관에 앉아 손철희에 대한 기록을 정독하고 어떤 부분은 메모를 하기도 하면서 시간을 보냈다.

내가 그 오래된 신문 지면으로부터 얻어낸 정보에 따르면, 손철희는 오늘로부터 정확하게 2년 2개월 10일 전에 체포되었다. 그가 살해한 사람 가운데는 임직 기간 동안의 부정이 발각되어 해외로 도피했다가 일시 귀국해 있던 전직 관리 두 명과 장애자들을 수용하여 노예처럼 일을 시키고 학대하면서 정부 보조금까지 받아 챙긴 전직 목사와 종업원들의 봉급을 착복하고 작업 도중 목숨을 잃은 근로자 다섯 명의 가족에게 아무 보상도 하지 않은 악덕 기업주가 한 명 포함되어 있었다. 마지막 범행은 그의 아버지였고, 그래서 그의 기소문에 존속살해가 추가되었다. 그가 고령의 자기 아버지를 죽이기 위해 고향에 찾아온 그날까지, 그는 이십 년 동안 한 번도 가족들에게 연락을 취하지 않고 객지를 떠돌아다닌 것으로 되어 있다. 그는 아버지를 무참하게 난자하고 산속으로 달아났다가 며칠 후에 붙잡혔는데, 나중에 경찰과 기자들 앞에서 밝힌 바에 의하면, 그가 자기 아버지를 해치기 위해 고향 마을로 찾아간 날은 어머니의 기일(忌日)이기도 했다. 계속해서 신문이 전하는 사실에 의하면, 그의 어머니는 그가 일곱 살 때 세상을 떠났다. 그 이후 경찰관이었던 그의 아버지는 술집 등지를 떠돌던 여자와 재혼을 했고, 그를 잘 돌보지 않았고, 그는 열일곱 살 때 가출을 했다.

범행 동기를 묻는 질문에 대한 그의 답변은 어이없긴 하지만 당당하다. 어이없는 당당함이다. 그를 취재한 한 기자는 그의 태도에 대해 '이해할 수 없는 뻔뻔스러움'이라고 표현했다. 다른 기자는 손철희가 마치 순교자라도 된 듯한 정신 상태를 보여주고 있다고 썼다. 정신감정을 받았으나 특별한 이상은 나타나지 않았다는 기사도 발견된다. 손철희가 했다는 말들은, 그러나 이미 외계인의 사생아라는 선언에 친밀해 있는 나에게 그렇게 큰 충격을 주지 않는다.

나는 나의 의지에 의해 그자를 처치한 것이 아니다.
그 말은 당신의 배후에 사주한 자나 공범이 있다는 뜻인가?
말하자면 그런 뜻이다.
구체적으로 말해달라.
나는 듣지 않고는 움직이지 않았다. 나는 나의 어머니로부터 계시를 받았다. 어머니는 지금 다른 세계에 살고 있지만, 나와는 언제든지 통신이 가능하다. 나의 어머니는 내가 무슨 말을 하고 무슨 행동을 해야 하는지를 순간마다 가르쳐주신다.
당신 어머니는 오래전에 사망했다. 이해할 수 없는 말이다.
어머니는 죽었지만 죽지 않았다. 이 세계의 몸으로 죽었지만 다른 세계에 다른 몸으로 살아 있다.
역시 이해할 수 없는 말이다. 그 밖에 다른 공범은 정말로 없다는 말인가?
나의 행위에 공감하는 모든 사람들이 나의 공범이다. 나는 죽일 만한 사람만 죽였다. 그 점은 당신들도 동의하지 않는가? 사람들은 그자들이 죽일 놈들이라고 욕했고, 죽어야 한다고 생각했고, 나는 그들의 생각을 실천했다. 그들의 생각이 없다면 나의 실천도 없었을 것이다.

죽어 마땅하다는 생각을 들게 하는 사람이 있을 순 있지만, 그 생각을 행동으로 옮기는 것은 별개의 문제라고 생각한다. 그렇지 않은가?

당신의 말이 옳다. 그것은 별개의 문제다. 누구나 할 수 없다. 그렇기 때문에 나 같은 사람이 필요한 것이다.

그건 무슨 뜻인가?

생각은 행동에 의해 완성된다.

아버지에게 원한이 있는가?

아버지에게 원한 없는 사람도 있는가?

당신의 아버지도 죽어야 할 사람이라고 생각하는가?

그 사람이야말로 가장 그러하다. 가장 먼저 죽었어야 할 사람이다.

어머니의 기일을 범행일로 택한 까닭은 무엇인가?

그분이 원했기 때문이다. 잠깐, 범행이라는 말은 삼가달라.

알겠다. 당신의 다른 범행, 아니 실천도 어머니가 계시를 내렸는가?

물론이다. 그분이 아니라면 누구겠는가.

당신의 어머니는 도대체 무엇 때문에 그런 지시를 당신에게 내리는가?

그건 내가 대답할 질문이 아니다. 나의 어머니에게 물어보라.

당신은 여러 사람을 죽였다. 그것이 우리 사회에 끼친 엄청난 혼란과 공포와 악영향에 대해 어떻게 생각하는가?

나는 나의 행위를 통해 이 세상에 경각심을 불어넣었다. 엄청난 혼란과 공포와 악영향이 바로 그 경각심에 대한 당신 식의 표현이라면 전혀 문제 될 것이 없다고 생각한다. 왜냐하면 그것이야말로 우리가 의도한 바이기 때문이다.

당신이 방금 말한 '우리'는 누구인가?

나의 행동에 에너지를 불어넣는 사람들, 내가 몸으로 실천한 것을 머리로 생각한 사람들, 이 세상이 형편없이 타락했으며 이대로는 안 된다고 생각하는 사람들, 무슨 일이든 일어나야 한다고 기대하는 사람들, 종말과 천지개벽 말고는 다른 희망이 없다고 믿는 사람들, 그들이 바로 우리다.

당신의 주장을 그대로 받아들인다고 하더라도, 악을 제거하기 위해 악을 쓴다는 식의 논리는 모순이 아닌가?

그렇지 않다. 악을 제거하기 위한 악은 악이 아니다. 인체에 침투한 독을 제거하기 위해서 독을 투입하는 원리를 상기하기 바란다. 우리는 종종 치료를 위해 독을 쓴다. 마찬가지로 악을 퇴치하기 위해 악을 쓰는 것도 일종의 치료술이라고 할 수 있다. 중요한 것은 독이나 악 자체에 목적이 있지 않다는 점이다. 그러므로 당신들도 나의 행위에서 악을 보아서는 안 된다.

조금도 후회가 없는가?

내가 묻겠다. 당신이 당신의 집을 더럽히고 당신과 당신의 가족들의 생명을 위협하는 쥐새끼들을 다섯 마리쯤 죽였다면 후회하겠는가? 당신이 후회하지 않는다면 나도 후회하지 않는다. 후회가 있다면, 더 많은 쥐새끼들을 처치하지 못한 것이다.

 나는 활자에서 눈을 떼지 않은 채 손철희가 한 말들을 되새기고 있다. 나는 이미 그의 눈빛을 보았고 그의 음성도 들었다. 그렇기 때문에 신문에 옮겨 적힌 그의 말들을 읽는 순간에 그것들은 생생한 육성으로 되살아나서 나를 압박한다. 마치 그가 내 눈앞에 버티고 앉아 있는 것 같다. 내 눈앞에 앉아서 나를 향해 소리 지르는 것 같다. "후회가 있다면 더 많은 쥐새끼들을 처치하지 못한 것이다……" 그 말은 나에게 얼마나 익숙한지, 그 말이야말로 그 사람 자신이라고 느껴질 정도이다. 그가 최근에 나에게 한 말은 이미 이 년 전에 기자들 앞에서 했던 것이다. 그때나 지금이나 그는 누구보다 당당하고 더할 수 없이 자신감에 차 있다. 이해할 수 없이 뻔뻔하다. 그가 일관되게 견지하고 있는 그 이상한 신념과 확신은 도대체 어디서 말미암은 것일까. 나는 문득 그 점이 궁금해진다. 실재하든 실재하지 않든 그를 지탱하고 있는 것은 어떤 절대적인 희망에 대한 확고한 믿음이다. 그것 없이 그의 특이한 정열을 이해한다는 것은 쉽지가 않다. 하지만 그것이 무엇이란 말인가.
 긴 머리를 자랑스럽게 늘어뜨린 도서관 사서에게 내가 읽은 것 가운데 일부를 복사해달라고 부탁하자 막 배달된 신문을 읽고 있던 사서는 웃으면서 모퉁이 쪽 문을 가리킨다.
 "저 문으로 들어가세요."

나는 그녀가 시키는 대로 한다.

복사실을 나와 여섯 권이나 되는 두툼한 책들을 반납하는데, 사서가 웃으며 묻는다.

"그런 자료를 뭣 땜에 모으세요? 아저씨, 소설가예요?"

"소설가가 왜?"

"소설 쓰려면 그런 자료들이 필요할 거 아녜요. 그렇지요? 내 말이 맞지요?"

얼어죽을 무슨 소설가. 나는 대꾸하지 않고 돌아서려고 한다.

"사실은요, 소설을 쓰고 있거든요. 아니, 아직 소설가가 된 건 아니고요, 몇 번 응모만 해봤지요 뭐. 근데요, 요새 그 연쇄 사건 있잖아요, 오늘도 사건이 하나 터졌거든요. 여기 석간신문에 났어요. 이번에는 사립학원 이사장인데요. 이 양반, 세 개나 되는 학교를 사설 왕국으로 만들었어요. 물론 이번에도 현장에서 화살이 발견되었구요. 뭔지 모르지만, 이 사건들하고 손철희 사건 사이에 연관성이 좀 있어 보이지 않아요?"

그녀가 빠르게 늘어놓는 말들이 내 걸음을 붙잡는다. 그녀에게 어떤 의도 같은 것이 없다는 것은 분명하다. 그녀에게 무슨 의도가 있을 수 있겠는가. 하지만 그녀는 자기도 의식하지 못하는 사이에 내가 의혹을 품고 미심쩍어 하면서도 애써 외면하려 했던 사안에 대해 결정적인 발언을 했다는 사실을 알지 못할 것이다. 그것은 '연관성'이라는 단어이다.

나는 난데없이 민감해지려는 자신을 추스르며 그녀에게 석간신문을 청한다. 그녀는 읽고 있던 신문을 건네고, 나는 신문을 읽는다. '연쇄 살인 사건 또 발생'이라는 큼직한 활자가 눈에 들어온다. '부패 학원 이사장 승용차 안에서 미모의 여인과 함께 숨져'라는 문장과 '이번에도 현장에 화살 남겨'라는 문장이 소제목으로 뽑혀 나와 있다. 나는 경중경중 신문 기사를 읽고, 그 사이에 도서관 사서는 또 자기 생각을 늘어놓는다. 나는 건성으로 신문을 읽는 것처럼 그녀의 이야기도 건성으로 듣는다.

"손철희 그 사람도, 사실이야 어쨌든 명분은 그럴듯했잖아요. 죽일 사람만 죽였다는 주장이죠. 물론 억지이긴 하지만, 어쨌거나 그 사람은 도덕적으로 지탄의 대상이 될 만한 사람들만 골라 범행을 저질렀잖아요? 뭐, 그런 사람들이라고 함부로 그렇게 살해해도 된다는 건 아니지만 말이에요. 요새 일어나고 있는 연쇄 살인 사건의 희생자들도 가만 보면 다 구린 구석이 많은 사람들이더라고요. 어젯밤에 변을 당한 이사장이라는 이도 그렇지만, 한 명도 떳떳하거나 선량한 사람이 없어요. 거기다가 범죄의 목적이 돈을 노렸다든지 하는 것도 아니죠. 돈을 요구했다든지 돈을 빼앗았다든지 하는 내용이 없잖아요. 내 생각에는 두 경우 모두 다분히 정신적인 동기에 의해 범죄가 저질러졌을 것으로 보이거든요. 그게 무언지는 꼭 집어 말할 순 없지만 말이에요. 어쨌거나 두 사건은 여러 면에서 유사해요. 제 상상이 어때요? 그럴듯하지 않아요? 근데요, 아무래도 상상의 아귀가 잘 안 맞는 게 있어요. 우선 손철희는 감옥에 있잖아요. 이 년도 더 전부터.

그렇다면 요즘 발생하는 사건의 범인은 그 사람이 아니라는 거고, 또 손철희는 그때 화살 같은 걸 남기지도 않았단 말이에요."

"이렇게 생각해보면 어떨까요?"

나는 신문을 접어서 탁자 위에 내려놓으며, 창 쪽으로 시선을 준다. 창문에는 커튼이 내려져 있다. 커튼은 짙은 회색이고(내 눈에는 그렇게 보이고), 무겁고 깜깜하다. 여자가 눈동자를 빛내며 나에게 귀를 기울이고 있다는 느낌이 전해진다. 그 때문에도 나는 커튼의 칙칙함에서 눈을 돌릴 수가 없다.

"범인을 한 사람이 아니라 여럿, 더 그럴듯하게는 하나의 조직으로 보는 거지요."

내 안에 어떤 생각이 들어와 있었던가. 나도 그녀가 그런 것처럼 어떤 상상인가를 하고 있었더란 말인가. 그렇다면 언제부터? 나는 모른다. 하지만 나는 이 호기심 많은 소설가 지망생의 상상력을 보완해주기로 한다. 그런 과정을 통해 내 안의 난삽한 상념들이 저절로 제자리를 찾아가기 바라는 마음도 없지 않다.

"이를테면 결속력이 매우 강하고 상당히 이념 지향적인, 일종의 비밀결사와 같은 단체를 상정할 수 있겠지요. 만일 그렇다면 손철희는 한 명이 아닐 수 있는 거고. 그가 그 조직의 일원일 뿐이라면 그가 잡혀도 그들의 활동은 멈추지 않지요. 그는 단지 그들 가운데 하나일 뿐이니까. 그 손철희가 할 수 없다면 다른 손철희가 하겠지. 또는 손철희의 주장에 공감하는 사람들이 손철희 사건 이후 그런 단체를 결성, 손철희의 정신을 계승하려 하고 있다는 가정도 할 수 있고요."

"대단해요. 그렇게 상상해볼 수가 있겠네요. 화살 문제도 자연스레 해명이 되구요."

"하지만 그건 어디까지나 가정일 뿐이지요."

"그렇고말고요. 그렇긴 해도 꽤 그럴듯한데요?"

여자의 길고 곧은 머리카락이 출렁인다. 그녀가 머리를 앞뒤로 흔들며 유쾌하게 웃기 때문이다. 그녀의 웃음은 어찌나 가벼운지 까르륵거리며 금방 허공으로 날아가버린다. 나는 그 웃음을 뒤로하고 도서관을 빠져나온다. 내 가방에는 손철희에 대한 신문 기사를 복사한 한 묶음의 종이가 들어 있다. 나는 그것을 옆구리에 차고 걷는다. 손철희의 눈빛이 보이고 그 음성이 들린다.

신천지설계협의회와 손철희 사이의 관계에 대한 나의 의구심은 심화되었다. 그가 어떤 단체와 연관을 맺고 있다면, 그것은 신천지설계협의회, 또는 그와 유사한 단체일 가능성이 높다. 다른 경우, 만일 최근에 일련의 사건을 벌이는 자들이 손철희의 정신을 계승하려는 목적으로 손철희가 체포된 후 어떤 단체인가를 만들었고, 그 단체가 신천지설계협의회일 것이라고 추측할 수도 있다.

이 단체가 화살 사건을 벌이고 있다는 확증은 물론 없다. 하지만 그렇게 유추할 만한 근거는 가지고 있다. 그들은 나에게 신호를 보내왔다. 그 신호 속에 희미하지만 부정하기 힘든 힌트가 들어 있었다. 문제는 그 신호를 그들이 왜 나에게 보냈느냐는 것이다.

이 단체는 어둠 속에 묻혀 있다. 그런 그들이 어째서 나에게 신호를 보낸 것일까. 나에게, 왜, 그들이 신호를? 내가 그들과 같은 족속이라는 걸 간파했다는 뜻일까? 아마도 그런 것 같다. 내가 그들과 같은 족속이라고? 아마도 그런 것 같다.

손철희에 대해, 손철희를 향해 솟구치는 이 뜨거움을 어째야 할까. 그 뜨거움 속에는 의혹과 선망이 반씩 섞여 있다. 나는 그를 계속해서 무시해야 할지, 아니면 숭배해야 할지 결정하지 못하고 있는 나 자신에 대해 조금 난처한 기분을 느낀다. 그는 어떤 대접인가를 받아야 한다. 요컨대 그는 악마이거나 초인이다. 그는 아무것도 아닐 수 없다. 나는 사람을 행동으로가 아니라 정신으로 판단하고 평가해야 한다고 생각해온 사람이다. 따라서 나는 그가 몇 사람을 죽였느냐가 아니라, 그가 무엇 때문에 그런 짓을 했느냐에 관심을 기울인다. 그는 자신의 내면에 있는 것을 숨기지 않았다. 숨기다니. 그는 너무 떳떳하고 지나치게 당당하다. 그의 정신에 동조할 것인가, 하지 않을 것인가는 이제 나의 문제다. 나는 그의 행동이 아니라 정신에 대해서 동조하지 않을 수 없다는 예감에 사로잡혀 있다. 적어도 이 한 가지 사실만은 부정할 수 없기 때문이다.

그는 매우 특별하다. 특별하다는 건 무엇보다 중요하다. 특별한 것은 특별한 대접을 받아야 한다.

5월 3일 화요일

"임순관 씨입니까?"

전화기 속에서 들려오는 목소리가 어딘지 귀에 익다. 나는 웬만해서는 한 번 들은 목소리를 잘 잊어버리지 않는데, 이 목소리는 틀림없이 어디선가 들은 목소리다. 어디선가 들은 건 분명한데 정작 어디서 들었는지는 잘 생각이 나지 않는다. 누구일까? 이 목소리를 언제 어디서 들었을까? 나는 부산하게 기억을 더듬는다. 하지만 기억은 나에게 아무것도 말하려 하지 않는다.

얼핏 잠이 들었을까. 아마 그랬던 것 같다. 꿈속에서인 양 아득하게 전화벨이 울렸고, 나는 무의식적으로 수화기를 들었다. 어쩌면 실제로 꿈을 꾸고 있는지도 모르겠다. 아니, 뭐라고 말할 수가 없다. 꿈이라기엔 현실 같고, 현실이라기엔 꿈 같다. 그런데 이 목소리는 대체 누구의 것일까.

"누구십니까?"

나는 한 번 더 상대에게 말을 시킨다. 장담할 수는 없지만, 한 번 더 들으면 그 목소리의 주인을 알아낼 수 있을 것 같다.

"당신이 임순관 씨라는 걸 알고 있어요."

그는 내가 바라는 대로 자신의 목소리를 다시 들려준다. 하지만 나는 여전히 그가 누구인지 알아채지 못한다.

"당신은 우리의 초대를 받았습니다. 우리는 당신을 초대하기로 했습니다."

나는 상대방의 목소리에만 온 신경을 집중하고 있기 때문에, 그 목소리 안에 담긴 내용을 곧바로 이해하지 못한다. 내가 곧바로 응수하지 않은 것은 그 때문이다.

"우리가 누구인지는 이야기하지 않아도 알 겁니다. 우리는 당신을 잘 알고 있고, 당신도 우리를 잘 알고 있습니다."

"누구요?"

그제서야 나는 더듬거리며 묻는다.

"우리가 누구인지 모른단 말입니까?"

"당신은 당신이 누구인지 말을 하지 않았어요."

"말을 하지 않은 것은 말을 하지 않아도 되기 때문이지요. 잘 생각해보세요. 정말로 누군지 모르겠어요?"

나는 고개를 젓는다.

"떠올려보세요. 전혀 떠오르는 이름이 없어요?"

나는 잠시 머뭇거린다. 상대방의 다그침 때문일까, 문득 어렴풋하게나마 작자를 알고 있다는 생각이 든다.

"짚이는 것이 있긴 한데, 혹시⋯⋯."

"그래요. 당신이 지금 떠올리고 있는 이름이 맞아요. 당신은 우리들에게서 연락이 오기를 기다리고 있었다는 걸 인정하겠습니까?"

"당신들을 기다린 건 아니에요."

"정직하게 말해요. 정말로 기다리지 않았어요?"

"모르겠어요."

"분명하게 말해보세요. 기다리지 않았어요?"

"그러니까…… 기다렸던 것 같긴 합니다."

대화가 이상한 방향으로 전개되고 있다는 느낌이 없지 않지만, 그와 동시에 내 힘으로 그 방향을 바꾼다는 게 쉽지 않을 거라는 예감도 같이 따라붙는다. 그의 말대로, 그들이 누구인지 잘 알고 있는 것 같고, 어쩐지 그들의 연락을 기다리고 있었던 것 같은 느낌이 든다.

"당신은 당신의 그 기다림으로 우리의 초대를 이끌어내는 데 성공했어요. 우리는 원치 않는 사람은 초대하지 않아요."

"당신들을 만나기 위해…… 내가 어디로 가야 합니까?"

"아무 데도 가지 마세요. 당신의 삶에 아무런 변화도 주려고 하지 마세요. 어제처럼 오늘을 사세요. 유념할 것은 우리의 모임은 실체가 없다는 것입니다. 형체도 없고 조직도 없어요. 우리는 한 명이고 동시에 천만 명이지요. 우리는 아무 데나 있고 아무 데도 없어요. 우리는 완전합니다. 우리는 비밀결사예요. 비밀결사의 생명은 비밀에 있지요. 그렇다고 당신에게 비밀을 지킬 의무가 주어진다는 뜻은 아니에요. 당신이 비밀을 지키든, 지키지 않든 상관없어요. 하지만 당신이 비밀을 지키지 않는 순간 당신은 이미 우리가 아닌 게 됩니다. 그러므로 당신은 우리에 대해 아무것도 말할 수 없어요. 우리가 아닌 사람이 우리에 대해 말하는 건 불가능하니까. 비밀을 지키는 자만이 비밀을 가질 수 있어요. 비밀을 지키지 않는 자에게는 지키지 않을 비밀도 없는 거지요. 거듭 말하지만, 우리는 실체가 없어요. 우리는 한 명이고, 동시에 천만 명이에요. 우리는 완전합니다."

"내가 무엇을 어떻게 해야 합니까?"

"당신이 무엇 때문에 우리의 초대를 받았는지 잘 생각해보세요. 당신이 무엇 때문에 우리를 기다렸는지. 그러면 당신이 무얼 해야 하는지 알게 될 것입니다. 아무도 당신에게 지시하지 않을 겁니다. 지시하는 자는 당신 자신이에요. 당신의 내부에서 들리는 목소리에 귀를 기울이세요. 당신 자신이 요청하는 일을 하세요. 당신 안의 천만 명이 하는 말을 들으세요. 우리가 당신을 잘 알고 있다는 사실을 기억하십시오."

전화가 끊긴다. 꿈을 꾸었는가. 아니, 꿈이라고 잘라 말할 수 없다. 그러면 현실 속에서 통화를 한 것인가. 그것도 장담할 수 없다. 현실과 비현실이 마구 뒤엉켜 있다.

그들이 나를 찾았다. 확실한 것은 그것이다. 그리고 그것만이 중요하다. 사실 그들의 초대는 예정되어 있었던 것이고, 그가 상기시킨 대로 나는 그들을 기다리고 있었다. 이제 머뭇거림 없이 말할 수 있다. 나는 안다. 내가 기다린 것처럼 그들도 기다렸다. 때가 무르익었고, 조건들이 충족되었다. 나도 준비가 되었고, 그들도 준비가 되었다. 그래서 우리의 접촉이 이루어졌다. 그는 말했다. "당신이 무엇 때문에 우리의 초대를 받았는지 잘 생각해보세요. 그러면 당신이 무얼 해야 하는지 알게 될 것입니다……. 지시하는 자는 당신 자신이에요……." 알게 될 것이다. 알게 되지 않을 수가 없을 것이다……. "당신 자신이 요청하는 일을 하세요. 당신 안의 천만 명이 하는 말을 들으세요……."

그 어느 순간, 통화를 하는 동안 그렇게 궁리를 해도 생각나지 않던 그 목소리 임자의 얼굴이 갑자기 눈앞에 선명하게 떠오른다. 나는, 나도 모르게 소리를 지르며 벌떡 몸을 일으킨다. 그자가, 설마? 아닐지도 모른다고 고개를 저어본다. 하지만 그자의 얼굴은 한층 또렷하게 확대되어 내 시야를 까맣게 채운다.

나는, 그에 대해 글을 쓴 적이 있다. 드물게 보는 추물이라고 쓰고, 얼굴이 못생겼다는 것은 그다지 큰 허물이랄 수 없다고 덧붙였었다. 그의 얼굴은 상대방에게 혐오감을 준다고 썼다. 어떤 말이나 행동이 아니라 그의 존재 자체가 혐오감을 주는, 그런 사람이라고 썼다. 악취를 풍기는 사람이라고 썼다. 인간답지 않다고 썼다. 그리고 마지막으로 그가 풍기는 혐오스러움의 악취는 나에게서도 풍겨 나온다고 썼다. 나 또한 그와 같은 부류의 인간임을 이미 나는 그 글에서 고백했다.

그자는 우편물을 가지고 와서 "임순관 씨입니까?" 하고 물었다. 화가 난 것 같은 얼굴로 그때 그는 그 한마디만을 했다. 통화를 하는 동안 곧바로 기억 속에서 그를 불러내지 못한 것은 입력된 목소리 정보의 양이 너무 적었기 때문일 것이다. 하지만 기억에서 건져 올린 이상, 나는 그 한마디 속에서도 목소리의 특성을 구별해내는 데 실패하지 않는다. 그가 그다. 그가 그라니……. 나는 방 안을 왔다 갔다 한다. 그가 그라는 사실이 반가운 건지 싫은 건지 모르겠다. 놀라운 건지 당연한 건지 모르겠다. 하기야 그가 누구든 상관없는 일이긴 하다.

그런데, 이상하다. 왜 이렇게 가슴이 뛰는 걸까.

같은 날, 밤

「욥기」를 읽었다. 이상한 책이다. 독화살을 맞은 것처럼 온몸이 부서지고, 깊은 심연 속으로 가라앉는 것 같다.

전능자의 화살이 내 몸에 박혔으니 나의 심령이 그 독을 마시게 되었구나.
(「욥기서」 6장 4절)

5월 4일 수요일

나는 베란다 창문으로 그를 내려다보고 있다. 그는 오토바이를 타고 있다. 오토바이의 손잡이 부근에 붉은 가방이 걸쳐져 있다. 그는 몸이 뚱뚱하고, 얼굴이 까만 편이다. 어디서든 금방 눈에 띄는 용모이다. 뚱뚱한 몸과 검은 얼굴 때문이 아니다. 그에게서는 독특한 기운이 발산되어 나온다. 거북하고 혐오스럽다.—그것 때문에 나는 그를 알아본다. 화난 것 같은 표정으로 어기적거리는 그를 바라보면서 나는 일종의 동지 의식 같은 걸 느낀다.

마침내 그는 내가 살고 있는 아파트 통로 쪽으로 들어온다. 나는 기다린다. 그가 내 아파트의 현관에 매달린 초인종을 눌러주기를. 쿵쿵거리는 발소리가 들리고 이윽고 초인종 소리가 난다. 나는 누구냐고 묻지도 않고 문을 연다.

"임순관 씨입니까?"

오, 그 목소리! 그는 이번에도 똑같이 묻는다. 나는 그렇다고 대답하고, 그러자 그는 도장을 찍는 제스처를 해 보인다. 그는 나의 얼굴을 쳐다보지 않는다.

"나한테 뭐가 왔나요?"

그는 대답하지 않는다. 그는 할 말을 다 했다. 그가 더 무슨 말인가를 할 것이라고 기대할 수 없다. 나는 도장을 건넨다. 그는 한쪽 주머니에서 동전 크기만 한 인주갑을 꺼낸다. 그는 가지고 있는 서류에 내 도장을 찍은 다음 한 통의 우편물과 함께 돌려준다. 그의 손끝이 내 손가락을 스친다. 그 접촉의 느낌이 어쩐지 야릇하다. 정전기라도 일어난 것처럼 짜릿하고 가슴이 쿵쾅쿵쾅 방망이질을 한다. 나는 그자와 접선을 하고 있다. 접선하고 있다. 접선을……. 그러나 그는 아무 신호도 보내지 않는다. 무덤덤하고 지친 표정으로 제 할 일을 할 뿐이다.

그가 건네준 우편물은 그다지 무겁지는 않지만, 꽤 크고 두툼하다. 네모 반듯한 모양이 무슨 박스를 포장한 듯하다. 그는 그것을 내게 건네고는 그만 몸을 돌려버린다. 나는 그의 뒷모습을 보고 있다가 충동적으로 부른다.

"이것 보세요."

그가 원한다면 나는 그를 내 방으로 불러들일 수도 있다. 그럴 수 있을 것 같다. 하지만 그가 그걸 바랄까? 모르긴 해도 원치 않을 것 같다. 왜냐하면 나라도 원치 않을 테니까. 그는 발걸음을 우뚝 세우고 가만히 고개를 돌려 나를 본다. 그의 눈은 작고 가늘다. 그의 코는 하늘을 향해 솟아 있다. 그의 입술은 두껍고 입술 끝에 검은 점이 붙어 있다. 나는 공연히 숨이 막힐 것 같다.

"당신은…… 당신은……."

나는 무슨 말인가를 하려고 한다. 무슨 말인가 할 말이 있을 것 같다. 그런데 이상하게도 입이 열리지 않는다. 그의 시선이 내 입을 막아버린 것일까. 어쩌면 그런지 모른다. 나는 그 순간에, 아주 미세하긴 하지만, 그의 표정이 잠깐 일그러지는 걸 보았다. 그 표정의 미세한 변화에서 나는 그의, 나에 대한 경고의 메시지를 읽는다. 그는 내게 침묵을 지시한다. 나의 입은 닫힌다. 나는 손을 내저으며 아무 일 아니라고 해명한다. 그는 아무 말도 하지 않고 다시 몸을 돌려 복도를 빠져나간다.

그가 완전히 계단을 내려간 것을 확인한 후 나는 집 안으로 들어와 문을 잠근다. 영문 모를 한숨이 새어 나온다. 누군가 복도에 나와 염탐하는 자가 있을지 모른다. 무법자들처럼 내 현관문을 열고 침범해 들어올지도 모른다. 그러고도 남을 위인들이라는 걸 이미 경험했다. 나는 나의 이웃들을 신뢰할 수 없다. 그들은 무슨 일을 할지 모르는 사람들이다. 야만스럽고 몰상식하고 도무지 타인을 배려할 줄 모르는 위인들이다. 그들은 나에 대해 그렇게 생각하고, 나는 그들에 대해 그렇게 생각한다. 서로 간에 믿음 같은 것은 조금도 없다.

내가 받은 소포의 발신인은 신천지설계협의회이다. 그들로부터 무언가 연락이 올 것이라는 예상은 했지만, 이렇게 부피가 있는 물건은 좀 뜻밖이다. 포장지는 끈으로 묶여 있고, 또 사방으로 접착제가 붙어 있다. 나는 가위를 들고 포장을 푼다. 끈을 자르고 접착제를 뜯어낸다. 직사각형의 길쭉한 나무 상자가 나온다. 그 상자에도 접착력이 좋은 테이프가 붙어 있다. 나는 그것을 가위로 잘라낸다. 나무 상자의 뚜껑을 열자 이번에는 보자기가 나타난다. 보자기는 검은색인데, 그것은 마찬가지로 길쭉한 직사각형의 종이 상자를 싸고 있다. 종이 상자에 붙어 있는 접착 테이프를 뜯어내자 비로소 내용물이 나온다. 그것은 흰 종이에 덮여서 뇌관처럼 누워 있다. 본래의 날카로움을 감춘 채 숨죽이고 있는 세 개의 짧은 화살. 그것들은 내가 숨을 불어넣어주기를 기다리고 있는 것 같다. 내가 생기를 불어넣으면 화살들은 생생하게 살아나 날카로운 상징이 될 것이다. 그리고 나는 내부에서 끓어오르는 열기에 사로잡힌다. 상징으로 말하기 위해 화살들은 존재하고, 그것들을 깨워 상징으로 말하게 하기 위해 나는 존재한다.

 화살들은 전령처럼 나에게로 왔다. 그것들은 내가 그들과 하나임을 선언한다. 그들과 내가 '우리'임을 선언한다. 나는 하나이며 동시에 천만이다. 나는 나이면서 동시에 우리이다. 나는 화살을 가만히 만져본다. 체온이 느껴지는 듯하다. 그것은 '우리'의 체온이다. 그 체온이 내 가느다란 실핏줄들을 통과해서 가슴에 전달된다. 그들이 나를 택했다는 사실이 얼마나 고맙고 감격스러운지 눈물이라도 흘리고 싶을 지경이다. 내 뛰는 가슴을, 그 가슴속에서 흐느끼는 피를 그들에게 보여주고 싶다. 그것은 불가능하지 않다. 그들은 하나이면서 천만이다. 그들은 나다. 나는 우리다. 우리는 어디에나 있고 어디에도 없다. 있으면서 없다. 있지만 없고, 없지만 있다. 그것이 비밀결사의 정체임을 이제 나는 안다.

 나는 살겠다. 나는 죽지 않고 살아 있겠다. 물론 나는 내가 머지않아 죽으리라는 걸 예감하고 있다. 살 만큼 살았다는 뜻이 아니다. 내 안에는 이미 죽음들이 들어와 살고 있다. 죽음은 내 안에서 조금씩 성장하고 있다. 그것이 조금만 더 자라면 나를 해치려 할 것이다. 의사는 폐결핵 운운하지만, 그의 진단은 틀렸다. 나는 내 안에 무엇이 들어 있는지 안다. 그것은 결핵균이 아니라 독이다. 설령 결핵균이 들어 있다 하더라도. 독을 이기지 못할 것이다. 나는 죽을 것이로되 결핵 때문에 죽지는 않을 것이다. 내가 죽는 것은 내 안에 이미 들어와 살고 있는 죽음 때문에 죽는 것이다. 죽음이 힘이 세지고 몸이 불어나서 나를 무너뜨릴 수 있게 되면 죽는 것이다. 하지만 만고불변의 진리가 있나니, 사명이 있는 자는 죽지 않는다. 그 사명이 그를 죽지 못하게 한다. 나에게는 살아야 할 이유가 생겼다. 나는 바닥까지 내려갔고, 바닥을 통해 정상에 닿았다. 그러므로 나는 죽을 때까지는 죽지 않을 것이다. 죽지 않고 살아 있을 것이다.

나는 화살들을 종이 상자 안에 넣고 검은색 보자기로 싼다. 그것을 다시 나무 상자 안에 넣는다. 나무 상자의 아귀를 접착테이프로 붙이고 처음처럼 포장을 한다. 나는 그것을 소중하게 끌어안고 내 침대 위에 올려놓는다. 이젠 됐다. 그런 말이 내 입에서 나온다. 나는 안도한다.

5월 5일 목요일

무선호출기가 울릴 때, 나는 두 시간째 일을 하고 있었다. 나는 손철희의 원고를 더 이상 미루지 않기로 작정한 터였다. 그가 사형을 당하든 당하지 않든 그것은 별로 중요하지 않다. 나는 그의 삶을 글자로 옮겨야 한다. 그는 살았고, 나는 그가 산 것을 쓴다. 산 것은 그의 일이고, 쓰는 것은 나의 일이다. 나의 일 속으로 그의 일이 들어온다. 그의 일 속으로 나의 일이 들어간다고 해도 사정은 다르지 않다. 어쨌거나 씀으로써 나는 그의 일에 참여한다. 나의 참여는 단순한 참여일 수 없다. 나의 쓰기를 통해 그의 일이 완성된다고 하면 어떤가. 말하자면 나는 씀으로써 그의 일을 완성시키는 것이다.

그의, 어머니에 대한 경도된 애정과 아버지에 대한 사무친 원한에 단초를 제공한 것으로 유추하게 만드는 원초적 경험이 그의 기록에 있다. 그의 어머니는 그가 어렸을 때 세상을 떠난 것으로 되어 있는데, 그 대목이 심상치가 않다. 외간 남자와 간통을 했다는 혐의를 받은 그녀는 마을 회의의 결정에 따라 멍석말이를 당한다. 멍석에 말려서 동네 끝에서 끝까지 굴림을 당하며 발길질과 몽둥이질을 당했는데 그 과정에서 숨을 거두고 말았다. 그 장면을 목격한 어린 손철희는 당연히 몹시 큰 충격을 받았고, 그 충격은 그의 기억 속에 각인되어 세월이 흘러도 사라지지 않고 남아 있다. 더구나 그는 그의 어머니가 억울하게 누명을 쓰고 죽었다고 생각하고 있으며 누명을 씌운 장본인이 바로 자신의 아버지라고 믿고 있다. 어머니에 대한 그의 애틋한 그리움은 역설적으로 아버지에 대한 그만한 크기의 증오심을 키웠다.

그자는 나의 출생에 대해 의심을 품고 있었다. 그자는 나를 가리켜 자기 새끼가 아니라고 하면서, 기회만 있으면 어머니를 괴롭히고 때렸다. 불쌍한 어머니. 자기 새끼가 아니라는 그자의 말은 옳다. 내가 어떻게 그자의 아들이겠는가. 그자가 옳지 않은 것은 어머니를 괴롭힌 것이다. 그자는 그럴 자격이 없다.

어머니는 마지막까지 나의 진짜 아버지가 누구인지 말해주지 않았다. 그것은 내 스스로 깨달아야 할 숙제였고, 나는 그렇게 했다. 어머니는 말할 수 없었으리라. 나는 나의 어머니를 이해한다. 내 기억 속에서 어머니는 너무 자주 울었다. 돌이켜보건대 나는 어머니의 눈물에 의해 키워졌다. 그 눈물은 나에게 증오를 가르쳤다. 나는 내 손으로 반드시 어머니의 한을 풀어주겠다고 다짐하며 유년 시절을 보냈다.

이 세상에서 내 어머니의 삶은 너무 곤핍했다. 세상은 그녀를 이해할 수 없었고, 그녀 자신조차 자신을 이해하지 못했다. 그녀가 자신을 이해하게 된 것은 다른 세상으로 옮겨져 간 다음이었다. 그러나 세상은 그녀가 이 세상에서 사라진 이후에도 그녀를 옳게 이해하려고 하지 않았다. 다른 세상으로 옮겨 간 이후에 비로소 그분은 나에게 제대로 말하기 시작했다.

이 부분을 원고로 옮기고 있을 때, 호출기가 삐삐 소리를 냈다. 나를 호출한 사람이 누구인가는 확인할 필요가 없다. 왜냐하면 나를 호출할 사람은 한 사람밖에 없기 때문이다. 호출기가 나를 불렀으므로 나는 하던 일을 멈추고 지체 없이 일어나야 한다. 언뜻 시계를 본다. 10시 20분. 밤이 이미 꽤 깊었다. 하지만 이런 시간에 사람을 오라 가라 한다고 불평을 늘어놓을 처지가 아니다. 그녀는 마음먹은 대로 할 수 있다. 밤이 아니라 새벽이라도 할 수 있다. 짜증이 나고 귀찮더라도, 나는 그녀의 호출에 응해야 한다. 복종하지 않는 건 불가능하다. 복종하지 않는다고? 내가? 내가 어떻게 그럴 수 있단 말인가. 그녀는 나를 압도하고 있다. 이 세상에서 나를 압도한 최초의 사람이 그녀다. 그녀는 압도하는 자이고, 나는 압도당하는 자이다.

나는 서둘러 얼굴을 씻은 다음 옷을 꾸려 입고 집을 나선다. 밤 10시 30분. 집 앞에서 택시를 잡아타고 강변을 달리게 한다. 택시 기사는 왕복 요금을 요구하고, 나는 그러마고 약속한다. 밤바람이 아주 조금 열려 있는 운전사 옆의 유리창을 통해 들어와 볼을 때린다. 운전기사는 라디오를 튼다. 밤인데도 비트가 강한 노래가 나온다. 운전사는 라디오를 끄고 테이프를 꽂는다. 어쩐 일인지 한참을 기다려도 노래가 나오지 않는다. 이것저것 만져 보던 운전기사는 알아들을 수 없는 소리로 투덜거리며 도로 테이프를 빼버린다.

차선을 바꿔가며 택시는 한적한 강변길을 전속력으로 달린다. 어찌나 속도를 내서 달렸는지, 리버힐에 도착했을 때, 운전석 앞에 붙박인 시계를 보니 이제 겨우 11시다. 삼십 분 만에 그 길을 달려왔다는 사실이 믿어지지 않아서 나는 내 손목에 차고 있는 게으른 시계를 본다. 내 게으른 손목시계는 아직 11시가 되지 않았다.

택시에서 내린 나는 곧장 강 쪽으로 돌아간다. 민초희가 알려준 통로가 그곳에 있다. 그 통로에 있는 엘리베이터를 이용하면 사람들을 만나지 않고도 5층까지 곧바로 올라갈 수 있다고 했다.

엘리베이터는 강을 보면서 올라간다. 하지만 강은 물을 보여 주지 않는다. 강은 출렁이지 않는다. 강은 어둡고 무겁다. 나는 그 어둡고 무거운 강 위에 침대를 그려본다. 다리가 길고 가느다란 침대. 그 위에 나는 제물처럼 눕는다. 누운 채로 나는 기다린다. 어디 있다가 나타나는 걸까? 이윽고 쥐들이 끽끽거리며, 춤추며 내 살을 뜯고, 침대의 다리를 갉아댄다. 그들의 이빨에 내 몸은 넝마처럼 해지고, 마침내 침대 다리가 부러진다. 어둡고 무거운 강물 속으로 침대가 빠진다. 넝마가 된 내 몸도 빠진다. 검고 무거운 강물이 탐욕스럽게 제물을 삼킨다. 하지만 쥐들은 강물 속에 빠지지 않는다. 그들은 무겁고 검은 강물 위를 폴짝폴짝 뛰어다니며 춤추고 노래한다……. 무겁고 어두운 강물이 내 마음속으로 밀려 들어온다. 내 마음도 강물처럼 어둡다.

불이 꺼져 있는 복도는 칠흑처럼 어둡다. 어디엔가 스위치가 있을 텐데 찾을 수가 없다. 벽을 더듬어본다. 하지만 손에 잡히는 게 없다. 나는 기억이 손짓하는 방향을 따라 조심조심 걸어간다. 이윽고 문고리가 잡힌다. 가만히 밀어본다. 스르르 문이 열린다. 조심스럽게 안으로 발을 들여놓는다. 어둠은 여전하고 안쪽에서 무슨 소리인가가 들리는 듯하다. 귀를 기울여본다. 그러나 내 귀는 그 소리의 내용을 분별하지 못한다. 그 대신 눈이 어둠에 익어가면서 주변이 희미하게 밝아 보이기 시작한다. 나는 다시금 벽을 더듬어 앞으로 나아간다. 또 다른 문고리가 잡힌다. 나는 망설이지 않고 문을 민다. 비로소 방이 나타난다.

환하게 밝지는 않지만 사물의 윤곽을 파악하는 데는 별 불편이 없는 조명이다. 익숙한 물건들이 보인다. 소파, 탁자, 유리, 그리고 거울…… 아니, 이 방에는 거울이 없다. 저쪽 방에는 거울인 것이 이 방에서는 유리이다. 그 특수한 거울-유리는 이 방과 저 방을 가르고 있다. 그 유리 벽 앞에 누군가 몸을 웅크리고 있다. 그는 무슨 일인가에 열중해 있다. 내가 방문을 열고 들어갔을 때, 그는 힐끗 고개를 돌려 나를 보았다. 그러나 그뿐 이내 무심한 듯 고개를 돌리고 하던 일을 계속한다. 나는 그가 민초희의 충성스런 운전기사라는 것을 알아차린다. 그리고 그가 무슨 일을 하고 있는지도 어렵지 않게 눈치챈다. 그렇기 때문에 그에게 뭘 하고 있는 거냐고 묻지 않는다. 그런 질문은 무의미하다. 대답을 이미 알고 있기 때문에 무의미하고, 또 그가 나의 질문에 대답하지 않을 줄 뻔히 알기 때문에 무의미하다. 그는 저쪽 방의 내부가 환하게 투영된 유리 벽 앞에 몸을 붙이고 서서 촬영을 하고 있다. 그의 어깨 위에는 이엔지(ENG) 카메라가 부산하게 움직이며 유리 벽 너머의 광경을 쓸어 담고 있다.

유리를 통해 건너편 방의 모습이 적나라하게 드러난다. 나는 원형의 기다란 탁자를 방의 중앙에서 본다. 그 탁자 위에 차려진 음식들과 술병들과 술잔들을 본다. 그리고 나는 또 원탁에 둘러앉거나 주변을 서성이고 있는 사람들을 본다. 여러 명의 남자들과 여러 명의 여자들을 본다. 그들의 표정과 옷차림과 자세가 흐트러져 있다. 어떤 사람은 비스듬히 누워 있고, 어떤 사람은 서서 춤을 추고 있다. 어떤 사람은 낄낄거리고 있고, 어떤 사람은 눈을 감고 있다. 어떤 여자는 어떤 남자의 무릎에 앉아 있고, 어떤 남자는 어떤 여자의 몸을 타고 누워 있다. 나는 그들을 본다. 열 명 정도로 짐작되는 남자와 여자들 가운데 반 이상은 낯이 익다. 그들은 나를 모르지만 나는 그들을 안다. 그 가운데 한 명은 대기업의 회장이다. 그 가운데 한 명은 현직 장관이다. 그 가운데 한 명은 최근의 여론조사에서 남자 직장인들로부터 '가장 데이트하고 싶은 여자 연예인'으로 뽑힌 미모의 탤런트이다. 그 가운데 한 명은 한 텔레비전 방송에서 오락 프로 사회를 맡고 있는 미인 대회 출신 가수이다. 그들의 면면으로 보아, 내가 확인하지 못한 나머지 사람들도 사회적 지명도가 꽤 높은 인사들일 가능성이 높다.

그들은 너무나 가까운 곳에 있다. 투명한 유리 벽 하나가 그들과 나 사이에 가로놓여 있을 뿐이다. 때때로 그들의 눈이 내 눈과 마주치기도 한다. 나는 찔끔 놀라서 눈을 피하는데, 그들을 향해 카메라를 들이대고 있는 작자는 꿈쩍도 하지 않는다. 그도 그럴 것이 저들은 이쪽 방에 있는 나와 작자의 존재를 의식하지 못한다. 그들이 의식하지 못한다는 것을 작자는 알고 있다. 그가 옳다. 꿈쩍할 이유가 없는 것이다.

그런데 왜 내 가슴은 흔들릴까. 그런데 왜 내 정신은 양옥 지붕 위에 세워진 망가진 텔레비전 안테나처럼 비틀거릴까.

한쪽에서 몸을 흔들며 노래를 부르는 한 여자를 나는 본다. 그녀는 가죽옷을 입었고, 가죽 장갑을 끼었고, 가죽 장화를 신었고, 가죽 채찍을 들었다. 노래를 부르면서 그녀는 채찍을 휘두른다. 나는 그녀를 안다. 민초희, 그녀의 채찍이 '가장 데이트하고 싶은' 탤런트의 머리카락을 스친다. 탤런트의 옷 속으로 손을 집어넣고 있던 회장이 상체를 흔들며 웃는다. 그의 탐욕스럽게 큰 입이 천장을 집어삼킬 것처럼 벌어졌다가 닫힐 줄 모른다. 그자의 맞은편에 앉아 있던 남자(그는 여자를 자기 무릎에 올리고 있는데)는 입 큰 남자에게 술잔을 권하고 자신은 술병을 입에 문다. 바닥에 누워 있던 뚱뚱한 남자가 비틀거리며 일어나 춤을 추기 시작한다. 그의 몸동작은 한없이 느리고 끈적끈적하다. 긴 다리에 짧은 치마를 입은 여자(그녀도 꽤 낯이 익다. 아마 그녀도 가수이거나 탤런트이거나 영화배우일 거라고 나는 추측한다)가 뚱보를 따라 흐느적흐느적 춤을 춘다. 그 여자는 이제껏 그 뚱보의 몸 아래 있었다……. 나는 그들을 본다.

그런 어느 순간 돌연 민초희가 채찍으로 탁자를 친다. 그녀가 무슨 말인가를 하기 시작한다. 그녀의 말이 끝나기 전에 어떤 사람이 박수를 친다. 다른 사람들도 따라서 박수를 친다. 어떤 남자는 휘익, 휘파람을 분다. 민초희는 채찍을 말아 쥐고 미인 대회 출신 가수에게 다가간다. 검은 장갑을 낀 그녀의 손이 가수의 머리채를 잡는다. 민초희는 그녀를 원탁으로 끌어 올린다. 나는 본다. 가수는 원탁에 세워진다. 그녀는 빨간색 치마와 빨간색 블라우스와 빨간색 하이힐을 신었다. 여기저기서 다시 박수 소리가 들리고 가수는 불안하게 이쪽저쪽을 두리번거린다. 그녀의 웃고 있는 얼굴이 찡그러져 보인다. 그러나 그녀의 얼굴은 무슨 일이 벌어질지 예감하고 있는 표정이다. 예감하고 있다는 것은 준비하고 있다는 뜻이다.

가슴에서 반란이 시작되려 하고 있다. 뾰족한 바늘 끝들이 서서히 일어서려는 조짐을 보이기 시작한다. 삼십 초 간격으로 한 번씩 가슴속이 따끔거린다. 삼십 초 간격으로 한 개씩 바늘들이 일어서는 것 같다. 수백 수천 개의 뾰족한 바늘들이 곧 가슴에 촘촘히 박힐 것이다. 나는 불안하다. 엄습해올 통증이 두렵다. 요새는 한 번 통증이 찾아오면 거의 항상 내가 인내할 수 있는 수준을 넘어서버린다. 가슴을 찌르는 통증으로부터 피신하기 위해 나는 일부러 유리 벽에 투영되고 있는 그림들에 신경을 집중한다. 그들은 움직이고 나는 본다.

"뭘 하는 겁니까?"

나는 독일 병정을 향해 묻는다. 하지만 그가 대답해줄 까닭이 없다는 걸 나는 누구보다 잘 안다. 그는 그렇게 친절한 사람이 아니다. 누군가 가수의 눈에 검은 천을 씌운다. 원탁 위에서 눈이 가려진 가수는 노래를 부르지 않는다. 그녀는 노래 부르는 대신 춤을 춘다. 나는 본다. 흐느적거리며 춤을 춘다. 다리와 가슴과 허리가 흔들린다. 그녀가 춤을 추면서 하나씩 옷을 벗는다. 방 안에 있는 사람들이 원탁 가까이 몰려든다. 가수가 몸을 낮춘다. 그녀는 탁자 위에 엉덩이를 붙이고 다리를 벌린다. 누군가 원탁을 돌린다. 원탁은 천천히 빙글빙글 돈다. 사람들이 원탁에 눈을 붙이고 여자의 몸을 관찰한다. 남자들이 팔을 뻗어 가수의 몸을 만진다. 얼굴을 만지고, 다리를 만지고, 허벅지를 만지고, 엉덩이를 만지고, 가슴을 만진다. ……그리고 이 모든 장면들이 빠짐없이 카메라에 붙잡힌다.

나는 꿈을 꾸고 있는 것인가. 그러나 꿈일 리 없다는 걸 나는 알고 있다. 꿈이 아니라면 내 눈앞에 벌어지고 있는 장면들이 모두 현실이란 말인가. 이 일들이 현실 속에서 벌어지고 있단 말인가. 현실이라면, 민초희의 방은 마술이 지배하는 공간인지 모른다는 엉뚱한 생각이 든다. 아마도 그녀는 마술사일 것이다. 그곳에 들어간 사람들은 너나없이 모두들 마술에 걸려서 자동인형들처럼 움직이게 되는 것이 아닐까. 내가 그런 것처럼. 날 선 바늘들이 가슴을 찌른다. 따끔거림이 십여 초 간격으로 좁혀졌다. 나는 가슴을 친다. 갑자기 욕지기가 치솟으려 한다. 혹시라도 바늘들을 밖으로 뱉어낼 수 있을까 싶어서 나는 캑캑 기침을 해본다.

"진실은 은밀한 거지요. 봐요, 저것이 인간의 본색이에요."

누군가 내 귀에 입을 대고 속삭인다. 나는 깜짝 놀라 몸을 돌린다. 바로 뒤에 민초희가 서 있다. 유리 벽 너머에 있던 그녀가 어느새 이쪽 방으로 건너와 있다. 그녀의 존재가 나에게 현실을 상기시킨다. 그녀는 내 뒤에 서서 야릇한 미소를 머금은 채 유리 벽 너머의 광경을 지켜보고 있다.

"나는 저 사람들에게 본색을 드러낼 공간을 제공했어요. 이곳이 아주 은밀하고 세상의 눈으로부터 단절된 안전한 공간이라는 믿음이 저들로 하여금 가면을 벗게 한 거죠. 가면을 벗으면 민얼굴이 나오지요. 여러 개의 가면을 벗어야 민얼굴이 나오는 사람도 있긴 해요. 너나 할 것 없이 민얼굴은 혐오스럽지요. 누구도 민얼굴을 해가지고 세상에 나다닐 수 없어요. 그러니까 가면을 쓰지요. 어떤 사람은 여러 개의 가면을 쓰지요. 그렇지 않아요? 그런데 이곳은 세상이 아니거든요. 세상으로부터 완전하게 단절되어 있거든요. 자기네들 말고는 아무도 보는 사람이 없거든요. 자기네들 말고는 비난할 사람이 없다는 뜻이죠. 그런데 자기들은 자기들을 비난하지 않거든요. 왜냐하면 자기들은 똑같으니까. 똑같이 민얼굴이니까. 똑같으면 비난할 수 없어요. 우리는 자기와 다른 사람에 대해서만 비난해요. 잘 봐요. 똑바로 잘 보라고요. 그렇게 해서 나타난 민얼굴이 저거예요. 저것이 본색이에요. 본색은 혐오스럽고 치욕이고, 슬픈 거예요."

민초희는 손가락으로 유리 벽을 가리킨다. 원탁 위에 사람들이 엉켜 있다. 사람들은 서둘러 옷을 벗고 있다.

"당신이 보고 듣고 느낀 바를 기록하세요. 그것이 당신이 할 일이에요. 비디오카메라에 기록하는 것은 저 친구의 사명이고, 활자로 기록하는 것은 당신의 사명이에요. 물론 당신은 아직 지극히 작은 부분만을 보았어요. 앞으로 더 많은 걸 보게 될 거예요. 더 많은 걸 보여줄 거예요. 나는 당신이 보고 듣고 느낀 바를 사실대로 숨김없이 기록하기를 바라요. 그리하여 당신의 기록에 의해 나의 삶이 되도록 완벽하게 표현되기를. 하지만 명심할 것은 그 원고에 대한 소유권이 나에게 있다는 거예요. 인정하겠지만, 당신이 써도 그 원고는 내 거예요. 당신의 시간이 내 것인 것처럼. 따라서 나의 자발적인 의지에 의하지 않고는 누구도 이 기록물의 독자가 되어선 안 돼요. 쓰는 건 당신의 자유지만, 공개하는 건 별개의 문제예요. 나는 공개할 수도 있고, 숨길 수도 있어요. 왜냐하면 내가 주인이기 때문이지요."

"그러니까 그것이 당신이 나와 '도서출판 시민들'에게 주문하는 일의 내용입니까? 그걸 하라고 나를 고용한 겁니까?"

나는 이를 악물고 묻는다. 가슴에 있는 날카로운 것들이 입을 뚫고 터져 나올 것 같다.

"물론입니다."

"무엇 때문에 그런 일을 하는 거지요?"

"당신은 사람들이 무엇 때문에 자기 이야기를 글로 써서 남기려 한다고 생각하나요?"

민초희는 유리 벽에 시선을 고정한 채 말을 계속한다. 그녀의 말들은 은밀하고 뜨겁다.

"당신의 고객들은 어떤가요? 그들에게 무슨 이유가 있다면 나에게도 있어요. 누구나 자기 삶은 특별하다고 생각하지요. 나처럼 살아온 사람은 나밖에 없다, 뭐 그런 식으로 말예요. 그러니까 글로든 무엇으로든 남겨야 한다는 욕망을 품는 거 아니겠어요? 당신은 모든 사람의 삶이 그게 그거라고 말할지 모르지만,

나는 그렇게 생각하지 않는 편에 속한답니다. 모든 사람의 삶은 다 특별해요. 적어도 기록해서 남길 가치는 충분히 있어요. 사람들이 자기 이야기를 활자화하고 싶은 것처럼 나도 내 이야기를 기록으로 남기고 싶은 거지요. 나는 특별하거든요. 그것이 허물이 되나요?"

나는 고개를 젓는다. 그 욕망이 어떻게 허물이 되겠는가. 나는 그녀의 삶이 특별하다는 사실에 동의한다. 그러나 특별하기 때문에 오히려 기록되기가 어렵게 느껴지는 것도 사실이다. 어떤 삶은 특별하지 않기 때문에 기록되지 않는다. 어떤 삶은 특별하기 때문에 기록될 수 없다. 민초희의 삶의 특별함은 활자화하기가 꺼려지는 특별함이다. 나는 그녀의 말을 수긍하면서 의심한다. 그녀가 말한 것 말고 다른 이유가 있을 거라고 생각한다. 하지만 그것은 어디까지나 나의 생각일 뿐, 민초희의 생각은 아니다.

나는 카메라를 메고 있는 남자를 힐끗 본다. 그는 아까부터 고개 하나 돌리지 않고 자기 일에만 몰두하고 있다. 그의 태도는 언제나 더할 수 없이 진지하다. 그의 그런 모습은 보는 사람을 질리게 한다. 민초희는 어쩌면 나에게도 저 작자와 같은 자세를 요구하고 있는지 모른다. 이 장면을 목도하게 만든 것도 그런 의도가 있어서인지 모른다.

"카메라에 촬영을 해두는 것도 그런 욕망 때문인가요? 그러니까, 당신은 당신의 삶의 특별함을 사람들에게 공개하기 위해서 저 장면들을 촬영하게 하는 건가요?"

"사람들에게 공개하기 위해서라는 말은 내 말이 아니에요. 나는 기록을 남기기 위해서라고 했지, 공개하기 위해서라고는 하지 않았어요. 물론 공개하지 않겠다는 것도 아니에요. 공개할 수도 있고, 하지 않을 수도 있어요. 지금 나에게 중요한 것은 남기는 거지, 공개하는 게 아니에요. 비디오에 담는 것은 더욱 그렇지요. 나는 한 번도 저렇게 촬영한 테이프들을 공개하겠다고 생각해본 적이 없어요. 사실을 말하면 오히려 공개하지 않으려고 촬영을 하는 것이에요. 저것들은 공개되지 않고, 아니, 공개되지 않음으로써, 공개되지 않은 채 있음으로써 더 큰 위력을 발휘하거든."

"위력이라니? 무슨 뜻인지……."

"내가 지금 한 말의 뜻을 모르겠다는 거예요? 내 말을? 어떻게 그럴 수가 있지요? 잘 생각해보세요. 저들은 나의 먹이예요. 저들은 저 테이프의 존재로 해서 나에게 사로잡히게 되는 거예요. 저것들을 다른 무엇으로 사로잡을 수 있을까요? 당신은 돈 때문에 나에게 굴복하지만, 저들은 아니에요. 돈을 가지고 저들을 굴복시킬 수는 없어요. 왜냐하면 저들은 나보다 돈이 많거든요. 그러면 다른 무엇? 사로잡기 위해서는 약한 부분을 노려야 하지요. 약한 부분이 없으면 만들어서라도. 그것이 사냥의 법칙이에요."

"그렇다면……."

가슴은 날 선 통증으로 찢어지는데, 머릿속으로 어떤 영상들이 빠르게 지나간다. 나는 억지로 그것들을 추스르려고 한다. 그녀가 내 머릿속의 영상들을 꿰뚫어 읽은 것처럼 은밀하게 말한다.

"그래요. 당신이 지금 생각한 그대로예요."

"돈을 요구합니까?"

"그 이상이지요. 저들은 자신들이 가지고 있는 것을 다 쓸어넣어서라도 자신의 이름에 생긴 치명적인 구멍을 막으려고 하지요. 왜냐하면 그 구멍이 자신의 전 생애를 집어삼켜버리리라는 걸 알기 때문이지요. 나는 그들의 돈이 아니라 그들의 생애를 요구해요. 전 생애를 바쳐 이룬 모든 것을. 그들에게 영향력을 행사하는 것이 내 사업의 목표예요."

"사업이라고요?"

"그래요. 사업요. 사업은 나에게 모험이라는 말의 다른 단어예요. 그것은 또 인생이라는 말과 같은 뜻을 가진 단어이기도 하지요."

"그러니까 비디오테이프를 가지고 저들을 협박합니까? 협박을 해서……."

"당신의 상상력은 천박하기 그지없군요. 내가 당신을 협박하던가요?"

나는 고개를 끄덕였다가 곧바로 젓는다. 그녀가 나를 협박했다는 기억은 없다. 그녀가 나를 사로잡은 것은 사실이지만 협박을 한 것은 아니다. 협박도 하지 않고 그녀는 어떻게 나를 사로잡았을까. 협박을 받지는 않았지만 꼼짝없이 붙들린 것이 사실이다. 나는 갑자기 얼굴이 화끈 달아오르는 걸 느낀다.

"영향력이란 협박을 통해서 이루어지는 게 아니에요. 그것은 일종의 정신적인 감화와 같은 것이지요. 물론 그들에게 어떤 날 어디서 일어난 무슨 장면을 간직하고 있는 비디오테이프라는 게 존재하고 있다는 걸 암시는 해야겠지요. 경우에 따라서는 그 일부를 보여주는 일도 생길 수 있을 테고. 바람직하다고 생각하진 않지만 어쩔 수 없이 그래야 할 때가 있긴 해요. 하지만 나는 그것 말고는 아무 행동도 하지 않아요. 무슨 행동을 부산하게 하는 건 내가 아니라 저들이지요. 내가 원하는 것은, 내가 원하기만 하면 뭐든 할 수 있는 상태로 사람들을 만들어놓는 것뿐이에요. 그 능력을 행사하느냐, 하지 않느냐는 건 전적으로 나의 권한이지요. 사람들이 두려워하는 것은 행사된 능력이 아니라, 행사될 수 있음에도 불구하고 아직 행사되지 않은 능력이라는 걸 모르시나요? 보세요, 저들을. 나의 사랑스런 먹이들을……."

민초희는 유리 벽을 가죽 장갑 낀 손으로 쓰다듬는다. 건너편 방의 남자와 여자들은 이제 완전히 알몸이 되었다. 그들은 알몸으로 원탁 위와 소파 위와 카펫 위에 둘씩, 셋씩 엉겨 붙어 있다. 그들은, 민초희의 말을 듣고 난 내 눈에는 실험실 속에 갇힌 실습용 동물들처럼 보인다.

내 가슴에서는 마침내 몇 천 개의 바늘들이 모두 일어섰다. 그것들은 사정없이 내 가슴을 찔러댄다. 가슴이 통째로 뜯어져 나가는 것처럼 아프다. 나는 이를 악문다. 억, 소리가 악문 이 사이로 빠져나온다. 그녀는 나를 오해한다.

"저 모습을 보는 것이 힘듭니까? 뜻밖에 비위가 약한 편이군요."

나는 손을 내젓는다.

"어디 불편합니까?"

나는 고개를 내저으며 묻는다.

"왜 나에게 이걸 보여줍니까?"

"잊었어요? 당신은 기록자예요. 보고 듣고 느낀 것을 빠짐없이 기록하기 위해 여기 있는 거예요. 당신은 저기서 저들을 찍고 있는 카메라와 같아요. 기록하는 게 당신의 일이에요."

"나는 이 사실들을 세상에 폭로할 수도 있습니다. 그런 우려는 하지 않습니까? 기록한다는 것은 곧 폭로이기도 하다는 것을 이해 못합니까?"

그녀는 싸늘하게 웃는다.

"당신은 그럴 수 없어요. 저들이 폭로할 수 없는 것처럼 당신도 그럴 수 없어요. 생각해봐요."

"……."

"오직 나만이 폭로할 수 있지요. 아무도 나에게 영향력을 행사할 수 없어요. 나만이 그렇게 할 수 있다는 걸 잊었어요? 당신 자신을 들여다보세요. 당신이 무얼 할 수 있나요? 당신은 이미 나에게 부속되어 있어요."

나는 그녀의 의견에 반발하고 싶다. 그녀의 끝 모를 자신감에 흠집을 내고 싶다. 나는 꿈틀한다. 하지만 그 순간에도 나는 그녀가 나에게 영향력을 행사하고 있다는 사실을 부정할 수가 없다. 그녀의 말이 옳다. 나는 그녀에게 부속되어 있다. 그녀가 원치 않는 한 나는 입을 열지 못한다.

　유리 벽은 이제 내 눈에 감옥처럼 보인다. 저들은 민초희의 투명한 감옥에 갇힌 수인들이다. 자기들이 수인인지도 모르는, 그래서 한층 불쌍한 수인들이다. 저들은 지배당하면서도 자기들이 지배당하고 있다는 걸 자각하지 못하고 있다. 민초희는 지금, 이곳에서 지배자다. 지배자는 지배하기 위해 존재한다.

　통증이 더 이상 어떻게 해볼 수 없는 경지로 나를 몰고 간다. 가슴만이 아니라 온몸에 몇 천, 몇 억 개의 바늘들이 박힌 듯하다. 바늘들은 인정사정 보지 않고 쏜다. 위장과 간장과 비장과 신장과 십이지장과 허파와 심장에 구멍이 생기고 부서지고 갈기갈기 찢기는 것 같다. 찢긴 내장들이 얇은 살을 뚫고 밖으로 폭발할 것만 같다. 나는 머리를 그러쥐고 그 자리에 쓰러진다. 갑자기 구역질이 나오려고 해서 입을 벌리는데, 입에서 한 움큼의 검은 물질이 쏟아진다. 이것이 무엇인가. 음식물 찌꺼기도 아니고 침도 아니다. 피인가 싶은데, 그것도 아니다. 그보다 검고 끈적끈적하고 질기다. 그 이상한 배설물은 토악질을 할 때마다 쏟아져 나온다. 내 옷과 얼굴과 손과 카펫 바닥이 온통 끈적끈적해진다.

　"이 사람, 이거 왜 이래."

　민초희의 목소리가 들린다. 목소리만 들린다. 그렇게 몸과 정신이 엉망인 상태에서 밖으로 나가야 한다는 생각은 어떻게, 왜 생겨난 건지 모르겠다. 나는 바닥에 엎드린 채 필사적으로 문 쪽을 향해 기어간다. 내 입에서 쏟아져 나온 검고 끈적끈적하고 더러운 오물들이 내 몸을 더럽힌다. 내 입에서 쏟아져 나온 오물들이 카펫을 더럽히고 세상을 더럽히고 내 몸을 더럽힌다. 그 말이 옳다. '몸 밖에서 들어간 것이 아니라, 몸 안에서 나오는 것이 더럽다.' 몸 밖에 있는 것이 몸을 더럽히는 것이 아니라, 몸 안에 있는 것이 몸을 더럽히고 몸 밖의 세상을 더럽힌다. 나는 그것들을 뭉개며 바닥을 긴다. 왜 기어야 하는지 나는 모른다. 내 배 아래 깔린 카펫 바닥이 나를 기게 한다. 내 가슴에서 쏟아져 나온 이상한 오물 덩어리들이 나를 기게 한다. 나를 둘러싸고 있는 것들이 나를 기게 한다. 나는 기기 위해 존재한다. 김으로써 나는 존재한다. 그뿐이다. 그래서 나는 긴다. 덩치만 크고 혐오스런 벌레처럼 긴다. 지금, 이곳에서 나는 내 속에서 나온 오물 덩어리들을 뭉개며 벌레처럼 기는 자이다. 출구는 너무 멀고, 몸은 너무 무겁다. 의식이 가파른 낭떠러지로 곤두박질쳐 내린다. 암전. 캄캄한 어둠. 내 몸을 삼키는 어둡고 깊고 검은 물.

5월 6일 금요일

나는 혼돈에 빠져 있다. 나는 무엇을 해야 할지 모르겠다. 근원을 알 수 없는 무력감이 정신을 무겁게 짓누르고 있다. 새벽녘에 집으로 들어온 후 한숨도 잠을 자지 못했다. 정신은 몽롱한데

도무지 잠이 오지 않는다.

　민초희의 호텔에서 목격한 장면들이 자꾸만 눈앞에 어른거린다. 민초희는 왜 그런 모습을 목도하게 했을까. 그녀는 기록하라고 말했다. 기록을 통해 자신의 삶을 남기겠다고 말했다. 나는 고용되었으므로 물론 그녀가 원하는 대로 기록할 의무가 있다. 그것은 나의 일이다. 그런데 그녀는 왜 기록을 남기고 싶어 할까. 그녀의 삶이 기록으로 남길 만큼 특별하지 않다는 뜻으로 말하는 것이 아니다. 오히려 그 반대이다. 그녀는 특별하다. 하지만 특별하다고 모두 기록되어야 하는 것은 아니다. 때로는 특별하기 때문에 기록되어서는 안 되는 것도 있다. 기록될 수 없거나 기록되어서는 안 되는 특별함도 있다. 리버힐 호텔의 밀실에 특별하게 뒤엉켜 있던 남자와 여자들이 기록을 원할까. 그렇게는 생각할 수 없다. 그들이 원하는 것은 그들의 파행이 기록되지 않는 것이다. 그들의 행동은 특별하지만, 그러나 기록을 거부하는 특별함이다. 기록되지 않는다는 믿음이 있기 때문에 그들은 그렇게 특별한 모습을 보일 수 있다. 여기서 기록을 폭로로 바꾸거나 기억으로 대체해도 마찬가지다. 그런 믿음이 없다면 그들은 벌거벗기는커녕 넥타이도 풀지 않을 사람들이다. 그런데 민초희는 어째서 그 반대일까. 기록에 대한 그녀의 욕망이 왜 그렇게 클까. 대답을 할 수 없는 것은 아니다. 예컨대, 그녀는 그들과 다르다. 그녀의 특별함이 특별한 욕망을 생산하고 있다. 하지만…… 나는 또 더듬거린다. 그것뿐일까. 나에게 부여된 이 기록

역시 '영향력의 행사'라고 하는 그녀의 사업 목표와 관련되어 있는 것은 아닐까. 그녀는, 비디오테이프가 그런 것처럼, 이 기록 역시 공개를 위해 만들어지는 것은 아니라고 말했다. 공개하지 않기 위해 만든다는 암시까지 했다. 공개와 비공개에 대한 권한을 자신이 가진다는 그녀의 말은, 실은 당연하고 자연스러운 발언임에도 불구하고 이상하게 의심을 불러일으킨다.―그녀는 사업을 하고 있다. 그런 의심.

생각들은 공전을 되풀이한다. 얼마만큼 진전이 되었는가 싶다가도 어느 순간에 보면 그냥 그 자리로 돌아와 있곤 한다. 이 생각과 저 생각이 뒤엉키고, 한 번 지나간 생각들은 급격하게 빠른 속도로 소멸되어버린다. 그래서 나는 내가 무슨 생각을 하고 있는지 분명하게 자각하지 못하는 상태에 빠져 있다.

나는 오늘 세 통의 전화를 받았다. 하나는 '도서출판 시민들'의 홍에게서 왔다. 그는 껄껄거리며 웃다가 일의 진척 상황을 물었고, 어떤 코미디언이 자전적인 소설을 한 편 썼다는데, 원고가 엉망이라며, 바쁜 줄 알지만 그걸 좀 손볼 시간이 있겠느냐고 물었다. 내가 거절하자, 그럼 아는 사람 중에 누구 아르바이트할 사람을 추천해달라고 했다. 소설가였으면 좋겠다는 말도 덧붙였다. 나는 그런 사람을 알고 있지 않다고 대답했다. 설령 알고 있는 소설가가 있다고 해도 그렇게 말했겠지만, 사실 나는 개인적으로 알고 지내는 소설가가 없다. 홍은 내 앞으로 우편물이 하나 와 있다며 한번 들르라고 말하고는 전화를 끊었다.

두 번째 전화는 집주인에게서 왔다. 그녀는 내가 집을 옮겨야 할 날이 사 일 남았다는 사실을 강조해서 알려주었다. 무슨 일이 있어도 11일까지는 집을 비우라는 통보를 하기 위해 그녀는 나에게 전화를 걸었다. 그랬으므로 통보가 끝난 후에는 더 이상 전화기를 들고 있을 이유가 없어졌던 것이리라. 그녀는 내 말은 들을 생각도 하지 않고 급히 전화를 끊었다. 나라고 딱히 할 말이 준비되어 있었던 것은 아니지만, 그녀의 그런 파렴치한 태도 때문에 나는 기분이 상해버렸다. 집주인은 내 파렴치한 이웃들과 한패가 되어 있다.

이 작자들은, 나를 공격해서 무너뜨린다는 한 가지 이유로 마음을 같이하고 있다. 어떻게든 나를 괴롭히고 핍박하고 추방하고 파멸시키기 위해 연합 전선을 펴고 있다. 그들의 나에 대한 적대감은 상상할 수 없을 만큼 억세고 질기다. 물론 부당하다. 그들의 그 부당한 적대감이 나를 벼랑으로 내몰고 있다. 나는 낭떠러지에 몰렸고, 따라서 이제 나는 공격자들을 물어뜯기 위해 이빨을 내밀고 크르릉거리며 대들거나 검은 강물 속으로 떨어져 내리거나 둘 중에 하나를 선택해야 하는 기로에 서 있다. 망설이고만 있을 시간이 없다. 나는 그 점을 분명하게 자각하고 있다.

세 번째 전화는 분명하지 않다. 두 번째 전화를 받고 얼마 있지 않아서 새로운 통화를 한 것 같긴 한데, 이상하게도 전화벨이 울렸다는 기억이 없다. 그렇다면 내 쪽에서 전화를 걸었다고 생각할 수 있는데, 하지만 그것도 불가능한 것이 나는 통화자의 전화번호를 알지 못한다. 사정이 그러다 보니 내가 정말로 통화를 한 건지 어떤지도 확신할 수 없게 되어버린 것이다. 그렇긴 해도 통화 내용이 워낙 선명하게 남아 있기 때문에 세 번째 전화를 자신 있게 부인할 수도 없는 형편이다.

이 불분명한 세 번째 통화자는 그 우편배달부다. 추하고 불쾌한 얼굴의, 나를 닮은 사내. 그는 나에게 준비가 되었느냐고 물었다. 나는 무엇을 해야 할지 모르겠다고 대답하고, 내가 할 일을 가르쳐달라고 요구했다. 그는, 내부의 목소리에 귀를 기울이라는 충고를 되풀이했다. 모든 조건은 이미 갖추어졌으며 이제 스스로 깨닫는 일만 남았다고 말했다. 깨달음이 이끄는 대로 행동해야 한다고 말했다. 그는 하나가 천만이며, 천만이 하나라는 익숙한 구절을 다시 들려주었다. "그 구절이 용기를 줄 것이다. 그러므로 항상 상기하라"고 말했다. 그 말은 실제로 나에게 매우 특별한 힘을 불어넣어주었다. 그 힘은 일종의 연대감에서 비롯한 것이다. 나는 뭐든 할 수 있을 것 같아졌다.

그리고 나는 조금 잠을 잔 것 같다. 그 통화보다 잠이 먼저였을까. 그럴지도 모른다는 생각이 안 드는 것은 아니다. 그렇다면 나는 꿈을 꾼 것일까? 꿈속에서 전화를 받은 것일까. 그렇게 선명한 꿈을? 그랬을 수도 있고, 그러지 않았을 수도 있다. 하지만 아무래도 상관없다. 꿈이든 현실이든 무슨 차이가 있단 말인가. 꿈같은 현실도 있고, 현실 같은 꿈도 있는 법이다. 꿈이든 현실이든 받아들이는 사람의 수용력의 문제일 뿐이라는 것이 내 생각이다. 받아들인 꿈은 계시가 되고, 받아들이지 않은 현실은 허구가 된다. 꿈도 수용하면 현실이고, 현실도 수용하지 않으면 꿈이나 마찬가지다. 나는 이미 그 세 번째 전화를 현실로 받아들였다. 그러니까 계시. 그런즉 이제 무슨 말을 더 할 것인가.

5월 7일 토요일

  누나는 아침 일찍 보령산으로 갔다. 누나는 나에게 함께 가자고 했다. 누나는 내일이 5월 8일이라는 걸 상기시켰다. 5월 8일이 무슨 특별한 날이란 말인가. 내 인생에서 의미를 가지고 구별된 날이란 여태 없었다. '어버이날'이라니, 이제 와서 무슨 권리로 그날이 나를 구속한단 말인가. 그런데도 누나는 사정을 했다. 아버지가 아슬아슬하다는 말을 했고, 그가 나를 보고 싶어 한다는 말도 했다. 그 말을 할 때, 나는 무감동하게 웃었다. 보고 싶어 한다니. 그럴 수 있을까. 누나는 아버지를 다시 모셔 와야 할지 모르겠다고 우울하게 덧붙였다. 상태가 그만큼 좋지 않다는 것이었다. 요양원 측에서도 그렇게 하기를 권한다고 했다. 나는 왈칵 기분이 나빠졌고, 그래서 그냥 내버려두라고 소리 질렀다.
  "거기서 그대로 죽게 내버려두라고, 제발 좀 그 사람을 우리의 삶 속으로 끌고 들어오지 말라고……."

누나는 한참 동안 말이 없더니, 두어 차례 훌쩍거리는 소리를 내고는 전화를 끊었다. 그것이 오늘 새벽의 일이다. 나는 마음이 조금 불편했지만, 일부러 내색하지 않으려고 했다.

누나의 두 번째 전화는 밤에 왔다. 그녀는 울먹거렸다.

"집으로 모시기로 했다. 아무래도 안 되겠더라. 다음 주 중에 애 아빠 쉬는 날 모셔 올 참이다. 며칠이나 더 사실지 모르지만, 그게 자식 된 도리일 것 같다."

"지난번에도 며칠이나 더 살지 몰랐는데, 이 년 넘게 살았잖아? 그래서 요양원으로 보낸 거잖아. 쉽게 죽을 사람이 아닌 거 알잖아. 또 그렇게 되면 어쩔 거야?"

"아니다, 너도 보면 알겠지만, 그때와는 다르다. 그리고 순관아, 그렇게 말하면 못쓴다. 애초에 우리가 아버지를 요양원에 보낸 게 잘못인 것 같더라. 많이 후회하고 있다. 내가 조금만 인내하면 되었을 것을……. 그곳에 가서서 오히려 급격하게 악화된 것 같아서 말이야."

"그거 잘됐네, 뭐. 조금만 더 두지 그래."

"순관아……."

잠깐 동안 말을 잇지 않고 있다가 그녀는 서둘러 전화를 끊었다.

"알았다. 내가 알아서 할 테니 너는 신경 쓰지 마라."

어디서 전화를 걸었을까. 그녀는 아직 요양원에 있는 것일까. 나는 묻지 않았다.

밤은 깊고 나는 잠들지 못한다. 습성화된 불면의 영향으로 현실과 비현실의 경계가 사라져가고 있다. 어제오늘 일이 아니다. 아무것도 명쾌하지 않다. 모든 일이 꿈속처럼 희미하고 흐릿하다. 어떤 꿈은 현실처럼 명쾌하고, 어떤 꿈은 현실보다 명쾌해서, 그것이 꿈인지 현실인지 잘 구분되지 않는다. 여러 개의 얇은 막들이 눈을 덮고 있는 것 같은 기분이다. 낮은 없고 밤도 따로 없다.

불면의 밤에 읽는 소설책과 삐익 삑 우는 전화벨과 검은 물속에 떠 있는 내 몸과 내 몸 위의 쥐 떼들과 내 손에 들린 가위와 그 가위에 잘려 나가는 어떤 여자의 긴 머리카락과 아기 울음 같은 고양이 소리와 경적을 울리며 지나가는 기차 소리…… 등이 한데 뒤섞여 뭉툭한, 하나의 무채색의 덩어리가 된다. 나의 의식은 예리하지 못해서 그것들 사이에 경계를 만들어내지 못한다. 그 모든 것이 나의 밤이다. 나의 밤은, 낮이 그런 것처럼, 밤보다 캄캄하다.

5월 8일 일요일

나는 알지 못했다. 어떻게 이런 일이 벌어진 걸까? 지난주만 해도 아무런 조짐이 없었다. 그는 내 앞에서 호언장담하지 않았는가. 자기는 죽지 않는다고, 적어도 삼 년은 보장되어 있다고.

나는 그의 호언장담을 믿었다. 그런데 어떻게 갑자기 이런 일이 생긴 걸까.

적어도 삼 년은 끄떡없다는 그의 자신감은 그러면 허풍이었던가. 그의 자신감은 이 나라 통치자와 그 통치자의 발언에 대한 믿음에 의지하고 있었다. 그러니까 그는, 자신이 집권하는 기간 중에는 자기 손에 피를 묻히지 않겠다는 통치자의 신념과 그의 임기를 믿은 것이다. 그렇다면, 무슨 일이 일어났는가? 통치자가 바뀌기라도 했단 말인가. 아니다. 그의 말대로 집권자는 아직 임기를 삼 년 남기고 있다. 손철희가 잘못된 정보에 의지해서 헛된 희망을 품고 있었을 수도 있다. 나로서는 상세한 내막을 알 수 없고, 또 알고 싶은 생각도 없다. 분명한 것은 손철희의 믿음이 틀렸다는 것이다. 그는 죽었다.

"이 사람은 면회할 수 없습니다."

교도소의 직원은 사무적으로 말한다. 그는 머리가 짧고 푸른 제복을 입었다. 그 옷이 마치 죄수복처럼 보인다. 그는 죄수처럼 어둡고 지친 얼굴을 하고 앉아 있다.

"왜요?"

내 질문은 그의 어둡고 지친 얼굴을 찌푸리게 한다. 그는 고개를 들고 나를 힐끗 쳐다본다. 거북해하는 것 같은 표정이 잠깐 스치는 듯하던 그의 얼굴에 귀찮아하는 기색이 역력하게 떠오른다.

"이제 여기 없어요."

"왜요?"

똑같은 질문이 이어진 때문일까, 그는 고개도 들지 않는다. 그 개도 들지 않은 채 퉁명스럽게 대꾸한다.

"여기 없다니까요. 그저께 집행이 이루어졌어요."

"그럼 어디에……."

무의식적으로 거기까지 말을 하다가 나는 그만 입을 다문다. 문득 그가 한 말 가운데 유독 '집행'이라는 단어가 둔중한 무게로 머리를 때렸기 때문이다. 머릿속이 얼얼하다. 그럴 가능성을 나는 전혀 고려하지 않은 것 같다. 왜 그랬을까. 그는 사형이 확정된 사형수였는데, 사형이 확정된 사형수에게 가장 확실한 것이 사형 집행인데, 사형이 집행되리라는 걸 왜 염두에 두지 않았을까. 나는 갑자기 멍청해져서 한참 동안 움직이지 못한다. 어둡고 지친 얼굴의 직원은 아랑곳하지 않고 다른 사람의 주민등록증을 받아 적고 있다. 줄을 서서 기다리던 사람들이 힐끔거리며 어깨를 쳐서 나를 줄 밖으로 밀어낸다. 어떤 노인인가는 딱하다는 듯 혀를 끌끌 차며 안됐다는 표정을 지어 보인다.

슬프다는 생각은 없다. 그냥 놀라울 뿐이다. 전혀 생각하지 못한 일이 일어난 것에 대한 충격과 알 수 없는 배신감이 입을 다물게 한다. 손철희가 그런 식으로 나에게 충격을 가할 줄은 미처 생각지 못했다. 나는 그의 정체를 알게 되었고, 안다고 생각하게 되었고, 따라서 주고받을 말이 많아졌고, 많다고 생각하게 되었고, 그래서 전보다 훨씬 친근해졌고, 그렇게 생각하게 되었고,

일종의 연대감까지 느끼게 되었다. 적어도 나는 그렇게 느끼기 시작했다. 그런데, 그러자 그런 그가 떠난 것이다.

그는 왜 그랬을까. 나에게 그런 각성이 찾아올 날을 기다리고 있었던 것 같다는 깨달음이 불쑥 치민다. 그 일들이 한꺼번에 이루어졌다. 새로운 각성이 나를 찾아왔고, 마침내 나는 '우리'로 초대되었고, 그러자 손철희가 떠났다. 우연히 일어난 것이 아니다. 우연히 일어날 수 있는 일은 없다. 그렇다면 그는 나를 각성시키기 위해 나와 접촉했고, 내가 준비될 때까지는 죽지 않고 살아 있어야 했던 걸까. 그랬던 것 같다. 그것이 아마도 이 지상에서의 그의 마지막 임무였을 것이다. 아마도 그랬을 것이다. 그는 내가 준비될 때까지는 나를 떠날 수 없었을 것이다. 이제 그는 자기 임무를 마쳤고, 따라서 이곳에 더 있을 이유도 없어졌다. 그래서 그가 온 곳으로 떠났다……. 사람들의 어깨에 떠밀려 줄 밖으로 밀려 나오는 내 머릿속으로 그런 생각들이 엄습했다. 그 생각들은 강렬한 영상처럼 내 의식을 지배했다. 그런데, 그런 생각은 어떻게 내 머릿속으로 들어왔을까…….

나는 나의 내부에 들어와 있는 다른 존재를 느낀다. 나는 느낀다, 누군가, 낯선, 낯익은, 누군가, 내 안에, 있는, 나 아닌, 나가 아닐 수 없는, 그가 나에게 지시한다.

이제 네가 일할 때다. 너의 차례다. 이제 행동하라. 내가 한 것처럼 너도 하라. 쥐새끼들을 처치하라. 쥐새끼들을 처치하라…….

그의 목소리는 어찌나 우렁찬지 하늘과 땅이 쩡쩡 울리는 것 같다. 나는 깜짝 놀라 주변을 둘러본다. 하지만 그의 목소리를 들은 사람은 나 말고는 없는 모양이다. 아무도 두리번거리지 않는다. 아무도 놀라지 않는다. 아무도 나에게 관심을 기울이지 않는다. 모두들 제각각의 모습으로 제 일들을 하고 있다. 사람들은 분주하게 걸어가거나 한가하게 앉아 있거나 커피를 뽑기 위해 자판기 앞에 줄 서 있거나 신문을 보고 있거나 잡담을 하고 있다. 그들의 표정에는 하나같이 탄력이 없다. 그들은 '그'의 목소리를 듣지 못했다. 그들이 '그'의 목소리를 들었을 리 없다. 왜냐하면 '그'가 그들에게 말을 걸 까닭이 없기 때문이다. 그들과 '그'는 '연결'되어 있지 않다. '그'는 나에게 이야기한 것이고, 나에게만 이야기한 것이다.

나는 서둘러 교도소를 빠져나온다. 그가 더 이상 그곳에 있을 이유가 없는 것처럼 나도 더 이상 그곳에 있을 이유가 없다. 나는 어디로 가야 하는지 알고 있다. 그의 존재가 나의 내부를 뜨겁게 달구고 있다……. 너의 속에 있는 사람이 지시하는 일을 해라…….

같은 날, 저녁

차는 산길을 달린다. 산의 심장을 향해 꼬불꼬불 몸을 틀면서 길이 깊어지고 있다. 울창한 나무 숲 위로 어둠이 내린다. 산속에서는 어둠의 걸음이 빠르다. 조금 전까지만 해도 석양이 남아 있었는데, 순식간에 깜깜한 어둠이 지상을 덮어버렸다. 택시 기사는 상향등을 켜고 달린다. 차도 사람도 거의 다니지 않는 길이다. 한참 가다 보면 아주 드문드문 자동차 불빛이 지나갈 뿐이다. 어쩌다 한 번씩 스쳐 지나가는 그 불빛들마저 없다면 제대로 길을 가고 있다는 믿음을 갖기가 어려울 것 같다. 택시 기사는 지루한 듯 혼자서 무슨 노래인가를 흥얼흥얼거리더니 오디오를 틀고 테이프를 밀어 넣는다. 낭랑한 남자의 목소리가 흘러나온다……. 나는 내가 하는 일을 이해하지 못합니다. 이것은 내가 원하는 것은 하지 않고 도리어 원하지 않는 것을 하기 때문입니다……. 그는 룸미러를 통해 나를 힐끗 쳐다본다. 무슨 말인가를 하려고 기회를 노리고 있는 사람의 눈빛이다. 나는 그가 무슨 질문인가를 기대하고 있을지 모른다는 생각을 한다. 그러나 나는 아무 질문도 하지 않는다. 그가 말한다.

"낭독 성경입니다. 마누라가 운전하면서 들으라고 사주길래 가지고 다니는데, 몇 번 듣다 보니 마음도 안정되고 좋습디다. 하루 종일 운전하면서 저걸 틀고 다니다 보니 벌써 성경을 두 번은 읽은 셈이 되었지 뭡니까? 눈으로는 한 번도 읽지 못했는데 말입니다. 저 목소리를 들으면 어쩐지 마음이 착 가라앉는 것 같습니다. 요새는 그래요. 손님이 괜찮으시다면 같이 들으면서 가면 좋겠습니다만……."

"좋도록 하십시오."

나는 퉁명스럽게 대꾸하고 시선을 다시 창밖으로 돌린다. 어둠이 완전해졌다. 휙휙 지나가는 나무들이 검은 망토를 걸치고 있다. 길은 올라갔다가 내려오고, 왼쪽으로 꺾였다가 반대쪽으로 틀면서 어둠 속으로 잠수해 들어간다. 어둠은 차를 덮고 누른다. 멈춰 서면 그만 그 무게 때문에 자동차가 어둠 속 깊이 가라앉아버릴 것 같다. 어둠 속에 가라앉지 않기 위해서 자동차는 필사적으로 달리고, 자동차 안에서는 굵고 낭랑한 목소리의 남자가 계속해서 성경을 읽는다. 귀 기울이지 않는데도 그 목소리는 저절로 내 귓속으로 파고든다. 보이는 것이 없어지자 귀가 더 밝아진다. 어둠은 배경이고 목소리가 주역이다. 사방이 온통 어둠인데 그 목소리 위로만 스포트라이트가 떨어지고 있는 셈이다. 그 목소리는 어느새 내 귀를 점령해버린다.

……그러나 이것을 행하는 것은 내가 아니라 내 속에 있는 죄입니다. 선한 일을 하고 싶어 하면서도 그것을 실천하지 못하는 것을 보면 나의 육신 속에는 선한 것이 없음을 알고 있습니다. 나는 내가 바라는 선한 일은 하지 않고 원치 않는 악한 일을 하고 있습니다. 만일 내가 원치 않는 것을 한다면 그렇게 하는 것은 내가 아니라 내 속에 있는 죄입니다. 여기서 나는 하나의 원리를 발견했는데, 그것은 선한 일을 하려는 나에게 악이 함께 있다는 사실입니다. 내 속 사람은 하나님의 법을 좋아하지만, 내 육체에는 또 다른 법이 있습니다. 그것이 내 마음과 싸워서 나를

아직도 내 안에 있는 죄의 종으로 만들고 있다는 것을 알았습니다. 아아, 나는 얼마나 비참한 사람인가요! 누가 이 죽음의 몸에서 나를 구해내겠습니까……?

"손님, 다 왔습니다."

운전기사가 사람 좋아 보이는 웃음을 지으며 뒤를 돌아보고 있다. 나는 그가 틀어준 성경 테이프에 빠져 있었다는 걸 들키는 게 공연히 무안해서 일부러 크게 기지개를 켜며 자동차의 문을 연다. 성(聖)스러움의 세계는 왜 나에게 수치감을 줄까. 그 세계는 어째서 외설스럽게 느껴질까.

산속에 꽤 큰 건물이 세 동이나 지어져 있다. 한 동은 폭이 크고 높다. 다른 두 동은 상대적으로 작고 낮은 편이다. 불이 켜진 창문도 있고, 꺼져 있는 창문도 있는데, 그 비율은 대략 일대일쯤 되어 보인다. 불이 켜진 어떤 창문으로 언뜻 움직이는 사람의 그림자가 비친다.

"얼마나 기다릴까요?"

뒤돌아보며 운전기사가 묻는다. 나는 불 켜진 건물에 눈을 둔 채 대답한다.

"삼십 분요. 그 이상은 걸리지 않을 겁니다."

"그 이상 기다리게 하시면 안 됩니다."

운전기사는 시동을 끄고 의자를 뒤로 젖힌다. 나는 택시 문을 열고 밖으로 나간다.

'보령요양원'이라는 간판이 눈앞에 빛을 내고 있다. 접촉이 불량한지 가운데 '요' 자가 켜졌다 꺼졌다를 반복하고 있다. 나는 '요' 자 밑을 통과해서 현관으로 들어간다. 바로 왼쪽에 사무실인 듯한 방이 하나 있다. '접수'라는 글씨가 창구 위에 붙어 있다. 창구는 가슴 정도의 높이에 있어서 나는 창구 안쪽을 들여다보기 위해서 자세를 낮추지 않을 수 없다. 그 안에서는 한 명의 여자와 두 명의 남자가 둘러앉아 무언가를 먹고 있다. 한 명의 여자와 한 명의 남자는 흰색 가운을 입었고, 다른 한 명의 남자는 양복 차림을 하고 있다. 분명하지는 않지만, 잔을 부딪치는 모습으로 보아 술을 마시고 있는 듯하다. 내 눈이 그들 가운데 한 명과 마주쳤음에도 불구하고 그들은 내게 별 관심을 보이지 않는다.

 나는 창문을 똑똑 두드린다. 그래도 그들은 내 쪽으로 다가오지 않는다. 소리는 들리지 않지만, 그들의 입 모습과 몸의 움직임으로 보아 유쾌하게 웃어대고 있음에 틀림없다. 내가 그들의 웃음소리를 듣지 못하는 것처럼 그들도 내 노크 소리를 못 들은 것 같다. 나는 다시, 이번에는 조금 세게 창문을 두드린다. 여자가 잔을 탁자 위에 내려놓고, 그러나 웃음은 미처 내려놓지 못한 채 키득거리며 내 쪽으로 다가온다. 그녀는 조그만 유리창을 열고 "무슨 일이세요?" 하고 묻는다. 유리창이 열릴 때 와하, 하는 남자들의 웃음소리가 쏜살같이 창밖으로 달려 나온다. 나는 내 아버지의 이름을 댄다.

 "임종한 씨요? 임종한 씨라……."

 그는 책상 위에 놓인 컴퓨터의 자판을 두드린다.

"아, 특별 병동에 계신 분이군요, 가족이신가요?"

나는 그렇다는 뜻으로 고개를 끄덕인다.

"옆 건물 312호입니다."

그녀는 이내 뒤를 돌아보며 "그러실 거예요, 정말? 사모님 오시라고 해야지 이거 안 되겠네……" 어쩌구 하면서 창문을 닫는다. 내 얼굴을 쳐다보지도 않는다. 그녀는 웃으면서 서둘러 술자리로 돌아가고 나는 잠시 그 자리에 서 있다가 표정 없이 그 건물을 빠져나온다.

바로 옆에 조금 작은 건물이 어깨를 맞대고 이웃해 있다. 여자가 특별 병동이라고 알려준 건물이다. 문을 열고 들어가자 경비원으로 보이는 제복 차림의 남자가 텔레비전을 향해 앉아 있는 모습이 보인다. 텔레비전의 볼륨이 정도 이상으로 크게 높여져 있다. 그 사람은 아마도 가는귀를 먹었을 것이다. 그렇지 않다면 이 조용한 밤중에 저렇게 볼륨을 크게 하고 텔레비전을 볼 리가 없다. 코미디 프로를 방송하는지 왁자지껄 낄낄거리는 웃음소리가 텔레비전의 안과 밖에서 동시에 들려온다. 경비원의 상체가 웃음소리에 따라 위아래로 들먹거린다. 나는 그 옆을 곧장 통과해서 계단으로 올라간다. 경비원은 텔레비전에서 눈을 들어 잠깐 나를 보고는 다시 고개를 텔레비전 쪽으로 돌려버린다. 등 뒤에서 계속 낄낄거리는 웃음소리가 들린다.

복도는 기분 나쁠 정도로 어둡고 조용하다. 복도를 걸어가는데 어느 방에선가도 그 코미디 방송을 틀어놓았는지 똑같은 웃음소리가 새어 나온다. 나는 방문 앞에 붙은 번호를 주의 깊게 살피며 조심조심 앞으로 나아간다.

312호는 복도 끝에 있다. 그곳에 이를 때까지 나는 아무와도 부딪치지 않았다. 환자도 직원도 보이지 않았다. 문 앞에서 나는 한 차례 심호흡을 한다. 나는 흥분해 있지도 않고 긴장해 있지도 않다. 어떤 때보다 오히려 머리가 맑은 편이다. 나는 내가 해야 할 일을 똑바로 인식하고 있다. 그것이 중요하다. 자기 사명을 알고 있는 자는 죽지 않는다.

문을 연다. 역한 냄새가 코를 찌른다. 썩은 고기에서 풍겨 나오는 악취와 그것을 지우기 위해 뿌려진 소독약 냄새가 한데 어우러져 견딜 수 없는 역겨움의 독특한 냄새를 창출해내고 있다. 이 냄새는 생명체가 발산할 수 있는 냄새가 아니다. 그러니까 이 방에, 생명체는 없다. 결단코 생명체는 없다. 나는 솟구치려는 구역질을 틀어막으며 그 냄새의 진원지를 향해 다가간다.

방 안은 어둠에 덮여 있다. 희뿌연 창문으로 새어 들어온 달빛이 죽은 방에 배치된 사물들의 위치를 희미하게 알려준다. 창가 쪽에 침대가 놓여 있다. 그 위에 무엇인가가 놓여 있다. 윤곽만 보일 뿐, 얼굴은 잘 보이지 않는다. 그러나 나는 그것이 무엇인지 안다. 움직임이 없다. 움직일 리가 없다. 그는 악취이다. 나는 그자가 다시 이 방 밖으로 나와 우리들의, 특히 불쌍한 누나의 삶에 개입하는 걸 원치 않는다. 그것은 악덕이다. 이곳에 이자를 있게 하자. 영원히 이곳에 있게 하자. 이곳에서 나오지 못하게 하자.

손에 힘을 넣어라. 너무 세게 누를 필요는 없다. 아주 조금만……. 그것으로 충분하다.

나의 내부로부터 누군가의 낯선—낯익은 목소리가 속삭인다. 그 목소리의 주인이 누구인지를 나는 안다. 그는 나이고, 나는 그이다. 나는 그에게 연결되어 있다. 나는 목소리에 순종할 것이다. 노인은 저항하지 않을 것이다. 그에게는 저항할 이유도 없고 또 저항할 능력도 없다. 그는, 나에게, 하나의 사물과 다름없기 때문이다. 사물이 생물을 주관하지 못하게 해야 한다. 사물이 생물을 주관하는 것은 사물이 사물인 채로 숨 쉬고 있기 때문이다. 사물을 사물로 만드는 것, 사물의 숨을 멈추게 하는 것, 그것이 나의 몫이다. 그래서 내가 왔다.

너의 일이다. 그것은 너의 일이다. 그래서 네가 왔다. 너는 지금 일을 하고 있는 것이다. 네가 '우리'임을 증명하기 위해 너는 지금 여기에 있다.

내부의 목소리가 다시 속삭인다. 그 목소리는 방 안에 공기처럼 충만하다. 나는 나다. 동시에 나는 내가 아니다. 나는 조용히 몸을 굽히고 살그머니 작자의 목에 손을 가져간다. 손에 얼음처럼 차갑고 돌처럼 딱딱한 피부가 만져진다. 이것이 피부인가. 피부라고 할 수 있는가. 나는 움찔 놀라 손을 뗀다. 이럴 수가! 그의 숨이 이미 멎어 있다. 나에게 한 번도 어떤 기회도 주지 않았던 이자는 나에게 자기를 죽일 기회조차 주지 않았다. 나는 울고 싶은 걸 참으며 눈을 부릅뜨고 이를 악문다. 분노 대신 알 수 없는 모멸감이 몸을 떨게 한다. 날이 밝으면 임종한이라는 노인은 침대에 누운 채 조용히 숨을 거둔 모습으로 담당 간호사에게 발견될 것이다. 아무도 놀라지 않을 것이다. 그는 벌써부터 죽은 목숨이나 다름없었고, 그의 죽음은 예고된 것이었다. 하루 이틀 빠르거나 늦었을 따름이고, 그런 건 이곳에 종사하는 사람들에게 별다른 감흥을 주지 않을 것이다.

침대로부터 떨어져 나오는데, 달빛을 받고 있는 노인의 얼굴에서 무언가 반짝이는 게 보인다. 느낌이 이상해서 그의 볼에 손을 대본다. 물기가 묻어난다. 이것은, 눈물일까? 아무런 저항도 할 수 없는 처지의 노인이 눈물을 흘리고 있었다는 뜻밖의 사실이 나를 좀 야릇한 기분에 빠지게 한다. 그 기분은 일종의 불쾌감이다. 그는 왜 울었을까. 그 눈물의 뜻은 무엇일까. 그는 나를 만나고 싶어 한다고 했다. 그러면 그는 나의 방문을 기다리고 있었을까. 내가 찾아와 눈감은 자기를 보기를 원했을까. 내가 올 때까지는 눈을 감지 않으려고 필사적으로 버티다가 내가 들어오기 직전에 스스로 목숨을 버린 것일까. 그렇다면 나를 이곳으로 부른 것은 결국 그일까. 나는 몸을 움츠리며 그의 얼굴에서 얼른 손을 뗀다. 나는 내가 감상적으로 되는 게 가장 싫다. 감상이야말로 아무짝에도 쓸모없는 것, 무엇보다 무서운 적이라는 걸 나는 깨닫고 있다. 어쨌거나 그는 사라졌다. 그것은 변하지 않으며, 그것이 중요하다.

서둘러 312호실을 나온다. 호주머니에 손을 감추고 복도를 따라 천천히 걸어 내려온다. 나는 흥분하고 있지도 않고 긴장하고 있지도 않다. 즐겁지도 않지만 불안하지도 않다. 나는 내 일을 했다. 그뿐이다. 경비원은 아까와 같은 자리에 앉아 아까와 마찬가지로 텔레비전을 보고 있다. 텔레비전은 여전히 볼륨이 높여져 있고, 아직도 코미디 프로를 내보내고 있다. 낄낄거리는 웃음소리가 시끄럽다. 경비원이 몸을 앞으로 구부리고 의자를 손바닥으로 탁탁 치면서 큰소리로 웃는다. 나는 아무 일도 하지 않았고, 그러니까 잘못한 것이 없는데, 내가 왜 조심해야 한단 말인가. 그는 내가 그 건물을 빠져나올 때까지 나를 보지 못한다. 그 사람이 나를 보았다고 해서 문제 될 것은 없지만 그래도 기분이 나쁘지 않다.

자동차의 문을 열자 택시 기사는 몸을 일으키며 젖혀두었던 등받이를 바로 한다. 이내 시동을 걸면서 그가 말한다.

"일을 빨리 보셨네요."

"삼십 분이 안 걸렸습니까?"

"삼십 분은요? 십 분이나 되었을까요?"

차가 떠난다. 길은 꼬불꼬불하고 어둡다. 더 검고 어두운 물속으로 빠져 몸을 담그기 위해 자동차는 어둡고 꼬불꼬불한 길을 달려가는 것 같다. 우주에 가득한 어둠이 이 깊은 산속에서 딱정벌레만 한 택시를 포위하고 있다. 딱정벌레 한 마리가 필사적으로 몸을 내돌리며 어둠의 포위망에서 벗어나려 하고 있다. 길은 있으나 어둠을 향해 열려 있다⋯⋯. 그러나 우리가 누군데 감히 하나님께 항의할 수 있겠습니까? 만들어진 물건이 그것을 만든 자에게 "왜 나를 이렇게 만들었습니까?" 하고 말할 수 있습니까? 토기장이가 같은 흙으로 귀하게 쓰일 그릇과 천하게 쓰일 그릇을 만들 권리가 없습니까⋯⋯? 계속해서 그 테이프가 틀어져 있었던가. 차 안의 굵고 낭랑한 남자 성우의 목소리가 차 밖의 어둠과 한판 싸움을 벌이고 있다. 어느 쪽이 이길지 예측하기가 쉽지 않다. 내가 어느 쪽이 이기기를 바라는지도 잘 모르겠다.

아까 차에서 내리기 직전에 그 굵고 낭랑한 목소리의 성우가 읽은 내용 가운데 어떤 부분에 온통 마음을 빼앗기고 있었던 기억이 문득 떠오른다. 내용은 정확하지 않지만 강렬한 인상을 받은 대목이 있었다.

"아까 오면서 들었던 게 어떤 부분이죠?"

"글쎄요, 아까부터 계속 「로마서」를 듣고 있습니다. 어떤 부분을 말씀하시는지요?"

"뭐라더라, 왜 내가 악을 행하는 것은 내가 아니라 내 속에 있는 어떤 것이다, 어쩌구 하는 거 말입니다."

"아, 그거요? 그 부분을 다시 한 번 더 들려드릴까요?"

내 대답을 기다리지도 않고 택시 기사는 테이프를 앞으로 되돌린다.

"여기 말씀이죠?"

그가 룸미러로 나를 살핀다. 그의 표정은 자신의 종교에 호의를 표명해준 손님을 향해 고마움을 느끼고 있다는 걸 숨기지 않고 있다. 그가 나의 태도를 그와 그의 종교에 대한 호의라고 해석한 데 대해 나는 굳이 부정의 말을 하고 싶은 생각이 없다. 아무려면 어떤가. 나는 의자에 몸을 기대고 눈을 감는다. 피로가 와르르 몰려온다. 성우는 한결같은 톤으로 성경을 읽는다.

……나는 내가 하는 일을 이해하지 못합니다. 이것은 내가 원하는 것은 하지 않고 도리어 원하지 않는 것을 하기 때문입니다……. 그러나 이것을 행하는 것은 내가 아니라 내 속에 있는 죄입니다……. 나의 육신에는 선한 것이 없습니다. 만일 내가 원치 않는 것을 한다면 그렇게 하는 것은 내가 아니라 내 속에 있는 죄입니다……. 내 육체에는 또 다른 법이 있습니다. 그것이 내 마음과 싸워서 나를 아직도 내 안에 있는 죄의 종으로 만들고 있다는 것을 알았습니다. 아아, 나는 얼마나 비참한 사람인가요! 누가 이 죽음의 몸에서 나를 구해내겠습니까……?

5월 9일 월요일

이제 나는 깨달음에 이르렀다. 나는 좀 더 나 자신에 대해 써야 한다. 민초희가 말한 대로다. 나는 다른 사람이 아니라 바로 나의 삶을 기록으로 남겨야 한다. 그것을 공개할 것인가, 하지 않을 것인가 하는 문제는 지금 생각할 일이 아니다. 중요한 것은 기록하는 것이지 공개하는 것이 아니다. 왜냐하면 나의 삶은 기록될 가치가 있기 때문이다. 민초희의 설명대로, 기록될 가치가 반드시 공개될 가치까지를 포함하는 것은 아니다. 그것은 다른 차원의 문제다. 확실한 것은 이것이다. 이제부터 기록해야 하는 것은 남의 삶이 아니라 나의 삶이다. 손철희나 민초희의 삶이 아니라, 나의 삶이다.

생각해보면 나는 참으로 무의미한 세월을 살아왔다. 구질구질한 남의 인생 이야기나 옮겨 적는 것이 지금까지 내가 한 일의 전부였다. 그런 삶의 어디에 밑줄을 그을 수 있겠는가. 하지만 이제부터는 아니다. 나에게는 '자기 전에 가야 할 먼 길이 있다'. 가야 할 목적지가 있는 자는 길 위에서 쓰러지지 않는 법이다. 길은 쓰러지기 위해 있는 것이 아니라 걷기 위해 있는 것이다.

새로운 힘이 이 길을 걷게 한다. 그 힘은 밖에서 오는 것이 아니라 내 속에서 나온다. '그'의 목소리가 나의 내부에서 산다. 목소리를 통해 그는 나의 행동을 간섭하고 나의 삶에 개입한다. 그는 내가 아니지만 내 안에 있다. 그런데 나는, 내 안에 있는 것을 내가 아니라고 할 수 없다. 내 안에 있는 것은, 내가 아니면서도, 실은 내 밖에 있는 어떤 것보다 더욱 나이다. 내 안에 있기 때문에 더욱 나이다. 이제부터 내가 사는 것은 내가 사는 것이 아니요, 내 안에 있는 그가 사는 것이다. 이제부터 내가 행동하는 것은 내가 하는 것이 아니요, 내 안에 있는 그가 하는 것이다. 그는 내가 아니지만, 내 안에 있기 때문에 더욱 나이다.

    누나는 운다.
"아버지가 돌아가셨구나."
    나는 울지 않는다. 그가 죽었구나.

5월 11일 수요일

    나는 상자를 열고 화살을 하나 꺼낸다. 화살은 누군가 잠을 깨워주기를 바라며 그곳에 조용히 누워 있다. 화살의 잠을 깨울 자가 내가 아니면 누구겠는가. 화살이 나의 손길을 얼마나 기다리고 있었는지 나는 짐작하고도 남는다.
    나의 손길이 닿는 순간 화살은 눈을 뜬다. 하나의 상징이 되기 위해 기지개를 켜며 일어난다. 이 시대의 어두운 하늘을 가로질러 사람들의 가슴마다에 무겁고 고통스런 상징으로 꽂히기 위해 일어선다. 화살은, 화살 자신으로서가 아니라 화살의 배후에 있는 경고로서 말하기 위해 일어선다. 그렇기 때문에 상징이다. 화살은 매우 정신적인 물건이다. 그 뾰족한 화살촉에 박힌 것은 메시지이다. 그런 뜻에서 화살은 단순히 물리적인 무기가 아니다. 무기라면 왜 화살이겠는가. 칼이나 총이 아니라 굳이 화살이겠는가. 화살은 해치기 위해서가 아니라 말하기 위해 날아가고 꽂힌다. 화살은 육체에 상처를 가하기 위해서가 아니라 정신에 충격을 주기 위해 활을 떠난다. 화살이 하늘에서 날아오는 것은 그 때문이다. 화살은, 그것이 어디서 출발하든, 하늘의 복판을 가로질러 사람의 가슴을 겨냥하고 날아온다.

나는 그것을 검은 종이에 싸서 가방에 넣는다. 나는 전령이다. 나는 이 거대한 상징을 세상의 복판에 꽂아야 한다. 그것이 나에게 부여된 나의 일이다.

속옷을 갈아입고, 양말도 새것을 꺼내 신는다. 한 벌밖에 없는 양복을 찾아 입고, 넥타이를 맨다. 거울 앞에 서서 나를 본다. 나는 거울 속에 서 있는 내가 무척 자랑스럽다. 거기 서 있는 남자가 나라는 사실이 믿어지지 않을 정도이다.

됐어.

내 속에서 그가 속삭인다.

오늘은 네가 태어난 날이야. 오늘을 뜻있게 만들어. 그래서 오늘 다시 태어나. 새로운 정신과 혼으로 거듭나. 네가 하고 싶은 것을 해. 네가 하고 싶은 것, 그것이 네가 할 일이야. 기억해. 너는 하나이면서 동시에 천만이야. 하나이지만 또한 천만이야. 세상은 바뀌어야 하고, 너는 세상을 바꿔야 해. 용기를 내. 너는 완벽해. 자, 이제 움직여.

생일이라는 건 아무래도 상관없다. 나는 내가 이 세상에 태어난 것을 축복이라고 생각하지 않기 때문에, 그날을 기념할 이유가 있다고 생각하지도 않는다. 다른 해에는 누나가 미역국을 끓여 오긴 했다. 그 때문에 나는 내 생일을 겨우 기억했었다. 하지만 오늘은 그것도 불가능하다. 그녀는 지금 죽은 노인의 시체와 함께 있을 것이다. 누나는 울며 다그치며 사정사정하지만, 내가 그곳에 꼭 가야 하는지 잘 모르겠다. '죽은 자는 죽은 자들에게 장사하게' 할 일이다. 나는 가야 할 내 길이 있고, 따라서 죽은 자 곁에 있을 수 없다.

서른네 살. 그것이 내 넝마 같은 자연의 나이이다. 하지만 거기에 무슨 뜻이 있으랴. 그동안의 삶이 각성 없이 산 것이라면, 단 하루도 진짜로 살지 않은 것이다.

내가 태어난 날이여,
저주를 받아라.
내가 임신이 되던 그 밤도
저주를 받아라.
……
빛이여, 다시는
그 위에 비치지 말아다오.
흑암아, 사망의 그늘아,
그날을 너의 것이라고 주장하여라.
구름아, 그 위를 덮어
빛이 비치지 않게 하여라.
……

날을 저주하는 데 익숙한 자들아,

그 밤을 저주하여라.

그날 밤은

새벽별도 빛을 내지 말고

기다리던 빛도 나타나지 말며

아침 동녘도

보이지 않았더라면 좋았을걸.

……

먹기도 전에

탄식이 먼저 나오고

물같이 쏟아지는 신음 소리는

막을 길이 없구나!

내가 두려워하고 무서워하던 것이

결국 나에게 닥치고 말았으니

평안도 없고 안식도 없이

나에게 남은 것은

오직 고난뿐이구나!

(인용 부분은 「욥기서」의 일부이다. 의인이었던 욥은 시련을 당하자 고통을 견디다 못해 이처럼 자기가 태어난 날을 저주하였다고 한다.)

에필로그

　임순관의 일기는 여기서 끝나 있다. 더 이상 일기를 쓸 이유가 없어져서일까. 그렇지 않다. 그는 이제야말로 더욱 자기 자신을 기록의 대상으로 삼겠다고 작정한 터가 아니던가. 그가 자발적으로 일기 쓰기를 그만두었으리라는 추측은 그릇된 것이다. 그의 일기가 중단된 것은 그럴 수밖에 없는 사정이 생겼기 때문이다. 그 사정은 언론을 통해 비교적 상세하게 보도된 바 있다. 따라서 이 자리에 그 내용을 세세하게 밝히는 것은 아무래도 지나친 친절이라고 할 것이다. 그렇긴 하지만 그를 잘 이해하기 위해서는 간단하게나마 저간의 사정을 밝혀두는 것이 좋을 것 같다.
　화살을 들고 집을 나온 임순관은 그 길로 '도서출판 시민들'로 갔고, 그곳에서 며칠 전에 자기에게 배달되어 온 소포를 하나 받았다. '시민들'의 홍 사장은 그것을 보낸 사람이 손철희이고, 그래서 그 안에 원고가 들어 있을 것으로 추측했노라고 증언했다.

홍 사장은 그날 그에게서 다른 때와 다른 특별한 느낌은 받지 못했다고 말했다.

임순관은 〈시민들〉에 오래 머물지 않았다. 홍 사장은 약 십오 분쯤이라고 기억했고, 사장의 처제이기도 한 여직원은 그보다 짧았던 것으로 기억된다고 말했다. 출판사를 나온 임순관은 곧장 리버힐로 갔다. 그곳에서 이미 세상에 널리 알려진 대로 민초희와 민초희와 함께 있던 한 정치인을 살해했다. 그 정치인은, 알려진 것처럼, 집권 정당의 중책을 맡고 있는 인물이었다. 임순관은 늘 이용하던 비상 엘리베이터를 타고 5층까지 올라갔으며, 지난번에 비디오 촬영을 하던 방으로 들어갔다. 그 방과 거울-유리 벽을 사이에 두고 맞붙어 있는 건너편 방에서 민초희와 남자가 대화를 나누고 있었다.

임순관의 손에는 제법 큼직한 가방이 하나 들려 있었다. 그 안에는 한 자루의 권총과 가위가 들어 있었던 것으로 나중에 밝혀졌다. 그 권총의 출처가 마지막까지 의혹의 대상이 되었는데, 그가 그것을 구입한 경로를 일기에 적지 않았기 때문에 분명하게 알 수가 없다. 그날 그가 받은 손철희의 우편물 속에 혹시 그것이 들어 있지 않았을까, 추측할 수 있긴 하지만, 사실 여부를 확인해줄 수 있는 두 사람은 아쉽게도 모두 이 땅에 없다.

그 방에서 두 사람을 확인한 임순관은 문을 열고 들어가 권총을 쏘았다. 남자는 권총을 두 발 맞았다. 민초희는 심장에 한 발 맞았는데, 특이한 것은 그녀의 치마와 긴 머리카락이 모두 갈기

갈기 찢겨 있었다는 점이다. 유리 - 거울 벽에 또 한 방의 총알 자국이 나 있었고, 그 구멍에 화살이 꽂혀 있었다.

임순관은 범행을 마친 후 여기저기를 배회한 것 같다. 다음 행선지에 모습을 드러내기까지 약 네 시간의 공백이 생기는데 그가 그 시간에 어디서 무얼 했는지는 확인되지 않았다. 그가 왜 가장 먼저 민초희를 살해하기로 작정했는지(그의 일기를 읽은 사람들은 그의 내면을 휘젓고 있었을 복잡 미묘한 심리 기제들을 어렴풋하게 유추할 수 있긴 하지만), 범행 후 그의 심경이 어땠는지에 대해서도 증언해줄 사람이 없다. 목격자가 없기 때문이다.

그로부터 네 시간쯤 후에 임순관은 자기 아파트에 나타났다. 그는 경비실 앞에 산처럼 쌓여 있는 자기 소유의 물건들을 보았다. 책상과 워드프로세서와 가지가지 책들과 텔레비전과 커피잔들과 의자와 침대 겸용 소파와 옷가지들과 이불장과…… 그리고 그는 또 보았다. 그가 나타나자마자 자기를 에워싼 수많은 사람들을. 처음에 그는 그들이 자신을 내쫓는 데 혈안이 되어 있는 그의 기분 나쁜 이웃들이라고 생각했다. 물론 이웃들도 없진 않았다. 그러나 그들이 전부가 아니었다. 이웃들 말고도 그를 기다리고 있는 것은 수십 명의 무장한 경찰들이었다.

사연인즉 이랬다. 아파트의 주민들은 자기들의 기득권을 보호하는 데 치열했다. 그들은 임순관을 내쫓기 위해 뭉친 사람들이었다. 그들은 임순관만 쫓아내면 자기들의 아파트가 정토(淨土)라도 된다고 믿는 사람들 같았다. 그들은 자신들이 통고한 퇴거일 저녁이 되자 임순관의 아파트 앞에 몰려들었다. 물리력으로라도 그를 내쫓아야 한다는 것이 그들의 이심전심의 생각들이었다. 그들은 제어할 길 없는 열기에 휩싸여 있었다. 그들은 억지로 문을 따고 안으로 들어가서 임순관의 짐들을 밖으로 들어내기 시작했다. 그들은 임순관을 자기들의 영역 밖으로 내쫓는 것보다 더 중요한 일은 없다는 주문에라도 걸린 사람들 같았다.

그 과정에서 누군가 임순관의 짐 가운데서 나무 상자를 발견했다. 나무 상자 안에 뇌관처럼 누워 있던 화살 두 개도 발견했다. 그 사람이 호들갑을 떨었고, 방 안은 삽시간에 벌집 쑤셔놓은 꼴이 되고 말았다. 어쩐지…… 아우, 무서워라. 끔찍한 일이야……. 간첩 아니면 강도일 거라고 생각을 했지만, 그래도 설마……. 사람들은 한마디씩 하면서 희대의 살인마와 이웃해 살았다는 사실이 으스스한지 몸을 떨고 말꼬리를 흐렸다. 신고를 받은 경찰이 황급히 출동했고, 그들은 너무 쉽게 그 방의 주인을 화살 연쇄 살인 사건의 범인으로 단정해버렸다. 그러고는 세 시간째 잠복하는 중이었다. 그곳에 임순관이 제 발로 찾아 들어온 것이다. 임순관은 이미 달아날 수 없었고, 반항할 수도 없었다. 경찰이 그를 양쪽에서 결박하고 차에 태웠다.

임순관의 한쪽 발이 경찰차 안으로 들어갔을 때, 예측하지 못한 사건이 벌어졌다. 주변에 몰려서서 구경하고 있던 구경꾼들 속에서 키가 크고 깡마른 사십 대 초반쯤의 남자가 비호처럼 달려 나오더니 눈 깜짝할 사이에 임순관의 복부에 세 차례나 칼을 찔렀다. 임순관은 곧바로 병원으로 옮겨졌지만 그날 밤을 넘기지 못하고 숨을 거두고 말았다. 그의 서른네 번째 생일날 저녁의 일이었다.

임순관에게 칼을 들이댄 남자가 누구이고 무슨 이유로 임순관을 해쳤는지에 대해서는 잘 알려지지 않았다. 그 사람은 현장에서 붙잡힌 이후 쭉 벙어리 흉내를 내고 있다. 하지만 임순관의 일기를 처음부터 자세하게 읽은 사람들은, 그 사람이, 민초희의 충성스런 운전기사가 틀림없을 것으로 추측한다. 그 추측이 틀리지 않다면 임순관 말고도 그자의 정체에 대해 증언해줄 사람이 더 있을지 모른다. 예컨대 민초희의 호텔에 드나들었던 그 적지 않은 사람들. 그러나 그들 가운데 어느 누구도, 적어도 이 시점까지는, 그가 누구인지를 밝히겠다고 나서는 사람이 없다.

임순관의 짧고 불행하고 비밀에 싸인 일생은 그렇게 해서 끝이 났다. 그의 삶은 건강하지도 정상적이지도 자연스럽지도 않다. 하지만 그의 건강하지도 정상적이지도 자연스럽지도 않은 삶의 기록은 우리가 사는 세상의 삶이 건강하고 정상적이고 자연스러운가를 묻는다. 소위 신천지설계협의회라고 하는, 의문의 단체만 해도 그렇다. 우리는 그 단체에 대해, 적어도 이 시점까지는 아무런 정보를 가지고 있지 않다. 그 단체가 실재하는지 실재하지 않는지는 장담할 수 없지만, 혹 실재한다 하더라도, 그 조직의 성격으로 미루어보건대, 아마도, 앞으로도 자신들의 정체를 세상에 드러낼 가망은 별로 없어 보이고(그들은 스스로를 비밀결사로 자임하지 않던가?), 또 솔직하게 말해서 그 정체가 백일하에 드러나기를 바라는 마음을 가지고 있는 사람도 별로 없을 듯싶다. 임순관의 일기에도 '실체가 없다'는 표현이 나오고, 또 비밀이 누설되는 순간 이미 비밀결사일 수 없음을 암시하는 문장도 나온다. 따라서 신천지설계협의회는 실체가 없는, 또는 실체를 증명할 수 없는 비밀결사로 그냥 남아 있는 편이 나을지 모르겠다. 물론 진실이 무엇인지는 알 수 없다. 하지만 임순관의 기록에 나오는 세기말의 정서를 물씬 풍기는 그 조직이 임순관의 상상 속에서 만들어진 완전한 허구라고 단정하기는 쉽지 않을 것 같다. 설령 허구라고 하더라도, 그런 정서가 있다면 그런 조직은 만들어지게 마련이라는 게 아니라, 그런 정서가 있다면 이미 그런 조직이 만들어진 것이나 마찬가지라는 교훈을 나눠 가질 수 있지 않을까. 하나가 곧 천만이라고 했고, 네가 곧 조직이라고 하지 않던가.

마지막까지 임순관이 자신과 동일시하기를 원했던 손철희는 말했다. 그는 세상을 향해 말한 것이다.

"나의 행위에 공감하는 모든 사람들이 나의 공범이다. 나는 죽일 만한 사람만 죽였다. 그 점은 당신들도 동의하지 않는가? 사람들은 그들이 죽어야 한다고 생각했고, 나는 그들의 생각을 실천했다. 그들의 생각이 없다면 나의 행동도 없었을 것이다."

| 작품 해설 |

파르마코스, 속죄양/구원자의 발명

정홍수(문학평론가)

이승우의 장편소설 『독』은 릴케의 『말테의 수기』 한 대목을 제사(題詞)로 삼고 있는데, '독'에 관한 성찰을 담은 두 문장은 소설의 주인공 임순관의 일기 속에도 여러 차례 반복적으로 등장한다.

> 공기 속에는 확실히 독이 숨어 있다. 너는 그것을 투명한 공기와 함께 들이마신다. 그것은 너의 몸속에 스며들어가 침전되고 굳어져서 기관과 기관 사이에 날카로운 기하학적 도형을 만들어낸다.
> ―릴케, 『말테의 수기』

투명한 공기 속에 독이 숨어 있다면 누구도 이를 피할 수는 없다. 숨을 쉬는 일만으로도 독은 우리 몸속에 스며든다. 그리고 스며든 독은 날숨과 함께 다시 세상에 내뱉어질 것이다. 다시 말해 우리는 독과 함께 살아간다. 그것은 우리의 내부에도 있고, 외부에도 있다. 세상의 악과 타락은 나, 그리고 우리의 악과 타락이다. 이승우는 이 소설을 '내 안에 또 누가 있나'라는 제목으로 처음 출간했을 당시 '작가의 말'에서 이를 이렇게 정리한다.

악마는 우리들의 마음속에 살고 있긴 하지만, 언제나 활동하는 것은 아니다. 그 악마를 키우고, 악마에게 손과 발을 주는 것은 이 세상의 공기라는 사실을 지적하고 싶었다.

일종의 현실 비판, 사회 비판의 관점을 암시하고 있는 셈이다. 충분히 동의할 수 있는 관점이지만, 사태가 그렇게 간단하지 않다는 것은 정작 소설 『독』에서 드러난다. 악은 어느 쪽으로든 이미 도착해 있었다. 소설은 과도한 피해 의식과 자기혐오의 질병을 앓으며 세상으로부터 단절된 삶을 사는 임순관이라는 삼십대 사내가 자기 내부에 들끓는 독의 기원과 정체에 눈뜨고, 세상을 향해 분노와 처벌의 화살을 날리는 과정을 추적해간다. 임순관이 직접 쓴 한 달여의 일기가 액자소설적 텍스트로 제시된다.

일기에 따르면 임순관의 각성에는 몇 가지 계기가 있다. 대필 작가로 먹고사는 그에게 연쇄살인범 손철희의 일생을 기록할 업무가 주어진다. 비슷한 시기에 민초희라는 여성으로부터 이상한 거래를 제안받는다. 뉴스에서는 부패한 법조인과 사학재단 이사장, 타락한 교수의 살해가 잇따라 보도된다. 살인 현장에는 한결같이 화살이 놓여 있다. 이즈음 '신천지설계협의회'라는 알 수 없는 단체로부터 임순관에게 모종의 메시지가 전해진다.

그 메시지는 그에게 '사명'을 일깨운다. "지시하는 자는 당신 자신이에요. 당신의 내부에서 들리는 목소리에 귀를 기울이세요. 당신 자신이 요청하는 일을 하세요. 당신 안의 천만 명이 하는 말을 들으세요(248쪽)." 그는 이제 자기 내부에 들어와 있는 다른 존재를 느낀다. 사형이 집행된 손철희가 환각처럼 들려주는 목소리는 더 직접적이다. "이제 네가 일할 때다. 너의 차례다. 이제 행동하라. 내가 한 것처럼 너도 하라. 쥐새끼들을 처치하라. 쥐새끼들을 처치하라……(283쪽)" 그는 마침내 '비밀결사'의 일원으로 스스로를 자각하면서 독이 만연한 세상을 향해 행동에 나선다.

그런데 이렇게 서사를 요약하는 순간, 『독』은 부패한 세상을 질타하는 얇은 알레고리 소설로 규정되고 만다. 그러나 표면적 서사의 흐름과는 별도로, 『독』에는 다른 방향으로 소설적 의미를 생성해내는 보조선들이 있다. 그 보조선들은 전체 서사의 흐름에 합류하기도 하지만 그것과 길항하기도 한다.

가령 세상을 떠들썩하게 만들었던 연쇄살인범 손철희와의 만남은 소설의 주인공 임순관의 내부에 존재하던 악마의 얼굴을 일깨우는 가장 중요한 계기로 제시되어 있다. 일기의 처음에 등장하는 끔찍한 악몽을 생각해보자. 임순관은 광란의 춤을 추는 쥐 떼들에 둘러싸여 검은 물 위의 침대에 누워 있다. 검은 하늘과 검은 강물을 배경으로 한없이 높이 솟아 있는 침대 다리를 살찐 쥐들은 쉴 새 없이 갉아댄다. 다리가 하나씩 부러지면서 침대가 무너지고, 검은 물이 눈 속으로 쏟아져 들어오는 악몽은 너무도 끔찍해서 읽어나가기가 괴로울 정도이다. 그런데 이 악몽의 출처는 어디인가. 그것은 손철희를 만난 첫날 제한된 삼 분간의 면회에서 들었던 쥐 떼들의 이야기였다. 그 광란의 쥐 떼들이 그의 꿈속을 찾아든 것이다. 한마디로 짧은 한 번의 만남에서 임순관은 손철희의 악마적 영혼에 완전히 사로잡히고 말았다고 할 수 있다. 이런 일이 불가능한 것은 아니겠지만, 무언가 지나치다는 느낌은 지울 수 없다.

게다가 임순관은 사형수 손철희의 삶을 기록할 과제를 맡았으면서도 그가 어떤 죄를 저질렀는지, 그러니까 그가 이 년여 전 세상을 놀라게 한 연쇄살인범이라는 사실을 확인도 하지 않은 채 그를 만난다. 손철희가 마지막으로 죽인 사람은 아버지였다. 어머니를 학대하고 가족을 버린 아버지에 대한 증오는 손철희가 이 세상을 '쥐 떼들의 세상', 쓸어버려야 할 타락한 세상으로 바라보게 된 출발이었다. 이 지점에서 세상에 문을 닫아 건 임순관의 자폐와 우울, 세상에 대한 적의가 손철희와 비슷한 가족사의 상처로부터 연원했다는 사실은 단지 우연에 불과한 것일까. 임순관이 마침내 자신의 내부에서 울려 나오는 손철희의 목소리를 듣고 행동에 나설 때, 그 첫 대상이 보령의 요양원에 누워 있는 자신의 아버지였다는 사실은 또 어떤가. 이는 손철희라는 존재가 임순관의 내면에 도사리고 있던 독을 일깨운 외부적 계기만은 아니리라는 추측을 가능케 한다.

메피스토펠레스를 연상시키는 민초희의 기이한 제안, 그리고 임순관과 민초희의 관계에 대해서도 생각해볼 대목은 많다. 무엇보다 1억이라는 거액을 지급할 만큼(그것도 임순관에게 일을 맡긴 도서출판 '시민들'은 모르게), 임순관은 민초희에게 절실하고 필요한 사람은 아니다. 민초희는 이미 자신만의 방식으로 부패하고 타락한 정재계 고위직 인사들의 약점을 틀어쥔 상태이고, 그녀가 기획·연출하고 있는 이상한 사업에 임순관의 기록 업무가 관건적인 중요성을 지니고 있는 것도 아니다. 오히려 민초희는 임순관에게 세상의 타락상을 상연해주는 역할로 등장한다고 보는 게 더 타당할지도 모른다. 더 중요한 지점은 민초희가 임순관의 욕망/죄의식의 기원을 환기한다는 사실이다. 계약 위반에 대한 민초희의 처벌은 사도마조히즘적 성행위와 구별되지 않으며, 이 과정을 통해 임순관은 민초희의 완벽한 지배 아래 들어간다.

> 그녀의 발을 끌어안는데 이해할 수 없는 일이 일어난다. 울음이 폭포처럼 터진다. 이건 뭔가. 이상한 감동으로 몸이 떨린다. (…) 흡사 속삭이는 듯한 그녀의 나지막한 목소리는 그대로 나에게 하나의 선언이 된다. 나는 벌레다. 나는 쓰레기이고 나는 아무것도 아니다……. 이제 제대로 알겠다. 그녀는 나를 치욕의 수렁 속에 처넣으려 하고 있다. 굴욕과 치욕의 체험을 통해 나는 그녀에게 완벽하게 굴복된다(157~158쪽).

임순관은 이 굴복 이후 혼자 남은 방에서 다시 눈물을 흘리며 자위를 한다. 수치와 치욕은 이상한 황홀을 선사한다. 황홀은 자기 내부의 독이 눈을 뜨고 감응하는 순간이기도 하다. 가슴속에서는 수천 개의 바늘이 일제히 일어서고 그는 참을 수 없는 고통 속에서 외설적 쾌락을 향유한다. 각성(覺醒)은 말의 중층적 의미를 충실히 실현한다.

나는 내 육체의 내부가 썩어가고 있다는 사실을 인정한다. 내 안에는 쓸 만한 것이라고는 없다. 나는 아프다. 나는 오래지 않아 죽을 것이다. 나는 하루하루 독을 마시며 산다. 그런데 그 독은 내 안에서 토해져 나온 것이다. 독은 대기 가운데서 내 속으로 들어오고, 내 안으로 들어와 부글부글 끓으며 더 많은 독을 양식해낸다. 내가 숨을 내쉬는 순간 그것들은 나의 내부에서 빠져나와 다시 대기 속으로 들어간다. 나의 내부는 독을 생산하는 거대한 공장이고, 이 세상은 그 독이 유통되는 거대한 시장이다(167~168쪽).

그는 지금 자신의 썩은 내부를 독의 진원지로 확정하고 있다. 그런데 여기서 민초희와 메피스토펠레스적 계약을 맺은 바로 그다음 날의 일기를 주목할 필요가 있다. 그는 늘 잠과의 전투를 치러왔지만 '지난밤'은 특히 치열했다고 쓴다. 그는 혼란스럽고 뒤숭숭한 가수면의 상태에서 일어난다. 끈적끈적한 불쾌의 느낌, 고약한 악취가 몸을 뒤덮고 있다. 그것은 그의 몸에서 나온 것이다. 그는 씻고 또 씻는다.

그는 자신의 썩은 내부, 내재화된 악취의 기원을 고백한다. 어린 시절 첫 몽정(실제의 성폭력일 가능성도 희미하게 암시되어 있다)의 기억. 그는 자기 몸속에 더럽고 음탕하고 썩은 종양 덩어리가 들어 있다는 사실에 충격을 받는다. 그는 자신의 악취와 부패를 다른 사람들이 알아차릴까 두려워 세상을 향해 벽을 세운다. 그 벽은 또한 자기혐오의 울타리이기도 했다. "그런 불안이 사람들 속에 섞이지 못하게 했다. 사람들을 피하게 했다. 나는 필사적으로 사람들과 나를 분리했다. 그렇게 하여 나는 스스로 나 자신을 배척했다(86~87쪽)."

그러니까 '지난밤' 임순관은 바로 그 '꿈' 속에 있었다. 반복적으로 찾아오는 꿈. 그 꿈속에서 그는 한 살도 더 먹지 않고, 어린 시절 그대로다. '지난밤'의 꿈에 그를 찾아온 '서큐버스 마녀'는 민초희였다. 황홀은 계약 위반의 처벌, 그 사도마조히즘적 향연 이전에 이미 민초희를 만난 첫날 그를 찾아왔던 것이다. 흡혈귀처럼.

꿈속의 나의 자아는 그녀를 실제로 흡혈귀처럼 인식한다. 그러면서도 두려워하지 않는다. 흡혈귀에 대한 연상은 관능을 일깨울 뿐이다. (…) 나에게서 흘러 나간 검붉은 피는 이제 거꾸로 돌이켜 내 몸을 적시고, 내 몸은 피 속에 잠긴다. 피가 나를 덮는다. 그 한가운데서 나는 반쯤 입을 벌린 채 한없이 황홀한 표정을 짓고 있다(88쪽).

 그렇다면 이제 다소는 혼란스럽고, 다소는 의심스럽게 전개되는 일기 속 이야기를 정리해볼 수 있을 것 같다. 우리가 던져야 할 첫 번째 질문은 이것이다. 우리는 임순관의 일기를 어디까지 믿을 수 있는 것일까. 생각해보면 임순관은 이른바 '신뢰할 수 없는 화자(unreliable narrator)'의 전형이다. 두 가지 점에서 그러한데, 우선 일기 속에 고백되어 있는 그의 성격과 행동, 언어가 신뢰의 구멍을 드러내고 있다. 그는 때로는 세상에 대해 이지적이고 냉정한 관찰자이다. 그의 생각에는 얼핏 간단치 않은 깊이가 있다. 논리는 치밀하고 집요하다(우리는 이런 인물들을 이승우의 소설에서 꽤 많이 보아왔다). 그런데 잘 들여다보면 치밀하고 집요한 논리는 바로 그 치밀함과 집요함의 자리에서 소피스트적 궤변의 경계를 넘어간다. 그는 그의 일기에 나와 있는 대로 '보고 싶은 것만을 보는' 사람이다. 그는 치매 상태의 아버지를 요양원에 '유기'하려 하면서 스스로의 결정을 치밀하게 합리화한다.

 그는 자신이 행복한지 불행한지에 대해 관심이 없거나, 관심을 가질 수 없으며, 따라서 어떤 사람도 그를 행복하거나 불행하게 해줄 수 없다. 누구도 그를 행복하게 해줄 수 없는 것처럼 누구도 그를 불행하게 해줄 수 없다. 그는 행복하지도 않고 불행하지도 않다. 더 행복할 수도 불행할 수도 없다. 그는 슬프지도 않고 기쁘지도 않다. 더 슬플 수도 기쁠 수도 없다. 그는 하나의 '역겨운' 사물처럼 그냥 있다. 행복이나 불행, 기쁨이나 슬픔과 상관없이 그냥 있다. 나는 지금 역겨운 사물이라고 썼다. 그 표현이 내 마음에 든다. 그러나 나는 내 의사를 보다 정확하게 드러내기 위해서 그 문장을 조금 더 보완해야겠다. 나에게 그가 역겨운 것은, 그가 사물이어서가 아니라 하나의 사물처럼 존재하기 때문이다. 사물들이 역겨운 것이 아니라(사물들이 어떻게 역겨울 수 있겠는가?) 사물처럼 존재하는 그의 존재가 역겨운 것이다. 따라서 그를 유기하는 나의 행위도 그의 존재만큼 역겨운 것은 아니라고 해야 할 것이다(101~102쪽).

역겨운 사물! 그러나 살아 있는 아버지를 사물에 등치시켰던 그는 곧 자신의 생각을 보충한다. '사물처럼 존재한다'는 것으로. 그렇게 해서 '역겨움'을 유지시키고는 자신의 '역겨운' 행위가(그는 자신의 행위가 '역겹다'는 것을 잘 의식하고 있다) 그 '역겨움'만큼 역겨운 것은 아니라고 결론을 내린다. 그의 과장된 자기혐오는 가족을 버린 아버지의 잘못을 극대화하는 가운데 쉽게 인간 일반에 대한 혐오와 자리를 바꾼다.

그는 인륜성이나 인간의 존엄과 같은, 인간 사회의 허물 수 없는 근거 쪽으로는 애써 고개를 돌리려 하지 않는다. 그가 보지 않는 것은 그의 세상에 존재하지 않는 것이다. 그는 '다르다'는 이유로 자신을 아파트에서 몰아내려는 이웃들(이들의 행동 역시 과도하며 당연히 비판받을 지점이 많다. 그의 일기는 이렇게 아이러니한 방식으로 현실 비판을 수행한다)을 이렇게 부른다. "나의 지긋지긋한 파시스트 이웃들(203쪽)." 기실 '파시스트'적 논리와 행동의 위험수위에 올라 있는 것은 그 자신이다.

인류사 최대의 악으로 이야기되는 나치의 유대인 절멸 정책은 '우등한' 인간은 '열등한' 인간의 존엄을 제거할 수 있다는 발상으로부터 출발했다. 실제로 절멸 수용소에서 인간은 '사물'로 취급되었다. 수용소의 유대인들은 '인간성'을 철저하게 제거당한 채 '무젤만('살아 있는 시체')'으로 죽어가야 했다. 이는 자본주의의 인간 소외, '사물화'와는 전혀 차원이 다른 이야기다.

역겹고 거부되어야 하는 것은 임순관의 논리다. 그의 사유의 치밀성과 집요함은 바로 그 추한 공백을 감추는 데 동원된다는 점에서 역겹고, 끝내 그것을 드러낸다는 점에서 어리석다. 그의 치밀해 보이는 논리는 사실 모순투성이다. 한마디로 그는 '신뢰할 수 없는 화자'다. 물론 이는 작가 이승우가 임순관의 일기를 어떻게 읽어야 하는지, 독자에게 보내는 신호이기도 하다(이런 정교하고 아슬아슬한 줄타기에서 작가 이승우의 오른편에 설 이는 많지 않다).

임순관의 '신뢰할 수 없음'은 『독』에서 두 번째 요인, 일기라는 고백체의 형식에 의해 증폭된다. '일기'가 가지고 있는 고백과 은폐의 양면성은 임순관이라는 인물의 캐릭터와 결합되면서 텍스트의 진위, 혹은 텍스트에 서술된 사태의 진위를 상당한 정도로 판명 불가능한 지점으로 몰고 가는 것이다.

따라서 우리는 임순관의 일기를 그의 욕당의 투사, 환상의 투영으로 과감하게 읽어야 할지도 모른다. 손철희와 민초희는 그의 욕망과 환상이 초대한 인물일 가능성이 높다. 그렇게 본다면 '신천지설계협의회'라는 비밀결사의 메시지가 느닷없이 임순관에게 도착하는 비밀도 풀릴 수 있다. 메시지의 발신인이 곧 수신인인 셈이다. 메신저로 등장하는 우편배달부는 보는 순간 혐오감과 불쾌감을 자아내는데, 그는 임순관의 짝패일 수 있다.

부패한 세상에 대한 사적 응징과 처벌의 형태로 전개되는 일련의 살인 사건들은 현장에 놓인 '화살'을 통해 대사회적 메시지를 암시한다. 그리고 '세 개의 짧은 화살'은 지령처럼 임순관에게 배달된다. 임순관은 화살에 담긴 메시지를 알아차리는 데 그치지 않고, 그것을 자기 방식으로 의미화한다. 화살은 임순관에 이르러 제대로 된 상징이 된다.

권력은 여러 차원에서 정의될 수 있겠지만, '말'에 의미를 부여하고 '말'의 상징과 쓰임새를 구획하는 것은 권력의 중요한 역할이다. 임순관은 화살을 의미화하고 풍부한 상징으로 만들면서 스스로 하나의 권력이 된다. 독으로 만연한 세상은 일소되고 새롭게 설계되어야 한다. 독은 자신의 내부에서 나왔으되, 이제 그 자신의 독은 일종의 파르마코스(pharmakos), 독이자 약이 되며〔임순관의 분신인 손철희는 말한다. "우리는 종종 치료를 위해 독을 쓴다. 마찬가지로 악을 퇴치하기 위해 악을 쓰는 것도 일종의 치료술이라고 할 수 있다(238쪽).")", 스스로는 속죄양이 된다. 그의 폭력은 '성스러운 폭력'

이 될 것이다. '독이자 약'이며 '속죄양'인 파르마코스에 대해서는 다음과 같은 해석을 참고해볼 수도 있다.

'파르마코스'는 공동체의 죄를 상징적으로 짊어지기 때문에 가장 비천한 사람들 중에서 선택된다. 선택된 '파르마코스'는 황야로 가게 되는데, 황야는 우리가 감히 생각할 수조차 없는 외상적(traumatic) 공포를 상징한다. 그러나 그는 공동체를 대표하고 구원할 능력을 지닌다는 점에서 거꾸로 뒤집힌 왕이며, 도시국가의 건강을 책임지는 대표자이다. 속죄양의 형상에서 강함과 약함, 성과 속, 중심과 주변, 병과 건강, 독과 약의 경계는 흐려진다. 속죄양은 프로메테우스―그는 파르마코스처럼 사회에서 추방당한 자이다. 불을 훔친 죄인이자 불을 사용할 능력을 갖춘 자이기도 한 그의 이중성은 파르마코스의 이중성을 상기시킨다―처럼 성스러운 공포이자 '결백한 죄인'이다.
―테리 이글턴, 『우리 시대의 비극론』, 이현석 옮김, 경성대학교 출판부, 480쪽

이 해석에 기댄다면, 임순관이야말로 파르마코스로 스스로를 재발명한다. 그는 병들고 타락한 공동체를 치유할 '약'으로 자신의 '독'을 쓴다. 임순관의 자리는 정확히, 우리 사회의 구조적·도덕적 결여를 가리키며, 그런 한에서 공동체의 '외상적 공포'이기도 하다. 그는 속죄양이자 거꾸로 뒤집힌 왕의 자리로 간다.

그는 그 자리에서 세상을 구원하려고 한다. 그는 '결백한 죄인'이다. 그는 이제 속죄양이자 공동체를 대표하고 구원할 '뒤집힌 왕'의 자리에서 세상 속으로 나가려 한다. 5월 11일, 마지막 일기는 그 출사표다. 그에게는 지금 세상을 향해 쏘아야 할 화살이 있다. 그는 새로 태어나고 있다.

> 나의 손길이 닿는 순간 화살은 눈을 뜬다. 하나의 상징이 되기 위해 기지개를 켜며 일어난다. 이 시대의 어두운 하늘을 가로질러 사람들의 가슴마다에 무겁고 고통스런 상징으로 꽂히기 위해 일어선다. 화살은, 화살 자신으로서가 아니라 화살의 배후에 있는 경고로서 말하기 위해 일어선다. 그렇기 때문에 상징이다. 화살은 매우 정신적인 물건이다. 그 뾰족한 화살촉에 박힌 것은 메시지이다. 그런 뜻에서 화살은 단순히 물리적인 무기가 아니다. 무기라면 왜 화살이겠는가. 칼이나 총이 아니라 굳이 화살이겠는가. 화살은 해치기 위해서가 아니라 말하기 위해 날아가고 꽂힌다. 화살은 육체에 상처를 가하기 위해서가 아니라 정신에 충격을 주기 위해 활을 떠난다. 화살이 하늘에서 날아오는 것은 그 때문이다. 화살은, 그것이 어디서 출발하든, 하늘의 복판을 가로질러 사람의 가슴을 겨냥하고 날아온다.
> 나는 그것을 검은 종이에 싸서 가방에 넣는다. 나는 전령이다. 나는 이 거대한 상징을 세상의 복판에 꽂아야 한다. 그것이 나에게 부여된 일이다(297~298쪽).

화살은 하늘에서 날아온다. 그것은 심판의 상징이기 때문이다. 그가 지금 그 상징을 세상의 복판에 꽂으려 길을 나선다. 그는 스스로를 전령이라 부른다. 틀렸다. 그는 왕이다. 그가 '전령'이라면 신탁을 받았다는 의미에서 그러할 뿐이다. 그는 메시지의 창안자이며, 비밀결사의 우두머리다. 그는 '한 명인 동시에 천만 명'이다. 그는 마지막까지 '신뢰할 수 없는 화자'다.

이승우의 장편소설 『독』은 '신뢰할 수 없는 화자'의 아이러니를 작가 특유의 소설적 정밀성으로 한껏 밀어붙이는 가운데 어쩌면 평범할 수도 있는 우리 시대의 한 인물이 스스로가 키운 망상 안에서 세상의 속죄양이자 구원자로 변신하는 반영웅의 서사를 완성한다. 허위와 부패에 물든 세상은 욕망의 정직한 발화와 대면을 좌절시키며 욕망의 음습한 늪지만을 키워간다. 소설의 주인공 임순관은 그 늪의 어둠을 스스로 키웠다고 믿었다는 점에서 민감하고 염결한 영혼일 수도 있다. 그는 세상의 구조적 결여, 도덕적 결여를 자신의 내부로 환치하면서 독과 악의 생산자/구원자로 거듭난다.

『독』은 이 과정에서 전개되는 의식/무의식, 현실/환상의 드라마를 정교하게 추적하면서 세상의 부패와 실패를 거울상으로 보여준다. 그런 가운데 한 개인의 악몽과 망상이 세상의 그것과 포개지고 겹쳐지는 지점까지 우리를 데려간다. 망상에 기초한 임순관의 구원론은 실패할 수밖에 없는 가짜 혁명의 서사다.

그러나 우리가 『독』의 이야기에서 어떤 섬뜩함을 느낀다면,

그가 쏜 화살이 제대로 도착하지 않았다는 그 실패의 역설 때문인지도 모른다. 1995년에 발표된 이 소설을 기십 년이 지난 지금 다시 읽으며, 우리는 『독』의 이야기가 아직 끝나지 않았다는 느낌을 받는다. 화살은 아직 날아오고 있다. 임순관의 자리는 언제든 다른 누군가의 이름으로 대체될 수 있다. 그 사실이 무섭다.

| 작가의 말 |

 이 소설 『독』은 1995년에 '내 안에 또 누가 있나'라는 제목으로 출판되었다. 지금은 폐간된 문예지 《소설과 사상》에 연재 당시 제목이 '독'이었으니까 이십 년 만에 제 이름을 찾은 셈이다. 자폐적인 한 남자의 파격적인 자기 진술을 통해 우리 내부의 악을 탐구한다는 창작 의도를 감안하면 '내 안에 또 누가 있나'라는 제목이 어울리지 않은 것은 아니지만, 내 작품 목록에 '독'이 들어 있지 않은 사실이 못내 아쉬웠었다. 당시 출판사 사정 등으로 서점에서 빨리 사라져서 이 책을 읽은 사람이 많지 않을 것이라는 판단이 개정판에 다른 이름을 붙이는 것을 비교적 용이하게 했다. 양해를 구한다.
 개정판을 내면서, 초판의 해설을 쓴 김경수 형의 충고를 받아들여 '편집자 주'가 들어간 부분을 수정했고, 위즈덤하우스 편집자의 조언에 따라 표현을 순화하고 어투를 바꾼 부분이 있다. 그리고 문장을 조금 손봤다. '내 안에 또 누가 있나'의 서문에 나는, "내 책들은 나를 겸손하게 한다"라고 썼다. 책을 세상에 내놓을

때마다 떳떳한지 묻곤 한다는 말도 했다. 이십 년 후인 지금도 같은 심정이다. 그럼에도 불구하고 처음 읽든 다시 읽든 이 소설이 과거의 책이 아니라 현재의 책으로 받아들여지기를 바라는 작가의 어쩔 수 없는 마음을 알아주었으면 좋겠다.

2015년 11월
이승우

독

초판 1쇄 발행 2015년 11월 16일 **초판 2쇄 발행** 2024년 1월 24일

지은이 이승우
펴낸이 이승현

출판1 본부장 한수미
디자인 이세호
일러스트 이홍만

펴낸곳 ㈜위즈덤하우스 **출판등록** 2000년 5월 23일 제13-1071호
주소 서울특별시 마포구 양화로 19 합정오피스빌딩 17층
전화 02) 2179-5600 **홈페이지** www.wisdomhouse.co.kr

ⓒ 이승우, 2015

ISBN 978-89-5913-977-4 03810

· 이 책의 전부 또는 일부 내용을 재사용하려면 반드시 사전에 저작권자와 ㈜위즈덤하우스의 동의를 받아야 합니다.
· 인쇄·제작 및 유통상의 파본 도서는 구입하신 서점에서 바꿔드립니다.
· 책값은 뒤표지에 있습니다.

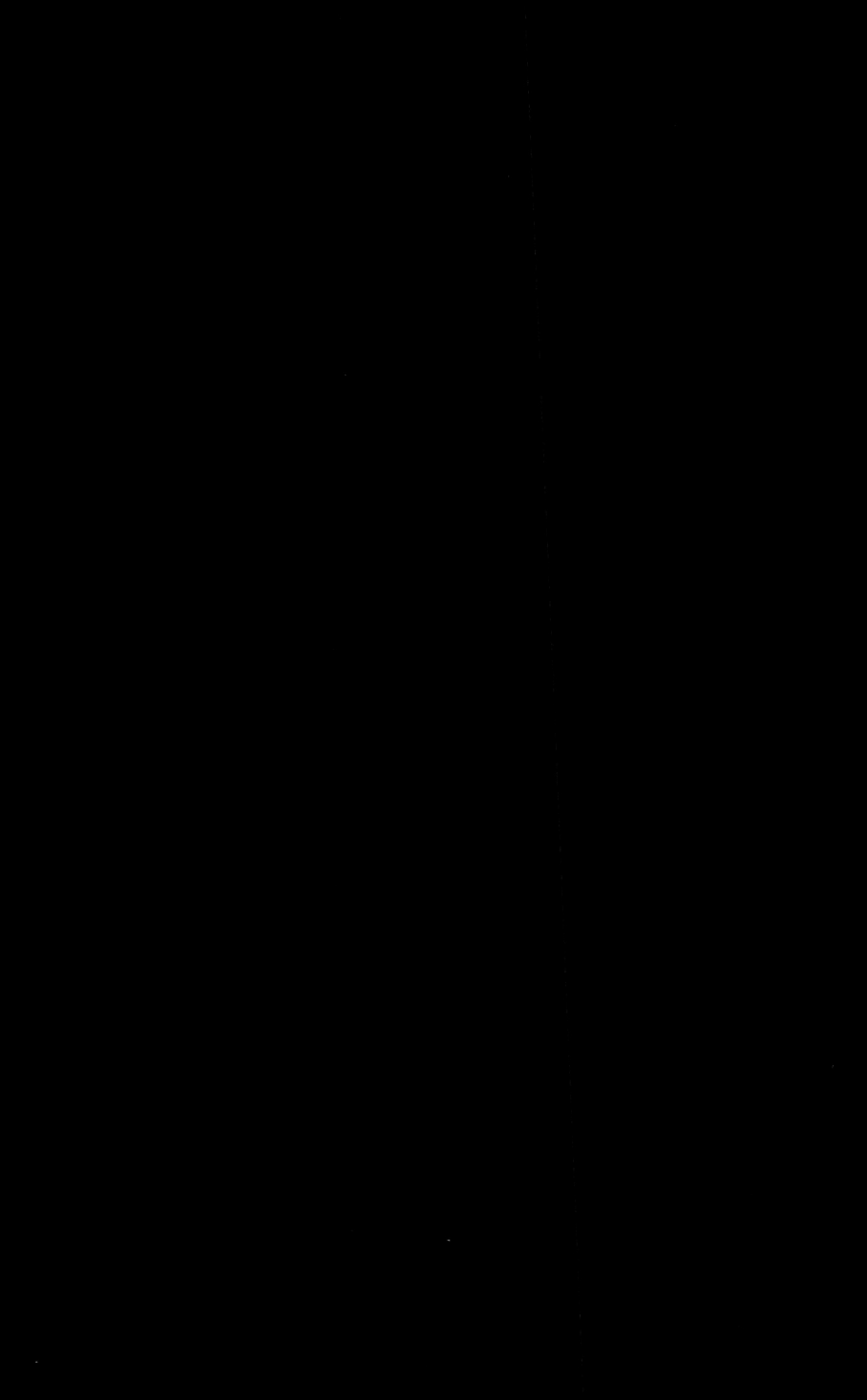